BEATRIZ WILLIAMS
Träume wie Sand und Meer

W0408808

Buch

Cape Cod, Sommer 1966. Christina, von allen Tiny genannt, ist elegant und die perfekte Ehefrau. Ihr Mann Frank, einer der begehrtesten und reichsten Männer im Lande, steckt mitten im Wahlkampf. Doch hinter der Fassade ist längst nicht alles perfekt. Tiny kommen Zweifel, wie schon kurz vor ihrer Hochzeit zwei Jahre zuvor, ob dies das richtige Leben für sie ist. Damals wollte sie ihre Verlobung lösen, um ihren eigenen Weg zu gehen. Einmal in ihrem Leben benahm sie sich nicht anständig, sondern verliebte sich in einen anderen Mann und ließ ihn kompromittierende Bilder von ihr machen. Nun platzt ihre unberechenbare Schwester Pepper in ihr Leben, ihr einstiger Liebhaber taucht auf sowie ein Erpresserbrief mit einem Foto von damals. Schon bald realisiert Tiny, dass ihre Zweifel berechtigt sind und die Familie so krank vor Ehrgeiz ist, dass sie zu beinah allem bereit wäre …

Autorin

Beatriz Williams besitzt Abschlüsse der amerikanischen Universitäten Stanford und Columbia. Während sie als Beraterin in London und New York arbeitete, versteckte sie ihre Schreibversuche zunächst auf ihrem Laptop. Mit ihren Romanen eroberte sie nicht nur die Herzen ihrer Leserinnen im Sturm, sondern auch die *New-York-Times*-Bestsellerliste. Heute schreibt Beatriz Williams in ihrem Haus an der Küste Connecticuts, wo sie mit ihrem Mann und ihren vier Kindern lebt.

Von Beatriz Williams bereits erschienen:

Im Herzen des Sturms · Das geheime Leben der Violet Grant · Die letzten Stunden des Sommers (Blanvalet Paperback, Juli 2018)

Besuchen Sie uns auch auf www.facebook.com/blanvalet und www.twitter.com/BlanvaletVerlag

BEATRIZ WILLIAMS

Träume wie Sand und Meer

Roman

Aus dem Amerikanischen
von Anja Hackländer

blanvalet

Die Originalausgabe erschien 2015 unter dem Titel
»Tiny Little Thing« bei Putnam, New York.

Sollte diese Publikation Links auf Webseiten Dritter enthalten, so übernehmen wir für deren Inhalte keine Haftung, da wir uns diese nicht zu eigen machen, sondern lediglich auf deren Stand zum Zeitpunkt der Erstveröffentlichung verweisen.

MIX
Papier aus verantwortungsvollen Quellen
FSC® C014496

Verlagsgruppe Random House FSC® N001967

1. Auflage
Copyright der Originalausgabe
© 2015 by Beatriz Williams
Copyright der deutschsprachigen Ausgabe
© 2016 by Blanvalet in der Verlagsgruppe Random House GmbH,
Neumarkter Str. 28, 81673 München
Copyright dieser Ausgabe
© 2018 by Blanvalet in der Verlagsgruppe Random House GmbH,
Neumarkter Str. 28, 81673 München
Redaktion: Ivana Marinovic
Umschlaggestaltung: www.buerosued.de
Umschlagmotive: © Elisabeth Ansley/Trevillion Images;
www.buerosued.de
AF · Herstellung: wag
Satz: KompetenzCenter, Mönchengladbach
Druck und Bindung: GGP Media GmbH, Pößneck
Printed in Germany
ISBN 978-3-7341-0540-1

www.blanvalet.de

Für all diejenigen, die versehrt aus dem Krieg zurückkehren, und für die Menschen, die sie lieben.

Tiny, 1966

CAPE COD, MASSACHUSETTS

Das erste Foto erreicht mich an demselben Tag, als mein Mann zur Verleihung der Ehrenmedaille im Fernsehen erscheint. Begleitet wird das Bild von einer kurzen Notiz in Blockschrift. Inzwischen kenne ich die Gepflogenheiten der Politik – und der Familie meines Mannes – gut genug, um instinktiv zu ahnen, dass dies kein Zufall ist.

Der Umschlag hat keinen Absender (das war auch nicht zu erwarten, oder?), aber er wurde einen Tag zuvor in Boston abgestempelt und trägt zwei Fünfcentmarken mit dem Antlitz George Washingtons. Ein schlichter brauner Umschlag, wie er in jedem Büro verwendet wird. Ich wende ihn in den Fingern hin und her, während mein Herz panisch gegen meinen Brustkorb trommelt.

»Tiny, Liebes.« Die Großmutter meines Mannes ruft mich vom Wohnzimmer aus. »Willst du dir die Zeremonie nicht ansehen?«

Sie hat ein erstaunliches Talent, jede noch so beiläufige Frage wie eine gerichtliche Vorladung klingen zu lassen. Und wie eine gerichtliche Vorladung lässt sie sich nicht ignorieren. Ich fahre mit der flachen Hand über den Umschlag, einmal, zweimal – *Hokuspokus Fidibus!* –, als könnte ich so seinen Inhalt in Luft auflösen. Dann schiebe ich ihn in eines der weniger beachteten Fächer im Sekretär, wo die Haushälterin täglich die Post ablegt.

»Doch, natürlich«, rufe ich zurück.

Das Fernsehgerät wurde eigens für diesen besonderen Anlass angeschafft. Granny Hardcastle hält nicht viel von moderner Technik; selbst mein Mann, Franklin, muss sich auf den Dachboden zurückziehen, um ein Spiel der Red Sox im Radio zu hören. *Rundfunkkiste* nennt sie das Gerät abfällig, obgleich sie der musikalischen Untermalung von Sinatra und Glenn Miller keineswegs abgeneigt ist, wenn sie sich abends in ihrem geliebten Chintzsessel zurücklehnt, um sich ein Gläschen Cognac zu gönnen. Wenigstens übertöne es das Geräusch des Ozeans, behauptet Granny, was ich nicht ganz begreifen kann. Zum einen übertönt nichts und niemand den tosenden Ozean, der sich unablässig über den hauseigenen Strand wälzt, Welle für Welle, nur fünfzig Meter von den mit Holzschindeln verkleideten Wänden entfernt, ganz gleich wie laut Mr. Sinatras Jazztrompeten schmetterten.

Zum anderen, wer will das schon?

Ich gehe zum Getränkewagen, um mir ein Glas Limonade einzugießen. Dann füge ich einen Schuss Wodka hinzu, wenn auch nur einen kleinen. »Hat es schon angefangen?« Ich bemühe mich, ebenso kühl und gelassen zu klingen, wie ich hoffentlich aussehe. Und Wodka ist meiner Erfahrung nach ein bewährtes Kühlmittel.

»Noch nicht. Sie wollen mir gerade Clorox verkaufen.« Granny Hardcastle drückt ihre Zigarette in dem silbernen Aschenbecher an ihrer Seite aus und sinniert über ihren eigenen Sarkasmus. Sie raucht regelmäßig, doch nur in Gesellschaft von Frauen.

»Limonade?«

»Nein danke. Aber ich hätte gern noch eine Zigarette.«

Ich gehe zum Sofa und öffne die Schublade des Beistelltisches, wo Mrs. Hardcastle ihre Schachtel diskret aufbewahrt. Ich schüttele eine Zigarette heraus, reiche sie ihr und wende mich mit vorgetäuschtem Interesse für Bleichmittel zum Fernsehgerät, um das Zittern meiner Finger zu verbergen, während ich das Feuerzeug entfache. Derartige Details springen Granny Hardcastle sofort ins Auge.

»Setz dich, Liebes«, sagt sie, nachdem sie an ihrer Zigarette gezogen hat. »Du bist rastlos wie eine Katze.«

Na bitte. Was habe ich gesagt? Man muss sich nur vorstellen, den ganzen Sommer mit ihr zu verbringen. Da würde jeder einen Schuss Wodka in seine Limonade geben, das darf man mir glauben!

Die Terrassentüren fliegen auf. »Hat es schon angefangen?«, ruft eine der Cousinen, ich glaube Constance, gefolgt von den übrigen Frauen, allesamt sonnengebräunt, in Rosa und Grün gekleidet und in den Duft von Meer und Kokosnuss gehüllt.

»Noch nicht. Limonade?«

Ich gieße vorsorglich vier oder fünf Gläser ein, während sich die Frauen über den Raum verteilen. Die meisten sind, wie ich, zu Beginn des Sommers eingetroffen; Anhänger des alljährlichen Exodus von Frauen und Kindern aus den Bostoner Vororten. Die übrigen sind eigens zu dem Anlass hergeflogen. Natürlich sind die Männer, mit wenigen Ausnahmen, noch bei der Arbeit – immerhin ist heute erst Mittwoch –, aber sie werden sich morgen Abend dazugesellen, um ihren Kriegshelden mit einem Festessen in Empfang zu nehmen.

Ich fülle ein weiteres Glas Limonade für Franks vierjährige Nichte Nancy und setze mich in die verbliebene Lücke auf dem Sofa, die Fußgelenke brav übereinandergeschlagen, den Rock brav glatt gestrichen. Dank der angereicherten

Limonade und dem beruhigenden Geruch von Nikotin und alten Polstern gelingt es mir, meine verkrampfte Nackenmuskulatur zu entspannen. Der stumme Schein der Mattscheibe flackert durch den Raum. Das Bleichmittel verschwindet von der Bildfläche und wird ersetzt durch die klobige schwarze Brille des außerordentlich ernst dreinblickenden Nachrichtensprechers Walter Cronkite.

»Tiny, Liebes, würdest du bitte den Ton einschalten?«

Gehorsam erhebe ich mich von meinem Platz und schreite diagonal über den Teppich. Das Fernsehgerät ist weder groß noch extravagant ausgestattet, wie man es aus gewissen Kreisen kennt. Die meisten Menschen unseres Schlags, wie auch Mrs. Hardcastle, investieren ihr Vermögen freigiebig in Dinge von fortdauerndem Wert – Schmuck, Immobilien, Möbel, die Erziehung der heranwachsenden Hardcastles – und vernachlässigen dafür andere Banalitäten. Wie etwa Fernsehgeräte. Oder Lebensmittel. Wendet man den Blick auf das Tablett zu unserer Linken, entdeckt man eine Auswahl von Ritz-Crackern mit Paprikacreme, Scheiblettenkäse und gummiartige Cocktailwürstchen aus dem Glas. Als ich auf dem Rückweg vom Fernseher daran vorbeikomme, muss ich unwillkürlich an unsere Hochzeitsreise in Südfrankreich denken und möchte am liebsten weinen.

»Du solltest etwas essen«, sagt Constance, als ich neben ihr Platz nehme. Sie selbst ist staksig wie ein junges Fohlen und geht offenbar davon aus, dass sich jede schlanke Frau zwangsläufig zu Tode hungert.

»Ich bin nicht hungrig. Außerdem habe ich ausgiebig gefrühstückt.«

»Schhh. Es ist so weit«, raunt Mrs. Hardcastle. Ihr Sessel steht direkt neben mir, am Ende des Sofas. So nahe, dass ich ihr altmodisches Blumenparfum rieche. Und den penetranten Duft ihres Puders, der allen Frohsinn aus der Luft absorbiert.

Das Fernsehbild wechselt zum Rosengarten des Weißen Hauses, überlagert vom zerknautschten Gesicht des Präsidenten, das die Mattscheibe erfüllt wie das eines mürrischen Säuglings.

»Sieht ja unerträglich heiß aus«, urteilt Constance. Wie im Chor stimmen alle zu, ihre Aussagen werden im Familienkreis gemeinhin als Nachtrag zu den Zehn Geboten verstanden. Constance ist die unumstrittene Anführerin – sozusagen die Bienenkönigin –, und das will bei einer Familie wie dieser schon etwas heißen. Auf ihrem Schoß windet sich ein Säugling in einem rosa Sommerkleidchen, zarte sechs Monate alt und begierig, den Fußboden zu erforschen. »Der arme Frank. Sich so die Beine in den Bauch stehen zu müssen«, setzt sie hinzu, als sich abzeichnet, dass Präsident Johnsons Rede über die Bedeutung der amerikanischen Präsenz in Vietnam und die Heimtücke der Kommunisten so bald kein Ende nehmen wird.

Von der Terrasse schlüpft ein weiterer Schatten in den Raum: Constances Ehemann, Tom, mit Badehose, weißem T-Shirt und einem experimentellen Dreitagebart. Er lehnt sein salziges Haupt gegen den Türflügel und mustert die Szenerie aus Frauen und Kindern und Fernsehgerät. Im Geiste mache ich mir eine kurze Notiz, noch vor dem Zubettgehen die Glasscheibe reinigen zu lassen.

Granny Hardcastle beugt sich zu mir herüber. »Du hättest ihn begleiten sollen, Tiny. Mit einer Ehefrau an seiner Seite sieht ein Mann gleich viel besser aus. Vor allem mit einer hübschen jungen Ehefrau wie dir. Die Kameras lieben hübsche Frauen. Genau wie die Reporter. Du bist wie fürs Fernsehen geschaffen.«

Ihre getragene Altdamenstimme wogt durch den Raum,

während die anderen so tun, als hätten sie nichts gehört. Ausgenommen die Kinder, die sich von einem derartigen Kommentar nicht beeindrucken lassen. Kitty kommt auf mich zu und tätschelt mein Knie. »Ich finde dich auch hübsch, Tante Christina.«

»Vielen Dank, meine Süße.«

»Vorsicht mit der Limonade, Kätzchen«, mahnt Constance.

Ich streichele Kittys samtweiches Haar und erwidere leise. »Der Arzt hat mir davon abgeraten, Mrs. Hardcastle.«

»Ach, Liebes. Das ist jetzt eine Woche her. Bei *meiner* Fehlgeburt bin ich am nächsten Tag zur Taufe meiner Nichte gegangen.«

Das Wort *Fehlgeburt* springt munter durch den Raum, von Franks rotgesichtigen Cousinen zu Kittys schwappender Limonade, von den runden Bäuchen der Kleinkinder zu den dicken Wurstzehen der Babys auf den Schößen ihrer Mütter. Ein jedes kerngesund und voller Leben, überhäuft mit zahllosen Geschwistern.

Nach einem ausgiebigen Zug von ihrer Zigarette fügt Granny Hardcastle hinzu: »Nur keine Sorge, Liebes. Beim nächsten Mal wird es schon klappen.«

Ich streiche den Saum meines Rockes glatt. »Ich glaube, der Präsident kommt endlich zum Punkt.«

»Die ganze Nation wird es ihm danken«, kommentiert Constance.

Der Bildausschnitt weitet sich und zeigt die gesamte Bühne einschließlich der umstehenden Personen, die vom strahlenden Junisonnenschein beschienen werden. Constance hat recht. Trotz der schwarz-weißen Mattscheibe kann man die Hitze kaum übersehen. Ein schimmernder Schweißfilm liegt auf den weißen Gesichtern. Ich schließe die Augen, umwölkt von Constances Zigarettenqualm, und als ich sie wieder öffne, erblicke ich die vertrauten Züge meines Mannes, feierlich auf den Präsidenten gerichtet, dem Ernst der Situation angemessen.

Was für ein Armleuchter, hat Frank im Schutz des heimischen Wohnzimmers oft über den Präsidenten gesagt, doch kein einziger Zuschauer der landesweiten Übertragung würde ihm seine Meinung in diesem Moment ansehen. Er ist ein attraktiver Mann, Franklin Hardcastle, mehr noch im wahren Leben, wenn seine technicolorblauen Augen einen durchdringen und sein gewelltes Haar das Licht in dreidimensionaler Pracht reflektiert. Seine Arme sind zu neunzig Grad abgewinkelt, seine Hände respektvoll hinter dem Rücken verschränkt.

Ich denke an das schwarz-weiße Foto in seinem Umschlag, versteckt in der Ablage des Sekretärs. Ich denke an die Begleitnotiz, und meine Finger verlieren ihren Halt, sodass die Limonade um ein Haar auf den Wohnzimmerteppich schwappt.

Der sogenannte Armleuchter hat inzwischen seine Brille zurechtgerückt und verliest gerade den Text des Anerkennungsschreibens, das vor ihm auf dem Podium liegt. Ohne zu zögern, zitiert er die fremden asiatischen Ortsnamen in seinem ruhigen texanischen Akzent, als hätte er den gesamten Vormittag über einem vietnamesischen Wörterbuch gesessen.

»… nachdem er seinen verwundeten Kameraden unter schwerem Gefechtsfeuer in Sicherheit gebracht hatte, kehrte er zu dem Maschinengewehrposten zurück, um seinen Männern Deckung zu geben, bis die Stellung bei Plei Me vollständig evakuiert war, ungeachtet der Schwere seiner eigenen Verletzungen.«

Ach, richtig. *Die Schwere seiner eigenen Verletzungen*. Die Formulierung habe ich schon mal gehört, als das Telegramm – unter großem Kostenaufwand aus der Hauptstadt einer dankbaren Nation übermittelt – in Granny Hardcastles Esszimmer in Brookline verlesen wurde. Ich kann die Liste der Verletzungen mühelos herunterbeten, und das seit dem Moment, als ich sie das erste Mal hörte, zwei Tage nach dem Unglück. Sie haben sich tief in mein Gehirn gebrannt.

Doch das macht es nicht leichter. Meine Glieder verkrampfen, nein, *schmerzen*, als ich die Worte aus Präsident Johnsons Mund höre. Meine Ohren schrillen, als wollte mein Körper aus irgendeinem Selbsterhaltungstrieb heraus verhindern, die schreckliche Litanei ein weiteres Mal zu hören. Wie ist es möglich, den Schmerz eines anderen Menschen derart zu spüren? Tief in meinem Innern, wo kein Aspirin, kein Wodka, kein Zigarettenqualm ihn erreicht?

Mein Mann lauscht dem Vortrag, ohne mit der Wimper zu zucken. Ich konzentriere mich auf seine vertrauten Züge inmitten einer Front aus dunklen Anzügen und weißen Gesichtern. Ich bewundere sein Profil, seinen tapferen Kiefer, seine patriotischen Fältchen in den Augenwinkeln.

»Er sieht großartig aus, findet ihr nicht?«, sagt Granny. »Das mit dem Bein würde man niemals ahnen. Kann mir mal jemand die Zigaretten reichen?«

Eine der Frauen greift in die Schublade und reicht die Schachtel von einer zur nächsten. Ohne hinzusehen, übergebe ich Granny Hardcastle die Zigaretten und das Feuerzeug. Die Kamera kehrt zurück zu Präsident Johnsons Gesicht, der in diesem Moment die letzten Zeilen verliest.

Du musst hinsehen, ermahne ich mich. *Du musst es dir ansehen.*

Ich schließe die Augen. Was die Sache nur noch verschlimmert, denn mit geschlossenen Augen nimmt man die Geräusche deutlicher wahr, man hört sie tief in seinem Gehirn, als kämen sie aus der eigenen Seele.

»Die amerikanische Nation verleiht Ihnen, Major Caspian Harrison, hiermit die höchste Auszeichnung des Landes und schuldet Ihnen ergebenen Dank, für Ihre Tapferkeit, Ihre Opfer und Ihre Selbstlosigkeit gegenüber Kameraden und Heimat. In einer Zeit, in der wahre Helden rar sind, möge Ihr Beispiel uns allen zum Vorbild dienen.«

Auf der anderen Seite des Raums höre ich ein verächtliches Schnauben von Constances Ehemann. Im nächsten Moment quietschen die Scharniere, und ich spüre einen heißen Luftschwall, als sich die Terrassentür öffnet und schließt.

»Tiny, warum hast du die Augen zu? Alles in Ordnung?«

»Mir ist nur ein bisschen schwindelig.«

»Nun komm, reiß dich zusammen. Sonst verpasst du den großen Augenblick.«

Notgedrungen öffne ich die Augen und erblicke Präsident Lyndon Johnson, der dem Ordensträger in diesem Moment die Hand schüttelt.

Dem Ordensträger und Cousin meines Gatten: Major Caspian Harrison, Dritte Infanteriedivision der Vereinigten Staaten von Amerika, mit frisch verliehener Ehrenmedaille auf der breiten Brust.

Sein ernstes Gesicht, das ich zwei Jahre lang nicht gesehen habe, springt mir mit einer solchen Vertrautheit entgegen, dass ich kaum noch schlucken, kaum noch atmen kann. Ich beuge mich vor, um das Limonadenglas auf den Tisch zu stellen, doch mein Blick verweilt bei Caspians sandgrauem Abbild, sodass ich mein Ziel fast verfehle.

An seiner Seite, groß und monochrom, erstaunlich präsidial, steht mein Ehemann mit einem stolzen Lächeln.

Mehrere Stunden später ruft Frank mich aus seinem Hotelzimmer in Boston an. »Hast du es gesehen?«

»Natürlich. Du sahst fantastisch aus.«

»Ein bewegender Tag. Cap hat eine gute Figur gemacht. Zum Glück.«

»Wie geht es seinem Bein?«

»Du solltest eins wissen, Liebling: Mein Cousin beschwert sich nie.« Frank lacht vergnügt. »Aber es geht ihm erstaunlich gut, kaum ein Hinken zu bemerken. Ein Wunder der modernen Medizin. Ich bin stolz auf ihn.«

»Das habe ich gesehen.«

»Er steht direkt neben mir, falls du ihm gratulieren willst.«

»Ach, nein! Nicht nötig. Er ist bestimmt erschöpft. Bestell ihm … bestell ihm liebe Grüße. Sag ihm, wir sind alle sehr stolz auf ihn.«

»Hey, Cap!«, sagt Frank mit gedehnter Stimme. »Tiny lässt dich grüßen und sagt, sie sind alle stolz auf dich. Ich glaube, sie haben sich die Verleihung zusammen angesehen. Hat Granny tatsächlich einen Fernseher gekauft?« Letzteres dringt klarer durch die Leitung, offenbar erneut an mich gerichtet.

»Hat sie. Connies Ehemann hat ihr bei der Auswahl geholfen.«

»Großartig. Endlich haben wir einen Fernseher im Haus. Wir sind dir was schuldig, Cap!«

Erstickte Worte dringen durch den Hörer. Caps Stimme.

Frank lacht erneut auf. »Darauf kannst du Gift nehmen. Davon mal abgesehen, hast du meinen Umfragewerten heute einen ordentlichen Schub versetzt, indem du deine hübsche Visage so nett zur Schau gestellt hast.«

Weiteres Gemurmel. Ich versuche, nicht zu lauschen. Was bringt das schon?

Was immer Caspian da von sich gibt, ist offenbar sterbenskomisch. »Du kleiner Mistkerl«, erwidert Frank lachend. Und dann (immer noch lachend): »Entschuldige, Liebling. Nur ein kleiner Schlagabtausch unter Männern. Du wirst nie erraten, wen wir dir morgen mitbringen.«

»Wen denn?«

»Deine Schwester. Pepper.«

»*Pepper?*«

»Genau die. Sie ist in Washington mit uns in den Flieger gestiegen und übernachtet heute bei einem Bekannten.«

»Wie ungewöhnlich«, bemerke ich.

»Was – dass sie bei einem Bekannten übernachtet? Bietet sich doch an, oder?« Wieder dieses Lachen. So viel Lachen. Er ist erstaunlich ausgelassen. Der Adrenalinrausch des öffentlichen Triumphs.

»Nein, dass sie uns einfach so besuchen kommt, ohne sich vorher anzukündigen. Sie war doch noch nie hier.« Eine beschönigende Art, um auszudrücken, dass wir nicht gerade die dicksten Freundinnen sind. Dass wir uns bestenfalls tolerieren, seit wir in unserer Jugend feststellen mussten, dass Pepper mit Kerosin läuft und ich mit Leichtbenzin. Und derartige Maschinen – Düsenjets und Cadillacs – laufen nun mal nicht nebeneinander, ohne einander bleibende Schäden am Fahrwerk zuzufügen.

»Die Schuld liegt wohl bei mir. Wir sind uns auf dem Empfang begegnet, und sie wirkte irgendwie niedergeschlagen, da habe ich sie kurzerhand eingeladen. Zu meiner Verteidigung muss ich gestehen, ich hätte nie erwartet, dass sie Ja sagt.«

»Müsste sie nicht eigentlich arbeiten?«

»Ich habe ihrem Chef gesagt, sie bräuchte mal ein paar Tage frei.« Franks Stimme klingt mit einem Mal süffisant und selbstgefällig. Peppers Arbeitgeber ist der frisch gewählte Juniorsenator des Bundesstaats New York, und als waschechter Hardcastle nutzt Frank jede Gelegenheit, um einem politischen Rivalen ins Handwerk zu pfuschen.

»Na, von mir aus. Dann lasse ich noch ein weiteres Gästezimmer herrichten. Hat sie angedeutet, wie lange sie bleiben will?«

»Nein«, erwidert Frank. »Mit keiner Silbe.«

Erst gegen zehn Uhr abends, im Schutz des Schlafzimmers, umgeben vom stillen Duft frischer Hyazinthen und dem ruhigen Rauschen des Ozeans, widme ich mich erneut jenem mysteriösen Umschlag.

Doch zuerst verriegele ich die Tür. Wenn Frank außer Haus ist, was nicht selten vorkommt, hat seine Großmutter die lästige Angewohnheit, vor dem Zubettgehen auf einen kleinen Plausch vorbeizuschauen. Manchmal klopft sie an, manchmal auch nicht. *Liebes*, beginnt sie mit zittriger Stimme in ihrem gepflegten neuenglischen Akzent. Dann folgt ihre Lektion – gespickt mit elliptischer Rhetorik und sokratischen Fragen, die jeden Anwalt vor Neid erblassen ließen –, um mich zu einer würdigeren Person zu formen, die an der Seite ihres Enkels, Franklin Hardcastle junior, glänzt, während dieser seine Kandidatur zu irgendeinem Amt bekannt gibt, höher und höher, bis er den strahlenden Zenit erreicht. Kurz bevor meine fotogenen Reize den Wechseljahren zum Opfer fallen, und mit ihnen die Fähigkeit, fremde Staatsoberhäupter mit meinem fließenden Spanisch und Französisch, meinem tadellosen Benimm und Stil, meiner hart erarbeiteten Anmut zu umgarnen.

Als Kind hatte ich mich stets nach einer Mutter gesehnt, die aktives Interesse an der Erziehung ihrer Kinder zeigt. Einer Mutter, die sich als vollendete Künstlerin versteht und aus dem rohen Lehm ihrer Töchter zarte Geschöpfe von feinem Porzellan formt, statt die mühsame Arbeit einem Gefolge von gut ausgebildeten und schlecht bezahlten Kindermädchen, Köchen und Chauffeuren zu überlassen. Einer Mutter, die morgens früh aufsteht, um ihren Kindern Frühstück zu machen, ihre Kleidung und Hausaufgaben zu kontrollieren, statt ihrer ältesten Tochter aufzutragen, ihr morgens um acht Uhr dreißig eine Tasse Kaffee oder eine Aspirin oder einen Drink nach ihrem Spezialrezept zu bringen, um ihr im Gegenzug einen halbherzigen Abschiedskuss auf die Wange zu drücken.

Inzwischen weiß ich, dass ein vornehmes Desinteresse durchaus seine Vorteile hat. Es ist deutlich leichter, einem teleskopisch fernen Stern von mütterlicher Aufmerksamkeit entgegenzustreben, als sich unter dem mikroskopischen Scharfblick von – nennen wir das Kind ruhig beim Namen – Mrs. Hardcastle zu winden.

Aber ich schweife ab.

Ich verriegele die Tür und ziehe meine Pantoffeln aus – selbige werden im Haus nur getragen, wenn kein Mann zugegen ist, um die empfindlichen Läufer und Parkettböden zu schonen –, dann gönne ich mir einen Drink von Franks Getränketablett. Der Umschlag liegt sicher in meiner Wäscheschublade, unter mehreren Lagen von Baumwolle und Seide, wo ich ihn vor dem Abendessen versteckt habe. Ich nippe tapfer an meinem Scotch – dabei hasse ich Scotch! – und starre unverwandt auf den Griff der Kommode, bis das Glas leer ist und meine Zunge taub.

Schließlich stelle ich das Glas beiseite und ziehe den Umschlag hervor.

Erst die Notiz.

Die Handschrift erscheint mir fremd, aber das ist wohl der Sinn einer Blockschrift, oder? Die Tinte ist tiefblau, jeder Buchstabe scharf gestochen, das Papier dünn und unliniert. Schreibmaschinenpapier, wie es für jeden gewöhnlichen Geschäftsbrief verwendet wird. Der Bogen liegt steif und makellos in meinen Fingern, während ich ihn an die Nase führe, um möglicherweise einen verräterischen Geruch aufzuspüren.

WEISS DEIN MANN VON DER SACHE?
WAS WÜRDEN DIE ZEITUNGEN SCHREIBEN?
WARTE AUF WEITERE ANWEISUNGEN DEINES GÖNNERS.
P.S.: ICH ERBITTE EINE KLEINE ZUWENDUNG IN HÖHE VON 1.000 $ IN UNMARKIERTEN SCHEINEN.

J. SMITH
PO BOX 55255
BOSTON, MA

Reizend, nicht? Ich bin noch nie zuvor erpresst worden, aber genau so stelle ich es mir vor. Dieser Mr. Smith – ich bin überzeugt, dass jenes ominöse *J.* für einen Mann steht, die ganze Angelegenheit erscheint mir männlichen Ursprungs, selbst die scharfen Blockbuchstaben wirken irgendwie männlich – ist also im Besitz eines kompromittierenden Fotos, das er hiermit zu Geld machen will. Er hätte ebenso gut Frank erpressen können, doch Frauen sind in der Regel die leichteren Opfer. Ängstlich und bereit, einem Erpresser das verlangte Geld zu zahlen, um zu einer diplomatischen Lösung, einem Kompromiss zu gelangen, statt dem Kontrahenten offen den Krieg zu erklären. Zumindest würde ein männlicher Missetäter dieses Verhalten von mir erwarten. Eine Mutmaßung, basierend auf meiner gesellschaftlichen Stellung, meiner Rolle als öffentliche Person: die junge hübsche Gattin eines Kongressanwärters für den Staat Massachusetts, deren liebreizendes Gesicht auf Hunderten von Wahlkampffotos hingebungsvoll zu ihrem Gatten aufblickt. Gewiss nicht die Art von Frau, die vor der alles entscheidenden ersten Kongresswahl ihres Mannes zulassen würde, dass ein solches Foto auf der Titelseite des *Boston Globe* erscheint.

Doch hat er damit recht?

Die Frage führt mich unweigerlich zu dem Foto selbst.

Ich erhebe mich vom Bett und gönne mir einen weiteren Fingerbreit Scotch. Leider befindet sich auf dem Tablett kein Wodka – aufgrund der verklärenden, irrigen Annahme, dass Franks Ehefrau vor dem Zubettgehen nichts trinkt. Ich lasse die goldene Flüssigkeit im Glas kreisen und schnuppere daran. Genau das ist mein Problem: Scotch riecht viel besser, als er schmeckt. Würzig, mächtig, magisch. Genauso ging es mir als Kind mit Kaffee, bis ich den Geschmack irgendwann noch mehr zu lieben lernte als den Duft.

Wenn ich nur genug davon trinke, wenn ich mir jeden Abend ein bis zwei Gläschen von Franks edlem Single-Malt gönne, um den bitteren Nachgeschmack von Granny Hardcastles ermüdenden Lektionen herunterzuspülen, dann werde ich den Geschmack vielleicht eines Tages zu schätzen wissen.

Ich stelle das unberührte Glas zurück und lege mich quer übers Bett, den Bauch von einer dicken, weichen Daunendecke gepolstert, die Zehen frei über der Bettkante schwebend. Dann ziehe ich das Foto aus dem Umschlag und erblicke mich selbst.

Mich. Tiny, vor zwei Jahren. Eine Tiny, die nur kurze

Zeit existierte: noch unverheiratet, schlank und blass, feingliedrig und gelenkig, vor einem dunklen Sofa, dessen Fasern ich noch heute vor mir sehe.

Im Begriff, den verheerendsten Fehler meines Lebens zu begehen.

Caspian, 1964

BOSTON, MASSACHUSETTS

Die fleckige Uhr über dem Eingang des Cafés zeigte Punkt elf, dann Viertel nach elf, doch von Jane keine Spur.

Nicht, dass er auf sie wartete. Nicht, dass sie Jane hieß.

Oder doch. Warum eigentlich nicht? Jane war ein gängiger Name, ein femininer Name. Der Name einer Frau, die man ohne Bedenken seiner Mutter vorstellen kann, wenn man denn eine hat. Wäre es nicht zum Brüllen, wenn er sich eines Tages an ihren Tisch setzte, um nach ihrem Namen zu fragen, und Miss Namenlos würde ihn über den Rand ihrer Kaffeetasse hinweg mit glänzenden schokoladenbraunen Augen ansehen und sagen: *Ich heiße Jane.* Einfach so?

Ja. Genau so.

Nicht, dass er es jemals gewagt hätte, sich an ihren Tisch zu setzen. Wenn Jane sich täglich um Punkt zehn Uhr auf ihren angestammten Platz in Boylan's Coffee Shop setzte und feinsten kolumbianischen Kaffee mit Zucker und Sahne bestellte, begleitet von einem warmen Aprikosenplunder, errichtete sie zugleich ein tödliches Spannungsfeld, das nur die Bedienung mit einer frischen Kanne Kaffee und der gute alte Boylan, grauhaarig und ergeben, gefahrlos durchschreiten konnten. Nur ansehen, nicht anfassen.

Verehren, nicht verführen. *Ich brauche keinen rohen, heißblütigen Junggesellen, vielen Dank der Nachfrage, und deine lüsternen Pranken kannst du gleich bei dir behalten.*

»Noch einen Kaffee, Cap?«

Er betrachtete die dicke weiße Tasse auf ihrer dicken weißen Untertasse. Seine lüsternen Pranken hielten sie krampfhaft umklammert. Der traurige Rest seines Kaffees, bereits zum vierten Mal aufgefüllt, lag schwarz und leblos am Grund der Tasse. Hoffnungslos unterkühlt. Er ließ die Tasse los und griff in seine Gesäßtasche. »Nein danke, Em. Ich muss los.«

»Wie du willst.«

Er legte zwei Dollarnoten auf den Resopaltisch – eins fünfzig für Speck und Eier und fünfzig Cent für Em, die neben ihren zwei Kindern einen betrunkenen Ehemann zu versorgen hatte, über den sie sich hinter dem Tresen bei ihren Kolleginnen beschwerte –, dann steckte er sein Buch in das Seitenfach der Kameratasche. Das Café war inzwischen still und verlassen, seiner letzten Frühstücksgäste beraubt, im Begriff, Atem zu schöpfen, bevor der große Mittagsansturm begann. Er rutschte aus der Sitznische heraus und schwang seine Tasche über die Schulter. Seine Schritte hallten über den kahlen Linoleumboden.

Ems Stimme folgte ihm zur Tür. »Ich wette, morgen ist sie wieder da, Cap. Sie wohnt gleich um die Ecke.«

»Ich hab keine Ahnung, wovon du sprichst, Em.« Mit einem nervenaufreibenden Gebimmel stieß er die Tür auf.

»Ich bin nicht von gestern«, rief Em ihm hinterher.

Draußen stieg ihm der vertraute sommerliche Gestank von Back Bay in die Nase: Autoabgase, Ausdünstungen und glühender Asphalt. Eine verfrühte Hitzewelle, wie der Radiosprecher heute Morgen verkündet hatte, und man spürte bereits die erdrückende Hitze, die vertraute Schwüle des tropischen Urwalds, welche sich über die süßen Maienknospen senkte. Also auf zum Hafen. Zivilen Maßstäben zufolge ein ausgedehnter Spaziergang, doch verglichen mit den Fünfzehnkilometermärschen durch elendes Sumpfgebiet an der Grenze zu Laos, eine M16 und einen Zwanzigkilorucksack auf dem Buckel, während einem der Schweiß beißend in die Augen rann, ständig den gottverdammten Vietcong im Nacken, der hinter jedem zweiten Busch lauerte, erschien ihm der Fußweg zum Bostoner Hafen wie ein Sonntagsspaziergang zu den Pforten des Paradieses.

Nur nicht so aufregend, aber er konnte mal eine Weile auch ohne Aufregung leben. So wie jeder normale Mensch.

Sein Rücken klebte vor Schweiß, die Reaktion eines konditionierten Tiers. Je durchtrainierter der Athlet, desto effektiver der Kühlmechanismus, das hatte er mal irgendwo gelesen. Seine Hand griff automatisch nach seinem nicht vorhandenen Helm und traf auf dichtes, etwas zu langes Haar.

Er bog nach links in die Commonwealth Avenue ein, und bei Gott, sowie er um die Ecke trat, erblickte er sie, Jane Namenlos höchstpersönlich, mit ihrer unsichtbaren Aura von femininem Flair, den Blick auf ihre Armbanduhr gerichtet, während ihr gelb gemustertes Seidentuch, mit dem sie sich das dunkle Haar zurückgebunden hatte, im Wind flatterte.

Er blieb abrupt stehen, und sie prallte unversehens mit ihm zusammen. Im letzten Moment packte er ihre zarten spitzen Ellbogen.

»Oh Gott, verzeihen Sie!«

»Meine Schuld.«

Sie blickte langsam an ihm auf, bis sie sein Gesicht erreichte. »Oh!«

Er lächelte. Er konnte nicht anders. Wie hätte er sich ein

Lächeln verkneifen sollen, wenn sie ihn mit ihren erstaunten Rehaugen und rosaroten Lippen ansah, als wollte sie ihn fragen: *Kennen wir uns nicht von irgendwoher*?

»Aus dem Café um die Ecke«, sagte er. Seine Hände hielten immer noch ihre Ellbogen. Sie trug eine makellos weiße Bluse, dazu eine marineblaue Caprihose und eine zierliche goldene Halskette mit drei funkelnden Anhängern, die sich in die Vertiefung ihrer Kehle schmiegten. Anmutig und zart wie ein Rehkitz. Er hätte sie mühelos in den Himmel heben können.

»Ich weiß.« Sie lächelte höflich. Die zarten Enden ihres gelben Seidentuchs umschmeichelten ihren Hals wie purer Sonnenschein. »Dürfte ich jetzt meine Ellbogen zurückhaben?«

»Wenn es sein muss.«

»Muss es.«

Ihre Handtasche war bei dem Zusammenstoß heruntergerutscht. Sie befreite ihren linken Arm, um den Riemen zurück auf die rechte Schulter zu schieben. Im selben Moment fiel die vorwitzige Sonne auf einen Diamanten an ihrem Ringfinger und ließ ihn im Licht explodieren, als wäre Cap unerwartet auf eine Mine getreten.

Ach, zur Hölle. Es war doch immer das Gleiche, oder? Man sah die Katastrophe nie kommen!

Tiny, 1966

Als ich am nächsten Morgen von meinem Strandspaziergang zurückkehre, sitzt Franks Vater am Kopfende des Frühstückstisches und isst einen Pfannkuchen.

»Guten Morgen, Mr. Hardcastle.« Ich lasse mich auf meinen angestammten Platz sinken. Die Terrassentüren in meinem Rücken sind weit geöffnet, und die salzige Brise breitet sich warm über meine Schultern.

Mein Schwiegervater lächelt mich über den Rand seiner Zeitung an. »Guten Morgen, Tiny. Hast du etwa schon einen Spaziergang gemacht?«

»Ach, Sie kennen mich doch. Außerdem weckt mich Percy ohnehin in aller Früh, damit ich mit ihm Gassi gehe.« Ich tätschele den Kopf des Rüden, und er lässt sich mit einem zufriedenen Seufzer neben meinem Stuhl nieder. »Sie haben wohl gestern erst spät Feierabend gemacht?«

»Ja, ich war noch im Wahlkampfbüro und bin erst zu nachtschlafender Stunde losgefahren. Ich hoffe, ich habe niemanden geweckt.«

»Ganz bestimmt nicht.« Die Haushälterin ist nirgends zu sehen, daher greife ich selbst zur Kaffeekanne. »Wie war denn die Veranstaltung? Wir haben uns das Ganze im Fernsehen angeschaut.«

»Großartig. Du hättest dabei sein sollen.«

»Der Arzt hat mir davon abgeraten.«

Mr. Hardcastles Miene wird ernst. »Aber natürlich. Ich wollte nicht sagen, dass du *tatsächlich* hättest mitkommen sollen – schon gar nicht bei den Strapazen einer Flugreise.« Auf dem weißen Tischtuch tätschelt er sanft meine Hand, so wie ich gerade Percy getätschelt habe. »Wie fühlst du dich?«

»Schon viel besser, danke. Wie lange bleiben Sie?«

»Nur bis zum Abendessen. Danach muss ich zurück nach Boston. Der Wahlkampf nähert sich der heißen Phase.« Er zwinkert mir zu.

»Frank weiß Ihre Unterstützung sicher zu schätzen.«

»Er hat ein Recht auf meine Unterstützung, Tiny. Dafür ist eine Familie schließlich da. Wir sitzen alle im selben Boot. Genau das macht uns stark.« Er lässt seine Tageszeitung sinken, faltet sie sorgfältig zusammen und greift nach dem Kaffee. »Soweit ich weiß, waren die drei gestern Abend aus. Frank und Cap und deine Schwester.«

»Ach, wirklich?«

»Im Flieger haben sie für eine Bombenstimmung gesorgt, fast hätten sie den alten Vogel zum Absturz gebracht. Ich glaube, vor heute Nachmittag brauchen wir nicht mit ihnen zu rechnen.«

»Sollen sie nur. Major Harrison kann die Ablenkung gewiss gebrauchen, nach allem, was er durchmachen musste. Ich hoffe, Frank hat ihn an einen flotten Ort ausgeführt, und sie hatten ihren Spaß.«

»Es macht dir gar nichts aus? Dass sie sich ohne dich amüsieren?«

»Ach, wie meine Mutter schon sagte, Männer sind eben so. Sollen sie sich ruhig austoben.«

Die Schwingtür zur Küche wird aufgestoßen, und Mrs. Crane schiebt sich mit einem voll beladenen Tablett und einer Kanne Kaffee rückwärts hindurch. Der Toasthalter balanciert gekonnt an ihrem ausgestreckten Daumen. »Bitteschön, Mrs. Hardcastle«, sagt sie höflich.

»Haben Sie vielen Dank, Mrs. Crane.«

Während ich zu Messer und Gabel greife, verrät mir ein leises Kribbeln, dass ich beobachtet werde. Ich wende den Kopf und begegne dem musternden Blick meines Schwiegervaters. Seine Augen sind leicht verengt, seine Mundwinkel schräg nach oben gezogen, sodass sich eine Welle von Fältchen über seine Wangen breitet.

»Was ist denn?«, frage ich.

Sein Lächeln wird breiter und erinnert an das beste Wahlkampflächeln seines Sohnes. Das Lächeln, mit dem Frank mir damals den Heiratsantrag machte.

»Nichts Besonderes«, erwidert er. »Mir wird nur einmal mehr bewusst, dass du die perfekte Ehefrau abgibst. Frank kann sich glücklich schätzen, dich zu haben.« Er greift nach seiner Zeitung und schlägt sie auf. »Wir alle können uns glücklich schätzen.«

Gegen ein Uhr nachmittags fährt Franks gelbes Cabriolet mit einem satten Röhren und stiebendem Schotter am Rondell des Haupthauses vor. Wir anderen haben gerade im Schutz der Veranda mit Blick aufs Meer zu Mittag gegessen.

Ich hatte mir geschworen, bis zu seinem Eintreffen weder zu rauchen, noch zu trinken, so groß die Versuchung auch sein mochte, und es ist mir tatsächlich gelungen. Nüchtern und gelassen und nach Limonade duftend trete ich meinem Mann entgegen. »Hallo Liebling!«, rufe ich und nehme ihn in meinem rosafarbenen Shiftkleid in Empfang. Meine flachen Absätze bohren sich knirschend in den Schotter, und ich stelle mich auf die Zehenspitzen, um ihm einen Kuss zu geben.

»Na, hallo!« Er ist gut gelaunt wie gestern Abend, doch die vergangene Nacht hat seinem Teint und seinen technicolorblauen Augen sichtbar zugesetzt. »Du darfst jetzt deine Schwester begrüßen!«

»Immer schön sachte.« Mit schimmernden Beinen und mandarinfarbenem Minikleid steigt Pepper aus dem Wagen und nimmt behutsam ihre Sonnenbrille ab. »Deine Schwester hat einen Mordskater.«

Ich glaube, ich habe Pepper noch nie so geliebt wie in diesem Moment, als sie aus Franks Cabriolet klettert, um mir in diesem Taubenschlag von Verwandten zur Seite zu stehen. Eine ferne Erinnerung durchdringt mein Gedächtnis – ausgelöst durch das knallige Kleid oder Peppers vertraute Bewegungen –, die Erinnerung an einen seltenen Partyabend mit meinen Schwestern Pepper und Vivian anlässlich irgendeiner Abschlussfeier vor ein paar Jahren, bei der ich zu viel Champagner getrunken hatte und mich auf dem Gang eines schäbigen Nachtklubs in Gesellschaft eines zudringlichen Bekannten von Pepper wiederfand, hilflos und unfähig, mich mit höflichen Ausreden aus der Affäre zu ziehen, bis Pepper uns schließlich entdeckte und den Kerl das Fürchten lehrte. *Du kannst deinen gierigen kleinen Schwanz in irgendeinem betrunkenen Schulmädchen versenken* – oder ähnlich elegant ausgedrückt –, *aber halt dich verdammt noch mal von meiner Schwester fern, capito?*

Und damit trollte er sich. *Capito.*

Pepper. Kein Verlobter oder Ehemann ist vor ihr sicher, aber wenn es um ihre eigene Familie geht, wird sie zur Furie.

Mit offenen Armen trete ich ihr entgegen und umarme sie mit einer Herzlichkeit, die uns beide verblüfft. Mehr noch verblüfft mich die Tatsache, dass sie die Umarmung ebenso herzlich erwidert. Ich gebe ihr einen Kuss auf die

Wange und weiche ein Stück zurück, um die Hände auf ihre Schultern zu legen. Dann sage ich etwas, das ich noch nie in meinem Leben gesagt habe, vielleicht aus einer Intuition heraus: »Geht es dir gut, Pepper?«

Sie ist unglaublich hübsch, unsere Pepper, sogar oder gerade nach einer zweistündigen Autofahrt in Franks offenem Roadster. Der zerzauste Look steht ihr ausgesprochen gut, ganz im Gegensatz zu mir. Ihre Augen scheinen das Blau des Himmels zu reflektieren. Etwas zu strahlend, denke ich mir. »Absolut blendend, Schwesterherz«, sagt sie. »Abgesehen davon, dass ich beim Frühstück keinen Bissen runterbekommen habe und seit der Sagamore Bridge derart ausgehungert bin, dass ich das verbliebene Bein deines Cousins verschlingen könnte, so charmant er auch sein mag.«

Offenbar sieht man mir mein Entsetzen an, denn Pepper lacht plötzlich los. »Nur keine Sorge. Aber ein Sandwich könnte ich schon vertragen. Und einen Wodka Tonic. Mit Betonung auf Wodka. Dein Mann fährt wie ein Besessener.«

»Mach gleich zwei daraus«, verkündet Frank aus der Versenkung des Kofferraums, den er gerade entlädt.

»Wo ist eigentlich Major Harrison?« Ich bringe es nicht fertig, ihn *Caspian* zu nennen. Beiläufig sehe ich mich um, als hätte ich seine Abwesenheit gerade erst bemerkt.

»Wir haben ihn nebenan abgesetzt. Nettes kleines Haus. Wenn auch längst nicht so nobel wie deins.« Pepper deutet auf das stattliche Haupthaus. »Aber er hat bestimmt keine großen Ansprüche als eingefleischter Junggeselle.«

»Wie schade. Ich hatte mich so darauf gefreut, ihn endlich kennenzulernen.«

Frank reiht die Koffer neben uns auf. »Ach, stimmt ja. Er war bei unserer Hochzeit gar nicht dabei, oder?«

»Na, dafür kann ich garantieren!« Pepper lacht. »So ein Prachtexemplar von einem Mann wäre mir garantiert aufgefallen!«

Selbst mit einem Kater ist Pepper immer noch Pepper, die gar nicht anders kann, als hemmungslos mit meinem Gatten zu flirten, indem sie anzügliche Bemerkungen über einen anderen Mann macht. Ich packe entschlossen ihren Arm und lasse Frank mit den Koffern stehen. Diese schlichte Handlung erfüllt mich mit einem euphorischen Kribbeln. »Aber er kommt doch zum Abendessen, oder?«

Frank schaltet sich von hinten ein. »Das will ich doch hoffen. Er ist immerhin der Ehrengast!«

»Wenn er um sechs noch nicht da ist«, sagt Pepper, »gehe ich gern rüber und helfe ihm beim Anziehen.«

Der Gast geht immer vor, und somit führe ich Pepper zuerst in ihr Zimmer. Ich zeige ihr das Bad, den Kleiderschrank, die Handtücher, das Badesalz, die Karaffe mit Trinkwasser, in der ein paar Eiswürfel träge gegen die Zitronenscheiben prallen. Gerade will ich ihr die altertümliche Badewannenarmatur erklären, als sie mich zur Tür hinausschiebt. »Meine Güte, raus mit dir. Ich weiß, wie man einen Wasserhahn bedient. Geh und begrüß deinen Ehemann, gönnt euch ein kleines Schäferstündchen.« Sie zwinkert vielsagend. Anscheinend hat Mum ihr nichts von der Fehlgeburt erzählt. Oder auch doch, und Pepper sind die Konsequenzen nur nicht ganz bewusst.

Die Euphorie beginnt zu verpuffen, und als ich unser Schlafzimmer betrete und mein Blick beiläufig zur Kommode wandert, hochpoliert und fest verschlossen, ist das Hochgefühl gänzlich verflogen.

Frank ist gerade im Bad, bei laufendem Wasserhahn. Die Tür steht einen Spaltbreit offen, und dichte Dampfschwaden steigen zur Decke empor. Ich gehe zu seinem Koffer, der geöffnet auf dem Bett liegt, und nehme die dreckigen Hemden heraus.

Mein Mann weiß wirklich, wie man einen Koffer packt. Fast alle Kleidungsstücke sind getragen. Kein überflüssiger Ballast. Ich werfe seine Hemden und Unterhosen in den Wäschekorb, breite den Gürtel und die Seidenkrawatten über einen Ständer im Kleiderschrank, hänge die Anzüge an ihren angestammten Platz, säuberlich nach Schattierung geordnet, von Hellgrau bis Tiefschwarz.

Ich fasse grundsätzlich nicht in seine Taschen, weil ich mich weigere, zu der Art von Frauen zu zählen. Aber als ich zum Koffer zurückkehre, springt mir ein metallisches Glänzen ins Auge. Bestimmt ein Manschettenknopf, denke ich und fische das schimmernde Objekt zwischen Franks schmutzigen Socken hervor.

Es ist kein Manschettenknopf, sondern ein Schlüssel.

Ein Haustürschlüssel, um genau zu sein, zumindest sieht er nicht gerade so aus, als könnte man damit ein Auto starten oder ein Schließfach öffnen. Ich fahre mit dem Finger über den Bart. Der Schlüssel hat weder eine Markierung noch einen Anhänger.

Ich schreite über den weichen blauen Teppich zur Badezimmertür und drücke sie auf. Frank steht mit nacktem Oberkörper vor dem Spiegel und rasiert sich mit einer silbernen Klinge das Kinn. Ein paar Streifen Rasierschaum zieren seine männlichen Wangen, die vom warmen Wasser und der Hitze gerötet sind.

»Ist das dein Schlüssel, Liebling?« Ich halte das Fundstück zwischen Daumen und Zeigefinger in die Höhe.

Frank wirft einen flüchtigen Blick auf mein Spiegelbild. Seine Augen weiten sich. Er dreht sich um und schnappt mir den Schlüssel mit links aus der Hand, während seine

Rechte die Klinge auf Kinnhöhe gepackt hält. »Wo hast du den her?«

»Aus deinem Koffer.«

Er lächelt. »Der muss sich von meinem Bund gelöst haben, das ist der Schlüssel zum Wahlkampfbüro. Ich habe neulich bis spät in die Nacht gearbeitet.«

»Soll ich ihn mit runternehmen und wieder dranstecken?«

Er legt den Schlüssel auf den Waschtisch, dicht neben die Rasierseife, und widmet sich erneut seinen glatten Wangen. »Nicht nötig, das mache ich schon.«

»Es ist doch kein Aufwand.«

Frank setzt die Klinge an. »Ist wirklich nicht nötig.«

Als ich den Koffer geleert und seinen Inhalt verstaut habe, ist Frank mit dem Rasieren fertig und kommt aus dem Bad, ein Handtuch um den Nacken geschlungen, mit dem er sich die Wangen abtupft.

»Danke, Liebling.« Er küsst mich auf die Stirn. Seine Haut ist feucht und zart. »Ich habe dich vermisst.«

»Ich dich auch.«

»Du siehst bezaubernd aus in dem Kleid.« Er wendet sich dem Schrank zu. »Meinst du, ich hätte vor dem Abendessen noch Zeit für einen kleinen Segeltörn?«

»Ich habe nichts dagegen. Das heißt, wenn du es schaffst, an deiner Großmutter vorbeizukommen. Sie kann es gar nicht erwarten, alles über eure Reise zu erfahren. Insbesondere die pikanten Details zu späterer Stunde.«

Er macht ein abschätziges Geräusch, für das ich ihn beneide. »Willst du mitkommen?«

»Nein, nicht vor dem großen Familienessen.« Ich schließe den Reißverschluss seines Koffers. Frank wirft das Handtuch aufs Bett, um sich anzuziehen. Ich hebe es auf und bringe es ins Bad. Frank knöpft sich sein Hemd zu. Ich komme zurück und greife nach dem Koffer.

»Lass doch. Ich mach das schon.« Er schiebt meine Hand sanft beiseite und schnappt sich den Koffer. Das Gepäckstück ist nicht sonderlich schwer, doch seine Geste zeugt von Ritterlichkeit, und mir wird bewusst, wie glücklich ich mich schätzen kann, mit einem Mann verheiratet zu sein, der mir schwere und sperrige Gegenstände abnimmt. Oder der mir seine Jacke leiht, wenn der Wind unerwartet auffrischt. Frank verstaut den Koffer im Schrank neben den Schuhen. Ich stehe am Bettende und atme den schweren Duft der für die Jahreszeit untypischen Hyazinthen ein, während ich mich frage, was eine gute Ehefrau in diesem Moment sagen würde.

»Wie war die Fahrt?«

»Ganz angenehm. Nicht viel Verkehr.«

»Und dein Cousin? Hat es ihm etwas ausgemacht?«

Frank lächelt mich an. »Er heißt *Cap*. Du kannst ihn ruhig beim Namen nennen. Von mir aus *Caspian*, wenn dir das lieber ist.«

»Caspian.« Während ich den Namen ausspreche, streiche ich über mein rosafarbenes Kleid.

»Ich weiß, ihr seid euch noch nie begegnet, aber er ist ein netter Kerl, ganz ehrlich. Er sieht vielleicht beängstigend aus, aber er ist einfach nur groß und eher zurückhaltend. Ein ganz normaler Kerl, der gern mal einen Hamburger isst oder ein Bier trinkt.«

»Ach? Ein ganz normaler Kerl, der zufälligerweise eine Tapferkeitsmedaille verliehen bekommen hat?« Ich zwinge mich zu einem Lächeln. »Wissen wir überhaupt, wie viele Männer er in Vietnam getötet hat?«

»Vermutlich eine ganze Menge. Aber das ist eben Krieg, Tiny. Er wird bestimmt nicht vom Tisch aufspringen und im Esszimmer ein Maschinengewehr auspacken.«

»Natürlich nicht. Ich meine ja nur … Wie du schon

sagst, ihr kennt euch alle seit Urzeiten. Und der ganze Abend wird sich um ihn drehen …«

»Na, na. Du bist doch nicht etwa nervös? Nur weil du ein Familienessen ausrichten sollst?« Frank tritt einen Schritt auf mich zu. Sein feucht glänzendes, zurückgekämmtes Haar schimmert im goldenen Licht des Ozeans, das durchs Fenster hereinfällt.

»Ach, red keinen Unsinn.«

Er legt die Hände auf meine Schultern. »Du wirst sie alle bezaubern, Liebling. So wie immer.« Er duftet nach Pomade und Seife. Und nach Zahnpasta, die den Zigarettengeruch seines Atems überlagert. Vermutlich hat er auf der langen Fahrt von Boston mit Pepper zusammen geraucht, während Caspian als einziger Nichtraucher auf dem Beifahrersitz saß und geradeaus starrte. Frank küsst meine Lippen. »Wie fühlst du dich? Wieder alles normal?«

»Ganz gut. Nicht normal, aber gut.«

»Tut mir leid, dass ich dich allein lassen musste.«

»Schon in Ordnung. Ich hatte nicht erwartet, dass meinetwegen die Welt stehen bleibt.«

»Lass es uns noch mal versuchen, sobald du dazu bereit bist. Davon lassen wir uns nicht aus der Bahn werfen, oder?«

»Wenn du mir gleich sagst, *beim nächsten Mal wird's schon klappen*, dann setzt es was.«

Er lacht. »Grannys Worte?«

»Du und deine fruchtbare Familie. Ist dir eigentlich bewusst, dass wir diese Woche vier Babys zu Gast haben? Wenn ich mich nicht verzählt habe!«

Frank zieht mich zu sich heran. »Tut mir leid. Du bist eine wahre Heldin, Tiny.«

»Schon gut. Ich kann es den anderen wohl schlecht verübeln, dass sie Kinder bekommen.«

Er seufzt so tief, dass ich von der Bewegung seiner Brust

sanft angehoben werde. »Ich weiß, das macht die Sache nicht besser, aber ich verspreche dir, wir werden unser eigenes Kind bekommen. Wir werden es weiter versuchen, Liebling, und notfalls die allerbesten Ärzte zurate ziehen.«

Sein Mitgefühl raubt mir die Fassung. Mit dem Daumen fange ich eine Träne auf, um sein weißes Hemd nicht mit Wimpertusche zu beschmieren. »Ja, natürlich.«

»Ach, Schatz, bitte weine nicht. Wir werden alles Nötige tun.«

»Ich … ich wollte …« Ich wollte es so sehr. Ich wollte dieses Kind, diese kleine Persönlichkeit, diesen Ursprung einer neuen unkomplizierten und wechselseitigen Liebe, die ganz allein mir gehört. Wenn wir beide ein Baby hätten, wäre die Welt wieder in Ordnung, dann wäre alles andere egal.

»Ich weiß, Süße. Ich weiß.«

Er tätschelt mir den Rücken. Ich spüre durch den Seidenstrumpf hindurch etwas Feuchtes an meinem Knöchel. Percy ist vom Bett gesprungen, um meinem Fuß ein wenig Trost zu spenden. Franks Körper ist erstaunlich heiß unter dem Hemd, heiß genug, um mich zu versengen. Mir wird bewusst, wie unnatürlich kalt meine eigene Haut sein muss. Ich richte mich auf, ohne den Kopf zu heben. Ich will nicht, dass Frank mich so sieht.

»Besser?« Er lockert die Umarmung und verlagert sein Gewicht auf die Absätze.

»Ja, besser.« Ich halte ihn fest, um seine Wärme noch einen Moment zu genießen. »Erzähl mir von deinem Cousin.«

»Von Cap.«

»Richtig, Cap. Er hat doch eine Schwester, oder?«

»Ja, aber sie lebt in San Diego. Ihre beiden Töchter haben erst in einer Woche Schulferien.«

»Und es geht ihm so weit gut? Er hat sich von allem … erholt?«

»Scheint so. Ganz der Alte. Nur ein wenig ruhiger.«

»Gibt es irgendetwas, das ich wissen sollte? Körperliche Einschränkungen?« Mein Blick gleitet zur Kommode. »Finanzielle Schwierigkeiten?«

Frank stutzt. »*Finanzielle* Schwierigkeiten? Wie kommst du denn darauf?«

»Ich will nur nichts Falsches sagen. Mir ist bewusst, dass manche deiner Cousins wohlhabender sind als andere.«

Er tätschelt ein letztes Mal meinen Rücken und löst sich aus der Umarmung. »Ich glaube, er kommt ganz gut über die Runden. Seine Eltern sind beide tot, und er hat das Familienvermögen geerbt, was auch immer das heißen mag. Außerdem ist er kein Prasser.«

»Woher willst du das wissen?«

»Na, ich war gestern Abend mit ihm aus. Bei so einer Gelegenheit kann man viel über einen Menschen lernen.« Frank zwinkert mir zu und geht zum Kleiderschrank, ein Pfeifen auf den Lippen.

Percy blickt besorgt zu mir auf, während sein Schwanz rastlos über den Läufer schweift. Ich knie mich neben ihn, um seine treuen Hundeschultern zu umarmen. Frank zieht derweil seine Segelschuhe an, dann fädelt er einen Gürtel durch die Schlaufen seiner Hose.

Gib dich nur mit dem Besten zufrieden, hat meine Mutter mir oft gepredigt, während sie ihren Nachmittagsdrink im Glas kreisen ließ, und ich habe mich daran gehalten, oder? Ich habe mir definitiv den besten Mann geangelt. Frank ist ein wahres Prachtexemplar. Man muss ihn sich nur mal ansehen. Ich habe wahnsinniges Glück, dass er seinen Körper so gut in Form hält, während andere Männer sich hemmungslos gehen lassen und ihrer ehelichen Genugtuung mit runden prallen Ballonbäuchen Ausdruck verleihen. Frank hingegen legt viel Wert auf einen aktiven Lebensstil. Er geht jeden Tag zu Fuß ins Büro, er schwimmt und segelt, er spielt Golf und treibt andere standesgemäße Sportarten. Er hat den Körperbau eines Tennisspielers: ein Meter achtzig groß, schlank und effizient. Ein beeindruckender Anblick, draußen auf dem Tennisplatz, oder im Swimmingpool, der sich diskret hinter dem Haupthaus anschmiegt, weder von der Zufahrt noch vom Strand aus einsehbar.

Frank schließt den Kleiderschrank und dreht sich zu mir um. »Und du willst wirklich nicht mitkommen?«

»Nein danke. Geh du nur.« Ich erhebe mich vom Teppich und lasse Percys seidiges Ohr durch meine Finger gleiten.

Auf dem Weg zur Tür drückt mir Frank einen weiteren Kuss auf die Wange, und aus irgendeinem Grund – wegen des Fotos in der Schublade oder des Schlüssels in Franks Koffer, wegen meiner Schwester, seiner Großmutter oder unseres verlorenen Kindes – ergreife ich seine Hand, die warm auf meiner Schulter ruht.

Er neigt den Kopf. »Alles in Ordnung, Liebling?«

Es gibt keine Situation, keine denkbare Welt, in der ich ihm die Wahrheit sagen könnte.

Ich spiele mit meinen Perlen und lächele gelassen. »Alles in Ordnung, Frank. Und vergiss nicht, der Empfang ist um sechs.«

Franks Lächeln ist strahlend und selbstsicher, sein Atem minzig und frisch. Er nimmt meine freie Hand und küsst sie. »Wie könnte ich das vergessen?«

Caspian, 1964

Am nächsten Tag mied er Boylan's Coffee Shop. Auch am übernächsten. Am dritten Tag ging er um neun Uhr dreißig hin, bestellte einen Kaffee und war um neun Uhr fünfundvierzig wieder draußen, weil er sich hundeelend fühlte. Den Rest des Tages verbrachte er damit, die Stadtstreicher am Long Wharf Pier zu fotografieren. Abends lernte er in einer Bar eine junge Frau kennen, die ihn bereitwillig zu ihrer Wohnung in Charlestown führte. Sie servierte ihnen beiden einen Jägermeister und machte sich daran, sein Hemd aufzuknöpfen. Die Neonwerbung vor dem Fenster jagte rosa und blaue Lichtblitze über seine Haut. »Wow, ist das eine Narbe?«, fragte sie, während sie seine Schulter berührte. Er betrachtete ihre falschen Wimpern, ihre verschmierten Lippen, ihre weichen Brüste, die zwanglos aus ihrem Büstenhalter quollen, und stellte das Glas beiseite, um ihre Wohnung zu verlassen.

Er war weiß Gott kein Heiliger. Aber es war nicht seine Art, eine Frau kaltblütig zu vögeln. Nicht hier, im friedlichen Boston.

Am vierten Tag besuchte er seine Großmutter in Brookline in ihrem attraktiven Stadthaus aus rotem Backstein, das nach Lilien und Möbelpolitur roch.

»Wurde aber auch langsam Zeit.« Sie reckte ihm ihre dünnhäutige Wange entgegen. »Hast du gefrühstückt?«

»Ist schon eine Weile her.« Er gab ihr einen Kuss und ging zum Fenster. Die Straße war gesäumt von stillem Grün und strahlendem Sonnenschein. Es war der letzte Tag der Hitzewelle, wenn man dem Wetterbericht glauben durfte, und der letzte war immer der schlimmste. Die schwüle Luft erhob sich flimmernd vom Asphalt und ließ das frische Grün der Bäume welken. Ein schnittiger schwarzer Cadillac glitt über die Straße, doch die Fenster seiner Großmutter waren so hochwertig, dass kein Laut zu ihm heraufdrang. Oder vielleicht hatte sein Gehör nachgelassen. Von all dem Lärm.

»Ein unverbesserlicher Frühaufsteher. Ich schätze, das haben sie dir beim Militär beigebracht.«

»Das war ich schon immer, Granny.« Er wandte sich erneut seiner Großmutter zu. Sie saß in ihrem geliebten Chintzsessel neben dem Bücherregal, frisch gepudert und makellos in ihrem flamingofarbenen Kleid, das die Blütenfarbe des Polsterbezugs aufgriff.

»Ist wohl die väterliche Linie. Deine Mutter hat immer bis mittags geschlafen.«

»Wenn du es sagst.«

»Glaub es mir.« Sie reckte ihre Hand nach der Glocke auf dem feinen Chinoiserie-Tischchen und schlug beherzt zu. Ein einzelnes *ding* ertönte. Granny war nicht der Typ, der sich vor Trauer ergoss, nicht mal in Erinnerung an ihre älteste Tochter. »Was treibt dich dazu, deiner alten Großmutter einen Besuch abzustatten?«

»Nichts Besonderes, außer dass ich bald zurück an die Front muss.«

Ihre Lippen schürzten sich. »Und warum in aller Welt?«

»Weil ich nun mal Soldat bin, Granny. Das ist mein Beruf.«

»Es gibt noch andere Berufe. Ach, Hetty, da sind Sie ja!

Bringen Sie meinem Enkel ein Tablett mit frischem Kaffee. Er hat schon gefrühstückt, aber legen Sie etwas Gebäck dazu, um seine Laune zu versüßen.«

Als wäre *er* derjenige, dessen Laune versüßt werden müsste.

Er wartete geduldig ab, bis Hetty durch die Wohnzimmertür verschwunden war. »Was denn? Was soll ich deiner Meinung nach tun?«

»Ach, du weißt schon, die Firma deines Onkels. Oder meinetwegen Jura. Ich würde sagen Medizin, aber für den Zirkus bist du wahrscheinlich zu alt. Außerdem haben wir bereits einen Arzt in der Familie.«

»Hauptsache nicht zum Militär, was?« Er lehnte sich ans Bücherregal und verschränkte die Arme. »Hauptsache, ich trete nicht in die Fußstapfen meines Vaters.«

»Das habe ich nie gesagt. Eisenhower war auch beim Militär.«

»Lass gut sein, Granny. Nicht jeder ist zu Höherem bestimmt.«

»Von Höherem war gar keine Rede.«

»Arme Granny, dein Lächeln verrät dich. Aber du weißt, der Apfel fällt nicht weit vom Stamm. Auf dem College habe ich das alles ausprobiert, und sieh, was aus mir geworden ist!« Er streckte beide Hände von sich. »Du musst mich wohl oder übel nehmen, wie ich bin. Jede Familie braucht ein schwarzes Schaf. Das zeugt von Charakter. Die Presse liebt so was, oder? Stell dir nur den Fernsehbericht vor, wenn Frank zum Präsidentschaftskandidaten ernannt wird.«

»Ach, jetzt hör aber auf! Du bist kein schwarzes Schaf. Sieh dich nur an!« Sie deutete empört auf seine zurückgelehnte Gestalt, seine lässig verschränkten Beine. »Ich mache mir doch nur Sorgen um dich, dort am anderen Ende der Welt. Ausgerechnet Siam.«

»Vietnam.«

»Immerhin bekämpfst du die Kommunisten.«

»Irgendwer muss es ja tun.«

Die Tür öffnete sich. Hettys uniformierte Gestalt schob sich mühsam hindurch, ihr Rücken unter der Last des voll beladenen Tabletts gekrümmt. Cap entwirrte seine Beine und stieß sich ab, um ihr das Tablett abzunehmen. Er konnte so etwas nicht mit ansehen, das hatte er noch nie gekonnt. Hausangestellte, die seinetwegen Unmengen von Kaffee und Kuchen heranschleppten. In den Unterkünften seines Vaters waren es wenigstens stattliche junge Soldaten, die weitaus lieber Tabletts trugen, als Granaten zu werfen. Ein subtiler Unterschied, doch einer, mit dem er leben konnte.

»Vielen Dank, Hetty. Und was ist mit der Fotografie?« Sie winkte ihn zu sich heran, um ihm eigenhändig Kaffee einzugießen.

»Das ist nur ein Hobby, kein Beruf. Und nicht sonderlich respektabel. Aber das brauche ich dir wohl kaum erklären?«

»Es ist eine Kunstform, sagt Franklin. Genau wie die Malerei.«

»Anders als die Malerei. Aber es hat schon was von Kunst, schätze ich. Das kannst du deinen Freunden erzählen, wenn du willst.« Er griff nach der Kaffeetasse und lehnte sich erneut gegen das Regal.

»Setzt du dich eigentlich nie hin, junger Mann?«

»Nicht, wenn ich es vermeiden kann.«

»Und genau da liegt das Problem.«

Er grinste und trank seinen Kaffee.

Sie konterte mit einem abfälligen Schnauben. Ein großmütterlicher Laut, von dem sie im zarten Alter von zwanzig Jahren – er hatte mal Fotos von ihr gesehen, auf irgendeiner wilden New Yorker Party – mit Sicherheit behauptet hätte, dass er ihr niemals über die Lippen kommen würde. »Du und dein diebisches Grinsen. Was ist eigentlich mit den Frauen? Gewiss gibt es da ein, zwei hübsche Mädchen, die dich anhimmeln?«

»Nicht, dass ich wüsste. Ich bin nur ein paar Wochen hier, schon vergessen?«

»Das hat die Männer dieser Familie noch nie abhalten können.« Ein süffisantes Grinsen erfasste ihre Züge.

»Und du bist auch noch stolz darauf?«

»Männer sind Männer, Frauen sind Frauen. Wir sollten uns so verhalten, wie Gott uns geschaffen hat.«

Er schüttelte den Kopf. Die Tasse in seiner Hand erinnerte ihn an Janes zarten Ellbogen. »Es gibt da schon jemanden …« Kaum hatte er sie erwähnt, wurde ihm bewusst, dass sie der Hauptgrund war, weshalb er an diesem schwülen Maimorgen hergekommen war – in das nach Lilien duftende Stadthaus mit den eleganten Chintzmöbeln, dem teuren Kaffeeservice mit den idyllischen Schäferszenen und zu Granny Hardcastle persönlich, wie er sie seit seiner Kindheit kannte.

Jane Namenlos. Was sollte er nur mit ihr anfangen? Was sollte er mit sich selbst anfangen?

»Wie heißt sie?«, fragte Granny.

Er grinste erneut. »Wenn ich das wüsste. Ich habe noch nie mit ihr geredet.«

»Noch nie mit ihr *geredet*?«

»Ich fürchte, sie ist verlobt.«

»Verlobt oder verheiratet?«

»Verlobt. Einen Ehering habe ich nicht gesehen. Außerdem kommt sie mir nicht vor, als wäre sie verheiratet.«

»Verlobt hat nicht viel zu sagen.« Granny gab einen weiteren Löffel Zucker in ihren Kaffee. Das Silberbesteck klimperte kostspielig gegen das Meissener Porzellan. »Was für ein Typ Frau?«

»Der nette Typ.«

»Aus gutem Haus?«

»Ich sage doch, ich kenne nicht mal ihren Namen.«

»Dann finde ihn heraus.«

»Herrgott, ich …«

»Hüte deine Zunge, Caspian.«

Er stellte die Kaffeetasse beiseite und ging zurück zum Fenster. »Gott, warum bin ich überhaupt hergekommen?«

»Schluss mit der Gotteslästerung. Spar dir diese Ausdrucksweise für deine Kameraden. In meinem Haus nimmt niemand den Namen des Herrn leichtfertig in den Mund.«

»Jawohl, Ma'am.«

»Aber um auf deine Frage zurückzukommen: Warum bist du hier? Ganz offensichtlich, um meinen Rat einzuholen.«

»Und der lautet?« Er fragte das Fenster, die menschenleere Straße, die weiß abgesetzten Backsteinhäuser, die ihn teilnahmslos anstarrten.

Das Tafelsilber klirrte, als Granny sich ein Stück Kuchen abschnitt und auf den zierlichen Schäferinnenteller legte, um sich selbst einen Bissen zu gönnen. »Ich bin erstaunt, Caspian. Erstaunt und erschüttert, dass deine Generation eine so schlichte Angelegenheit unnötig verkompliziert. Du brauchst dir nur eine einzige Frage zu stellen, ehe du den ersten Schritt tust.«

»Und die wäre?«

»Willst du sie heiraten oder dich vergnügen?«

Ein Postbote tauchte unvermittelt zwischen den Bäumen der gegenüberliegenden Straßenseite auf. Er trug eine kurze Hose und sah aus, als würde er jeden Moment aus den Latschen kippen. Caspian nestelte an den geblümten schweren Vorhängen und dachte an das Wort *vergnügen*. Wie leichtfertig Granny es in den Mund genommen hatte. Was wusste sie schon von derartigen Vergnügungen? Im Grunde wollte er es gar nicht wissen. Herrgott. »Gibt es nichts dazwischen?«

Es folgte eine kurze Pause voller Missbilligung. »Nein.«

»Na schön. Und dann?«

»Das kommt darauf an. Wenn du dich vergnügen willst, geh auf sie zu, stell dich vor und lade sie zum Essen ein.«

»Klingt gut. Und andernfalls?«

Granny stellte ihren Teller beiseite. Das Haus war ebenso still wie die Außenwelt, leblos und leer ohne die acht Kinder und den Ehemann, der die meiste Zeit in seinem Büro verbracht hatte, wenn man unter *Büro* die Wohnung seiner Geliebten verstand. Granny war die einzige Überlebende, die letzte Verfechterin der Brookline'schen Linie. Die Fußbodendielen ächzten unter dem Läufer, als sie sich aus dem Sessel erhob und langsam auf ihn zutrat, in demselben schleppenden Tempo wie der Postbote auf der anderen Straßenseite.

Sie legte eine Hand auf seine Schulter, und er musste sich zusammenreißen, um nicht zurückzuweichen.

»Weißt du das nicht, Caspian? Geh auf sie zu, stell dich vor und lade sie zum Essen ein.«

Tiny, 1966

Gegen halb sechs recke ich den Oberkörper unter dem offenen Fenster hindurch in die schwülwarme, salzgeschwängerte Luft, um nach meinem Mann Ausschau zu halten.

Der Strand ist übersät mit Hardcastles aller Altersklassen, die in knapper Badekleidung über den Sand tollen. Die Jüngeren bauen eine riesige Sandburg, unterstützt von ein, zwei wohlmeinenden Vätern. Die Jugendlichen spielen Fangen, Jungs gegen Mädchen, um unter dem Deckmantel des Spiels jene aufregenden neuen Empfindungen der Jugend zu erforschen. Habe ich mich damals auch so benommen zwischen dreizehn und sechzehn, im Sommerurlaub auf Long Island? Vermutlich schon. Oder eher meine Schwestern, während ich mit einem Buch unter dem Sonnenschirm lag, um mich vor Sommersprossen, Sonnenbrand und pickeligen Jungs zu schützen. Um mich für Größeres aufzusparen, so wie meine Mutter es mir stets gepredigt hatte. Größeres als unerfahrene hormongesteuerte Knaben.

Zwischen meinen Fingern steckt eine Zigarette; ein weiterer Grund, mich aus dem Fenster zu lehnen. Ich nehme hastig einen Zug, in der Hoffnung, dass niemand aufblickt.

Sechs der sieben noch lebenden Geschwister der älteren Generation sind mit ihren Partnern anwesend, und stolze fünfzehn Cousins und Cousinen bevölkern die hübschen

Holzhäuser des Anwesens. *Der Komplex*, wie die Zeitschriften es gern nennen, als handele es sich bei dem Gelände um eine schwer bewachte Militäranlage und bei den Hardcastles um eine eigene diplomatische Einheit. Natürlich kenne ich all ihre Namen. Das gehört zu meinen zahlreichen Pflichten. *Du bist jetzt die Dame des Hauses*, hat Mrs. Hardcastle gesagt, als wir das erste Mal als verheiratetes Paar nach Cape Cod kamen. Es war gerade Mitte August, eine Woche nach unserer Rückkehr aus den Flitterwochen, und die Luft war brütend heiß. Mrs. Hardcastle hatte die große Suite des Haupthauses bereits geräumt. *Du bist jetzt die Dame des Hauses*, verkündete sie über einem feierlichen Begrüßungsdrink, und ich hatte das Gefühl, einen Hauch Triumph in ihrer Stimme zu hören.

Zugleich redete ich mir ein, mich zu irren.

Du triffst jetzt die Entscheidungen, fuhr sie fort. *Mach alles so, wie du es für richtig hältst. Ich verspreche auch, mich nicht einzumischen. Es sei denn, du kannst ab und zu etwas Unterstützung gebrauchen.*

Ich entdecke Frank ein paar Hundert Meter weiter auf seinem Segelboot, das er im Schutz des Wellenbrechers vertäut. Zumindest gehe ich davon aus, dass es Frank ist; es ist definitiv sein Boot, das größte von allen, mit dem höchsten Mast. Eine Weile hatte er ernsthaft in Erwägung gezogen, für den America's Cup zu trainieren. Ich weiß nicht, was aus dem Plan geworden ist. Zu viele Verpflichtungen, schätze ich. Zu beschäftigt mit seiner Karriere. Ich entdecke zwei Personen auf dem Boot, Frank und noch jemanden, die sich darum kümmern, die *Sweet Christina* an ihrer Ankerboje zu vertäuen. Aus dieser Entfernung wäre es sinnlos, nach ihm zu rufen.

Ich nehme einen letzten Zug von meiner Zigarette, drücke sie auf der Fensterbank aus und werfe einen Blick auf meine Armbanduhr. Fünf Uhr fünfunddreißig, und kein Mensch schert sich um den Empfang. Alle genießen lieber die Sonne, den Strand, das Meer. Direkt unter mir liegt Pepper in ihrem Liegestuhl, mit knallbuntem Bikini, flatterndem Haartuch und öliger Haut. Sie kann es sich erlauben, ihren olivfarbenen Körper stundenlang der Sonne auszusetzen, um ihren Teint zu pflegen. Sie hält es nicht mal für nötig, ihre Zigarette zu verstecken; Männer, Frauen, Kinder, alle können sie sehen. Ebenso wie ihre Thermosflasche mit fragwürdigem Inhalt.

Alle haben einen Mordsspaß.

Nun, sollen sie ruhig. Dafür ist Cape Cod schließlich da, oder? Darum haben die Hardcastles dieses Anwesen gekauft, damals in den Zwanzigerjahren, als Ferienhäuser am Meer der letzte Schrei waren. Darum haben sie es bislang nicht verkauft und treffen sich Jahr für Jahr, um in der prallen Sonne zu schwitzen und Hummersandwiches zu verspeisen.

Als ich mich zurückziehen will, lässt mich etwas nach links blicken. Entsetzt bemerke ich ein Gesicht, das mich vom Strand aus beobachtet.

Mein Herz beginnt zu rasen. Verstört. Verängstigt. *Ertappt.*

Doch es ist nur Tom. Constances Ehemann. Doktorand der Volkskunde – was immer das heißen mag – an der Tufts University. Er hat den Sommer über Urlaub, ohne einer anderen Tätigkeit nachgehen zu müssen, als die Gewinne seines Treuhandfonds zu kassieren, an seiner Doktorarbeit zu feilen und Constance erneut zu schwängern. Er sitzt reglos in den Dünen, mit Zigarette und finsterer Miene, und jene finstere Miene ist zufällig in meine Richtung gewandt, als wäre ich das sagenumwobene Volk seiner wissenschaftlichen Forschungen. Wahrscheinlich hat er mein offenes

Kleid bemerkt. Wahrscheinlich auch die Zigarette. Und höchstwahrscheinlich wird er mich an Constance verpetzen.

Miese kleine Ratte.

Ich lächele und winke. Er hebt zum Gruß die Zigarette.

Dann ziehe ich mich in das Zimmer zurück und verrenke mich vor dem Spiegel, um den Reißverschluss meines Kleides hochzuziehen. (Eng anliegendes Oberteil, winzige Ärmel: Wo steckt eigentlich mein Mann, wenn ich ihn mal brauche? Ach, ja richtig: auf seiner Jacht!) Ich frische meinen Lippenstift auf, tupfe ihn sorgfältig ab, lege noch etwas nach. Mein Haar will nicht so recht sitzen, vermutlich wäre mal wieder ein Friseurbesuch fällig. Hier in Cape Cod kann man so etwas leicht vergessen. Zu spät für Lockenwickler. Ich drehe die Spitzen um meine Finger, halte sie fest, lasse los. Nächste Strähne. Auflockern. Das Haus ist vollkommen still. Selbst Percy ist eingeschlafen.

Während sich meine Finger langsam vorarbeiten, starrt mich mein Gesicht im Spiegel mürrisch an. Genau wie Mum mich damals gewarnt hat – im Vorbeigehen, auf dem Weg zu irgendeiner Party –, sie meinte, ich solle bloß nicht so mürrisch dreinblicken, sonst würden meine Züge festfrieren.

Fältchen. Der Feind weiblicher Glückseligkeit.

Um zehn vor sechs stürmt Frank ins Schlafzimmer, grinsend und windzerzaust, einen Moment zu spät, um mir die Halskette aus Diamanten und Aquamarinen anzulegen.

»Wie war das Segeln?«, frage ich kühl.

»Großartig. Cap hat mir Gesellschaft geleistet. Wie in alten Zeiten. Wir sind um die ganze Landzunge und wieder zurück gesegelt. Noch dazu in Rekordzeit. Der Mann kann echt segeln, sage ich dir!« Ein größeres Lob gibt es nicht. Frank rauscht an mir vorbei ins Badezimmer.

»Mit nur einem Bein?«, rufe ich ihm hinterher.

»Das hat den alten Blaubart auch nicht abhalten können!« Er lacht über seinen eigenen Witz.

Ich schraube meinen Ohrring zu und streiche ein letztes Mal über mein Haar. »Ich werde unten erwartet. Kommst du allein zurecht?«

Frank tritt aus dem Badezimmer, um vorübergehend im Kleiderschrank zu verschwinden. »Ja, ja.« Sein Kopf späht an der Schranktür vorbei. »Brauchst du Hilfe mit deinem Reißverschluss?«

Meine Schuhe stehen einsatzbereit vor der Tür. Fünf-Zentimeter-Absätze, aquamarinfarbener Satin, passend zu meinem Kleid und meiner Kette. Ich schlüpfe mit dem rechten Fuß hinein, dann mit dem linken. Die Höhe steigt mir auf der Stelle zu Kopf.

»Nein, ich brauche keine Hilfe.«

Auf dem Weg nach unten sehe ich kurz nach Pepper.

»Komm rein«, ruft sie auf mein Klopfen hin. Als ich durch die Tür trete, bindet sie sich hastig den Morgenmantel zu. Meine schwesterliche Intuition verrät mir, dass sie gerade nackt vor dem Spiegel stand. Genau das würde Pepper tun – ihre eigene Figur bewundern, die (wie die unserer jüngsten Schwester Vivian) einer völlig anderen Spezies angehört: groß und schlank, geschwungen wie eine Violine, mit honigfarbener Lasur; eine Figur, die jedem Mann den Kopf verdreht. Vor allem, wenn sie ihre Kurven mit mandarinfarbenen Minikleidern und hochhackigen Pantoletten in Szene setzt.

Mit einem Mal fühle ich mich blass und platt, entsetzlich kurvenlos in meinem blassblauen Kleid. Winzig und unbedeutend. Ein aufgeputztes Mädchen statt einer verführerischen Frau. Eine rigide, frigide Puppe. Mein Gott, was ist nur aus mir geworden?

»Du bist noch nicht angezogen?«

»Bin gerade erst reingekommen. Ich konnte mich einfach nicht losreißen. Ich habe seit Ewigkeiten nicht mehr am Strand gelegen.«

»Nur Arbeit, kein Vergnügen?«

»Ach, du kennst mich doch.« Sie lacht. »Das Leben in Washington macht mich ganz wahnsinnig. Es tut gut, mal wieder nichts zu tun. Du bist es nicht anders gewöhnt, aber …« Sie beendet ihren Satz mit einem vielsagenden Schulterzucken und wendet sich ab, um einen Blick aus dem Fenster zu werfen.

»Von Nichtstun kann keine Rede sein.«

»Immerhin bist du jetzt die Dame des Hauses, ganz wie Mum. Ich kann dir gar nicht sagen, wie neidisch ich bin.« Sie reckt genüsslich die Arme über den Kopf, unmittelbar vor dem Fenster. Sie wirkt weder neidisch noch in Eile, sich für den Empfang anzukleiden.

Ich blicke demonstrativ auf die Uhr. »Eigentlich bin ich auf dem Weg nach unten. Kann ich noch was für dich tun? Reißverschluss?«

Pepper dreht sich um. »Danke, ich komme schon klar. Bei mir gibt es nicht viel zu verschließen.« Ein tiefes, kehliges Lachen. Dann ein ungläubiges Schnuppern. »Tiny! Hast du etwa *geraucht*?«

Als wollte sie sagen *geswingt*?

Fast hätte ich gelogen. »Nur eine einzige«, erwidere ich abwehrend.

»Du meine Güte. Dass ich den Tag noch erlebe! Armes kleines Ding. Eine Familie wie diese treibt wohl jeden in den Exzess. Aber keine Sorge.« Sie versiegelt ihre Lippen. »Ich werde Mum kein Sterbenswörtchen erzählen. Ist der schnuckelige Major eigentlich schon hier?«

»Bislang nicht. Uns bleiben noch ein paar Minuten.«

»Du klingst furchtbar kühl, Tiny. Vielleicht solltest du dich selbst mal an den Strand legen, um dein Blut aufzuwärmen. Das wirkt Wunder, glaub mir!«

Ich betrachte ihre roten geschwungenen Lippen, ihre funkelnden Augen, die an den Rändern verführerisch nach oben weisen. Ganz die Alte, jetzt wo wir beide allein sind. Ihre ausgefahrenen Krallen, meine zerkratzte Haut. Wir benehmen uns deutlich zivilisierter, wenn andere dabei sind, abgelenkt von der unabänderlichen Rangordnung: die fehlerfreie Erstgeborene, die ungezogene Zweitgeborene, ein nie endender Konflikt.

Als ich nichts erwidere, zieht Pepper die Enden ihres Morgenmantels fester um ihren Körper. »Ich habe deinen Mann und den Major draußen beim Segeln gesehen. Bist du überhaupt zu deinem Schäferstündchen gekommen? War wohl eher ein Schnellschuss. Aber das sind manchmal die besten!«

»Ich hatte vor acht Tagen eine Fehlgeburt«, sage ich. »Keine Ahnung, ob Mum dir davon erzählt hat. Es gab kein Schäferstündchen. Weder schnell noch langsam.«

Pepper löst ihre verschränkten Arme. Ihre spitz zulaufenden Augen – dunkelblaue Augen wie Vivians, nur eine Spur heller – werden groß vor Mitgefühl. »Oh, Tiny! Ich hatte ja keine Ahnung. Das tut mir so leid. Ich bin eine herzlose dumme Kuh.«

Ich wende mich zum Gehen. »Schon in Ordnung.«

»Mein loses Mundwerk.«

»Ein ganz entzückendes Mundwerk, Pepper. Ich gehe schon mal vor, um nach dem Rechten zu sehen. Ruf mich, wenn du etwas brauchst.«

»Tiny …«

Behutsam schließe ich die Tür.

Unten ist alles in bester Ordnung, genau wie vor einer Dreiviertelstunde. Sämtliche Vasen sind mit Hyazinthen gefüllt – meine erste rebellische Tat als Dame des Hauses: Ich habe die angestammten Lilien rigoros durch Hyazinthen ersetzt, ungeachtet des finanziellen Ruins, da die Saison für Hyazinthen längst vorbei ist. Fenster und Türen sind weit geöffnet – Insekten hin oder her –, denn die Hitze hat sich tagsüber aufgestaut, Lage für Lage, und das Haupthaus ist nicht klimatisiert. In der Küche sind Mrs. Crane und die beiden Hausmädchen eifrig damit beschäftigt, Tabletts mit Crackern und Krabbencocktails zu füllen. Wäre dies eine wichtige Party, hätte ich in der Stadt einen Barkeeper organisiert und ihn in einen Smoking gesteckt. Aber das hier ist eine ungezwungene Familienfeier, daher werden Frank und sein Vater die Bar übernehmen.

Franks Vater. Er erhebt sich aus seinem Lieblingssessel in der Bibliothek, wie immer makellos gekleidet, mit weißem Smoking und schwarzer Krawatte, sein graues Haar zu glänzendem Silber poliert. »Guten Abend, Tiny. Du siehst großartig aus.«

Ich lehne mich seinem Kuss entgegen. »Sie aber auch, Mr. Hardcastle. Genießen Sie die Ruhe vor dem Sturm?«

Er hebt bestätigend eine Zigarre und ein Glas Scotch. »Ich bekenne mich schuldig. Ist schon jemand hier?«

»Es wird wohl später. Um halb sechs habe ich den Kopf aus dem Fenster gestreckt, und alle waren noch am Strand.«

»Ein heißer Tag.«

»Stimmt. So haben wir wenigstens noch etwas Ruhe, ehe die anderen eintrudeln.«

»Ganz genau. Darf ich dir einen Drink anbieten?« Er geht zur Bar.

»Ja, gern. Wodka Martini. Trocken. Mit Olive.«

Er greift mit geübten Griffen zu Flaschen und Bechern

und mixt mir einen Martini. Man fragt sich vielleicht, warum Franks Mutter nicht die Dame des Hauses ist, die sich um Dinnerpartys und Auswahl der Hausblumen kümmert. Man könnte annehmen, sie sei frühzeitig verstorben, auch wenn man dies niemals laut aussprechen würde. Doch weit gefehlt. Tatsache ist, die Hardcastles haben sich vor vielen Jahren scheiden lassen, als Frank gerade mal fünf oder sechs war, ganz genau weiß ich es nicht, aber es war ein Riesenskandal, der Mr. Hardcastle seine politische Karriere kostete. Man kann sich nicht einfach scheiden lassen und für den Senat kandidieren. In den Vierzigerjahren konnte man das jedenfalls nicht. Daher wurde die Fackel stillschweigend an die nächste Generation weitergereicht. Und Mrs. Ex-Hardcastle? Man hat mir nie erzählt, warum sie sich hat scheiden lassen. Ihr Name wird in der hyazinthenschweren Luft des Haupthauses grundsätzlich nicht in den Mund genommen. Ich wurde ihr noch nicht einmal vorgestellt. Sie lebt in New York. Frank besucht sie manchmal in ihrem Exil, wenn geschäftliche Verpflichtungen ihn in die Stadt führen.

Von fern höre ich die Klingel. Die ersten Gäste sind eingetroffen. Ich werfe einen Blick auf die goldene Kaminuhr. Fünf Uhr neunundfünfzig.

»Danke.« Ich nehme meinen Martini entgegen und wende mich zum Gehen. »Entschuldigen Sie mich. Offenbar hat in dieser Familie doch jemand einen Sinn für Pünktlichkeit.«

Noch während ich den Flur betrete, frage ich mich, warum ein Hardcastle die Klingel betätigt, doch die Erkenntnis kommt leider zu spät.

Caspian Harrison steht in seiner Paradeuniform im Flur und überreicht Mrs. Crane gerade seinen Hut. Er bemerkt meine Gegenwart, meinen abrupten Halt. Ich sehe eine

Narbe über seiner linken Augenbraue, die sich dicht an seine Schläfe schmiegt, ein Detail, das mir aufgrund der Kameraeinstellung oder des Sonnenlichts im Rosengarten des Weißen Hauses entgangen war.

Mein Martini schwappt über den Rand des Glases und rinnt mir über die Hand.

»Major Harrison.« Ich lecke mir den Wodka vom Finger und lächele mein bestes Gastgeberinnenlächeln. »Willkommen zu Hause.«

Caspian, 1964

Als Cap das Café am nächsten Morgen um halb zehn betrat, war der Laden brechend voll. Em eilte mit einem Stapel fettiger Teller an ihm vorbei.

»Was ist denn hier los?«, rief er ihr hinterher.

»Was weiß ich? Hinten ist noch was frei, wenn du dich beeilst.«

Er sah sich um und entdeckte eine leere Nische in der hintersten Ecke. Hastig durchquerte er den schwülen Dunst von Speck und Toast, um sich mitsamt seiner Kamera auf die freie Bank zu schwingen. Em eilte ihm hinterher. Sie stellte eine frische Tasse Kaffee und ein Glas Orangensaft auf den Tisch, ohne zum Stillstand zu kommen. Als Erstes trank er seinen Kaffee, heiß und stark. Eins musste man Boylan's lassen, in ganz Back Bay gab es keinen besseren Kaffee. Zumindest wenn man sein Gebräu so stark mochte, dass man den Löffel hineinstellen konnte.

Er lehnte sich zurück und beobachtete das hektische Treiben. An den umstehenden Tischen entdeckte er zahlreiche Stammgäste. Auch ein paar neue Gesichter. Em und Patty rannten kreuz und quer durch den Raum, gleichermaßen chaotisch wie effizient, mit wehendem Haar und straffen Strümpfen. Der Bürgersteig glänzte von den sintflutartigen Regenfällen der vergangenen Nacht, die sich in wilden Sturzbächen in die Bucht ergossen und die Hitzewelle verjagt hatten. Vielleicht war Boylan's deshalb heute so überfüllt. Das Resultat einer frischen Energie, die mit der kühlen Luft durchs offene Fenster wehte und die Lethargie vertrieb, um den üblichen Trott mit einem Mal durcheinanderzuwirbeln.

»Was darf's sein, Cap? Das Übliche?« Em stand erwartungsvoll vor dem Tisch, in der Rechten eine frische Kanne Kaffee, in der Linken einen Teller mit dampfenden Pfannkuchen.

»Also …«

»Wenn dir etwas an mir liegt, Cap, mach es kurz und knackig.«

»Reichlich Speck, vier Eier, jede Menge Toast.«

»Hungrig?« Em stürmte davon.

»Das kann man …«, weg war sie, »… wohl sagen.« Am anderen Ende des Raums knallte jemand eine Tasse auf den Tisch und ließ ihn zusammenzucken. Er verwandelte die Bewegung in ein improvisiertes Recken – bitte, die Herrschaften, gehen Sie weiter. Hier gibt es nichts zu sehen, außer einen schwachsinnigen Soldaten, der sich zum Narren macht –, dann zog er ein Taschenbuch aus dem Vorderfach seiner Kameratasche. Noch bevor er die richtige Seite aufschlagen konnte, bimmelte die nervtötende Eingangsglocke. Unwillkürlich ging sein Blick zur Tür.

Sein Brustkorb hob und senkte sich.

Na so was. Jane Namenlos. Wer hätte das gedacht?

Sowie sie ihre Sonnenbrille abnahm, breitete sich ein Ausdruck von hellem, *äußerstem* Entsetzen über ihr Gesicht. Ihr dunkles Haar wippte empört hin und her, als sie den Kopf von einer Seite zur anderen wandte, um nach einer freien Sitznische Ausschau zu halten, die sie mit ihrem unsichtbaren Kraftfeld einnehmen konnte. Sie trug ein beerenrotes Kleid ohne Ärmel und hatte eine weiße Strickjacke über die Schultern geworfen. Ihr Gesicht glühte vor Anstrengung, was ihn unwillkürlich an Sex denken ließ (schweißtreibenden, energiegeladenen Sex auf makellos weißen Laken, überströmt vom Morgensonnenschein, gefolgt von einer langen heißen Dusche, die zu weiterem Sex führte).

Em eilte quer durch den Raum. Miss Namenlos berührte sie am Arm und stellte ihr eine Frage. Em zuckte hilflos mit den Schultern und eilte weiter.

Janes gepflegte Augenbrauen zogen sich entrüstet zusammen. Sie hatte offenbar einen besseren Service erwartet. Zu ihrer Linken bekam ein kleiner rotblonder Junge von gut vier Jahren einen heftigen Wutausbruch, einen richtiggehend kinoreifen Tobsuchtsanfall, weil er ein Glas Milch verschüttet hatte. Im selben Moment öffnete sich erneut die Tür. Ein großer stämmiger Kerl kam in den Raum gestürmt und stieß Miss Namenlos unsanft zwischen ihre strickjackenumhüllten Schulterblätter. Sie stolperte einen Schritt vorwärts und klammerte sich verzweifelt an ihre Handtasche, während der Mann ruchlos an ihr vorbeidrängte und in einem lauten Bostoner Akzent nach Em verlangte.

Aus gegebenem Anlass hob Cap seine Hand in die stickig schwüle Luft.

Kein Heranwinken. Kein Locken. Nur seine erhobene Hand über einem Meer von Köpfen, als wollte er im Dschungel einem anderen Soldaten ein Zeichen geben. Ich bin hier, Kumpel. Ich decke dir den Rücken. Sei unbesorgt.

Doch Miss Namenlos war keine Soldatin. Sie bemerkte seine ausgestreckte Hand und wandte den Blick rasch ab, als hätte sie ihn nicht gesehen. Im nächsten Moment huschten ihre Augen zurück in seine Richtung. Er ließ die Hand sinken und zuckte mit den Schultern, als wäre es ihm gleichgültig.

Sein Herz trommelte hart gegen seinen Brustkorb, und das lag nicht am Knallen einer Kaffeetasse oder am Klingeln der Glöckchen. Miss Namenlos war gertenschlank, mit dezenten Kurven, fast schon jungenhaft, überhaupt nicht sein Typ, doch seine Augen wichen keine Sekunde von ihrem flachen beerenroten Bauch, dem fein gerafften Stoff, an ihrer zierlichen Taille, der Wölbung ihrer Brüste unter der geraden Linie ihres Ausschnitts. Von dem rosigen Spalt ihrer leicht geöffneten Lippen oder der verräterischen Röte ihrer Wangen. Wo mochte diese Röte herrühren? Hatte sie die Nacht bei ihrem Verlobten verbracht? Hatte sie ihm zuliebe ihr makelloses Make-up, ihre makellose Frisur, ihre makellose Kleidung abgelegt? Hatte sie ihm zuliebe ihr Kraftfeld entschärft und ihn an sich rangelassen?

Wie mochte sie sein, die Frau hinter dem Kraftfeld?

Zögerlich hob sie die Augenbrauen. Cap streckte beide Hände von sich, die Innenflächen nach oben gekehrt, und schenkte ihr ein Lächeln, das seine Wirkung nie verfehlte. *Du hast nichts zu befürchten. Ich helfe aus reiner Herzensgüte.*

Miss Namenlos schob den Riemen ihrer Handtasche über die Schulter – dieselbe Geste wie neulich – und trat mit vollendeter Pokermiene auf ihn zu. Er mochte ihre anmutige Art, sich zu bewegen, geschmeidig und gymnastisch, auf beerenfarbenen Pfennigabsätzen. Anders als dieses affektierte Staksen, das man an jeder Straßenecke sah. Von Frauen mit keinerlei Schwung, keinerlei Elastizität, keinerlei Anmut.

Eine wahre Frau erkennt man an ihrem Gang, richtig? Ein Eindruck, der niemals trügt.

Sie erreichte seinen Tisch, in eine Wolke aus Chanel gehüllt.

»Caspian«, sagte er, ohne sich zu erheben.

Sie rutschte ihm gegenüber auf die Bank, ihr Kleid sorgfältig gerafft. Dann stellte sie die Handtasche auf den Sitz, möglichst weit von seinen männlichen Pranken entfernt, und legte ihre verschränkten Hände an die Tischkante. Ihr Verlobungsring funkelte im gelblichen Schein der Tischbeleuchtung. Heilige Muttergottes, das waren gut und gern drei Karat. Fast wie der Klunker seiner Großmutter.

»Tiny«, verkündete sie.

»Tiny?«, wiederholte er. »Ist das ein Spitzname?«

Sie schenkte ihm einen kühlen Blick. »Ist es.«

In aller Ruhe studierte sie die Karte, erwog jede einzelne Speise und blickte schließlich auf, um ihren gewohnten Aprikosenplunder und eine Tasse Kaffee zu bestellen. Em unterdrückte ein Grinsen und steckte ihren Bleistift zurück in ihr graubraunes Haar hinter dem Ohr, um rasch davonzuflitzen, vorbei an dem brüllenden Jungen und seiner entnervten Mutter, die ihn abwechselnd beruhigte und schalt.

»Lass dich bitte nicht aufhalten.« Tiny deutete auf seinen Teller. »Nicht, dass es meinetwegen kalt wird.«

»Keine Sorge.« Er griff mit der rechten Hand zur Gabel, mit der linken zum Buch und fing an, entgegen seiner antrainierten Manieren, das Essen in sich hineinzuschaufeln und in seinem Buch zu lesen, dessen Deckblatt er vorsorglich umschlagen hatte, damit sie den Titel nicht erkennen konnte.

»Vielen Dank für den angebotenen Platz, Caspian«, sagte sie. Rhetorisch geschult, keine Frage. Die Vokale sorgfältig geformt, die Konsonanten scharf und klar. Eine solche Eloquenz war gewiss kein Zufall.

Er belud seine Gabel mit etwas Ei und deutete mit den Zinken voran auf sein Buch. »Tut mir leid«, sagte er, »macht es dir etwas aus, wenn ich lese?«

Ihre rosigen Lippen verflachten zu einer nüchternen Linie. »Ich bitte um Verzeihung.«

Cap tat so, als könne er bei dem Tumult lesen. Tiny trommelte mit dem Zeigefinger auf die Tischplatte und warf einen Blick auf den kreischenden Jungen.

»Sie sollte mit ihm rausgehen«, sagte sie überraschend sanft, anders als die meisten Frauen, die ihrer Empörung mit geschürzten Lippen Ausdruck verliehen hätten. Höchst interessant. Er hätte eher angenommen, die untadelige Miss Namenlos würde Mütter flegelhafter Kinder in dieselbe Schublade stecken wie gewöhnliche Kleinkriminelle.

»Wie bitte?«

»Sie sollte mit ihm rausgehen. Ich meine den kleinen Jungen. Ohne Publikum wird er sich bestimmt schneller beruhigen.«

Cap zuckte mit den Schultern und wandte sich erneut seinem Buch zu.

Tinys Kaffeetasse und der Aprikosenplunder landeten unsanft auf dem Tisch. Sie gab ein paar Krümel Zucker und einen Schuss Milch in den Kaffee.

»Auffüllen, Cap?«, fragte Em.

Er blickte zu ihr auf. Sie zwinkerte ihm zu und neigte ihren Kopf zu der beerenfarbenen Schönheit, die unbeteiligt an ihrem Kaffee nippte.

Cap hielt ihr die Tasse hin und deutete mit dem Daumen auf Tinys Plunder. »Gern, Ma'am. Und einen davon, bitte.«

»Da hat aber jemand Hunger! Du trainierst wohl wieder?«

»Jawohl, Ma'am. Fit für den Dienst.«

Em stellte die Kaffeekanne auf den Tisch. Sie war die Art von Kellnerin, die selbst im dicksten Frühstückstrubel gern mal ein Schwätzchen hielt. Das gefiel ihm an Em. »Dann erzähl doch mal«, sagte sie. »Was hast du heute schon hinter dir?«

Acht Meilen joggen, unter dem Dach Hanteln stemmen, mit Marschgepäck Treppen steigen, fünf Mal, in jeweils fünfundsiebzig Sekunden. Er zuckte mit den Achseln. »Ein bisschen Laufen und Gewichte stemmen.«

Em griff nach seinem Bizeps und versuchte, ihn mit der Hand zu umfassen. »Lass mal sehen, Cap.«

Er spannte den Arm.

»Nicht übel. Da wo du herkommst, zählt wohl Größe?«

»Reines Muskelschmalz. Funktioniert immer.«

Em zwinkerte und wandte sich an Tiny, die kerzengerade auf ihrer Bank saß, die Lippen zu einem sittsamen Lächeln erstarrt. Em versetzte der Luft einen Stups mit der Kaffeekanne. »Nimm dich bloß in Acht, Mädchen. Der haut dich mit seinem Charme glatt aus den Socken.«

»Machen Sie sich um mich keine Sorgen.«

Cap richtete seine Aufmerksamkeit zurück auf das Buch. Tiny nippte stumm an ihrem Kaffee. Als Em mit dem zweiten Aprikosenplunder zurückkehrte, bat Tiny um eine Gabel, um ihr eigenes Stück in winzigen Bissen zu verspeisen, jede Bewegung ein Beispiel von Anmut, als würde sie im besten Hotel der Stadt dinieren.

Cap deutete auf den letzten verbliebenen Bissen. »Isst du den noch?«

»Das hatte ich durchaus vor.«

»Dann bist du also doch hungrig, du gibst es nur nicht zu. Oder willst du für die Hochzeit abnehmen?«

»Keineswegs.«

»Wann ist denn der große Tag?«

»Im Juni.« Ihre Antwort klang zögerlich, als hätte sie Sorge, er könne die Information gegen sie verwenden.

»Ach? Ist ja nicht mehr lange hin. Mein Cousin heiratet auch im Juni.«

»Wie nett.«

»Dein Verlobter kann sich glücklich schätzen.«

»Das will ich hoffen.«

Das Kleinkind brüllte aus vollem Hals und trommelte bäuchlings auf den Boden. *Will mehr Sirup! Will mehr Sirup!* Die Mutter, knallrot, entnervt und hilflos, versuchte, ihn zu beruhigen und seinen gummiartigen Körper vom Linoleum zu lösen.

Cap tippte sich mit dem Zeigefinger an den Mundwinkel. »Du hast da Konfitüre.«

Ihre Zungenspitze schnellte hervor, besann sich ihrer Manieren und verschwand wieder. Stattdessen griff sie zu ihrer Serviette und tupfte sich die Stelle ab.

»Andere Seite. Darf ich?« Bevor sie ihm widersprechen konnte, reckte er einen Arm über den Tisch und entfernte den winzigen Flecken Marmelade in ihrem Mundwinkel. Tinys Lippen waren noch weicher als erwartet. Er leckte sich die Konfitüre vom Finger und lächelte über ihr Entsetzen. »Du siehst aus, als wärst du noch nie mit einem Mann ausgegangen.«

»Von *ausgehen* kann ja wohl keine Rede sein!«, erwiderte sie. Ihr Daumen berührte instinktiv den Verlobungsring.

»Hey«, sagte er leise, diesmal ohne zu grinsen. »Keine Sorge. Ich mache nur Spaß, Tiny.« Er ließ sich den Namen auf der Zunge zergehen, er schmeckte köstlich. »Komm schon. Du siehst mich jetzt seit einem Monat fast täglich. Ich bin ein ganz normaler Kerl, der gern Spiegeleier isst. Entspann dich, okay? Entspann dich einfach. Ich beiße nicht, versprochen.«

Ihre Stirn runzelte sich ungläubig. Ihre Lippen wichen leicht auseinander und schlossen sich im nächsten Moment zu einer starren Linie.

»Ich will es mal so ausdrücken«, fuhr er fort. »Wenn ich dir an die Wäsche wollte, hätte ich es letzte Woche versucht, als du dieses süße rosa Kleidchen anhattest mit dem …« Er deutete auf seinen Nacken.

»Spitzenkragen?« Sie atmete hörbar aus, ein süßer Hauch von Aprikose. Dann lächelte sie. Und bei Gott, was für ein Lächeln! Als hätte sie die Sonne verschluckt. Wo hatte sie nur dieses Lächeln versteckt?

Er lächelte zurück. »Siehst du? Ich bin einer von den Guten.«

»Na schön, Caspian.« Sie streckte ihre Hand über den Tisch. »Also noch mal von vorn.«

Er stellte die Kaffeetasse ab und hob seine Hand, um den Neuanfang zu besiegeln, ganz wie er es sich vorgestellt hatte. Doch bevor er ihre Hand berührte, schepperte erneut die Eingangsglocke, diesmal wutentbrannt, und ein Mann im dunklen Anzug zog eine Waffe und trat an die Kasse.

»Hände hoch! Alle!«

Der Junge verstummte in seinem Heulanfall.

Tiny, 1966

Caspian Harrison hält meine ausgestreckte Hand gepackt. »Danke. Nenn mich doch bitte Caspian. Oder einfach Cap, wie der Rest der Familie.«

Er sieht immer noch genauso aus. Natürlich tut er das. Männer wie er verändern sich nicht. Die straffe Haut, die blassgrünen Augen mit den ernsten Fältchen. Die kurz geschorenen Haare, die seine markanten Gesichtszüge betonen.

Abgesehen von dieser Narbe. Obwohl mein Blick höflich bei seinen Augen verweilt, nehme ich sie immer noch wahr, lang und dick, hellrosa vor seiner dunkel gebräunten Haut. (Woher hat er nur diese Hautfarbe, nachdem er monatelang im Krankenhaus lag? Hat sich die pralle Sonne Südostasiens etwa permanent in seine Hautschichten gebrannt?)

Mit Gesichtern ist das so eine Sache. Sobald Gefühle ins Spiel kommen, kann das Gedächtnis kein verlässliches Bild heraufbeschwören. Man kann sich nur vage erinnern, wie der andere aussieht. Das ist eine wissenschaftliche Tatsache. Ich habe das mal irgendwo gelesen. Angeblich liegt das an den Nervenbahnen im Gehirn. Daher schockiert mich die Vertrautheit seines Anblickes umso mehr, als er nach zwei langen Jahren so unvermittelt vor mir steht. *Du bist das!*, ruft mein aufgeschreckter Puls. Seine rohe kriegerische Schönheit raubt mir den Atem. Es ist, als würde ich ihn zum ersten Mal sehen, wie damals in Boylan's Coffee Shop, ahnungslos und naiv, die Handtasche fest umklammert, während er an seinem Tisch sitzt, gierig über die Spiegeleier gebeugt, wild und exotisch.

Ich denke an das Foto in dem braunen Umschlag am Grund meiner Wäscheschublade. Nicht gerade das klügste Versteck, wie mir in diesem Moment bewusst wird. Meine Finger umklammern das Glas. Ich verspüre ein überwältigendes Gefühl von Wut und Bitternis, und für einen Moment verschwimmen seine Züge vor meinen Augen.

Doch dann kehrt sein Anblick in voller Schärfe zurück. »Caspian, sicher. Komm rein. Du brauchst doch nicht zu klingeln.«

»Ich dachte, das sollte ich. Das letzte Mal ist lange her.«

Ich deute in Richtung Bibliothek. »Möchtest du etwas trinken? Franks Vater hält einsam die Stellung. Du bist der Erste.«

»Tut mir leid. Alte Militärgewohnheit.«

»Ja, verstehe.«

Wir bleiben unschlüssig voreinander stehen, ohne die passenden Worte zu finden. Ich habe Angst, ihn nach dem Foto zu fragen. Ich habe ebensolche Angst, es nicht zu tun und diese furchtbare Situation unkommentiert zwischen uns stehen zu lassen.

Aber vielleicht wäre es das Beste. Vielleicht sollte ich das Problem einfach ignorieren, es in der Schublade schlummern lassen, unbeachtet, unausgesprochen, bis es irgendwann verschwindet. Als hätte es nie existiert.

Eine Hand senkt sich von hinten auf meine Schulter. Caspians Blick schwenkt nach rechts.

»Cap, du bist früh dran!«, sagt mein Mann.

»Genau genommen bin ich pünktlich. Nur bei euch ist das früh.«

»Man kann einen Mann aus der Army verjagen, aber nie die Army aus dem Mann …« Frank schüttelt grinsend den Kopf und gibt mir einen Kuss auf die Wange. »Wie ich sehe, hast du meine entzückende Frau bereits kennengelernt.«

Caspians Blick wandert von meiner Wange zu Franks Hand und weiter zu Frank. Er lächelt. Ein unglückliches Lächeln. »War mir ein Vergnügen.«

Ich führe mein Glas an die Lippen und nehme einen winzigen Schluck, der zu einem ausgiebigen Zug mutiert. Meine Nase stößt gegen die Olive. *Das kann man wohl sagen*, denke ich im Stillen.

»Wow«, kommentiert Frank. »Habe ich was verpasst?«

Erst jetzt wird mir bewusst, dass ich die Worte laut ausgesprochen habe.

»Das Angebot mit dem Drink nehme ich gern an«, sagt Caspian ruhig.

Selbst seine Stimme ist immer noch dieselbe, höflich und ungezwungen, mit einem sanften kehligen Unterton. Vor zwei Jahren, geblendet von aufkeimenden Gefühlen, hatte ich diese Stimme vergöttert. Was konnte man einer solchen Stimme schon vorenthalten? Was konnte man ihr verwehren? Nein, ich kann es der alten Tiny nicht vorwerfen – der blutjungen Tiny, zwei Jahre jünger, zwei Jahre frischer, furchtbar naiv.

Ich wende mich in Richtung Bibliothek. »Sicher. Hier entlang.«

Ich überlasse Caspian der Gesellschaft meines Schwiegervaters, einen frischen Drink in der Hand, vertieft in das Thema Vietnam und die indirekte Kriegsführung. Endlich füllt sich das Haus mit Gästen. Frank nimmt mich beiseite und berührt meinen Ellbogen.

»Was war *das* denn bitte?«, fragt er.

»Was denn?«, erwidere ich.

»Zwischen dir und Cap. Ist er dir irgendwie zu nahegetreten?«

Wir stehen in einer finsteren Ecke, daher kann ich Franks Ausdruck nicht richtig deuten. Seine Brauen sind über den blauen Augen dicht zusammengezogen, was nicht oft vorkommt. Ich setze eine heitere Miene auf. »Ach, Unsinn. Wir haben uns nur begrüßt.«

»Cap kann sich manchmal im Ton vergreifen. Er war lange weg … du weißt schon.« Frank raunt die Worte *du weißt schon* in einem maskulinen Knurren, das die gesamte Bandbreite von Möglichkeiten umfasst.

Ich lehne mich etwas nach rechts, sodass das Licht des gegenüberliegenden Fensters das Gesicht meines Mannes erhellt, um herauszufinden, ob er wütend ist oder beunruhigt. Ob die Schuld bei Caspian liegt oder bei mir. Und was sich hinter diesem *du weißt schon* verbirgt.

»Soll das heißen, man kann deinem Cousin nicht trauen?«

»Das soll heißen, er kann manchmal ziemlich direkt sein. Ein Mann vom Militär eben.«

»Oder geht es um gestern Abend? Als ihr zusammen weg wart?«

Frank zögert. »Was meinst du?«

»Ist da etwas vorgefallen, das dir den Eindruck vermittelt, man könne ihm nicht trauen? Du hast vorhin selbst gesagt, an so einem Abend kann man viel über einen Menschen lernen.«

Ich weiß nicht einmal, worauf ich hinauswill. Franks besorgter Gesichtsausdruck, der zunehmend von Vorsicht überschattet wird, deutet darauf hin, dass er es besser weiß als ich.

»Hör zu«, fährt Frank fort. »Cap ist ein heißblütiger Junggeselle. Zieh meinetwegen die entsprechenden Schlüsse. Ich will nur, dass er sich dir gegenüber wie ein Gentleman verhält.«

Ich lächele beruhigend. »Liebling, ich habe mir nur einen kleinen Scherz erlaubt. Vielleicht muss ich noch etwas an meinem Ton feilen. Hätte Pepper so etwas gesagt, hätte jeder das als unverfänglichen Flirt verstanden.«

Seine Augenbrauen entspannen sich, sein Lächeln kehrt zurück. »Schon gut. Ich will nur, dass du dich wohlfühlst.«

»Ich fühle mich großartig. Und ich bin durchaus in der Lage, unziemliche Avancen auf Cocktailpartys abzuwehren.«

»Das weiß ich doch. Meine bezaubernde perfekte Ehefrau.«

Ich lege eine Hand an sein Revers und streiche mit dem Daumen darüber. »Mach dir keine Gedanken. Ich werde dich schon nicht enttäuschen.«

Er küsst meinen Daumen und klopft mir zärtlich auf den Hintern. »Das tust du nie. Und jetzt versprüh deinen Charme unter den Gästen.«

Mit meinen zusätzlichen fünf Zentimetern spähe ich über Franks Schulter und erblicke eine vertraute Gestalt, die sich aus der Menge löst und in unsere Richtung blickt. Die Worte *heißblütiger Junggeselle* gehen mir durch den Kopf. *Zieh meinetwegen die entsprechenden Schlüsse.* Was immer das heißen mag. Doch ich glaube, ich weiß es. Ich weiß ganz genau, was er meint. Denn Caspian ist *tatsächlich* Junggeselle, richtig? Ein attraktiver, heißblütiger Junggeselle, groß und stark, versehrt und vernarbt. Ein Mann, den die Frauen in Nachtlokalen und auf Cocktailpartys nur so umschwärmen.

Und wer will es ihnen vorwerfen? Ich meine, hier stehe *ich*, Gastgeberin und Ehefrau, eine Stütze der Gesellschaft, und selbst ich bekomme rote Ohren, wenn Caspian in meine Richtung blickt. Mein Puls beginnt plötzlich zu rasen, angefeuert von Caspians Aufmerksamkeit.

Ich schiebe meine linke Hand – die mit dem Ehering und dem funkelnden Verlobungsring – in Franks Nacken und schenke ihm einen leidenschaftlichen Kuss.

Erstaunt löst er sich aus dem Kuss. »Womit habe ich das denn verdient?«

»Weil du meinen Charme zu schätzen weißt.« Ich berühre seine Lippen mit dem Zeigefinger meiner rechten Hand – der mit dem Martini.

Der Wodka steigt mir schnell und heftig zu Kopf. Ich gehe nach draußen, um frische Luft zu schnappen, und stolpere fast über Constances Tochter Kitty, die im Schneidersitz auf der Terrasse hockt und die Steinfliesen anstarrt.

Im letzten Moment stütze ich mich an ihrer Schulter ab. »Entschuldige, Süße. Alles okay?«

»Ja.« Sie hat die Arme verschränkt.

Ich beuge mich zu ihr herunter. »Warum bist du nicht bei den anderen Kindern am Pool?«

Sie schüttelt den Kopf.

»Soll ich deine Mum holen?«

Sie presst die Lippen aufeinander und schüttelt erneut den Kopf.

»Na gut.« Ich setze mich vorsichtig auf die Steine, um meine Seidenstrümpfe nicht zu zerreißen. »Dann leiste ich dir eben Gesellschaft.«

Gemeinsam betrachten wir den Strand, wo sich zwei Möwen um irgendein Objekt zanken, ein verrottendes Meerestier oder dergleichen. Die Luft ist erfüllt von ihrem boshaften Kreischen. Grausame Viecher, diese Möwen. Ich bewege meine Zehen in den engen Satinpumps und frage mich, ob ich sie abstreifen soll.

»Was stinkt denn hier so?«, fragt Kitty.

Ich lege meine Hand vor den Mund und atme aus. »Mein Martini, glaube ich.«

»Ist ja ekelig.«

»Irgendwie schon.«

»Warum trinkst du's dann?«

»Ach, wir Erwachsenen machen das nun mal. Wir machen lauter dumme Dinge. Wahrscheinlich wünschen wir uns, wir wären wieder jung, so wie du.«

Sie denkt einen Moment darüber nach. »Mummy trinkt auch Martinis.«

»Ach ja?«

»Aber nur nachts. Dann nimmt sie diese Tabletten. Und sie wird manchmal böse auf Daddy.« Kitty sagt all das in einem sachlichen Tonfall, als würde sie ein Murmelspiel mit ihren Cousins beschreiben.

»Woher weißt du das, Süße? Solltest du nachts nicht in deinem Bett liegen und schlafen?«

»Aber manchmal muss ich was trinken.«

Ich zeichne einen unsichtbaren Kreis auf die Steine neben meinem Fuß und denke an Mum und Dad, die sich mal gut und mal weniger gut verstehen in ihrem von Wodka und Plattitüden geölten Zusammenleben in der Fifth Avenue. »Erwachsene streiten eben manchmal.«

»Einmal haben sie sich nackig ausgezogen, und Mummy hat Daddys Pipimann geküsst.«

Ich öffne den Mund, um etwas zu sagen, doch mir fehlen die Worte.

»Nancy will nicht, dass ich mit ihrem Pferd spiele.« Kitty fängt an zu weinen.

»Ach, Süße. Sitzt du deshalb hier ganz allein?«

Schnief. »Ja. Sie sagt, ich hätte Bazillen.«

»Wir haben alle Bazillen. Das ist doch normal.«

»Hast du auch Bazillen?«

»Na klar. Wir alle. Ich glaube, Nancy will ihr Pferd einfach nicht teilen.«

»Das ist aber gemein von ihr.«

»Stimmt.« Ich hocke mich hin und nehme ihre Hand. »Komm, wir gehen zum Pool und sagen Nancy, dass sie ihr Spielzeug mit anderen teilen soll.«

»Okay.« Kitty springt auf und schleift mich hopsend über die Terrasse. Die Abendsonne zeichnet einen schimmernden Heiligenschein auf ihr Haar. »Das Pferd ist weiß mit schwarzen Punkten auf dem Po.«

»Ein Appaloosa.«

Sie schwingt unsere verschränkten Arme hin und her. »Manchmal küsst Daddy Mummys Pagina.«

»Mummys *was*?«

Kitty verfällt in einen fröhlichen Singsang. »Jungen haben einen Penis, Mädchen eine Pagina.«

»Ohhh. *Vagina*, Süße. Mit *V*.«

»Vagina, Vagina!«, ruft sie bis hinunter zum Pool, während ich vergeblich versuche, sie zum Schweigen zu bringen. Vielleicht mit zu wenig Nachdruck.

Als ich erfrischt zur Party zurückkehre, kommt Pepper gerade in Glanz und Gloria die Treppe heruntergeschritten. Ihr voller Busen quillt um ein Haar aus ihrem eisvioletten Kleid hervor, das mit seinem schrägen Schnitt gut zehn Zentimeter über dem Knie endet. Sie sieht noch appetitlicher aus als sonst.

Appetitlich, das ist genau der richtige Ausdruck. Wäre ich ein Mann, würde ich sie mit Haut und Haaren vernaschen und mir hinterher die Finger lecken. Die Natur ist überaus parteiisch, was das angeht; sie verleiht Frauen wie Pepper die geballte Ladung Sex-Appeal und zwingt uns Normalsterbliche in eine vorbestimmte Rolle, um atemlos zuzusehen, ob wir uns daraus befreien können.

Im Kreise der Hardcastles ist Pepper wie eine exotische Speise, die noch nie zuvor serviert wurde. *Das ist meine jüngere Schwester Pepper*, sage ich zur Garnitur, um sie den anderen vorzustellen.

Warum nennen dich eigentlich alle Pepper?, fragen die Männer üblicherweise.

Und meine Schwester zwinkert dann vielsagend. *Das liegt an meiner beißenden Schärfe.*

Die meisten Frauen übersehen den ironischen Zug um ihre Mundwinkel. Ihre Gesichter erstarren zu höflichen Masken, wie man sie stets zu sehen bekommt, wenn ein Klan windgestählter Frauen wie die der Hardcastles, ohne Make-up und mit ledrigen Pferdegesichtern, auf die kultiviertere Art ihrer Gattung trifft.

Ich betrachtete Kittys Mutter, Constance, deren Lippen sich bei Peppers Anblick zusammenziehen, und mir wird bewusst, dass ich mehr mit meiner Schwester gemeinsam habe, als ich immer dachte. Zumal ich Constance eigentlich noch nie leiden konnte. Constance, die in unserem ersten gemeinsamen Sommer einen Baseball gegen meine ahnungslose Bauchdecke schmetterte, kurz nachdem ich erfahren hatte, dass ich ein Kind erwartete, und die sich hinterher mit übermäßigem Bedauern entschuldigte. *Hätte ich doch nur besser achtgegeben*, seufzte sie kopfschüttelnd. Und was blieb mir anderes übrig, als ihre Entschuldigung anzunehmen und die Sache herunterzuspielen? Als kurz darauf die erste Fehlgeburt einsetzte, konnte ich ihr natürlich keinen Vorwurf machen. Es war ein bedauerlicher Unfall, nicht mehr.

Ich hätte besser auf den Ball achten sollen.

Die männlichen Hardcastles hingegen … Nun, die interpretieren Peppers Verhalten genau so, wie sie es interpretieren wollen. Wie Männer eben so sind, richtig? Und Pepper ist mit diesem Arrangement vollauf zufrieden. Mit Frauen konnte sie noch nie viel anfangen. Selbst als Kind hat sie überwiegend mit Jungs gespielt. Unsere Schwester Vivian ist das einzige schillernde Doppel-X-Fischchen, das seine attraktiven Flossen in Peppers von Y-Chromosomen dominiertes Wasser tauchen darf, und vermutlich nur, weil sie eben Schwestern sind, verbündet in ihrer gemeinsamen Herablassung gegenüber mir, der braven, verklemmten Spaßbremse der Familie Schuyler.

»Ach, Constance … Constance ist doch richtig, oder? Es gibt so viele von euch. Und ihr seht alle gleich aus!«

Constances Mund verzieht sich zu einem Anus.

Ich muss mir diskret auf die Lippe beißen, um nicht laut loszulachen, denn Pepper hat vollkommen recht. Sie sehen wirklich alle gleich aus, das berühmte Geschlecht der Hardcastles: der Gesichtsausdruck, die Augenform, der buschige Haarschopf, das Verhältnis von Nase, Mund und Wangen. (Caspian bildet in dieser Hinsicht eine Ausnahme; anscheinend haben die Harrison-Gene triumphiert.) Bei den Männern wirkt dieses Aussehen höchst attraktiv und fotogen, ein Hauch von Football und windgepeitschten Segeltörns, von duftendem Apfelkuchen und wahrer Mutterliebe. Doch bei den Frauen wirken die Proportionen irgendwie misslungen, roh und ungeschliffen, fast schon glotzäugig. *Gut aussehend* wäre definitiv zu viel gesagt.

Oder bin ich etwa ungerecht?

Pepper schert sich nicht darum, ob sie nun ungerecht ist oder nicht. Sie schert sich nicht einmal um Constances bedauernswerte Lippen, die jeden Moment Hämorrhoiden anzusetzen drohen.

Wie mag es sich wohl anfühlen, einfach nichts darum zu geben, was andere Frauen von einem denken?

Wir sitzen draußen auf der Terrasse, im Haus kann man es vor Hitze nicht mehr aushalten, und ich beobachte Pepper, die lachend den Kopf in den Nacken wirft, während ihr rosiger Hals im Licht der sterbenden Abendsonne erstrahlt. Pepper, die sich um nichts und niemanden schert.

Klingt das nicht verdammt verlockend?

Ja, *verlockend*. Für ein, zwei Stunden. Damals *war* es verlockend. Es war ein Gefühl von Freiheit.

Ich kippe meinen Drink herunter und gehe in die Küche, um Anweisungen für das Abendessen zu geben.

Das Abendessen, so viel möchte ich gleich vorwegnehmen, ist ein durchschlagender Erfolg, bis der Streit losbricht.

Erschöpft von der stickigen Luft und ermutigt von zwei meisterhaften Martinis – normalerweise trinke ich nur einen –, habe ich mir kühnerweise erlaubt, den Esstisch durch die Doppelflügeltür auf die Terrasse tragen zu lassen, mit Blick auf den Ozean. Mrs. Crane ist von der Planänderung alles andere als begeistert, doch dank meiner besänftigenden Worte und dem beherzten Anpacken der männlichen Hardcastles stehen Tisch und Stühle bald in Reih und Glied, Gabeln und Weingläser finden ihren Platz, Kerzen werden angezündet, und kugelige Vasen mit kostbaren Hyazinthen zieren die Mitte der Tafel.

»Ist doch großartig!« Pepper schreitet anmutig zu ihrem Platz. Die auffrischende Brise zerzaust ihr Haar.

»Oh ja, die Insekten werden sich freuen.« Granny lässt sich auf den Stuhl links von Frank sinken und wirft einen strafenden Blick in meine Richtung.

Ich wende mich an Mrs. Crane. »Seien Sie so gut und bitten Sie Fred, die Petroleumfackeln aus dem Poolhaus zu holen.« Fred ist unser Hausmeister und Gärtner. »Ich glaube, sie stehen ganz rechts, neben den überzähligen Sonnenschirmen.«

Mrs. Crane ist hocherfreut, gegen Granny Hardcastle punkten zu können. »Selbstverständlich, Mrs. Hardcastle. Darf ich den Mädchen sagen, sie sollen jetzt auftragen?«

»Ja bitte. Vielen Dank, Mrs. Crane.«

Die Dienstmädchen bringen das Essen, und Frank kümmert sich um den Wein. Ich selbst setze mich ans entgegengesetzte Ende der Tafel, und Caspian, der wie die anderen Männer auf mein Zeichen wartet, nimmt an Franks rechter Seite Platz, ohne sich die Steifheit seiner Bewegungen anmerken zu lassen. Pepper hat es irgendwie geschafft, den Stuhl neben Caspian zu ergattern, Franks Vater gegenüber. Innerhalb kürzester Zeit sind die Fackeln angezündet und die Insekten verscheucht, die leeren Weinflaschen stapeln sich in einer Ecke der Terrasse, und Pepper hat Caspian in eine jener angeregten Unterhaltungen verwickelt, die den Grundstock jeder legendären Dinnerparty bilden.

Warum auch nicht? Schließlich sind beide ungebunden. Attraktiv und heißblütig. Junggeselle und mondäne Singlefrau.

»Wie lange will deine Schwester eigentlich bleiben?«, fragt Constance, zwei Plätze links von mir.

Ich tauche meinen Löffel in die kühle Vichyssoise. »Ach, ich weiß nicht so genau. Wäre es nicht herrlich, wenn sie den ganzen Sommer bliebe?«

Constance erbleicht.

»Leider arbeitet sie als persönliche Assistentin eines Senators in Washington. Ich fürchte, er wird nicht lange ohne sie auskommen.« Ich beuge mich verschwörerisch vor. »Obwohl sie damit eigentlich dem Feind in die Hände spielt, habe ich recht?«

Jenseits der Terrasse ertönt schrilles Gelächter. Die jüngeren Hardcastles essen drüben am Pool, unter der Aufsicht zweier schwatzender Nannys. Die Jugendlichen haben höchstwahrscheinlich die Bier- und Spirituosenvorräte im Poolhaus entdeckt. Ich winke Mrs. Crane zu mir heran. »Könnten Sie Fred bitten, die Jugendlichen im Auge zu behalten? Vielleicht sollte er das Poolhaus besser abschließen.«

Sie nickt und verschwindet.

Während der Suppe und Vorspeise herrscht eine Atmosphäre von entspannter, heiterer Geselligkeit, umwölkt vom süßen Duft der Hyazinthen, beschwingt vom frischen Weißwein und der Freude über den Familienrückkehrer. Vom Atlantik weht eine wohltuende milde Brise herein. Das Tomatenaspik ist vorzüglich, eine gelungene Balance von süß und sauer. Die Shrimps sind herrlich knackig und rosig. Zu meiner Rechten führt Louis, Franks attraktiver jüngerer Bruder, eine höchst bodenständige Unterhaltung mit seinen Tischnachbarn. Zu meiner Linken steigt Peppers Lachen in den blassen Abendhimmel auf. In der Nähe funkeln Constances Diamanten vor dem ledrigen Hintergrund ihres braun gebrannten Schlüsselbeins, belebt vom Licht der flackernden Fackeln.

Ich sehe sie und denke: *Pagina.*

Die Vorspeisen werden abgeräumt. Die Rotweinflaschen kommen servierbereit entkorkt auf den Tisch. Ich gebe Louis ein Zeichen, dieser wendet sich an Franks Cousin Monty. Gemeinsam schenken sie den Wein ein, Glas für Glas, bis jeder versorgt ist.

Als sie damit fertig sind, erhebt sich Frank von seinem Stuhl, tippt mit der Gabel an sein Glas und lächelt mich vom anderen Ende der Tafel an. »Liebe Verwandte. Geehrte und Geächtete.« Er schenkt Pepper ein vielsagendes Grinsen.

»Bravo!«, wirft Louis ein.

»Als Erstes möchte ich meiner bezaubernden Ehefrau danken, die dieses wundervolle Abendessen arrangiert hat, ein echtes Familienessen, das uns alle mal wieder zusammenführt, noch dazu anständig gekleidet. Auf Tiny!« Er hebt sein Glas in meine Richtung.

Ich greife nach meinem Wein und erwidere die Geste.

»Bravo«, ruft Pepper. »Auf die wunderbare Tiny!«

Allseitige Beifallsbekundungen. Allseitiges Klimpern von Kristall. Allseitiges Gehabe.

»Und nun zum eigentlichen Anlass dieses Abends. Knapp zwei Jahre ist es her, dass der Mann zu meiner Rechten, den wir alle gut kennen, obwohl er in unserer Jugend als rotzfreches, verzogenes Armeekind nicht oft hier war ...«

Caspian wendet sein geschorenes Haupt zu Frank und murmelt etwas, das ich aus der Entfernung nicht verstehe. Pepper legt den Kopf in den Nacken und lacht aus vollem Hals.

»Schon gut, schon gut«, erwidert Frank. »Jedenfalls wuchs er zu einem stattlichen Soldaten heran, während wir anderen in aller Seelenruhe Jura und Medizin studierten. Doch wie sich herausstellte, steckt hinter jener unglücklichen Harrison-Fassade ein waschechter Hardcastle ...«

Ein weiterer geflüsterter Kommentar von Caspian, und diesmal lachen die Männer um ihn herum auf, während Pepper – ausgerechnet *Pepper* – unvermittelt stutzt.

»Aber Spaß beiseite, während wir anderen hierzulande heil und sicher unseren Interessen nachgingen, musste Cousin Cap im fernen Dschungel Vietnams täglich um sein Leben kämpfen, und nicht nur sein eigenes, sondern um unser aller Leben und Lebenswandel. Er kämpfte gegen die Feinde der Freiheit, gegen die Feinde der USA, die dieses Land und seine Werte ein für alle Mal von der Landkarte löschen wollen. Mit anderen Worten, während wir friedlich in unseren Betten lagen – um mich etwas bildhafter auszudrücken –, befand er sich tagtäglich in Lebensgefahr, im Kreuzfeuer des Feindes, und im vergangenen Jahr brach eines Tages buchstäblich die Hölle los. Wir alle wissen, was an jenem Tag geschah – und seit gestern weiß es das ganze Land!«

Der letzte Hauch von Heiterkeit verweht in der lauen Abendluft, die sich allmählich zu einem bläulichen Zwielicht verfärbt.

Ich blicke auf meinen leeren Teller. Mein eigener Schatten zeichnet sich auf dem hauchdünnen Porzellan ab.

»Cap«, sagt Frank ernst und feierlich am anderen Ende der Tafel. Ich schließe die Augen und sehe einen unversehrten Caspian vor mir, mit starken verlässlichen Schultern, der im strahlenden Licht der Maisonne aus einer schlichten weißen Tasse Kaffee trinkt. »Cap, es gibt keine Worte, um auszudrücken, wir sehr wir dir für deinen Einsatz danken. Für dein selbstloses Opfer. Ein Orden ist zwar schön und gut, aber letztendlich nicht mehr als ein Stück Metall, ein Fetzen Papier, ein paar hochtrabende Reden. Am Ende gehen alle nach Hause und machen da weiter, wo sie aufgehört haben. Doch wir, Cap – wir alle, deine Familie –, wir wollen, dass du weißt, wie sehr wir dich lieben. Wie stolz wir auf dich sind. Deinetwegen sind wir heute Abend hier, und wann immer du uns brauchst, werden wir dir den Rücken decken. Die ganze verrückte Bande. Denn genau dazu ist eine Familie da. Komm her, alter Kumpel!«

Ich zwinge mich aufzublicken, denn als Franklins Gattin und Gastgeberin kann ich unmöglich auf meinen Teller starren, während mein Mann einen Toast auf unseren Ehrengast ausspricht.

Am Kopfende der Tafel legt Frank wie in Zeitlupe einen Arm über die treuen Schultern seines Cousins, während dieser mit ernster Miene auf einen unbestimmten Punkt hinter mir starrt. »Cap, auf dich!« Frank stößt mit ihm an.

Erneut fallen alle ein. *Bravo, bravo. Klimper, klimper.* Mit einem Mal steht Louis auf und klatscht, wir alle stehen auf und klatschen, bis Caspian seine große braune Hand hebt und uns mit einer einzigen Geste zum Schweigen bringt.

»Danke, dass ihr alle gekommen seid«, sagt er mit seiner honigsanften, kieseligen Stimme, die mir durch und durch geht. »Danke für das wundervolle Abendessen, Tiny. Danke für die Rede, Frank, auch wenn ich sie nicht verdient habe. Wir alle tun nur unsere Pflicht. Das hat mit Heldentaten nichts zu tun. Die wahren Helden sind die Männer, die wir zurücklassen mussten.«

Er löst sich aus Franks vereinnahmender Umarmung und setzt sich.

Aus irgendeinem Grund bekomme ich kaum noch Luft.

Rund um die fürstliche Tafel des Hardcastle'schen Anwesens sitzen zweiundzwanzig Personen, und alle sind still – so still, dass man die ausgeplauderten Geheimnisse der Teenager und das Zirpen der Grillen im Dünengras hört.

Bis Constances Ehemann unvermittelt seine Serviette auf den Tisch wirft. »Herrgott«, sagt Tom. »Ich kann's nicht mehr hören.«

»Tom, bitte«, zischt Constance.

»Nein, diesmal nicht!« Er wendet den Kopf zur Seite, um an einer langen Reihe von Hardcastles entlang zu Caspian zu blicken, der stumm auf eine Vase Hyazinthen starrt, als hätte er kein Wort mitbekommen. »Tut mir leid, dass du ein Bein verloren hast, und vermutlich glaubst du an das, was du tust, Gott stehe dir bei, aber ich habe es verdammt noch mal satt, dass in *meinem* Namen irgendein beschissener Orden verliehen wird, denn *ich* bin verdammt noch mal auch ein Bürger dieses Landes, ich bin auch Amerikaner, und ich scheiß auf einen Orden, den man bekommt, weil man in ein fremdes Land – einem *Dritte-Welt-Land* – einmarschiert, um dort Frauen und Kinder zu töten, nur weil sie an eine andere Weltanschauung glauben als an diesen gottverdammten Kapitalismus.«

Die herabsinkende Stille, starr und entsetzlich, hält uns alle in ihrem Bann.

»Wie du meinst«, sagt Caspian, immer noch in die Hyazinthen vertieft.

Frank erhebt sich von seinem Stuhl. Er hat sein bestes Politikerlächeln aufgesetzt, das in diesem Moment so unpassend erscheint, dass ich mich für ihn schäme. »Tom, wie wär's, wenn du für eine Weile reingehst und erst mal tief durchatmest?«

»Ach bitte, Frank«, sagt Constance. »Er hat ein Recht auf seine eigene Meinung. Tom, du hast dich hinreichend geäußert. Können wir jetzt weiteressen?«

Tom erhebt sich wankend von seinem Stuhl. »Tut mir leid, Connie, aber das kann ich nicht. Ich kann nicht stillschweigend hier sitzen und mit solchen Leuten zu Abend essen. Ihr seid doch alle fette selbstzufriedene Schweine, die Mördern wie ihm einen Orden verleihen …«

»Gott, Tom!«

»Tom, *bitte* …«, setze ich an.

Er dreht sich um und bohrt seinen Zeigefinger in die Luft. »Und *du* … du sitzt einfach da, mit deinem hübschen Kleid und deinem hübschen Gesicht. Du bist doch ein kluges Mädchen, du solltest es wirklich besser wissen. Aber du lächelst nur und nickst alles ab wie eine hirnlose kleine Faschistin, damit du am Ende deinen Willen bekommst, damit du irgendwann die Entscheidungen im Weißen Haus abnicken kannst …«

Inmitten seiner Ansprache wischt Caspian sich mit der Serviette über den Mund und steht so abrupt auf, dass sein Stuhl rückwärts auf die Terrasse knallt. Er geht hinter den Stühlen entlang und packt Tom am Kragen, um ihn von seinem Platz zu zerren. »Entschuldige dich«, zischt er.

Seine Stimme ist so leise, dass ich die Worte von seinen Lippen ablesen muss.

Als Tom aufblickt, ist seine Miene erhitzt vom Wodka und Adrenalin. »Und warum? Ist doch wahr. Ich darf doch wohl noch die Wahrheit sagen.«

»Ich habe gesagt, *entschuldige dich.*«

Noch bevor Tom etwas erwidert und dennoch zu spät, denke ich: *Lass es, Tom, sei vernünftig, oh Gott, oh Caspian, bitte nicht.* Zugleich denke ich: *Verdammt, das war's dann wohl mit dem Essen.* Und: *Soll ich später auftragen lassen oder packen wir alles in den Kühlschrank und machen morgen ein kaltes Buffet?*

»Ach? Und was willst du sonst tun? Mich vor der ganzen Familie zusammenschlagen?«

Caspian hebt nüchtern die Faust und rammt sie ihm mit voller Wucht gegen den Kiefer.

Caspian, 1964

Verdammt, verdammt.

Hätte Caspian allein an dem Tisch gesessen, wäre er dem Mistkerl an den Kragen gegangen. Diesem dahergelaufenen Gauner, diesem dickbäuchigen Ganoven, der mit seiner Pistole herumfuchtelte wie ein Irrer. Noch dazu in einem beschissenen Anzug, verdammt. Als hielte er sich für einen Mafioso oder dergleichen.

Aber Tiny.

Er griff quer über den Tisch nach ihrer Hand und streifte den Verlobungsring von ihrem eiskalten Finger, um ihn in seiner Jackentasche verschwinden zu lassen. Sie war viel zu schockiert, um zu protestieren. Stattdessen starrte sie auf den Gauner und dann auf Em, die hektisch versuchte, die Registrierkasse zu öffnen.

»Runter«, murmelte er.

Sie sah ihn an. Ihr Gesicht war schneeweiß.

»Runter!«

Der Unbekannte wedelte mit der Waffe. »Schnauze, da hinten!«

Unter dem schützenden Körper seiner Mutter fing der kleine Junge an zu heulen.

»Bring den Bengel zum Schweigen!«

Der Junge heulte noch lauter, und der Mann drückte ab. Die Mutter sackte in sich zusammen.

Em schrie entsetzt auf. Der Mann, knallrot und schwitzend, war dabei, die Nerven zu verlieren. »Halt die Klappe, verdammt!«

Em versuchte, sich an ihm vorbeizuducken, um nach der verletzten Frau zu sehen, die ihren Sohn mit dem eigenen Körper abschirmte. Doch der Verbrecher packte sie am Kragen und hielt ihr die Waffe an die Schläfe. »Keiner rührt sich, kapiert? Sonst ist sie die Nächste. Ihr da!« Er deutete auf das erschütterte Paar in der ersten Nische. »Geldbörsen auf den Tisch! An den Rand, na los!«

Em wimmerte. Ihr panischer Blick zuckte quer durch den Raum zu Cap und flehte ihn an.

Verdammt noch mal.

Cap packte Tiny bei den Schultern und schob sie eigenhändig unter den Tisch. Im nächsten Augenblick stürzte er quer durch den Raum auf den Verbrecher zu. Der Mann wirbelte herum und zögerte für einen Moment, offenbar unschlüssig, ob er zuerst Cap oder Em erschießen sollte.

Genau wie Cap es erwartet hatte. Nur durch ständiges Training – umfassendes, fortdauerndes und reaktives Training – konnte man die Schwächen des menschlichen Instinkts ausschalten.

Aber egal. Cap war so oder so bereit, das Risiko einzugehen.

Er widmete sich zunächst der Waffe, die er dem Möchtegernmafioso mit einem gezielten Ellbogenhieb aus der Hand schlug. Der Kerl jaulte auf, und Em riss sich los. Cap holte aus, um dem schlaffen Kiefer des Mannes einen vernichtenden Schlag zu versetzen.

Klingelingeling. Die Eingangstür öffnete sich. Cap schlug zu. Der Mann ging wie ein nasser Sack zu Boden.

Cap drehte sich um in der Erwartung, eine Gruppe schicker blauer Polizeiuniformen zu erblicken, doch stattdessen stand da ein weiterer Mann mit Filzhut. Und er hatte eine Waffe auf seine Brust gerichtet.

Der Hintermann.

»Hände hoch.«

Cap hob langsam die Hände. Er konnte die hinterste Nische nicht einsehen, daher nutzte er das feine Zusammenspiel seiner übrigen Sinne – Gehör, Geruch, Tastsinn –, um über die feinen Impulse der Luft herauszufinden, ob Tiny nach wie vor unter dem Tisch hockte. Ihr dreikarätiger Verlobungsring ruhte in der Innentasche seines Jacketts. Ein lächerliches Versteck, aber was hätte er sonst tun sollen?

»Nimm ihm den Hut vom Kopf.« Der Ganove deutete auf den Mann in der ersten Nische, dessen Geldbörse an der Tischkante lag.

»Den Hut?«

»Nimm ihn. Aber schön sachte.«

Der Lauf der Waffe zielte exakt auf sein Herz. Der Hintermann wusste, was er tat. Anders als der Fettwanst am Boden. Warum war der Profi derjenige, der im Hinterhalt Wache schob? Schmiere stehen war was für Idioten.

Cap griff nach dem Hut und nahm ihn dem Herrn vom Kopf.

»Na bitte. War gar nicht so schwer. Wir brauchen keine Heldentaten. Jetzt leg die Geldbörse hinein.«

Cap griff nach der Geldbörse und warf sie in den Hut.

»Braver Junge.« Der Mann hob die Stimme. »Und jetzt die anderen. Geldbörsen auf den Tisch, damit der Herr sie einsammeln kann. Aber immer schön sachte.«

Im ersten Moment herrschte schockierte Stille.

Wo zum Teufel steckte die Polizei? Hatte das Küchenpersonal keinen Notruf abgesetzt?

Der Mann feuerte einen Schuss gegen die Decke. »Na los!«

Der Putz rieselte ihm auf die Schultern. Eine Frau schrie auf. Ein leises klägliches Geräusch. Der Mann richtete seine Waffe zurück auf Cap. »Keine Dummheiten, verstanden?«

Na schön, Cap, lenk die Aufmerksamkeit einfach auf dich, bis die Polizei eintrifft. Hauptsache, es wird niemand verletzt. Überlass die Drecksarbeit den Bullen. Wir brauchen keinen Helden, Cap, nur einen ganz normalen Kerl, der diese verdammte Waffe in Schach hält, bis die Polizei eintrudelt.

Der Mann wedelte mit der Waffe. Unter seinem Filzhut schimmerte ein feiner Schweißfilm. »Na los. Nächster Tisch. Beweg dich.«

Cap ging schleppend zur nächsten Nische. Eine Frau in einem quietschgelben Kostüm warf mit zitternden Fingern ihre winzige Geldbörse in den Hut.

»Handtasche auf, junge Frau«, sagte der Gangster an seiner Seite.

»Aber …«

»Handtasche auf.«

Sie öffnete den Verschluss.

Hinter ihnen wimmerte ein Kind. Der kleine Junge. *Mummy, Mummy*, schluchzte er.

Der Mann stieß Cap mit der Waffe an. »Kipp sie aus.«

Cap griff nach der Handtasche und leerte sie über dem Tisch. Ein paar Taschentücher, ein Lippenstift, eine zerkratzte Puderdose, ein Kugelschreiber, ein paar Gummibänder. Und eine Rolle Dollarnoten. Das gesamte Haushaltsgeld.

»Na, was haben wir denn da?« Der Verbrecher griff nach der Rolle und warf sie in den Hut. »Nächster Tisch.«

Zwei weitere Nischen, zwei weitere Geldbörsen. Das

Schluchzen wurde immer lauter, begleitet von einem leisen und kontinuierlichen Stöhnen der Mutter. Es waren die einzigen Geräusche, abgesehen von dem rasselnden Brummen eines Elektrogerätes, das er noch nie zuvor bemerkt hatte. Er und der Verbrecher näherten sich der letzten Nische, wo sich Tiny versteckt hielt.

Wo blieb nur die verdammte Polizei? Cap blickte zur Tür.

»Hey, junge Frau! Was zur Hölle soll das werden?«

Caps Kopf wirbelte herum und … Jesus Christus!

Da war sie, die kleine dumme Tiny, ohne Schuhe, auf allen vieren, lautlos wie eine beerenrote Raubkatze. Behutsam näherte sie sich dem schluchzenden Jungen und seiner stöhnenden Mutter.

Später entdeckte er Tiny in der Küche. Sie hielt den kleinen Jungen mit einer weichen Wolldecke im Arm. Weiß der Himmel, wo sie die herhatte. Der Kleine war offenbar eingeschlafen, schlaff und selig ruhte er an ihrer Schulter, die Wimpern wie gefiederte Halbmonde über seine rosigen Wangen gebreitet. Von oben herab warf eine einzelne Glühbirne einen goldenen Schein auf die beiden.

Cap schluckte einen Kloß herunter. »Seine Großmutter ist jetzt hier. Die Polizei möchte mit dir reden.«

Tiny wandte ihr blasses Gesicht in seine Richtung. »Wie geht es der Mutter?«

»Der Krankenwagen hat sie mitgenommen, aber sie wird es überstehen. Ich habe schon Schlimmeres gesehen.« Eine gewaltige Untertreibung. »Er hat ihre Schulter getroffen. Keine inneren Organe.«

Tiny stand auf und hob den schlafenden Jungen mühelos hoch. Stärker als sie aussah, die zarte Miss Tiny Namenlos. »Kannst du ihn mir abnehmen?«

»Sicher.« Er streckte seine Arme aus. »Geht es dir gut?«

»Ja, aber ich will nicht mit der Polizei reden.« Sie legte den Jungen behutsam in seine Arme. Dann hüllte sie den Kleinen fest in die Decke und wischte einen winzigen Blutspritzer von seiner Stirn.

»Ich fürchte, das wirst du müssen. Sie brauchen deine Aussage.«

Sie zögerte. »Sind da draußen Reporter?

»Die Polizei lässt sie nicht rein. Aber, ja, vor der Tür stehen Reporter.«

Sie öffnete die Knöpfe ihrer Strickjacke, die sie über den Schultern getragen hatte, und schob ihre Arme hinein, einen nach dem anderen. Die Röte in ihren Wangen war endlich zurückgekehrt. »Kann die Polizei mich vielleicht hier hinten befragen?«

»Ich wüsste nicht, was dagegen spricht. Ich sage ihnen, du brauchst etwas Ruhe.«

»Sind sie mit dir fertig?«

Der Junge rührte sich und gab ein kleines krächzendes Geräusch von sich. Cap hob ihn ein wenig höher, um besseren Halt zu finden. »Ich muss vermutlich noch auf die Wache und eine detaillierte Aussage zu der Sache abgeben.«

Sache. Caps instinktive Reaktion, als der Hintermann Tiny bemerkte. Ein harter Schlag auf den Arm, ein kurzes Handgemenge nach der Waffe, ein gebrochener Knochen, die Kapitulation. Ems Griff zum Telefon, denn die Küche war menschenleer; Koch und Küchenhilfe waren durch die Hintertür geflohen. Warten, warten. Der Versuch, die übrigen Gäste zu beruhigen, bis endlich die Polizei eintraf. Tiny, die sich um den kleinen Jungen kümmerte, einen Krankenwagen für die Mutter rief, ihr Taschentuch hervorzog und jemanden aufforderte, es auf die Wunde zu drücken. Gott, was für ein Vormittag. Cap bekam allmählich Kopfschmerzen. Der Kater des Gefechts. Der plötzliche Rückzug des Adrenalins, wie manchmal nach dem Sex, wenn man sich unerklärlicherweise melancholisch fühlt. Alleingelassen mit sich selbst und dem armseligen Gehalt seiner Seele.

»Ja, sicher, verstehe. Übrigens danke«, sagte sie als eine Art Nachklapp. »Danke, dass du … uns gerettet hast. Das hätte schlimm enden können.«

Er betrachtete ihre weit aufgerissenen Augen, ihre langen Wimpern. Sie wirkte mit einem Mal aufrichtig und bescheiden. Keine Spur von kühler Herablassung, hier in der Küche von Boylan's Coffee Shop.

»Gern geschehen«, erwiderte Cap. Dann ging er zurück in den Gastraum.

Die Großmutter des Jungen fing an zu weinen, als sie ihn sah. Sie eilte ihnen entgegen und schloss den Jungen in ihre Arme, ohne sich auch nur zu bedanken. Nicht, dass Cap sich daran störte. Tinys Dank war ihm willkommen, doch nicht der einer Wildfremden. Er stützte den Rücken des Jungen, bis die ältere Dame ihn sicher festhielt, dann wandte er sich an einen der Polizisten, der mit einem Notizblock in der Hand herumstand. »Und? Brauchen Sie mich noch?«

»Ja, Sie müssen mit auf die Wache. Reine Routine, Kumpel.«

»Können Sie mich mitnehmen?«

»Na sicher.«

Ein weiterer Polizist trat auf ihn zu. »Ich dachte, die Kleine ist da hinten?«

»Ja, in der Küche. Mit dem roten Kleid.«

Der Polizist zuckte mit den Schultern. »Da ist niemand.«

Als Cap in die Marlborough Street zurückkehrte, war es fast drei Uhr, und die grelle Nachmittagssonne verwandelte die Fenster der zweiten und dritten Etage seines Elternhauses in sechs blendend weiße Rechtecke. Am oberen Ende der Eingangstreppe saß eine zierliche Gestalt in einem beerenroten Kleid, die Hände im Schoß gefaltet. Bei seinem Anblick erhob sie sich von den Stufen.

»Ich dachte, du kommst gar nicht mehr.«

Er stellte seine Kameratasche ab und kramte nach dem Haustürschlüssel. »Wie hast du mich gefunden?«

»Die Bedienung hat mir einen Tipp gegeben. Die Dunkelhaarige.«

»Em? Ich frage mich, woher sie das weiß.«

Tiny gab ihm keine Antwort. Sie stand am oberen Ende der Treppe und sah zu, wie er ihr entgegentrat. Cap versuchte, sie möglichst nicht anzustarren, doch er war zutiefst erleichtert, ihre schlanke Gestalt und die sanfte Rundung ihrer Hüfte unter dem feinen Stoff ihres Kleides zu erblicken. Er steckte den Schlüssel ins Schloss. »Kommst du mit rein?«

»Nein, ich … ich wollte nur …« Ihre Stimme war heiser vor Nervosität. »… nur kurz mit dir sprechen.«

»Ist drinnen bequemer. Außerdem siehst du aus, als könntest du einen Drink gebrauchen.«

Sie zögerte. »Ich trinke nicht.«

»Dann wäre das doch ein guter Zeitpunkt, um damit anzufangen.«

Erstaunlicherweise musste sie darüber lachen. Ein wunderschönes Lachen, tief und herzlich, wie man es von einer so zarten Person nie erwartet hätte. Ihr braunes Haar war leicht zerzaust. Die seidigen Locken kringelten sich um die Ohren und im Nacken, sodass er am liebsten mit den Fingern hindurchgefahren wäre, um ihre Spannkraft zu testen und sich im nächsten Moment hinunterzubeugen, um ihre Lippen zu küssen.

Ihre Hand fasste instinktiv an ihr Haar, als hätte sie seine Gedanken gelesen. Die Rückseite ihres Arms war glatt und straff, geradezu athletisch. Gestählt von Tennis. Oder Golf. Frauen wie sie spielten doch Golf, oder? In rosafarbenen Wollpullundern mit klassischem Rautenmuster.

Ihr Lachen verebbte, doch das Lächeln blieb. »Na schön, Caspian. Du wirst wohl nicht beißen.«

Er öffnete die Tür und trat einen Schritt zurück, um sie hineinzulassen. »Nur, wenn du mich darum bittest.«

Tiny, 1966

Tom schiebt die besorgte Hand seiner Frau beiseite und hält sich den Eisbeutel an den Kiefer. »Seht ihr? Das beweist doch, dass ich recht hatte. Er ist eine Killermaschine, bezahlt von unseren Steuern.«

Ich trockne meine Hände an einem Geschirrtuch ab und denke, was für Steuern? Dein Treuhandfonds besteht gewiss aus steuerfreien Kommunalanleihen, die eine Rendite von viereinhalb Prozent abwerfen, oder ich fresse einen Seidenstrumpf.

»Wenn er dich hätte umbringen wollen, hätte er mit Sicherheit fester zugeschlagen«, entgegne ich.

»Soll das heißen, *das* hier ist halb so schlimm?« Tom deutet auf seinen geschwollenen Kiefer, der ansonsten unversehrt ist.

»Das soll nur heißen, er hätte noch mehr Schaden anrichten können. Viel mehr Schaden. Das *garantiere* ich dir.«

Constance unterbricht ihre kritische Musterung von Toms Kiefer. »Ich kann nicht fassen, dass du ihn auch noch verteidigst.«

»Das tue ich doch gar nicht. Er hat meine Dinnerparty ruiniert.« *Und wie*. Ich muss mir ein Grinsen verkneifen.

Sie wendet sich erneut zu Tom. »Er ist nun mal ein furchtbarer Rüpel, das war er schon immer. Herrgott, Tom, gib her. Tupfen hilft nicht …« Sie schnappt sich das Kühlpaket, hält seine Wange mit der anderen Hand fest und knallt ihm das Eis an den Kiefer. »Jedenfalls werde ich ihn nicht vermissen. Er hat noch nie hierhergepasst. Schon als Kind nicht.«

»Vermissen?«

Constance nickt in Richtung der offenen Hintertür. »Ich habe ihn gerade vorbeigehen sehen.«

Ich werfe das Geschirrtuch auf die Arbeitsplatte. »Entschuldigt mich.«

Bevor ich über die Schwelle trete, fällt mir noch etwas ein. Ich bleibe stehen und werfe einen Blick zurück. »Ach, und Constance? Ich würde euch raten, nachts die Tür abzuschließen, wenn ihr euch vergnügen wollt.«

Auf der Terrasse sind Fred und Mrs. Crane immer noch damit beschäftigt, das zerbrochene Geschirr aufzulesen. Der Ozean tobt unbeirrt weiter. »Verzeihung, Mrs. Crane«, setze ich an. »Haben Sie Major Harrison gesehen?«

»Ja, Ma'am.« Sie richtet sich auf; ihr Ausdruck wirkt neutral. »Vor etwa einer Minute. Er ist da lang gegangen.« Sie deutet nach rechts, zum Haus der Harrisons.

»Zum Haus oder zum Strand?«

»Kann ich nicht genau sagen. Geht es allen gut, Ma'am?«

»Alles in Ordnung, Mrs. Crane. Haben Sie vielen Dank fürs Aufräumen. Das tut mir furchtbar leid.«

»Keine Ursache, Mrs. Hardcastle. Ach, und Ma'am?«

Auf der Treppe zum Strand halte ich inne. »Ja bitte?«

»Major Harrison hat sich in aller Form entschuldigt. Gerade eben. Ich dachte, das sollten Sie wissen.«

Ich lächele. »Na, das will ich doch hoffen.«

Der Strand ist stockfinster, abgesehen von den schimmernden Wellen, die zu meiner Rechten gegen den Strand donnern. Hinter mir ertönt Franks schallendes Lachen.

Er hat die Männer zu einem flachen Strandabschnitt nahe dem Wellenbrecher geführt, wo sie im betrunkenen und nachtblinden Zustand Fußball spielen, um nach dem Handgemenge die Wogen ein wenig zu glätten. Die Frauen bringen derweil die Kinder ins Bett. Und die Jugendlichen? Das weiß der Himmel.

Handgemenge. Oder nicht einmal das. Die meisten waren auf Caps Seite. Es gab ein harmloses Gerangel, ein paar kaputte Teller, einen Anflug von weiblicher Panik und männlichem Ehrgeiz, alte Rechnungen zu begleichen. Den konkurrenzfreudigen Hardcastles und ihren konkurrenzfreudigen Gattinnen war offenbar jeder Vorwand willkommen.

Ich blicke über den Rand der Dünen zum Haus der Harrisons, als das Licht auf der Veranda angeht.

Entschuldige dich, sagt Caspian erneut, diesmal in meinem Kopf. Die Worte jagen mir einen weiteren Schauder durch die Adern, eine völlig verrückte und vertraute Hoffnung, doch mit gestrenger Stimme ermahne ich mein rauschendes Blut: *Schluss jetzt, du solltest es wirklich besser wissen*. Und: *Diesmal hast du zu viel zu verlieren*. Und: *Denk an Frank*.

Als auch das nicht wirkt: *Denk an das Foto, verdammt*.

Mein Blut beruhigt sich ein wenig. Doch meine Beine tragen mich unwillkürlich zum Haus der Harrisons.

Als ich die Stufen erreiche, ist das Licht erloschen. Ich klopfe dennoch an die Tür.

Ein Geräusch von Schritten, dann öffnet sich die Tür. »Tiny?«

»Caspian.«

Er tritt hinaus auf die ausgetretene Fußmatte, sodass die Flurbeleuchtung vollständig hinter seinem breiten Kreuz verschwindet. Mein Puls pocht bis in die Fingerspitzen, mein ungezogenes Blut. Das letzte Glas Wein scheint furchtbar lange zurückzuliegen. Ich habe nicht mal einen Nachgeschmack im Mund, der sich vielmehr trocken und klebrig anfühlt, genau wie meine zugeschnürte Kehle.

Was mache ich hier eigentlich?

Schlimmer noch. Was mache ich, wenn mich jemand sieht?

»Tut mir leid, was da vorhin passiert ist«, sagt Caspian. »Das wollte ich dir noch sagen, bevor ich gegangen bin, aber du warst in der Küche.«

»Schon in Ordnung. Ich kann es dir nicht vorwerfen. Tom ist nun mal ein ...« Das passende Wort ist mir entfallen.

Ich kann nicht viel erkennen, aber Caspians Lächeln ist unübersehbar. »Ja, ist er.«

Er hat die Jacke seiner Paradeuniform abgelegt, die mit den Orden. Ich stelle mir vor, wie sie im Wohnzimmer über der Rückenlehne des alten Sessels ruht. Oder – wie ich Caspian kenne – fein säuberlich im Garderobenschrank hängt, hinter der weiß gestrichenen Tür, zwischen einem alten Regenmantel und einer karierten Stranddecke. Sein Hemd ist makellos weiß und riecht nach Stärke. Und nach *ihm*. Nach Caspian. Ich atme durch den Mund weiter, um den tückischen Geruch von meinem Gehirn abzuschneiden, denn der Geruchssinn ist unmittelbar mit dem emotionalen Zentrum unseres Gehirns verknüpft. Oder war es das Erinnerungszentrum? Auch egal. Ob Emotionen oder Erinnerungen, keins von beiden will ich in diesem Moment stimulieren.

Doch scheinbar lässt sich die Verknüpfung nicht so leicht kappen.

Ich hebe tapfer mein Kinn. »Und tut dir sonst noch etwas leid?«

Es folgt eine winzige Pause, ein ausdrucksloser Moment,

der alles Mögliche bedeuten könnte, dann schüttelt er den Kopf. »Es hat sich doch alles wunderbar gefügt.«

»Ja, sicher. Ganz *wunderbar.*«

»Ich habe gerade daran gedacht, kurz bevor du an die Tür geklopft hast. Wie wunderbar sich dein Leben entwickelt hat, wie großartig du heute Abend aussahst. Und Frank ebenso. Ihr blickt großartigen Zeiten entgegen, aufregenden Zeiten, genau wie du es dir immer gewünscht hast.«

»Ende gut, alles gut, wie man so schön sagt.« Ich strecke ihm meine Hand entgegen. »Schwamm drüber. Vergeben und vergessen.«

Er schlägt halbherzig ein; seine Hand ist trocken und warm. »Vergeben und vergessen. Na schön. Würdest du mich jetzt entschuldigen?«

Hastig lege ich meine Hand auf den Rücken. »Ja, sicher. Ich wollte nur …«

Er hat sich bereits abgewandt, um nach dem Türknauf zu greifen. »Nur …?«

Ich atme tief ein und verschränke die Hände hinter dem Rücken. »Die Fotos«, platze ich heraus. »Die du damals von mir gemacht hast. Wo sind die?«

Durch das halbmondförmige Fenster über der Tür fällt ein warmer Lichtschein auf ihn herab. Eine einzelne Augenbraue zuckt aus dem schattigen Nichts hinauf ins Licht. »Die Fotos? Warum fragst du?«

Ich zucke mit den Schultern. »Reine Neugier.«

Aufmerksam studiere ich seine Züge, doch wann hat Caspian Harrison schon jemals seine Deckung fallen lassen? Wann konnte ich seinem Ausdruck jemals vertrauen?

Er verlagert das Gewicht und wendet den Kopf in Richtung Strand. Der Anblick seines Profils lässt meinen Brustkorb schmerzen. Seine Hand ruht immer noch am Türknauf. »Ich habe sie weggepackt. Nie wieder einen Blick darauf geworfen.«

»Ach, wirklich?«

Er sieht mich an. »Wirklich.«

Ich würde am liebsten weiterbohren. Wo hast du sie hingepackt? Auf den Dachboden deines Hauses? Hat sie vielleicht jemand gefunden? Ist jemand eingebrochen und hat sie gestohlen? Um eines dieser Bilder in einen Umschlag zu stecken und mir zu schicken? Mit einer freundlichen Notiz?

Oder warst *du* das, Caspian? Der Mann, dem ich einst vertraute?

Nein, das nicht. Das würde er nicht tun.

Ich reibe meine feuchten Hände am Stoff meines Kleides und starte einen neuen Versuch. »Du hast sie nie herausgeholt? Sie niemandem gezeigt?«

»Herrgott. Natürlich nicht.«

»Ist ja schon gut.«

Die Holzdielen ächzen unter seinem Gewicht. »Was ist hier los, Tiny? Hat Frank etwas bemerkt?«

»Nein! Nein, ich … ich musste nur daran denken. Als ich hörte, dass du hierherkommst. Ich will nicht, dass sich die Sache herumspricht.«

»Das würdest du mir zutrauen? Dass ich den anderen von uns erzähle? Auch nur ein einziges verdammtes Wort?« Er schlägt mit der Faust gegen den Türpfosten. Nicht sonderlich hart, doch der Rahmen erzittert ehrfürchtig.

Ich blicke auf die Spitzen seiner Schuhe, seiner Hausschuhe. Die glänzenden schwarzen Abendschuhe hat er gegen ein Paar graue Pantoffeln getauscht. »Nein, natürlich nicht.«

»Na bitte. Sonst noch was?«

»Nein«, sage ich. »Das ist alles. Gute Nacht.«

Er zögert, als wolle er noch etwas hinzufügen. Mein

Blut, mein Kreislauf spielt schon wieder verrückt, wie heute Nachmittag am Fenster, wie vorhin am Strand, wie damals in Boylan's Coffee Shop, als er mir die Hand reichte, um sich vorzustellen, vor einer gefühlten Ewigkeit.

Und dann: »Gute Nacht, Tiny.«

Er gleitet lautlos ins Haus, und ich stehe mutterseelenallein in der Dunkelheit, triefend vor Enttäuschung.

Ich gehe über die Terrasse zurück zum Haupthaus und ordne mein windzerzaustes Haar, während ich über die Schwelle trete. Die Räume sind mucksmäuschenstill, abgesehen von dem fleißigen Geklapper in der Küche.

Doch als ich an der Bibliothek vorbeikomme, vernehme ich eine leise Männerstimme und den dezenten Geruch einer Zigarette. Einzelne Worte kann ich nicht verstehen. Es ist ein gedämpftes Flüstern, geprägt von Dringlichkeit. Eine Stimme, die nicht überhört werden will. Franks Stimme. Behutsam öffne ich die Tür.

Frank steht am Fenster und starrt hinaus auf den finsteren Strand, den Mund am Telefonhörer. Der Apparat baumelt an seiner linken Hand, locker gepackt von zwei Fingern, die eine schlanke weiße Zigarette halten.

Er blickt zu mir auf. Ich weiß nicht so recht, wie ich seinen Ausdruck deuten soll. Erschrocken? Schuldbewusst? Verärgert?

»Entschuldige, ich muss jetzt Schluss machen. Ich melde mich wieder. Ja, ich mich auch.« Er legt den Hörer auf die Gabel und stellt den Apparat zurück auf den runden Beistelltisch neben dem Sessel. Das Glöckchen gibt ein erschüttertes *ding* von sich. Frank lächelt. »Mein Wahlkampfassistent.«

»Der Ärmste muss aber hart arbeiten, wenn er um diese Zeit noch ans Telefon geht.«

»Der Wahlkampf läuft eben rund um die Uhr.« Er zieht hastig an seiner Zigarette und drückt den Stummel in einem Aschenbecher neben dem Telefon aus. »Willst du was trinken?«

»Nein danke.«

Er geht zum Getränkewagen und gießt sich ein Glas Scotch ein. Der Eiskübel ist leer. Er nimmt einen Schluck und wendet sich mir zu. Sein Ausdruck wirkt seltsam angespannt, seine Augenbrauen starr vor Nervosität. »Du bist so still«, sagt er. »Stimmt etwas nicht?«

Ich verschränke die Arme und lache auf. »Außer dass dein Cousin bei seinem eigenen Festessen eine Schlägerei angezettelt hat?«

»Herrgott, dieser Tom.« Frank schüttelt den Kopf und lacht ein trockenes Lachen. »Ich weiß nicht, wie Connie so jemanden heiraten konnte.«

»Sie war wohl blind vor Liebe. Wir können uns eben nicht aussuchen, in wen wir uns verlieben.«

Er leert sein Glas und stellt es klappernd zurück aufs Tablett. Dann starrt er ein, zwei Sekunden lang geradeaus. »Nein«, erwidert er leise, »das können wir nicht. Ich habe Glück, mich ausgerechnet in dich verliebt zu haben. Vor all den Jahren.«

»Wir haben beide das Glück, uns gefunden zu haben.«

»Ach, Liebling.« Frank tritt auf mich zu und legt mir eine Hand in den Nacken. Dann küsst er mich auf den Mund. Seine Lippen sind weich und rauchig. »Bist du auf dem Weg nach oben?«

»Ja.« Er folgt mir die Treppe hinauf. Seine Schritte klingen schwer und verhalten. Als wir die Schlafzimmertür erreichen, greift er an meiner Seite vorbei nach dem Knauf. Der Raum ist dunkel und warm, stickig von der Hitze des Tages.

»Kannst du bitte ein Fenster öffnen?«, frage ich.

Frank geht zum Fenster. Ich greife nach meinen Ohrringen und wende mich dem Frisierspiegel zu. Franks Gesicht erscheint plötzlich hinter mir. Er öffnet meine Halskette, ich nehme meine Ohrringe ab. Als ich den Schmuck in der Perlmuttschatulle verstaut habe, ergreift Frank meine Schultern. Die Hitze seiner Haut überrascht mich.

»Ich bin stolz auf dich«, verkündet er. »Du warst so bezaubernd. So selbstsicher. Du hast das alles mit Bravour gemeistert.«

»Ich bin eben auch zu was gut.«

»Und ob. Du bist ein wahrer Glücksgriff. Meine große Liebe.« Er neigt den Kopf und küsst mich, erst zwischen Hals und Schlüsselbein, dann etwas tiefer und zuletzt am Ausschnitt meines Kleides. Ich fahre mit den Fingern durch sein sonnenverwöhntes Haar, während seine heißen Lippen an meiner nackten Haut verweilen. Ein glühender Liebhaber, der seine Mätresse nach langer Trennung ausgiebig kostet. Mein Unterleib blüht unvermittelt auf. Ein letzter inniger Kuss, dann richtet er sich auf, um mich im Spiegel zu mustern. »Glücklich?«

Ich betrachte seinen Mund, die vertraute Vertiefung oberhalb seiner Lippen. »Natürlich bin ich glücklich, Frank.«

»Sehr gut«, erwidert Frank. »Ich will mir noch etwas die Füße vertreten. Um den Kopf freizubekommen. Brauchst du noch Hilfe? Bei den Reißverschlüssen?«

»Nur im Rücken.«

Er öffnet den Reißverschluss meines Kleides, streicht über meine Hüften, küsst meine Schläfe. »Gute Nacht, mein Schatz. Ich werde versuchen, dich nicht zu wecken.«

Als ich am nächsten Morgen erwache, aufgerüttelt von dem neu entfachten Entschluss, Caspian wegen der Fotos zur Rede zu stellen, breitet Frank mit einem verschlafenen Grunzen seinen Arm über meine Taille und hüllt mich in einen Dunst von schalem Alkohol und vertrocknetem Ozean. Am Rand des Bettes blickt Percy hoffnungsvoll zu mir auf.

Der Strand ist um diese Zeit menschenleer. Ich lasse Percy von der Leine und betrachte das verspielte Muster seiner Pfoten im glatten feuchten Sand der zurückweichenden Flut. Der Weg führt mich drei Kilometer den Strand hinunter und wieder zurück, ehe ich allen Mut zusammennehme, um an die Tür des alten Harrison-Hauses zu klopfen, *bumm bumm bumm*.

Niemand öffnet.

Beim Frühstück erzählt mir Mrs. Crane, Major Harrison sei heute Morgen in aller Frühe abgereist. Fred habe ihn zum Bahnhof gefahren, mit zwei Koffern und ganz in Zivil.

Nein, er habe nicht gesagt, wo er hinwill. Oder ob er zurückkommt.

Caspian, 1964

Als Cap fünf Jahre alt war, zog seine Familie von einer ausländischen Stationierung (War es Frankfurt? Er erinnerte sich noch dunkel an einen Tante-Emma-Laden, der deutsche Süßigkeiten verkaufte) überstürzt nach Boston, in das attraktive Stadthaus in der Marlborough Street, das die Hardcastles seinen Eltern zur Hochzeit geschenkt hatten.

Er sah immer noch vor sich, wie er im Möbelwagen vorn in der Mitte saß, dicht neben seinem Vater auf dem Beifahrersitz. »Da ist es«, sagte Dad und hob ihn auf den Schoß. Cap erblickte seine Mutter, die ihm, in einen dicken blauen Mantel gehüllt, von der Eingangstreppe aus zuwinkte, die behandschuhte Hand seiner kleinen Schwester fest gepackt. Dad hatte damals Pfeife geraucht, und der Geruch des brennenden Tabaks war ein fester Bestandteil seiner Erinnerung, sodass sich selbst in diesem Moment, als Cap die Eingangstür öffnete und das mit Teppichen ausgelegte Treppenhaus betrat, als er den vertrauten Geruch von warmem Putz und altem Holz einatmete, mit einem Mal die Erinnerung an Dads Pfeife und seine glatt rasierte Haut in sein Gedächtnis drängte. Er verspürte ein überwältigendes Gefühl von Genugtuung und bevorstehendem Glück. Zum Greifen nah.

Die glücklichste Zeit seines Lebens.

Als er vor einem Monat nach Boston zurückgekehrt und erstmals um die Straßenecke gebogen war, hatte er das alte Haus im sanften Nachmittagslicht auf der Stelle wiedererkannt. Es war sein Zuhause, seine Kindheit. Seine glücklichsten Jahre, im Alter von fünf bis acht, als sie alle zusammen hier gewohnt hatten und seine Mutter noch lebte. Das große Erkerfenster im Wohnzimmer, das die Straße überblickte, hatte einst Mutters Klavier beherbergt; die hölzernen Schiebetüren zum Esszimmer, was für ein Spaß; Vaters Arbeitszimmer; Caps ehemaliges Kinderzimmer im hinteren Teil des Gebäudes, auf der zweiten Etage, die seit vielen Jahren vermietet war. Genau wie die anderen Etagen, welche eine nette Summe Geld einbrachten, die er nicht wirklich brauchte, Geld, das unbeachtet auf sein Sparkonto wanderte. Eine Aneinanderreihung von Nullen, die sich kontinuierlich vermehrten, zu einer Summe, deren Existenz er schlichtweg leugnete.

Aus der Sicht des Erwachsenen war ihm natürlich bewusst, dass sie wegen Mutters Krankheit zurückgekehrt waren und dass sein Vater einen großzügigen Sonderurlaub genommen hatte. Nur so hatten sie ihre letzten Jahre als vollständige Familie intensiv ausleben können, um jeden Moment mit tiefer Inbrunst zu genießen, jeden Tropfen Glück aus den Tagen herauszuquetschen.

Cap führte Tiny hinauf in den dritten Stock, das Dachgeschoss, seine winzige lichtdurchflutete Junggesellenbude: ein Wohnzimmer mit Sofa, eine schlichte Küchenzeile, ein winziger Abstellraum als Dunkelkammer und ganz hinten sein Schlafzimmer. »Macht nicht viel her, aber es ist mein Zuhause«, sagte Cap, als er im Hineingehen seinen Hut auf den Garderobenständer warf und sich der zusammengewürfelten Möbel und Schwarz-Weiß-Fotos an den Wänden bewusst wurde.

Wenigstens herrschte Ordnung. Militärische Ordnung. Die Laken waren säuberlich eingeschlagen, die Möbel rechtwinklig ausgerichtet, der Boden blank gescheuert und nach Schmierseife duftend.

Wie ein scheues Reh schritt Tiny zum Fenster. Als sie den Kopf wandte, um jedes Detail in Augenschein zu nehmen, wirkten ihre Augen riesengroß und schwarzglänzend. Die Handtasche baumelte locker an ihrem Handgelenk, die Strickjacke hatte sie unter dem Träger hindurchgezogen.

Er ließ die Kameratasche im Flur stehen. »Was darf ich dir anbieten?«

»Ganz egal. Was du gerade dahast.«

Nicht allzu viel. Er zog es vor, auswärts zu trinken. Aber er fand immerhin eine Flasche Wodka, und in dem uralten Kühlschrank war noch Limettensaft. Er mixte ihnen zwei Gimlets und trug sie ins Wohnzimmer.

Tiny hatte die Hände auf die Fensterbank gestützt und betrachtete die grünen Wipfel der Bäume, welche die Straße säumten. Das schräge Sonnenlicht streifte ihren zarten Nacken. Sein Blick schweifte über die perfekten Bögen ihrer Schulterblätter, die sich unter dem Kleid abzeichneten, und glitt hinab zu ihren gespannten Waden. Im selben Moment wurde ihm bewusst, dass sie die Schuhe ausgezogen hatte und auf ihren Fußballen schwebte.

Es gab unzählige Fragen, die er ihr stellen wollte, unzählige Dinge, die er erfahren wollte. Behutsam überquerte er die alten Holzdielen und stellte den Drink auf die Fensterbank, neben ihre langgliedrigen Finger. »Wie ist er denn?«

»Wer?«

Er war ihr nahe genug, um den dezenten Duft ihrer Haut zu riechen, die zarten Bewegungen ihres Rückens zu spüren, das Flüstern ihres Kleides zu hören. Nahe genug, um voller Staunen festzustellen, wie zierlich und zerbrechlich sie eigentlich war, wie präzise ihre Knochen und Muskeln miteinander harmonierten. »Der Mann, den du heiraten wirst.«

Sie griff nach ihrem Drink und löste ihren Blick vom Fenster, um daran zu nippen. Sie verzog das Gesicht, schluckte, nippte erneut. Eine Amateurin. »Er ist großartig. Attraktiv und intelligent. Harvard-Absolvent. Eigentlich Jura, aber er will in die Politik. Das ist zumindest der Plan. Er will hoch hinaus.«

»Eine gute Partie.«

»Könnte man so sagen.«

»Wie habt ihr euch kennengelernt?«

Sie nahm einen beherzteren Schluck und trat vom Fenster weg. »Ach, das Übliche. Ich ging damals nach Radcliffe. Wir haben uns bei einer Tanzveranstaltung kennengelernt. Ich war im zweiten Jahr, er stand kurz vor dem Abschluss.«

»Und du hast dich Hals über Kopf in ihn verliebt?«

»Ja, wenn man so will. *Hals über Kopf.*« Sie nickte gedankenverloren und griff nach ihrer Handtasche, die inzwischen an der Armlehne des Sofas ruhte.

»Ihr liebt euch doch, oder? Deshalb wollt ihr schließlich heiraten.«

Sie nahm eine Zigarettenschachtel und ein schlankes goldenes Feuerzeug aus ihrer Tasche. »Darf ich?«

Er zuckte mit den Schultern. »Ist nicht mein Sargnagel.«

»Ach, ein Abstinenzler. Mein Verlobter würde dir gratulieren, wenn er nicht gerade selbst draußen stände, um heimlich eine zu rauchen.« Sie stellte ihr Glas ab und zündete sich eine Zigarette an. »Bitte verrate mich nicht.«

»Dein Geheimnis ist bei mir sicher.« Er lehnte sich rückwärts gegen die Fensterbank und verschränkte die Arme. »Du hast meine Frage noch nicht beantwortet.«

Sie blies eine gedehnte Rauchwolke in den Raum und wedelte den Qualm beiseite. »Können wir mal eine Minute von etwas anderem reden als von meiner bevorstehenden Hochzeit? In den vergangenen sechs Monaten habe ich nichts anderes getan.«

»Na schön. Und worüber *willst* du reden?«

Sie schweifte rastlos durchs Zimmer, als wollte sie ihn ausspionieren. Mit kurzen raschen Schritten. Das reinste Nervenbündel, diese Miss Tiny Namenlos. Die Haare leicht zerzaust, Drink und Zigarette in der Hand. Eine rastlose Energie, erfüllt von dem Potenzial ungeahnter Möglichkeiten, der Aussicht auf eine seltene und erschütternde Explosion, einen wahren Funkenregen, ein stiebendes Feuerwerk.

Vor der Fotowand blieb sie stehen und berührte den Rand eines Bildes mit ihrem rot lackierten Fingernagel, passend zum Kleid. »Sind das deine?«

»Ja.«

»Die sind wirklich gut. Das hier, mit dem Stadtstreicher. Der Sonnenschein auf seinem Dreitagebart. Richtig gut. Ist das dein Beruf?«

»Nein, nur ein Hobby. Ich bin Soldat.«

Sie sah ihn an. »Hätte ich mir denken können. Entweder Soldat oder ehemaliger Polizist. So wie du dich heute verhalten hast. Welche Art …?«

Er schnippte mit den Fingern. »Ach, wo wir gerade beim Thema sind. Gab es einen bestimmten Grund, weshalb du denen entwischt bist?«

»Wem?«

»Der *Polizei*, Tiny.«

Sie starrte auf ihre Zigarette. »Hast du einen Aschenbecher?«

Er drückte sich seufzend von der Fensterbank ab, um aus dem hintersten Winkel seines Küchenschranks eine von Mutters alten Tassen hervorzuziehen, angeschlagen und zerkratzt, mit einem altmodischen roten Muster. »Nimm die hier.« Er drehte sich um und reichte sie Tiny.

Sie griff danach, ohne ihn anzusehen, und ließ im letzten Moment einen Brocken Asche hineinfallen, gefolgt von einer einzelnen feuchten Träne.

»Herrje.« Er berührte sie am Arm. »Geht's dir gut?«

»Ja, sicher.« Sie zog ihren Ellbogen zurück und kehrte ihm den Rücken zu, doch die Lüge war offensichtlich. Es ging ihr alles andere als gut. Die Tränen ergossen sich unerbittlich über ihre makellosen Wangen, während Tiny sie hektisch wegzuwischen versuchte.

»*Schhh.* Ist doch gut. Es ist vorbei. Du bist in Sicherheit.« Er legte die Hände an ihre Schultern.

»Hör auf. Ich will nicht … Ich weine nie …« Sie balancierte ihren Drink, die Zigarette und die Tasse in den Händen. Der Drink entglitt ihren Fingern und fiel mit einem Klirren zu Boden. »Ach, verdammt. Entschuldige …«

»Vergiss das Glas. Du kannst ruhig weinen. Weine, so viel du willst. Hier, nimm das.« Er zog ein Taschentuch aus der Jackentasche und reichte es ihr, doch sie hielt immer noch die Zigarette und die Tasse fest. Er nahm ihr den Stummel ab und drückte ihn in der Tasse aus. Dann stellte er beides neben dem zerbrochenen Glas auf den Boden. »Komm, bevor du dich noch schneidest.«

»Es … es geht schon … Gib mir nur … einen Lappen oder so. Ich … ich mach das sauber. Gott, ich Trampeltier …«

Er hob sie vorsichtig hoch und trug sie zum Sofa, wo sie ihren Kopf hicksend an seiner Schulter vergrub und sich hemmungslos ausheulte, bis seine Jacke und sein Hemd völlig durchweicht waren. Seine Hand dämpfte die Erschütterungen ihres Rückens. Er schloss die Augen und blieb reglos sitzen, um das Ende des Sturms abzuwarten. Er beobachtete seinen Verlauf anhand der Häufigkeit und Intensität ihres Schluchzens, bis die Böen allmählich nachließen, zunehmend verebbten, ein letzter Windstoß, dann vollkommene Ruhe, untermalt von dem allegorischen Rauschen der vorbeifahrenden Autos.

Er spielte mit ihrem Haar, der Duft erinnerte ihn an einen Garten. Einen nächtlichen Garten. Vielleicht Gardenien, doch mit Blumen kannte er sich nicht aus.

»Bestimmt hasst du weinende Frauen«, murmelte sie in sein Jackett hinein, ohne den Kopf zu heben.

»Du würdest dich wundern, wie viele Männer da draußen weinen. An der Front. Bei Nacht. Vor allem die jüngeren vermissen ihre Mütter.«

»Aber Frauen ... die heulen doch ständig. Und Männer hassen das.«

»Ist mir egal. Heul, soviel du willst. Jeder würde nach so einem Vorfall weinen.«

»Nur du nicht.«

»Ich hab schon Schlimmeres gesehen, ansonsten würde ich neben dir sitzen und heulen wie ein Schlosshund.«

Statt zu antworten, schmiegte sie sich stumm an seine Schulter, als würde sie sich schämen, den Kopf zu heben. Cap streichelte ihr Haar, nicht nur weil es sich verdammt gut anfühlte, weil *sie* sich verdammt gut anfühlte – zart und straff, zierlich und stark, feucht und duftig wie ein Blumenstrauß weiblicher Gliedmaßen –, nicht weil es ein unbeschreibliches Vergnügen war, ihr Haar zu streicheln, sondern um diese verfängliche Situation einigermaßen erträglich zu machen. Um ihr einigermaßen Trost zu spenden.

Sie hätte sich genauso gut bei jemand anderem ausheulen können. Bei ihrer Mutter oder ihrer Freundin, bei ihrer Großmutter, Cousine oder Schwester. Bei ihrem Bruder, wenn sie denn einen hatte. Sie hätte sich bei ihrem *Verlobten* ausweinen können, ausweinen *sollen*.

Warum war sie ausgerechnet zu ihm gekommen?

Sie zitterte ein wenig. Nicht ungewöhnlich nach einem solchen Heulkrampf, nachdem alle Hitze und Energie aus dem Körper gewichen war und ihn nichts mehr warm hielt. Ihr Atem wehte sanft gegen seine Schulter, während er unermüdlich ihr Haar streichelte und krampfhaft versuchte, nicht an Sex zu denken.

Sie löste ihr Gesicht von seiner Schulter und seufzte. »Du fragst dich bestimmt, warum ich hier bin.«

»Die Frage ist mir durchaus in den Sinn gekommen.«

Tiny richtete sich auf. »Hast du noch das Taschentuch?«

»Ja, bitte.«

»Danke.« Sie stand auf und kehrte ihm den Rücken zu, um hastig ihr Gesicht abzuwischen. Sein Blick fiel auf ihre schlanken, anmutigen Waden, geprägt von straffen Muskeln, die sich unter ihren Strümpfen abzeichneten. Er schloss die Augen und versuchte, sich möglichst nicht vorzustellen, wie sich diese Beine um seinen Rücken schlangen.

»Also … ich habe mich gefragt … ich habe gehofft …«

Er blickte zu ihr auf. Tiny hatte sich zu ihm umgedreht, die Augen rot verquollen, doch ansonsten erstaunlich beherrscht, nahezu abgeklärt. Man konnte Tinys Würde nicht lange aus der Fassung bringen. Selbst ihr Haar schien sich auf magische Weise geordnet zu haben. Oder vielleicht lag es an seinen Streicheleinheiten.

»Was denn …?«, fragte er, als sie mitten im Satz verstummte.

Ihre Schultern hoben sich tapfer. Ihre Hände schwebten vor ihrer schmalen Taille und falteten das Taschentuch zu einem winzigen Viereck.

»Kannst du jemanden verschwinden lassen?«

Tiny, 1966

Als ich fünf Jahre alt war, hätten sich meine Eltern beinahe scheiden lassen. Ich glaube kaum, dass sich meine Schwestern daran erinnern, sie steckten praktisch noch in den Windeln. Daddy war mit einer Schussverletzung in der Leistengegend aus dem Krieg zurückgekehrt, und in den ersten Monaten sah es so aus, als würde er sich nicht mehr davon erholen. Ich weiß noch, wie er tagein, tagaus in seinem Sessel saß, auf einem seltsamen blauen Kissen, in der einen Hand einen Drink, in der anderen eine Zigarette, als würde er sich jeden Moment zusammenrollen und sterben. Ich wollte ihm auf den Schoß klettern und ihn umarmen, aber das ging nicht. Wegen seiner Verletzung.

Doch irgendwann rappelte er sich auf und ging wieder arbeiten, als Partner in seiner Anwaltskanzlei. Kurz darauf fand er heraus, dass Mum eine Affäre hatte. (Diese Tatsache wurde mir erst später erklärt; damals wusste ich nur, dass Mummy und Daddy sich dauernd stritten, dass sie sich nicht mehr mochten, dass ich mich mucksmäuschenstill verhalten musste, um die Sache nicht noch schlimmer zu machen.) Wenn die beiden zu Bett gingen, natürlich in separaten Schlafzimmern, schlich ich mich ins Wohnzimmer, um die klebrigen Cocktailgläser und Zigarettenstummel wegzuräumen. Ich stand morgens früh auf, um Mummy ihren Kaffee zu bringen, ich hielt mein Zimmer peinlich in Ordnung, mixte Daddy seine Martinis, denn vielleicht würde irgendetwas davon helfen. Vielleicht würden meine Eltern mich so sehr lieben, dass sie meinetwegen zusammenblieben.

Aus der Sicht einer weltgewandten Erwachsenen glaube ich, Dad war vor allem deshalb so verletzt, weil ihm die Situation furchtbar ungerecht erscheinen musste. Seine Verwundung hatte zur Folge, dass ihm jegliche sexuelle Aktivität lange verwehrt blieb. Letztendlich waren zahlreiche Spezialisten und komplizierte Operationen erforderlich, um den normalen Betriebszustand wiederherzustellen. Doch fürs Erste fühlte er sich entmannt, und Mum, unzufrieden wie sie war, suchte ihre Befriedigung auf die einzige Art und Weise, die ihr vertraut war ... die ihnen beiden vertraut war. Denn ich weiß zufälligerweise, dass Dad in Übersee ebenfalls mit anderen Frauen geschlafen hatte; Mum hat mir von den Briefen erzählt, die sie damals in seinem Gepäck gefunden hat, als er aus dem Krieg zurückkehrte. (Das war so eine Gewohnheit von den beiden, mir belastende Beweise über den anderen zuzuspielen, für den Fall, dass ich mich eines Tages für die eine oder andere Seite entscheiden müsste.)

Mum hat ihre Rache bekommen, und Dad war nicht in der Lage, sich für ihre Rache zu rächen, und so kam es zu einem prekären Gleichgewicht. Ich habe keine Ahnung, warum sie sich nicht haben scheiden lassen. Es gab zu der Zeit bereits zahlreiche Scheidungen, die ohne größeren Skandal abliefen. Vielleicht hatten Mum und Dad mit der Erwartung geheiratet, sich einer diskreten Untreue hinzugeben, so wie viele wohlhabende Leute der damaligen Zeit. Vielleicht haben sie sich genug geliebt, um einander zu verzeihen. Vielleicht wollte keiner das schicke Apartment in der Fifth Avenue aufgeben (New Yorker sind in dieser

Hinsicht überaus praktisch veranlagt, insbesondere wenn es um Immobilien geht). Wer weiß das schon? Letztendlich nur die beiden. Jedenfalls ließen die Auseinandersetzungen irgendwann nach, und das ursprüngliche Machtverhältnis wurde wiederhergestellt. Das Leben ging irgendwie weiter. Tatsächlich sind die beiden heute noch verheiratet, und manchmal wirken sie sogar glücklich.

Doch dieses eine Jahr habe ich nie vergessen. Ich weiß heute noch, wie klein und hilflos ich mich gefühlt habe, verschanzt in meinem Kinderzimmer, aus Angst laut loszubrüllen und alles zu ruinieren. Und ich bin heute noch erstaunt, dass meine Schwestern sich nie davor gescheut haben, nach irgendetwas zu brüllen. Ganz im Gegenteil.

Nehmen wir einmal Pepper. Nur vier Tage nach ihrer Ankunft spaziert sie ungeniert in den Frühstücksraum, als würde ihr der Laden gehören. Sie streift ihre Schuhe ab, macht es sich unter einem Aquarellgemälde der hiesigen Küste bequem – ein Werk, das Granny Hardcastle im Jahre 1934, während ihrer blauen Phase, höchstpersönlich gemalt hat – und verkündet laut und hemmungslos: »Wusstest du eigentlich, dass da ein Oldtimer im Schuppen steht?«

»Welchem Schuppen?«

»Neben der Zufahrt, kurz hinter der Kurve. Komplett von Brombeeren überwuchert.« Pepper greift nach dem Toast. Sie riecht herrlich frisch und salzig, ihr Haar ist mit einem knallpinken Schal zurückgebunden, und sie trägt immer noch ihre Sonnenbrille. Zum Glück frühstückt Granny Hardcastle normalerweise auf ihrem Zimmer. »Wo sind denn die anderen?«

»Wir haben Montagmorgen, Schwesterherz. Frank ist in Boston auf der Jagd nach Spendengeldern, und sein Vater ist im Büro. Um zu *arbeiten*«, setze ich nachdrücklich hinzu, denn genau das sollte Pepper auch tun, oder? Arbeiten. Und zwar in Washington. Nicht hier.

Sie nimmt ihre Sonnenbrille von der Nase – ein maskulines Metallgestell wie das eines Kampfpiloten – und grinst durchtrieben. »So ein dreckiges Wort möchte ich in meiner Gegenwart nie wieder hören.«

»Du kannst natürlich bleiben, solange du willst«, erwidere ich. »Aber wirst du nicht im Büro erwartet?«

»Ach, wir verstehen uns, Washington und ich.« Pepper knabbert lustlos an ihrem Toast, wirft einen flüchtigen Blick auf das Buffet in unserem Rücken und greift nach der Kaffeekanne. »Aber was den Wagen angeht … du solltest ihn dir mal ansehen. Er ist uralt und sehr elegant. Ich wette, das Schätzchen ist einiges wert.«

»Was weißt du denn von Autos?«

»Mehr, als du ahnst.« Das gute alte Zwinkern.

Als wir kurz darauf über das taufeuchte Gras neben der Auffahrt marschieren, denke ich im Stillen: Hätte mir jemand vor einer Woche gesagt, dass ich so etwas tun würde – mit Pepper durchs feuchte Gras marschieren, mit Pepper *irgendwohin* marschieren, aus welchem Grund auch immer –, hätte ich höflich gelächelt und zum Telefonhörer gegriffen, um die Männer im weißen Kittel zu rufen. Percy heftet sich getreu an unsere Fersen.

»Wie kommst du eigentlich dazu, hier herumzuschnüffeln?«, frage ich.

»Ich bin nun mal neugierig.«

»Was du nicht sagst. Dabei bist du erst seit vier Tagen hier. Sag bloß, das große alte Haus hat seine Geheimnisse bereits preisgegeben?« Ich denke unwillkürlich an meine Wäscheschublade – doch wohl hoffentlich nicht.

Pepper winkt ab. »Ich habe mich gestern verlaufen, als ich von den Tennisplätzen kam.«

»Wie konnte das nur passieren?«

»Jedenfalls habe ich mir heute Morgen eine Brechstange geschnappt …«

»Du machst Witze!«

»Nützliche kleine Dinger. *Voilà*!« Sie deutet quer über den Rasen auf ein dichtes Brombeergestrüpp, das bei näherer Betrachtung die verwitterten Bretter eines alten Schuppens erahnen lässt.

»Hol mich der Teufel!«, entfährt es mir.

»Tiny!«, sagt Pepper schockiert. *Schockiert!*

Ich schreite im Halbkreis um das Brombeergestrüpp herum. Warum habe ich den Schuppen noch nie gesehen? Besser gesagt, *bemerkt*? Ich bin schon tausendmal an diesem Gestrüpp vorbeigefahren, sowohl in Franks gelbem Roadster als auch in meinem respektablen blauen Cadillac (und in einem anderen Wagen, an einem längst vergangenen Tag, an den ich mich lieber nicht erinnern möchte). Das Brombeergestrüpp hat sich zu langen Ranken verstrickt, die sich mit den schattigen Zweigen der Birken verhaken, welche das Anwesen der Hardcastles vor neugierigen Blicken schützen sollen, insbesondere denen neugieriger Fotografen. Aus irgendeinem Grund hat der Gärtner diese Wildnis bewusst zugelassen.

»Seltsam«, sage ich, »das sieht Fred überhaupt nicht ähnlich.«

»Kein Freund von Brombeeren, der gute Fred, was?«

»Ich meine nicht die Brombeeren. Diese ganze wuchernde Wildnis ist darauf ausgelegt, neugierige Blicke fernzuhalten.« Ich deute mit der Hand auf die Straße jenseits der Bäume, wo in diesem Moment das anschwellende Donnern eines Automobils zu hören ist. »Brombeeren sind der beste Freund des Menschen.«

»Du meinst also den Schuppen?«

»Ganz genau.« Vorsichtig bahne ich mir einen Weg durch die schattige Vegetation zum Tor, das leicht offen steht, vermutlich dank Peppers Brechstange. »Wenn Fred den Schuppen nicht nutzt, hätte die Familie ihn abreißen lassen sollen, statt ihn dem Verfall preiszugeben.«

»Er ist nicht verfallen.«

»Noch nicht. War er abgeschlossen?«

»Natürlich.«

Ich drehe mich um und hebe strafend die Augenbrauen. Pepper zuckt unschuldig mit den Schultern. »Dafür sind Brechstangen nun mal da, Tiny.«

»Du musst es ja wissen.« Der eine Torflügel steht einen Spaltbreit offen. Es ist ein Doppelflügeltor, das fast die gesamte Breite des Schuppens einnimmt. Der andere Flügel ist vollständig geschlossen, zurückgehalten von dichtem Gestrüpp. Ein verrostetes Vorhängeschloss liegt vor meinen Füßen im Gras, zusammen mit einer rostigen Metallplatte. Ich kann sehen, wo die Platte abgerissen ist: Das helle, unlackierte Holz hebt sich deutlich von der abblätternden grauen Farbe ab.

»Na los.« Pepper stupst mich an. »Mach schon auf.«

Ganz wie in unserer Kindheit. Wie auf Long Island, wenn sie und Vivian mich herausgefordert haben, Granny Schuyler beim Nacktschwimmen im Pool zu beobachten oder in der Fifth Avenue die Zungenspitze an einen gefrorenen Laternenpfahl zu halten. Eine kribbelnde Unruhe erfasst meinen Körper, eine düstere Vorahnung … nicht gerade unheilvoll, das nicht. Aber mysteriös. Irgendetwas verbirgt sich hinter dieser Tür. Etwas Respekteinflößendes, etwas Hochkomplexes. Etwas, womit ich mich lieber nicht auseinandersetzen will.

Aber es gibt kein Zurück. Ich greife nach dem Torflügel und zerre daran.

Die Scharniere jaulen erschrocken auf. Die aufgewirbelte Luft umfängt mich kühl und muffig, durchtränkt von Schmieröl. Ich denke unwillkürlich an Schimmel und wedele mir frische Luft zu. »Ich kann gar nichts sehen.«

Pepper kämpft mit dem anderen Torflügel und stemmt sich gegen die Ranken. »Moment, gleich wird es hell. Autsch! Herrgott, *verdammt*!«

»Splitter?«

»Nein, Dornen.« Pepper saugt an ihrem Daumen. Wütend verpasst sie dem Tor einen allerletzten Stoß, und siehe da! Wie durch ein Wunder oder göttliche Fügung fällt plötzlich ein schmaler Streifen Sonnenlicht zwischen den Zweigen und Ranken ins Innere des Schuppens und taucht die Luft in einen goldenen Schein.

Die glänzenden Umrisse des geheimnisvollen Automobils erstrahlen im Licht.

»Du hast mir nicht zu viel versprochen«, sage ich.

»Wie könnte ich?«

Ich trete einen Schritt vor und greife nach der Kühlerfigur, einem filigranen Stern, umrahmt von einem Kreis. »Ein Mercedes-Benz.«

»Was du nicht sagst.« Ich drehe mich um. Pepper steht noch immer am Tor, von hinten sanft angestrahlt, ein Bein gegen den Pfosten gestemmt, die Arme unter der Brust verschränkt. Eine spekulative Haltung.

»Ach, und was bitte weißt du über Mercedes-Benz?«, frage ich.

Pepper drückt sich vom Torpfosten ab. Sie schlendert seitlich an dem Wagen entlang und lässt ihre Fingerspitzen über die lang gestreckte schwarze Motorhaube gleiten. »Ach, dies und das. Nicht gerade typisch für uns Schuylers. Viel zu protzig und glamourös.«

»Und zu deutsch. Die falsche Art von deutsch.«

»Das auch.«

»Was schätzt du, wie alt der ist?«

Pepper schreitet kritisch um das schräge Heck des Wagens, wie ein Pferdezüchter, der das Hinterteil eines Vollblüters begutachtet. »Mindestens dreißig Jahre, würde ich sagen. Sieht aus, als wäre Göring persönlich damit durch Berlin gefahren, oder? Allein die Form des Kotflügels. Wie er geschmeidig über den Radkasten nach hinten wegläuft. Absolut sexy, findest du nicht?«

Ich lasse den Mercedes-Stern los und gehe um das linke Vorderrad herum. Zwei schlanke Auspuffrohre erstrecken sich seitlich der Motorhaube bis in den eleganten dunklen Kotflügel. Die Sitze des Roadsters sind mit einer Plane abgedeckt. »Schwer zu sagen unter all dem Staub.«

»Ach, Tiny. Streng dich mal ein bisschen an. Selbst du müsstest sehen, was dahintersteckt. Bei so einem Hinterteil.« Sie zeichnete die geschwungene Linie des Hecks mit einer Handbewegung nach. »Könntest du dir vorstellen, mit dieser entzückenden Bestie über irgendeine alte Landstraße zu jagen? Meile für Meile? Irgendwo im Grünen?«

»*Du?* Im Grünen?« Vorsichtig hebe ich die Plane an. Eine dicke Staubschicht gleitet auf der anderen Seite herab wie frisch gefallener Schnee. »Aber er wird sowieso nicht anspringen.«

»Wer sagt das? Komm, ich helfe dir.« Sie geht auf die Beifahrerseite und greift nach dem anderen Ende der Plane.

»Zum einen ist bestimmt der Tank leer.«

»Woher willst du das wissen?«

»Verdunstung, meine Liebe. Drei Jahrzehnte der Verdunstung.« Wir falten die Plane in perfekt abgestimmten Bewegungen zusammen, einmal der Länge nach, zweimal der Länge nach, dann treffen wir uns vor der Motorhaube, um die Enden zusammenzulegen. »Und das Öl.«

»Was weißt du bitte von Öl?«

»Ich weiß, dass Autos so was brauchen, damit die Teile nicht verkleben.«

»Oh, eine Expertin!«

Ich hänge mir die Plane über den Arm und widme mich erneut dem Wagen. »Wir müssen wohl einen Mechaniker kommen lassen. Oder den Wagen in eine Werkstatt bringen.«

»Wage es ja nicht!« Pepper schreitet an der Motorhaube entlang zur Beifahrertür. »Sieh dir nur mal das Leder an, Tiny. Herrlich braun und weich. Und erst die Armaturen.«

»Nicht aufmachen!«

Doch zu spät. Pepper greift an den Türgriff, und zu meiner großen Überraschung gibt die Tür geschmeidig nach, ohne jedes Quietschen, ein Wunder teutonischer Ingenieurskunst. Sie setzt sich hinein und schließt die Augen. »Oh, *Tiny*. Komm, setz dich zu mir.«

»Kindskopf.«

Meine Schwester hat selbigen in den Nacken gelegt, die Augen geschlossen, die Lippen zu einem genüsslichen Lächeln verzogen. »Besser als Sex«, verkündet sie.

»Ich hätte angenommen, dein Sex wäre besser als *das hier*, liebste Pepper.«

Sie lupft ein Augenlid. »Bestimmt besser, als was der gute Frank dir zu bieten hat. Gepflegte Missionarsstellung unter der Decke, stimmt's?« Sie klopft einladend auf den Fahrersitz. »Na los! Du weißt doch, dass du es willst.«

Ich schlucke meine Entrüstung herunter, immerhin hat sie recht – sie hat den guten alten Nagel mal wieder voll auf den Kopf getroffen –, und lege die schwere rechteckige Plane auf die Motorhaube, direkt hinter den Mercedes-Stern. »Ich habe auch noch andere Dinge zu tun. Ich muss ein Dutzend Briefe schreiben, und Frank hat mich gebeten, seine nächste Rede zu lesen, bevor er zurückkommt …«

»Jetzt vergiss mal für einen Moment deine hausfraulichen Pflichten.« Sie klopft erneut auf den Sitz.

Ich atme seufzend aus, um deutlich zu machen, was für einen Riesengefallen ich ihr tue, dann stolziere ich wie verlangt zur Fahrerseite des Wagens. Die Tür klemmt ein wenig, oder vielleicht liegt es an mir, verklemmt und inkompetent, wie ich nun mal bin, aber Pepper stößt von innen dagegen, bis die Tür bereitwillig nachgibt und lautlos aufschwingt. Ich raffe meinen Rock und rutsche auf den Fahrersitz.

»Verstehst du jetzt, was ich meine?«, fragt Pepper.

Der Geruch von altem Leder umfängt mich mit seinem männlichen Charme. Ich lege beide Hände ans Steuer. Die eingestaubte Windschutzscheibe trübt meine Sicht. Von hinten schmiegt sich der Sitz an meinen Rücken und meine Beine, passt sich der Form meines Hinterteils an wie ein großes Paar gefühlvoller Hände. »Oh ja, verstehe.«

Pepper öffnet das Handschuhfach, dann den Aschenbecher. »Sieh mal!« Sie hält einen Zigarettenstummel in die Höhe, gesäumt von rosafarbenem Lippenstift.

»Grundgütiger.«

Sie dreht den Stummel in den Fingern hin und her. »Unglaublich, oder? Wem mag der Wagen gehören?«

»Na, einem der Hardcastles.«

»Glaubst du wirklich? Ein deutsches Automobil? Noch dazu eine Spezialanfertigung, frisch aus der Fabrik, wenn ich mich nicht täusche. Nur ein europäischer Aristokrat würde so einen Wagen in die Finger bekommen. Außerdem waren die Hardcastles in dieser Beziehung nie anders als die Schuylers, schon gar nicht damals. Packards, Cadillacs, Oldsmobiles … Hauptsache verlässlich. Bloß nicht zu extravagant.«

Ich streiche mit den Händen über das Lenkrad. Pepper legt den Zigarettenstummel zurück in den Aschenbecher und wühlt im Handschuhfach. »Extravagant ist der falsche Ausdruck«, widerspreche ich.

»Dann eben sexy. Und glamourös.«

»Granny Hardcastle soll sich eben gern amüsiert haben, bevor sie ihren Mann heiratete. Das wird zumindest hinter vorgehaltener Hand behauptet. Immerhin hat sie das Geld in die Familie gebracht, ihr Vater war damals in der Textilindustrie, ein echter Selfmademan.«

»Hmm, wusste ich gar nicht. *Interessant.*« Peppers Haupt ist immer noch nach unten geneigt, auf Augenhöhe mit dem Handschuhfach. Die Enden ihres pinkfarbenen Schals gleiten sanft über ihren Nacken. »Passt aber ins Bild. Ich hatte schon immer das Gefühl, dass sie nicht wirklich eine von *uns* ist. Die Art und Weise, wie sie die Fäden in der Hand hält.«

»Natürlich darf niemand ein Wort darüber verlieren, sonst würde ja das Mysterium der hochverehrten Hardcastles platzen. Was ist das?«

»Ein Handschuh, würde ich sagen.« Der kurze hautfarbene Fahrhandschuh einer Dame. Pepper lässt ihn munter in der Luft zappeln. »Aber das war vor einer Ewigkeit, oder? Lange vor dem Krieg. Dem Ersten Weltkrieg, meine ich. Wir reden hier von den Dreißigerjahren.«

»Als Frank geboren wurde.«

»Da war sie schon Großmutter.«

»Aber eine junge.«

»Trotzdem. Der Wagen gehört bestimmt nicht ihr. Was uns zu der Frage führt: wem dann?« Pepper faltet den Handschuh zusammen und legt ihn zurück in das Fach.

»Keine Fahrzeugpapiere. Anscheinend hat jemand etwas zu verbergen.«

»Wie kommst du darauf?«

»Warum sollte man sonst die Papiere aus dem Wagen nehmen, Dummerchen?«

»Was weiß ich? Ordnungshalber?«

»Die Papiere herausnehmen, aber den Zigarettenstummel und einen einzelnen Handschuh drinlassen?« Sie schüttelt den Kopf und lehnt sich erneut zurück, diesmal mit offenen Augen, den Blick auf die Dachbalken gerichtet. »Nein, hier schlummert irgendein Geheimnis.«

»Du bist furchtbar argwöhnisch, Pepper. Bestimmt gibt es eine logische Erklärung.«

»Tiny, Schätzchen, *jeder* hat seine Geheimnisse. Selbst du, oder?«

Meine Finger schließen sich ein letztes Mal um das Lenkrad, dann lasse ich die Hände in den Schoß sinken. Aus dem Augenwinkel heraus bemerke ich, wie Pepper den Kopf in meine Richtung dreht und mich beobachtet. Ich fahre mit dem Zeigefinger über das Nagelbett seines Gegenspielers. »Wohl kaum so viele wie *du*.«

Die Schärfe meiner Worte, die Betonung auf *du*, macht mir bewusst, wie ungezwungen wir zuvor miteinander geredet haben, wie locker und entspannt. Doch ich habe die Atmosphäre leichtfertig zerstört und unseren gewohnten Dauerfrost wiederhergestellt.

Pepper richtet den Blick erneut zu den Dachbalken und verkündet weltgewandt: »Bei Geheimnissen zählt nicht die Menge, sondern die Größe.«

Tut mir leid, will ich sagen. Stattdessen lege ich die Hände flach in den Schoß und streiche die Falten meines Rockes glatt. »Wenn du meinst.«

»Meine ich. Willst du mal lachen?«

»Von mir aus.«

»Vor einem Moment hätte ich dich fast *Vivian* genannt.«

Ich muss tatsächlich lachen.

Trotz der ausladenden Proportionen des Wagens, trotz seiner enormen Länge und großzügigen Breite, vermittelt der Innenraum ein Gefühl von Behaglichkeit. Ein weicher brauner Lederkokon, umrahmt von Chrom und schmutzigem Glas. Die Sonne ist inzwischen weitergewandert und hat ihren Winkel so verändert, dass die einzelnen Staubpartikel nicht mehr zu erkennen sind. Die Luft scheint ihren lebendigen Charakter verloren zu haben.

Ich stoße meine Schwester mit der Schulter an. »Du bist wirklich ein Kindskopf.«

Wir sitzen stumm nebeneinander, ein ungleiches Paar, beobachten das Fortschreiten der Schatten, bis die Sonne hinter dem Blätterdach verschwindet. Pepper stützt eine ihrer Ledersandalen gegen das Armaturenbrett. Plötzlich grinst sie und stupst mich an. »Was heißt eigentlich Schwiegermutter auf Französisch?«

»Keine Ahnung.«

»Grand Malheur!«

Mir entfährt ein winziges Kichern, dann noch eins, bis ich laut lache. Pepper stimmt ausgelassen ein. Ihr hübscher Busen bebt vor Lachen, ihr zartes Sommerkleid zittert, ihre goldbraune Wade wölbt sich wie der Kotflügel des antiken Mercedes Roadster.

»Ach, übrigens … es gibt da etwas, wobei du mir helfen könntest.« Ich lege eine Hand auf den Bauch, um meinen Lachanfall zu bezähmen.

»Und was? Soll ich etwa einen wildfremden Ehemann verführen? Constance einen Hauch Arsen in den Tee mischen?«

Ich lege meine Hände an den Rand der Windschutzscheibe und hieve mich aus dem Sitz. »Du musst mir helfen, ein Schmuckstück zu verkaufen.«

Es wird niemanden wundern – schon gar nicht mich –, dass Pepper mit teurem Schmuck bestens vertraut ist.

»Das Armband sollte reichen.« Sie lässt das Schmuckstück von ihren Fingern baumeln. »Ein Armband ist meist eine sichere Wahl, das wird von den Männern selten vermisst.«

»Du gehst davon aus, dass Frank mir das Armband geschenkt hat?«

»Etwa nicht?«

»Doch, schon. Aber es hätte auch von jemand anderem sein können.«

Pepper bedenkt meinen gekränkten Stolz mit einem wissenden Blick, und ich denke im Stillen: So ist es, eine Schwester zu haben.

»Das Armband ist jedenfalls perfekt. Kostbar genug, aber nicht *zu* kostbar. Ohne verräterische Gravur.« Sie tippt mit den Fingern dagegen und lässt das Geschmeide sanft schaukeln. »Und todlangweilig. Was war denn der Anlass?«

»Weiß ich nicht mehr. Vermutlich Weihnachten.«

»Schick ihn das nächste Mal mit mir einkaufen.«

Der Tag hat sich sündhaft aufgeheizt, der Morgentau ist verdunstet, und ich habe das Verdeck des Wagens geöffnet.

»Du hast nicht vor, mir zu verraten, was das alles soll, oder?«, fragt Pepper, während wir viel zu schnell über den Highway rasen.

»Ein kleiner finanzieller Engpass.«

»Hast du dich beim Bridge verzockt?«

»Hüte deine Zunge. Ich verliere *nie* beim Bridge.«

Pepper blickt aus dem Seitenfenster. »Natürlich nicht.«

Sie kennt da einen Händler in Boston. *Frag mich bloß nicht, warum*, hat sie gesagt. Ich parke den Wagen und frage nicht, warum. Zumal wir uns gerade blendend verstehen. Schwungvoll betätige ich die Handbremse. Als wir uns dem Eingang nähern, nimmt Pepper mir die Schachtel aus der Hand. »Überlass das lieber mir.«

»Mit Vergnügen.«

Das Gebäude wirkt erstaunlich respektabel, mit schlichter Backsteinfassade, rechts ein Buchhändler, links ein Delikatessenladen. A.R. GOLDFARB, lautet der Namenszug auf der Schaufensterscheibe, ANTIKSCHMUCK. Ich folge Pepper und bewundere die schimmernden Reflexe ihres kastanienbraunen Haars, die schlanke Silhouette ihres Oberkörpers, das Profil eines Fotomodells. Pepper sieht aus wie eine wandelnde Gefahr, selbst im harschen Licht der Mittagssonne, selbst in ihrer legeren Strandkleidung.

»Ich möchte bitte Mr. Goldfarb sprechen«, erklärt sie dem Mann hinter der Theke, einem hochgewachsenen Burschen von Anfang zwanzig, wenn nicht gar jünger. Sein brauner Anzug hängt schlaff über seinen mageren Schultern und hofft auf bessere Zeiten.

»Tut mir leid, Mr. Goldfarb ist gerade beschäftigt«, erwidert er mit einer gebrochenen Tenorstimme. »Kann ich Ihnen vielleicht weiterhelfen?«

Pepper schenkt ihm ihr charmantestes Lächeln, das keinen Widerspruch duldet. Sie stellt die Schachtel auf den Verkaufstresen. »Leider muss ich Mr. Goldfarb *persönlich* sprechen.«

Zehn Minuten später steigen Pepper und ich erneut in den aufgeheizten Cadillac, im Besitz von eintausendvierhundert Dollar in nagelneuen Scheinen, säuberlich gefaltet und im hintersten Winkel meiner Handtasche verstaut. Ich starte den Wagen. Pepper knotet sich den pinken Schal um ihr Haar. Die reich beladene Handtasche ruht zwischen uns auf der Sitzbank.

Ich lege den Rückwärtsgang ein, setze ein Stück zurück und betätige den Blinker, um mich in den Verkehr einzufädeln.

»Was ist los, Tiny?«, fragt Pepper, als sich der Wagen nicht von der Stelle rührt.

Ich wechsele den Gang und fahre los.

»Na los, erzähl es mir. Steckst du in Schwierigkeiten?«

»Nein, alles in Ordnung.«

»Ich bin eine Expertin, was Schwierigkeiten angeht. Eine Koryphäe, könnte man sagen.«

Wir halten an einer roten Ampel. »Nein, wirklich. Alles in Ordnung.«

»Also *die* Art von Schwierigkeiten?« Sie legt ihren Unterarm auf dem heruntergekurbelten Fenster ab und greift nach dem Seitenspiegel. »Wir könnten gut zusammen durchbrennen.«

Die Ampel schaltet auf grün. Ich trete aufs Gaspedal. »Durchbrennen?«

»Abhauen. Untertauchen. Verschwinden. Wir haben Geld. Wir haben ein Auto.«

Bei dem Wort *verschwinden* klammern sich meine Finger fester um das Lenkrad. »Jetzt hör aber auf.«

»Ich meine es ernst. Zumindest ansatzweise.«

»Wie kommst du darauf, dass ich verschwinden will?«

»Nur so eine Vermutung. Ich habe seit Tagen das Gefühl, dass dein ach-so-perfektes Leben vielleicht gar nicht so perfekt ist, wie es nach außen scheint. Vielleicht wird dir allmählich bewusst, dass dein ach-so-perfekter Göttergatte den Preis gar nicht wert ist, den du für ihn zahlst.«

»Das ist doch völliger Quatsch.« Ich werfe einen flüchtigen Blick auf meine Handtasche. »Außerdem habe ich das mit dem Verschwinden schon mal versucht. Und es ist gründlich schiefgegangen.«

»Ach ja? Wann denn?«

»Vor langer, langer Zeit. Manchmal muss man sich seinen Problemen stellen, Pepper. Sich mit dem begnügen, was einem das Schicksal beschert, und das Beste daraus machen. Das nennt sich *erwachsen werden.*«

Pepper schweigt. Der Wagen rollt durch den prallen Sonnenschein, die endlosen Straßen entlang. Gebäude treiben gleißend an uns vorbei, Autos, Menschen, die sich unter der Last der Hitze mühsam voranschleppen. Ich trage einen Hut mit weiter Krempe, um meine Haut vor der Sonne zu schützen. Er flattert hektisch im Wind, kurz davor, aber nicht ganz bereit, sich loszureißen.

»Und warum willst *du* bitte verschwinden?«, frage ich. »Als Assistentin eines aufstrebenden Senators. Wilde Partys in Washington und New York am laufenden Band. Das nenne ich das perfekte Leben!«

»Ich sage es dir, wenn du es mir sagst.«

»Ach, Pepper …«

»Halt mal an«, sagt Pepper.

»Was?«

»Halt sofort an.« Ihre Stimme klingt dringlich.

Ich lenke den Wagen abrupt an den Straßenrand. Hinter mir drückt jemand auf die Hupe, lang und wütend.

»Was ist denn los? Geht's dir nicht gut?«

Pepper deutet mit ihren langen Fingern auf die Ladenfront hinter uns. »Da ist eine Werkstatt.«

»Was?«

Ich folge ihrer Geste. JOE'S AUTOWERKSTATT lese ich auf einem schmuddeligen Schild über dem Eingang. ERSATZTEILE UND SERVICE. HEIMISCHE

UND AUSLÄNDISCHE MODELLE. Vor dem Gebäude steht eine altmodische Zapfsäule.

»Ich brauche keine Autoteile«, sage ich.

»Irrtum«, sagt Pepper. »Benzin, Öl, Handbuch. Und wer weiß was noch. Besser gesagt, Joe … Joe weiß, was noch.« Sie kichert vergnügt.

Verblüfft betrachte ich ihr strahlendes Gesicht, ihren flatternden pinken Schal, ihre ungeschützte, von der Sonne geküsste Nasenspitze. »Meinst du den *Mercedes*? Den im Schuppen?«

»Natürlich meine ich den Mercedes. Warum auch nicht? Wenn wir schon durchbrennen, dann mit Stil.«

»Aber wir haben nicht die geringste Ahnung, wie man Autos repariert.«

»Wir sind doch zwei kluge Mädels. Was kann da schon schiefgehen?«

Ich schüttele den Kopf. »Du bist echt durchgeknallt.«

Sie greift nach meiner Handtasche und zieht einen Hundertdollarschein aus dem Bündel. »Und deshalb lieben sie mich.«

Caspian, 1964

Caspian erhob sich vom Sofa und entdeckte seinen verwaisten Drink auf der Fensterbank. Er leerte das Glas in einem Zug und ließ es vor seinem Bauch ruhen. »Kommt darauf an. Was meinst du mit verschwinden lassen? Wen denn?«

»Mich.« Ihre Stimme klang entschlossen. Frei von Tränen.

Darauf brauchte er einen weiteren Drink. Er trug sein Glas in die Küche und füllte es auf. Als er sich umdrehte, stand Tiny immer noch am selben Fleck, doch sie hatte sich umgedreht, um ihn zu beobachten. Sie hatte das Taschentuch auseinandergefaltet und ließ es wie ein winziges Laken vor sich herabbaumeln, jeweils eine Ecke zwischen Daumen und Zeigefinger gepackt.

»Kalte Füße?«, fragte er.

»Nein, ich weiß nicht. Das Gefühl habe ich schon länger. Mein Leben lang.«

»Du willst schon länger verschwinden?«

»Ja.« Sie ließ sich rückwärts aufs Sofa sinken und starrte an die Decke, während sie das Taschentuch wieder zusammenknüllte.

Er lehnte sich gegen den Türrahmen. »Und warum hast du es noch nicht getan?«

»Du verstehst das nicht. Du kannst das nicht verstehen.«

»Natürlich nicht. Wir haben uns heute Morgen erst kennengelernt.«

»Aber du hast mich im Café beobachtet, einen ganzen Monat lang. Du hast mich *sehr genau* beobachtet.«

Cap zuckte mit seiner freien Schulter. »Ich beobachte eben gern schöne Frauen. Verklag mich ruhig.«

Tiny hob unvermittelt den Kopf und sah ihn an. »Warum tust du so? Als wärst du jemand, der du nicht bist?«

Er schnaubte. »Wer im Glashaus sitzt, Tiny …«

»Ich hätte jetzt gern den alten Caspian zurück, okay? Mit dem hier kann ich mich nicht unterhalten.«

Der Adrenalinrausch traf ihn völlig unvorbereitet, und seine Knochen fühlten sich an, als wären sie aus Luft. Er ging zurück in die Küche und stellte sein Glas auf die Arbeitsplatte. Dann atmete er tief durch, *eins, zwei, drei*, einatmen, *eins, zwei, drei*, ausatmen. Der Alkohol stieg ihm bereits zu Kopf. Wodka auf leeren Magen. Man hatte ihm auf der Wache nichts zu essen angeboten. Er griff nach dem Besen und Kehrblech und trat durch den Türbogen, um Tinys Scherbenhaufen zusammenzufegen. Der Abfalleimer war leer, heute Morgen erst runtergebracht, vor einer halben Ewigkeit. Die Scherben fielen klappernd in den Eimer.

»Na schön«, sagte er, als er ins Wohnzimmer zurückkehrte. Tiny hatte es sich auf dem Sofa bequem gemacht, ihr beerenrotes Kleid stand im leuchtenden Kontrast zu dem alten olivgrünen Polster. Er setzte sich neben sie. »Und warum willst du verschwinden?«

»Nein. Erzähl du mir zuerst etwas. Etwas Wahres.«

Er griff nach ihrer linken Hand. »Ich habe immer noch deinen Ring. Willst du ihn zurück?«

»Oh Gott. Der Ring!« Sie richtete sich auf und betrachtete ihre nackte Hand. »Den habe ich ganz vergessen.«

»Wie kann man so einen dicken Klunker vergessen, wenn er plötzlich nicht mehr am Finger steckt?«

Sie ließ sich gegen die Lehne sinken, ohne ihre Hand zurückzuziehen, selbst als er die andere Hand darauflegte. »Da hast du's, oder? Vielleicht *wollte* ich ihn vergessen.«

»Kalte Füße«, wiederholte er.

»Kann schon sein. Ich weiß nicht. Hattest du schon mal das Gefühl …« Sie zögerte einen Moment, um ihre Gedanken zu ordnen. Ihre Wimpern waren herrlich geschwungen und von Natur aus tiefschwarz, denn den Mascara hatte sie mit ihren Tränen an seiner Schulter abgewaschen. Am liebsten hätte er sie fotografiert, um die Schatten ihrer Wimpern und ihres Wangenknochens im schrägen Nachmittagslicht einzufangen. »Hattest du schon mal das Gefühl, in dir selbst gefangen zu sein? Etwas anderes *tun* zu wollen, etwas anderes *sein* zu wollen? Aber du kannst dich nicht befreien, du kannst dich nicht losreißen von diesem – ich weiß nicht –, diesem *Etwas*, das du angeblich sein sollst, diesem öffentlichen Faksimile deiner selbst?«

»Ich weiß nicht. Kann schon sein.« Er ging die Worte im Geiste noch einmal durch. »Warum fängst du nicht ganz von vorn an?«

»Glaub mir, das willst du nicht hören.«

»Ich bin es gewöhnt. Meine Kameraden kommen ständig mit ihren Problemen zu mir. Weiß der Himmel, warum. Manchmal komme ich mir vor wie ein Beichtvater. Und *was* ich mir alles anhören muss!«

»Siehst du. Genau das habe ich mir gedacht, als du das erste Mal ins Café kamst. Dem Mann kann ich vertrauen!«

»Das hast du mir angesehen?«

»Du warst anders als die anderen. Du hast Thomas Hardy gelesen. Ich dachte, ein Mann von solcher Statur, der freiwillig Hardy liest, noch dazu als Taschenbuch mit umgeschlagenem Deckblatt, damit niemand etwas mitbekommt, dem kannst du vertrauen. Außerdem meinte die Kellnerin …«

»Em?«

»Ja, Em. Die Dunkelhaarige. Sie meinte, du wärst ein anständiger Kerl. Ein Gentleman. Und du würdest mich mögen.« Sie stieß ihn mit dem Ellbogen an.

»Das war wohl das letzte Mal, dass ich ihr was erzählt habe.«

»Du magst mich also wirklich?«, fragte Tiny die Zimmerdecke.

»Ich bin verrückt nach dir.«

Na bitte. Jetzt war es raus. *Verrückt nach dir.* Die Worte schwebten im Raum. Er konnte sie nicht wieder einfangen.

»Oh Gott.« Sie schloss die Augen. »Ich kann es nicht fassen. Ich kann nicht fassen, dass mir das passiert. Ich fahre bestimmt zur Hölle, oder?«

»Es ist doch gar nichts passiert, Tiny. Es wird nichts passieren, es sei denn, du willst es so.«

Bitte sag, dass du es willst.

Sie nahm diese Information in sich auf, wandte sie in ihrem süßen kleinen Kopf hin und her, betrachtete sie mit all ihren Nuancen und Möglichkeiten. »Gut«, sagte sie schließlich.

»Gut?« Und wieder gab er sich Mühe, nicht an Sex zu denken.

»Gut, jetzt fühle ich mich besser. Obwohl es mir eigentlich egal sein sollte. Ich meine, darum geht es doch gerade bei meinem Verschwinden. Mich von allem zu distanzieren.«

»Wovon denn?«

»Von den Erwartungen anderer. Von dem Zwang, es allen recht machen zu wollen. Ständig eine Rolle zu spielen. Den Erwartungen zu entsprechen. Meine eigenen Erwartungen denen der anderen anzugleichen, bis ich nicht mehr weiß, was ich will, weil ich nur noch *das* will, was die *anderen* wollen. Ein aufregendes Leben an der Seite eines aufregenden Mannes.« Sie verstummte. »Ergibt das irgendeinen Sinn?«

»Doch, ja.« Er zog seine Hand zurück und stützte den Ellbogen auf die Rückenlehne des Sofas, in der Hoffnung, an etwas anderes zu denken als an ihre nackte Haut.

»Ich meine, warum bist du ausgerechnet zum Militär gegangen?«

Das war deutlich festeres Terrain. »Weil ich es wollte. Weil ich es kannte. Weil ich wusste, es würde mir liegen. Zu mir passen. Mein Vater war Soldat. Er ist nach dem Krieg beim Militär geblieben, hat dort Karriere gemacht.«

»Aber wolltest du wirklich Soldat werden? Oder hast du nur nicht über Alternativen nachgedacht? Wolltest du dich aus *eigenem* Antrieb verpflichten? Oder wollte es deine Familie?«

Er dachte an seine Großmutter und ihren Vorschlag, Jura zu studieren. »Nein, ganz im Gegenteil. Mit der Familie meines Vaters habe ich nicht viel zu tun, er hatte keine Geschwister. Aber die Angehörigen meiner Mutter … na ja, sie sind nicht ausdrücklich dagegen, aber sie glauben, ich könnte mehr aus mir machen, etwas mehr Ehrgeiz entwickeln.«

»Ach?« Ihr Zeigefinger strich beiläufig über seinen Zeigefinger. War ihr die Berührung überhaupt bewusst? Spürte sie das gleiche Kribbeln in den Fingerspitzen bis hinauf ins Rückenmark? Ihr Blick wanderte zu den Fotos an der Wand. »Und was ist mit der Fotografie? Hast du schon mal daran gedacht, stattdessen so was zu machen?«

»Aber das mache ich doch.«

»Ich meine, wenn du dich entscheiden müsstest. Wenn man dir beim Militär sagen würde, du dürftest nie wieder einen Fotoapparat in die Hand nehmen, was würdest du wählen?«

Instinktiv erwiderte er die Liebkosung ihres Fingers. Er konnte nicht anders. »Wovon reden wir hier eigentlich?«

»Als du vor einem Monat in mein Café kamst…«

»*Dein* Café?«

Tiny wandte den Kopf in seine Richtung. »Ja, *mein* Café. Ich gehe schon seit Jahren da hin. In den Pausen, zwischen meinen Kursen.«

»Was denn für Kurse? Ich dachte, du bist mit dem College fertig?«

»Tanzkurse. Ich bin Tänzerin. Ich tanze in einem Amateurensemble und unterrichte den Nachwuchs.«

Ihre schlanken, muskulösen Waden. Ihr geschmeidiger Rücken, ihre straffen Arme. Ihre geheimnisvolle Ausstrahlung, stark und zerbrechlich zugleich. »Ach, natürlich«, sagte er. »Meine Güte, das hätte ich mir denken können.«

»Es ist meine große Leidenschaft. Das Einzige, was mich wirklich erfüllt. Das Einzige, was mir das Gefühl gibt, ich selbst zu sein. Meine Mutter meinte, na schön, dann zieh eben nach Boston und amüsiere dich mit deinem Tanzen. So kannst du gut die Zeit überbrücken, bis er dir einen Antrag macht…«

»Verstehe.«

»Und genau das habe ich getan, aber ich dachte… na ja, mir war nicht bewusst…«

»Was?«

»Dass ich damit aufhören soll, sobald wir verheiratet sind.«

»Wer hat denn gesagt, dass du aufhören sollst?«

»Niemand hat etwas *gesagt*. Aber jeder geht davon aus.

Das ist mir erst vor einem Monat bewusst geworden, kurz bevor ich dich das erste Mal gesehen habe. Ein paar Tage zuvor hatte ich mich mit seiner Großmutter zum Tee getroffen, und sie hat gesagt – ich weiß nicht mehr, wie sie sich ausdrückte, sie hat so eine elliptische Art, immer durchs Hintertürchen, erst im letzten Moment wird einem bewusst, dass sie einen kritisiert oder dass man einen Fauxpas begangen hat – jedenfalls hat sie gesagt, es wäre gewiss eine große Erleichterung, das Tanzen und das harte Training endlich hinter mir zu lassen und mich auf die Haushaltsführung und die Familienplanung und die Unterstützung meines Mannes zu konzentrieren …«

»Verdammt.«

»Und es ist nicht mal so, als würde ich das nicht wollen. Ich *will* ja Kinder, ich *liebe* Kinder. Dieser kleine Junge heute Morgen …« Ihre Augenwinkel wurden feucht.

»Und was sagt er dazu? Dein Verlobter?« Seltsam, dass er so nüchtern über ihn reden konnte, wie über ein lebloses Objekt, ein Sinnbild. Doch in Wirklichkeit hatte Tiny versprochen, ihn zu heiraten. Sie kannte ihn wahrscheinlich seit Jahren, hatte ihn zu unzähligen Picknicks, Footballspielen und Dinnerpartys begleitet, hatte am Strand von Cape Cod mit ihm im Sand getobt, hatte vermutlich mit ihm geschlafen. Er war real. Er war ein realer Mensch, den Tiny – die in diesem Moment neben ihm saß – angeblich liebte.

»Er geht auch davon aus. Natürlich tut er das. In dieser Familie denken doch alle gleich. Alle miteinander.«

Cap fluchte erneut.

Sie blieben nebeneinander sitzen, ohne ein Wort zu sagen. Er sehnte sich nach seinem Drink in der Küche, doch er konnte sich nicht rühren, konnte seinen Körper nicht dazu bewegen, woanders zu existieren als hier neben

Tiny, erfüllt von ihrem ruhigen Puls, während sich ihre Finger zärtlich umkreisten. Er hatte es längst aufgegeben, nicht an Sex zu denken. Er ließ seiner Fantasie freien Lauf, stellte sich vor, wie sie unter ihm lag oder sich auf ihm rekelte … Zuletzt fügte er das berauschende Detail ihrer tänzerischen Athletik hinzu, die Sinnlichkeit des Tanzes selbst. Klassisches Ballett, keine Frage. Tiny war der Typ für Ballett. Herrgott. Da saß er auf dem Sofa und ließ seine Finger um die einer verlobten Ballerina tänzeln.

Sie war mit Sicherheit nicht die Einzige, die zur Hölle fahren würde.

»Aber das ist nicht alles«, fuhr sie fort. »Das war nur der Augenblick, in dem mir bewusst wurde, dass ich da rausmuss. Es hat sich ein ganzes Jahr lang in mir aufgestaut, seit dem Abend unserer Verlobung.«

»Warum hast du es getan? Dich verlobt? Ja gesagt?«

»Weil ich nun mal so bin.« Leise. »Weil ich das tue, was man von mir erwartet. Frauen wie ich tragen brav ihren Perlenschmuck und verfassen gleich am nächsten Morgen ihre Dankschreiben. Wir verlieben uns in vielversprechende junge Männer, die es zu etwas bringen, die uns etwas bieten. Und wenn einen so jemand fragt, ob man ihn heiraten will, dann sagt man eben *Ja*.«

»Aber warum? Das begreife ich nicht. Ich habe schon viele solche Frauen getroffen, solche Frauen kennengelernt, aber du bist nicht wie sie.« Er machte eine kurze Pause. »Vielleicht auf den ersten Blick, aber selbst da …«

»Du verstehst das nicht. Da ist eben dieser Reiz. Das Streben nach dem ultimativen Triumph in einem selbst gewählten Fach, so wie ein Wissenschaftler nach dem Nobelpreis strebt. Zu wissen, man ist keine gewöhnliche Hausfrau in einem gewöhnlichen Vorort, die Tag für Tag dasselbe tut. Man ist die Frau eines großen Mannes, man erlebt aufregende Dinge, trifft aufregende Menschen. Der Abend, an dem er mir den Antrag machte, war der Abend meiner Träume. Der Abend, auf den ich ein Leben lang gewartet hatte. Das Ergebnis all meines Strebens, richtig? Es war ein berauschender Abend.«

»Das kann ich mir vorstellen.«

»Es war der Höhepunkt meines Lebens. Der absolute Höhepunkt. Weißt du, *wie* er mich gefragt hat?«

»Keine Ahnung.«

»Du wirst es nicht glauben. Es war an dem Abend seiner Graduierung von der juristischen Fakultät. Ich hatte seit Jahren auf einen Antrag gewartet. Ein Dutzend Mal hätte ich die Hoffnung fast aufgegeben, aber … na ja … er ist eben … Ich meine, du solltest ihn mal sehen, er ist absolut umwerfend. Er hält einen mühelos in seinem Bann. Er ist das Nonplusultra. Kein anderer käme an ihn heran.«

Sie sprach mit einer emotionslosen Stimme, die seine eigene Haltung widerspiegelte. Als wäre ihr Verlobter jemand, über den man in einem Magazin lesen würde, ohne jeden Bezug zu einem lebendigen Menschen. Cap hätte sie gern gefragt, ob sie diesen Mann liebte, wirklich *liebte*, aber die Frage erschien ihm zu plump. Geradezu taktlos, bei einem solchen Geständnis.

»Alle haben sie darauf gewartet, dass er mich endlich fragt«, fuhr sie fort. »Meine Freundinnen haben bereits hinter meinem Rücken gespottet: *Ach, der fragt sie garantiert nie, da kann sie warten, bis sie alt und grau ist.* Die meisten waren schon verheiratet oder wenigstens verlobt. Es war richtiggehend erniedrigend. Ich hatte ganz vergessen, *warum* ich heiraten wollte, *warum* ich *ihn* wollte, ich sehnte mich nur noch nach diesem verdammten Ring. Gott, ich bin so was von erbärmlich. Wie bin ich nur so geworden?«

Ohne jede Vorwarnung zog sie ihre Hand zurück und sprang unvermittelt auf. Sie durchquerte den Raum und rieb sich die Finger ihrer linken Hand, während Cap sich auf dem Sofa vorbeugte, um ihren elastischen Gang, ihren langen Hals zu studieren.

Vor der Fotowand blieb sie stehen. Die Sonne bestrahlte ihr Profil, tauchte sie in pures Gold. »Jedenfalls gingen wir mit der ganzen Familie essen und feierten seinen Studienabschluss als Jahrgangsbester – was auch sonst. Er hielt sogar eine Rede, und *was* für eine Rede! Äußerst ergreifend, haben alle gesagt, als wäre er dafür geboren, und dann hat jeder einen Toast ausgesprochen: seine Großmutter, seine Tanten und Onkel, seine Cousins, der ganze Clan. Bewundert haben sie ihn, ihren Kronprinzen. Sie waren so stolz. Wir hatten einen Bankettsaal im Copley Plaza ganz für uns allein. Mit Champagner, Kaviar, Filetspitzen und einer riesigen Schokoladentorte, sein Lieblingsdessert. Die Familie hat nur selten die Spendierhosen an, aber wenn, dann im ganz großen Stil. Ich saß neben seiner Schwester. Sie nahm meinen Arm und versicherte mir, wie glücklich sie alle seien. Wie *dankbar*, das war ihre Wortwahl. Wie sehr sie mich alle schätzten und wie gut ich ihm doch tue. Die perfekte Frau, um endlich sesshaft zu werden. Das muss man sich mal vorstellen. Was für ein Witz!«

Sie lachte und schüttelte den Kopf. Dann griff sie nach einem der Fotos, um ein Eselsohr zu glätten. »Die Kronleuchter waren viel zu hell. Gott, ich weiß nicht, warum ich mich an so was erinnere. Dieses furchtbar grelle Licht, aber egal. Hinterher unternahmen wir eine Spritztour in seinem Cabriolet – es war schon nach Mitternacht –, irgendwo in Wellesley hielten wir an, natürlich im Mondschein, und dann stand da dieser Picknickkorb mit einer

Flasche Champagner – und dem Ring. Er glitzerte am Grund meines Glases. Kannst du dir das vorstellen? Er hatte ihn stundenlang am Straßenrand liegen lassen, während wir zu Abend aßen. Einen Diamantring.«

»Grundgütiger.«

»Aber so ist er eben. Ihm kann nichts Schlimmes widerfahren. Die Rechnung wird nie fällig. Ich war total aus dem Häuschen und habe natürlich Ja gesagt. Wir haben die ganze Flasche getrunken, gleich an Ort und Stelle. Im Mondschein. Keine Ahnung, wie wir nach Hause gekommen sind. Am nächsten Morgen erwachte ich mit dem schlimmsten Kater meines Lebens und dachte, was jetzt? Meine Mutter ist glücklich. Er ist glücklich. Die Familie ist glücklich. Vielleicht nicht meine Schwestern, überlegte ich, aber die sind ohnehin nie glücklich über meine Entscheidungen. Warum bin *ich* dann nicht glücklich, verdammt?« Ihre Stimme erstarb. Sie stützte eine Hand gegen die Wand und hielt sich die andere vor die Augen. »Und das versuche ich seither herauszufinden.«

Was war eigentlich aus ihrem Kraftfeld geworden? Es war spurlos verschwunden, jede Barriere eingestürzt, der Elektrozaun abgeschaltet. Nur ihre zarte, verwundbare Haut lag noch zwischen ihnen.

Warum bin ich nicht glücklich? Er dachte an ihre Worte, die alles Mögliche bedeuten konnten. War Tiny eine verwöhnte junge Frau, die selbst dann nicht zufrieden war, wenn ein Traumprinz Champagner über ihren hübschen Busen kippte? Oder war sie eine rastlose Seele, die sich danach sehnte, ihren goldenen Käfig zu sprengen? Was hieß eigentlich *glücklich*? War er glücklich? War das überhaupt wichtig? Oder tat man einfach das, was von einem erwartet wurde? Trug man mit seiner eigenen Rolle dazu bei, dass die Welt reibungslos funktionierte, während man diesen ganzen Unsinn von Glückseligkeit irgendwelchen Hausfrauen und Studenten überließ, die zu viel Zeit zum Nachdenken hatten?

Ihr Kopf war leicht geneigt. Er wollte zu ihr gehen, sie in den Arm nehmen.

»Na schön.« Er verschränkte die Finger. »Du willst also nicht heiraten. Auch gut. Warum bläst du die Sache dann nicht einfach ab? Sag ihnen, du willst das nicht. Blas die ganze Hochzeit ab.«

»Ach, du hast ja keine Ahnung, wie meine Familie tickt. Oder *seine.* Die würden versuchen, mich umzustimmen. Die würden mir nur sagen, ich hätte kalte Füße bekommen, das würde jeder Braut so gehen. Und dann bekäme ich von allen Seiten zu hören, es gäbe kein Zurück, man würde auf mich zählen, sich auf mich verlassen, mein Verlobter würde mich brauchen, er wäre die perfekte Partie. Aber das ist ja gerade der Witz!« Ein fast schon hysterisches Lachen. »Er ist es wirklich! Die perfekte Partie. Ich wette, wenn wir unsere Karten richtig ausspielen, wenn wir jeden Schritt gut durchdenken, sitzen wir eines Tages im Weißen Haus. Stell dir das mal vor. Ich als First Lady. Was für ein Triumph, was für ein Leben!«

Ein mulmiges Gefühl schlich sich in seine Magengrube und in die hintersten Winkel seines Gehirns.

Tiny wandte sich um, wandte sich an ihn, und ihr Gesicht war so fahl und flehend, dass er an nichts anderes denken konnte als an sie. An Tiny in ihrem beerenroten Kleid, mit ihrer schimmernden, sonnenwarmen Haut.

»Ich würde ersticken«, sagte sie leise. »Schlimmer noch. Ich würde so werden wie sie. Das ist meine letzte Chance, Caspian.«

Er stand auf und ging in die Küche, um nach seinem Drink zu greifen, den er in einem langen gierigen Schluck herunterkippte. Er knallte das leere Glas auf die Arbeitsplatte.

»Du wirst mir doch helfen, oder? Ich habe es heute im Café gesehen. Du weißt, was zu tun ist.«

Er blickte auf. Sie stand direkt vor ihm, im Durchgang zwischen Wohnzimmer und Küche, ihre blasse Hand gegen die Wand gestützt, einen ihrer seidigen Füße um die Wade des anderen Beins geschlungen. Er fragte sich, ob er ihre Taille wohl mit den Händen umspannen könnte, wie die einer jungen Dame aus dem neunzehnten Jahrhundert.

»Ja«, sagte er. »Ich weiß, was zu tun ist.«

Tiny, 1966

Pepper will wissen, wann Frank das letzte Mal mit mir geschlafen hat. (Sie benutzt einen anderen Ausdruck.)

Ich lehne mich gegen die Wand des Schuppens und verschränke die Arme. »Was ist das denn für eine Frage?«

»Eine schlichte, einfache Frage. Mit einer schlichten, einfachen Antwort. Vor einer Woche? Einem Monat?«

»Die Frage ist nicht fair, und das weißt du. Ich habe gerade ein Kind verloren, schon vergessen?«

»Vor vier Wochen.«

»Und Frank ist ständig außer Haus.«

»Wie bitte? Ich verstehe kein Wort, wenn du so nuschelst.«

Ich drücke mich von der Wand ab und trete ein paar Schritte näher. Die Kühlerhaube des Mercedes-Benz ist geöffnet, und nur Peppers lange Beine, in einen klassischen Blaumann und salzverkrustete Tennisschuhe gekleidet, ragen hervor. Ich stütze meine Hände auf den Rand des Kühlers. »Frank ist ständig außer Haus«, wiederhole ich.

»Ach ja, richtig. Im *Wahlkampf.*«

»Das ist sein Beruf, Pepper.«

»Wir haben gerade mal Juli. Die Wahlen sind im November.«

»Die Vorwahlen sind schon Anfang September. Und es geht vor allem um Spendengelder. Spendengelder sind das

A und O jeder Kampagne. Man kann nie genug davon bekommen.«

»Aber letztes Wochenende war er zu Hause. Habt ihr es da gemacht?«

»Darauf antworte ich nicht.«

»Also nein. Und warum nicht?«

»Pepper!«

»Na schön. Vergiss die vergangenen vier Wochen. Wann habt ihr es davor das letzte Mal getrieben? Etwa als er dich geschwängert hat? Mist, verdammt. Kannst du mir mal den Schraubenschlüssel reichen?«

Ich stakse zum Werkzeugkasten. »Welchen denn?«

»Keine Ahnung. Irgendeinen Schraubenschlüssel. Aber vergiss nicht zu antworten.«

Ich schnappe mir einen rostigen Schraubenschlüssel – zumindest glaube ich, dass es einer ist – und trage ihn zu dem ölig stinkenden Abgrund, in dem meine Schwester verschwunden ist. »Hier, bitte.«

Ohne aufzublicken, reckt sie mir ihre schmierige Pfote entgegen und lässt den Schraubenschlüssel in der Versenkung verschwinden.

»Weißt du überhaupt, was du da tust?«, frage ich.

Peppers Kopf taucht vorübergehend aus den Tiefen der mechanischen Eingeweide auf. Ihr kostbares Haar hat sie wie Rosie the Riveter unter einem karierten Kopftuch versteckt. In der Nähe ihres Mundwinkels formt ein winziger Ölspritzer einen attraktiven Schönheitsflecken. Sie streckt den Schraubenschlüssel empört von sich. »Tiny, das ist ein Schraubenzieher.«

Ich schnappe mir das Ding und gehe zurück zum Werkzeugkoffer. »Du musst es ja wissen.«

Man sieht, wie geschickt ich ihrer Frage ausweiche. Um ehrlich zu sein, führen wir diese Unterhaltung nicht zum ersten Mal. Besser gesagt, eine Unterhaltung dieser Art. Ich will ja niemanden brüskieren, aber Pepper ist ganz versessen darauf, über intime Dinge zu plaudern. Daher lasse ich sie erst einmal reden. Warum auch nicht? Es geht mir in erster Linie um das seltene Vergnügen, sie bei der Arbeit zu beobachten, und das in einem verfallenen Schuppen, über den Hochleistungsmotor eines exklusiven Mercedes-Benz gebeugt, um diesen kühn auseinanderzunehmen und wieder zusammenzusetzen, ohne die Aufmerksamkeit der Hardcastle'schen Waschweiber zu wecken – Constances Ehemann eingeschlossen. Zur Erfrischung habe ich einen Eimer Wasser neben die Tür gestellt (mit Seifenlauge, nicht mit kühlen Bierflaschen), damit Pepper ihren Dreck abwaschen kann, bevor sie sich an die Öffentlichkeit wagt. Dennoch verspüre ich einen gewissen Nervenkitzel bei dem Gedanken, der ölige Schönheitsfleck über ihrer Lippe könnte unser Geheimnis preisgeben.

Ich weiß nicht mal, warum.

Es ist keineswegs so, als wollte ich ernsthaft mit Pepper durchbrennen, sollte es ihr auf magische Weise gelingen, dieses unglückselige Automobil wieder zum Laufen zu bringen. Keine Sorge, ich werde niemanden mit einer Litanei von tragischen Patzern und Katastrophen langweilen. Nur so viel: Dreißig Jahre des Stillstands sind selbst für einen kraftvollen Hochleistungsmotor der Marke Mercedes-Benz schwer zu verkraften, trotz der liebevollen Zuwendungen einer jungen Dame mit grenzenlosem Tatendrang, doch ohne nennenswerte Erfahrung im mechanischen Bereich, die ihr gesamtes Wissen aus einem zerfledderten deutschsprachigen Handbuch bezieht, das der gute Joe unter großem finanziellen Aufwand über zweifelhafte Kanäle hat auftreiben können. Es ist auch keineswegs so, als hätte ich nicht genug um die Ohren. Als hätte ich nicht tausend Verpflichtungen, die mich an dieses vielversprechende Leben, diese beneidenswerte Ehe, dieses sommerliche Paradies in Cape Cod und seinen winterlichen Zwilling in Boston binden.

Vielleicht genieße ich es einfach, ein paar vertrauliche Minuten mit meiner Schwester zu verbringen, zum ersten Mal in meinem Leben.

Peppers Predigt geht unbeirrt weiter, nur von einer Lage Metall gedämpft. »Du armes Ding. Der hübsche Franklin ist anscheinend eine Niete im Bett. Vielleicht ist der Funke ganz einfach erloschen. Hast du schon mal an Swingen gedacht?«

»*Swingen?*«

Pepper stützt ihren Ellbogen auf eines der Abgasrohre. Sie greift nach dem Schraubenschlüssel – zumindest hoffe ich, dass er es diesmal ist – und schnappt ihn mir aus der Hand. »Du weißt schon. Man trifft sich mit einem befreundeten Paar, trinkt ein paar Cocktails, isst ein paar Häppchen, tauscht die Ehemänner …«

»Ich weiß, was Swingen ist, Pepper. Aber ich habe keine Lust, das Thema mit dir zu diskutieren. Außerdem bist du noch nicht mal verheiratet. Du hast keine Ahnung …«

»Süße, ich will doch nur helfen, diese kleine verklemmte Tiny aus dir rauszukitzeln.«

»Du meinst wohl *auszuspitzeln*.«

»Mich interessiert nur, warum meine Schwester ihren umwerfenden Ehemann nicht abgöttisch liebt.«

»Natürlich *liebe* ich meinen Ehemann!«

»Warum hilfst du ihm dann nicht beim Wahlkampf, umgarnst die Kameras und Gönner mit deinem strahlenden Lächeln, um hinterher im Hotel zu rammeln wie die Kaninchen?«

»Herrgott, Pepper!«

»Politiker sind sexy, Tiny. Das ist eine Tatsache. Wenn du es nicht tust, tut es eine andere.« Sie lächelt durchtrieben und wedelt mit ihrem Werkzeug. »Und selbst *wenn* du es tust, dann höchstwahrscheinlich nicht allein. Er ist auch nur ein Mensch.«

Darauf habe ich keine Antwort. Ich drehe mich um und wische die klebrigen Hände an meiner Schürze ab.

»Genau genommen würde es mich nicht wundern, wenn er just in diesem Moment in der Muschi einer Wahlkampfassistentin steckt – du weißt schon, in irgendeinem Wandschrank, wo sie die *Wählt-Frank*-Aufkleber lagern –, einem knackigen kleinen Flittchen wie mir …«

Vom Tor dringt ein diskretes Räuspern zu uns herüber.

Ich wirbele herum. Pepper stößt mit dem Kopf gegen die Motorhaube und lässt den Schraubenschlüssel fallen, der *klapperdiklapper* auf die verstreuten Eingeweide des Motors herabregnet.

Meine Hände erstarren. Meine Stimmbänder ebenso. Es liegt somit bei Pepper, den Neuankömmling zu begrüßen, was sie auf ihre ganz spezielle Art tut, hemmungslos sinnlich und eindeutig zweideutig.

»Na so was, Frank! Wir hatten uns gerade gefragt, wo du wohl *steckst*.«

Ich war etwa siebzehn oder achtzehn, also noch in der Schule, doch fast schon eine Frau, als ich eines Abends in meinem gesteppten Morgenmantel in die Küche ging, um mir ein Glas Milch aus dem Kühlschrank zu nehmen. Es war schon spät, eigentlich ungewöhnlich für mich, aber ich hatte vermutlich zu lange gelesen. Jedenfalls brauchte ich nicht in den Kühlschrank zu greifen, denn die Milch stand bereits auf dem Tisch, und mein Vater war gerade im Begriff, sich ein Glas einzugießen. Er blickte überrascht auf, als wäre es etwas Besonderes, seine eigene Tochter in der eigenen Küche zu erblicken.

»Was ist los?«, fragte ich, während ich mir ein Glas aus dem Schrank nahm, denn Daddys Gesichtsausdruck ließ erahnen, dass er die Milch nur deshalb trank, um nicht zum Scotch zu greifen.

»Ach, nichts Besonderes«, sagte er. Und dann, als Nachklapp: »Ich habe nur mal wieder einen Prozess verloren.«

Ich setzte mich zu ihm und schenkte mir ein. »Mal gewinnt man und mal nicht.«

»Aber ich verliere erschreckend oft, findest du nicht?« Sein Haar war zerzaust, seine Augen dunkel unterlaufen.

Ich weiß noch, wie ich mich fragte, warum es ihn überhaupt störte. Immerhin war sein Beruf nicht mehr als ein Hobby. Das Familienvermögen war in irgendwelche Staatsanleihen investiert, die mühelos genug abwarfen, um für die Instandhaltung unserer New Yorker Wohnung und unseres Hauses in East Hampton aufzukommen, einschließlich der großzügigen Haushaltsführung samt Haushälterin, Koch und Chauffeur, allen nötigen Kleidungsstücken und Schulkosten, den Mitgliedschaftsgebühren diverser Klubs und wöchentlich frischen Blumen.

»Wenn es dir keinen Spaß macht, kannst du dich doch zur Ruhe setzen, oder?«, schlug ich vor.

Er lachte zynisch. »Hinschmeißen! Ja, das könnte ich, nicht wahr? Ehe man mich auffordert, die Kanzlei zu verlassen. Ich könnte alles hinschmeißen! Deine Mutter wäre verdammt stolz auf mich.« Er trank seine Milch. »Stolz wie eh und je.«

Ich berührte seine Hand. »Natürlich ist sie stolz auf dich.«

»Nein, Kleines. Ist sie nicht. Warum auch? Hätte sie den richtigen Mann geheiratet, säße sie jetzt im Weißen Haus.

Sie hätte es zu etwas bringen können. Stattdessen hat sie mich geheiratet.«

»Aber Mum liebt dich. Das tut sie wirklich.«

In diesem Moment beugte er sich zu mir vor, und obwohl er kein Mann von großer Leidenschaft ist und mir nie sonderlich nahestand, sah er mich an, als wäre es ihm bitterernst. Seine Augen funkelten, wie ich es noch nie erlebt hatte. Ich hatte immer angenommen, mein Vater wäre zu derartigen Gefühlsausbrüchen gar nicht fähig.

»Hör zu, Tiny«, sagte er. »Ich will dir einen guten Rat geben. Du bist ein wundervoller Mensch, ein lieber, herzensguter Mensch, aber du bist zart und zerbrechlich. Deine Schwestern können auf sich aufpassen. Sie werden die ganze Stadt auf den Kopf stellen. Aber du brauchst einen starken Mann an deiner Seite, so wie das Efeu einen stützenden Baum. Und deshalb rate ich dir eins. Willst du im Leben glücklich werden? Dann heirate einen Mann, der dir etwas bieten kann. Einen Mann mit Perspektive, zu dem du mit Respekt aufblicken kannst. Eine Frau ist niemals glücklich, wenn sie ihren Mann nicht respektiert.«

»Aber Mum respektiert dich.«

Er lehnte sich lächelnd zurück und schüttelte den Kopf. Das war's. Ratschlag beendet. Wir tranken unsere Milch und gingen ins Bett, und ich lag stundenlang wach und starrte an die Decke, bis meine Mutter irgendwann nach Hause kam und ich hörte, wie sie mit ihren hohen Absätzen auf dem Parkett wegrutschte, und zum ersten Mal in meinem Leben dachte ich: *Mein Gott, sie ist todunglücklich, oder?*

Und dann: *Vielleicht hat Daddy recht. Vielleicht bin ich ein zartes Efeu auf der Suche nach einem starken Baum.*

»Erzähl bitte Granny nichts von dem Wagen«, sage ich.

Frank lehnt sich in meine Richtung, ohne den Blick von

der Straße zu wenden. Der Motor seines gelben Roadsters heult auf. Der Wind heult noch lauter. »Wie bitte?«

Ich lege die Hand an den Mund und brülle ihm ins Ohr. »Der Wagen! Bitte erzähl Granny nichts!«

»Käme mir nie in den Sinn«, brüllt er zurück. »Aber warum nicht?«

»Sie wird dem Ganzen einen Riegel vorschieben.«

»Wie kommst du darauf?«

»Weil sie *allem* einen Riegel vorschiebt.«

»Wie bitte?«

»*Allem!*«

Er lächelt verhalten und nickt, um sich kommentarlos aufzurichten und die Unterhaltung zu beenden. Nicht zuletzt, um seine Stimme zu schonen, die er heute Abend brauchen wird.

Ich will ihn fragen: *Wie viel hast du vorhin mitbekommen? Hat Pepper recht? Haben wir genug Sex? Lieben wir uns? Haben wir uns je geliebt? Hast du Sex mit anderen Frauen? Denn Politiker sind sexy, und du bist auch nur ein Mensch.*

Ich will ihm sagen: *Frank, ich muss dir etwas erzählen. Ein paar klitzekleine Details. Ein Geständnis, um genau zu sein.*

Ich blicke in meinen Schoß. Die Handtasche ruht zwischen meinen Schenkeln, umspielt von einem eleganten blauen Leinenrock. Dazu trage ich ein blaues Leinenjackett, eine Halskette mit fetten unregelmäßigen Perlen. Und passende Ohrringe, versteht sich. Schuhe in Blau. Strümpfe aus Nylon. Handschuhe aus weißem Leder. Lange Beine, schmale Hüfte, rosa Lippenstift. Zarter symmetrischer Körperbau, dunkles gefügiges Haar. *Du musst dich bitte umziehen*, hat Franklin zu mir gesagt, als wir das Rondell vor dem Haupthaus überquerten. *Der Cocktailempfang ist um sechs. Tut mir leid, dass ich dich so überfalle. Ich weiß, du fühlst dich hier wohler, aber mein Vater meint, du solltest dabei sein.* Der ach-so-rücksichtsvolle Frank. Kein Wort zu Peppers provokativem Kommentar. Kein forschender Blick, kein verschwörerisches Zwinkern zwischen Mann und Frau: *Wir wissen es doch besser, Liebling, habe ich recht?*

Ich frage ihn: »Wie sehe ich aus?«

Er hört mich nicht einmal. Seine Hände halten das Steuer fest gepackt, seine Haare werden vom Fahrtwind zerzaust. Seltsam, denke ich, er ist etwas blass um die Nase. Sein Mund wirkt verspannt. Seine Augen blinzeln starr in die Sonne, auf irgendein unsichtbares Detail gerichtet, das meilenweit vor uns liegt.

Ich beuge mich zu ihm heran. »Alles in Ordnung?«

»Wie bitte?«

»*Alles in Ordnung?*«

Er drückt meine Hand. »Ja, alles in Ordnung. Und selbst?«

»Ja!«

Es hat keinen Sinn, noch etwas hinzuzufügen. Er hört mich sowieso nicht.

Franks Vater erwartet uns in der Hotelsuite. Ich stelle meine Handtasche ab und küsse seine Wange.

»Entschuldige, dass wir dich so überstürzt in die Stadt beordern«, sagt er. »Noch dazu bei dieser Hitze. Einen Drink?«

»Ja, bitte. Wodka Tonic.«

Er wendet sich zum Getränkekabinett und öffnet die Wodkaflasche. Frank geht zum Fenster und zündet sich eine Zigarette an. Der Raum ist vollgestellt mit dunkel polierten Möbeln. Ein Stapel Wahlunterlagen liegt auf dem lang gestreckten Sofa, dessen dunkles Blumenmuster so ziemlich jeden Flecken verbirgt, ganz gleich wie zweifelhaft er auch sein mag. Frank übernachtet stets in irgendwelchen Hotels, wenn er zu Wahlkampfzwecken unterwegs ist, selbst hier in Boston. Um das Geschäftliche vom Privaten zu trennen und sich auf das Wesentliche zu konzentrieren, wie er sagt.

»Fototermin um fünf«, sagt Mr. Hardcastle, während er die Eiswürfel einen nach dem anderen aus dem Kübel fischt. »Dann kommen die Sponsoren. Cocktailempfang um sechs, im Anschluss Abendessen. Du hast hoffentlich die passende Garderobe dabei?«

»Ja, Frank hat mir alles erklärt. Ich bin bestens vorbereitet.«

Frank lehnt sich rückwärts gegen die Fensterbank. »Sie weiß, was zu tun ist, Dad. Mach dir um Tiny keine Gedanken.«

Mr. Hardcastle lächelt und überreicht mir meinen Drink. »Dazu habe ich gar keinen Anlass. Danke, dass du gekommen bist, Liebes. Ich hoffe, es kam dir nicht allzu ungelegen.«

»Ganz und gar nicht.« Ich nippe und schlucke. Meine Hände schwitzen in den Handschuhen.

»Fühlst du dich besser? Bereit, uns bei der Kampagne zu unterstützen?«

»Ja, sicher. Sie brauchen nur etwas zu sagen.«

»Das weiß ich zu schätzen, Liebes. Zum einen sieht es besser aus, wenn die Ehefrau dem Kandidaten zur Seite steht. Von deinem persönlichen Charme ganz zu schweigen. Vor allem an einem Abend wie diesem, in Gesellschaft der Sponsoren.«

»Das kann ich nicht beurteilen.« Der Raum ist schwülwarm. Ich stelle mein Glas ab, ziehe die Handschuhe aus und öffne mein Jackett. Die Bluse darunter ist aus zarter cremefarbener Seide. Mr. Hardcastle blickt flüchtig nach unten und bemerkt den feuchten Flecken zwischen meinen Brüsten.

»Franklin, mach doch bitte das Fenster auf«, sagt er. »Zum anderen sind unsere Umfragewerte leider rückläufig.«

Ich blicke von Mr. Hardcastle zu Frank, der erneut aus dem Fenster starrt. Er hat seine Anzugjacke ausgezogen und die Hemdsärmel bis zu den Ellbogen hochgekrempelt. »Das war mir nicht bewusst.«

»Wir wollten dich nicht beunruhigen. Das liegt nur an diesem gottverdammten Murray, er setzt voll auf die Schiene Vietnam und hetzt uns diese beschissene – Verzeihung – Meute auf den Hals.« Er knallt sein Glas auf das Getränkekabinett und blickt hinüber zu Frank, der dem offenen Fenster den Rücken kehrt. »Nichts, womit wir nicht fertigwürden. Wir haben bereits einen Plan. Und du bist ein wesentlicher Bestandteil, wenn es dir recht ist. Du machst dich absolut fantastisch vor der Kamera. Murrays Frau kann zwar gut reden, sie kann einen geradezu in Grund und Boden reden, aber sie sieht aus wie eine aufgedunsene Ratte.«

»*Dad.*« Frank schüttelt den Kopf und nickt in meine Richtung.

»Entschuldige meine unverblümten Worte, Liebes. Wir waren gestern lange auf, um unsere Strategie durchzusprechen.« Er fasst sich an die Stirn, um seine schlaffe Haut mit den Fingern zu massieren.

Ich lasse meinen Drink im Glas kreisen. Franks Gesicht ist auffallend blass, die Zigarette zuckt rastlos auf und ab. Mr. Hardcastles Finger gleiten von der Stirn hinauf in sein Haar, durchkämmen das schüttere Grau. Wie der Vater, so der Sohn. Ihre Mienen wirken geradezu identisch: die gleichen blauen Augen, das gleiche nüchterne Kalkül.

Um ehrlich zu sein, habe ich dem Wahlkampf bislang nicht viel Aufmerksamkeit geschenkt. Er war für mich ein

Selbstläufer, eine sichere Wette. Vollblüter Frank gegen eine Horde namenloser Klepper. Er muss dieses Rennen mühelos gewinnen, um Längen davonziehen, das übrige Feld mit seinem strahlenden Hardcastle-Lächeln deklassieren. Der Gedanke, dass Frank scheitern könnte, noch dazu an der allerersten Hürde, der Vorwahl im September – Frank, der noch nie bei etwas gescheitert ist –, stellt mein gesamtes Weltbild auf den Kopf.

»Wie schlimm sieht es aus?«, frage ich.

»Wir liegen derzeit sechs Punkte zurück«, sagt Frank. Er greift nach dem Aschenbecher und drückt seine Zigarette aus.

»Verstehe.«

»Wir wissen selbst nicht genau, woran es liegt«, sagt Mr. Hardcastle. »Anscheinend traut man uns nicht über den Weg. Die alte Leier, reicher Bursche aus Brookline erkauft sich seinen Sitz im Parlament. So sieht es aus.«

Ich riskiere ein Lächeln. »Unvorstellbar.«

Mr. Hardcastle macht ein Gesicht, als hätte man ihn in Zement getaucht und trocknen lassen. »Wir müssen den Menschen in den Vordergrund stellen, die Frau an seiner Seite hervorheben. Du warst den Sommer über so gut wie unsichtbar.«

»Mir war nicht bewusst, dass ich gebraucht werde.«

»Frank hat darauf bestanden, dich nicht unter Druck zu setzen. Er wollte, dass du dich erholst. Draußen am Meer.« Seine Stimme klingt erstaunlich sanft im Vergleich zu seinen Augen, welche die Stelle zwischen meinen Augenbrauen durchbohren.

Ich betrachte die gerunzelte Stirn meines Mannes, den durchdringenden Blick meines Schwiegervaters, und sämtliche Organe in meinem Unterleib scheinen mit einem Mal zu verschrumpeln. Franks drohendes Versagen, das die

Luft mit Zigarettenrauch schwängert – ein unerwartetes Versagen, das tiefe Fältchen auf die Hardcastle'schen Gesichter zeichnet und eine ungeahnte Schärfe in den Hardcastle'schen Augen hervorbringt –, breitet sich schleichend über den Raum und senkt sich schwer auf mein Haupt. Es ist auch *mein* Versagen. *Ich* habe sie im Stich gelassen. Eine gute Ehefrau gehört an die Seite des Kandidaten, wohlfrisiert und charmant. Eine gute Ehefrau verfolgt den Verlauf der Kampagne, macht sich mit der Wählerschaft und deren Anliegen vertraut, kennt jede kleinste Schwankung der Umfragewerte. Eine gute Ehefrau posiert für die Kameras, rückt sich mit jedem Schritt ins rechte Licht (um ihre langen Beine zu betonen und ihre Hüfte herauszustrecken). Sie lächelt über jedes Problem hinweg. Eine gute Ehefrau schenkt dem Kandidaten fotogene Kinder, um seine Qualitäten als Familienmensch zu unterstreichen. Eine gute Ehefrau hat keine sündhaften Geheimnisse, verkauft keine liebevollen Weihnachtsgeschenke, empfindet keine schändliche Begierde.

Aus irgendeinem Grund ist Mr. Hardcastles vorwurfsvoller Blick deutlich leichter zu ertragen als Franks besorgter Ausdruck. Dennoch wende ich mich an meinen Mann. »Tut mir leid, Frank. Ich hatte ja keine Ahnung.« Ich bringe ein mattes Lächeln zustande. »Immerhin ist das mein erster Wahlkampf. Setzt mich dem Druck ruhig aus.«

Bevor Frank etwas erwidern kann, fährt Mr. Hardcastle fort. »Na schön. Der *Boston Globe* hat vorgeschlagen, ein Porträt von euch beiden zu bringen. Ihr werdet beim Abendessen einen Reporter am Tisch haben. Morgen früh um zehn will derselbe Reporter mit einem Fotografen in die Newbury Street kommen, um den Artikel zu besprechen. Das übliche Format, Kandidat und Familie in den eigenen vier Wänden.«

»Wenn du damit einverstanden bist«, fügt Frank hinzu. Seine Arme sind verschränkt, seine Finger trommeln nervös auf den Ellbogen.

»Natürlich bin ich einverstanden. Leider haben wir nicht viel im Haus, aber …«

»Ich habe bereits eine Assistentin hingeschickt, um alles in Ordnung zu bringen. Kühlschrank auffüllen, Kissen aufschütteln, Blumen arrangieren.«

»Verstehe.« *Versagerin, Versagerin.* Eine der Assistentinnen muss einspringen, um meine Pflichten zu übernehmen. In meiner Verzweiflung füge ich hinzu: »Natürlich werde ich in aller Frühe aufstehen, um die letzten Vorbereitungen zu treffen.«

»Das ist nicht nötig. Du solltest dich besser ausruhen.«

Ich denke an das wüste Chaos im Schuppen, die verstreuten Autoteile. Denke an unser gemeinsames Schlafzimmer in Cape Cod, das ich nach überhastetem Duschen und Kofferpacken und dem sträflichen Müßiggang der letzten paar Wochen unordentlich zurückgelassen habe. Denke an die offene Cremedose auf der Badezimmerablage. Die Ohrringe, die ich letzte Nacht nicht weggepackt habe. Schlimmer noch, mein Kleid, das völlig zerknittert und mit Rotweinflecken über dem Ankleidesessel in der Ecke hängt.

»Ich habe mich schon genug ausgeruht. Ich bin bereit mit anzupacken.« Entschlossen führe ich das schwitzende Wodkaglas an meine Lippen.

»Freut mich«, sagt Mr. Hardcastle. »Wir werden uns heute Abend ins rechte Licht rücken. Die bezaubernde Ehefrau. Der verwundete Cousin.«

Ich verschlucke mich fast an meinem Drink. »Bitte *wer*?«

»Cap.« Frank drückt sich von der Fensterbank ab, um nach der Zigarettenschachtel zu greifen. »Wir haben ihn gebeten, uns heute Abend Gesellschaft zu leisten.«

»*Caspian?*«

»Es macht dir doch nichts aus, oder? Ich habe ihn ausdrücklich gebeten, sich wie ein Gentleman zu verhalten und seine Faust im Zaum zu halten. Ganz gleich, was die Provokateure sagen.«

Ich leere hastig mein Glas und stelle es auf den Beistelltisch neben meine Handtasche und die Handschuhe. »Natürlich nicht. Wenn ihr mich jetzt entschuldigen würdet. Ich möchte mich noch etwas frisch machen, bevor ich mich umziehe.«

In dem strahlend weißen Marmorbadezimmer lasse ich meinen Rock und meine Bluse zu Boden sinken und betrachte mein Abbild im Spiegel. Meine feuchtblasse Haut, meinen klebrigen Seidenslip. Meine braunen Augen, groß und rund. Wie die eines Rehs, hat meine Mutter immer gesagt, wenn sie mich wie ein feines Gemälde musterte. Eine Summe attraktiver Merkmale, die meinen Marktwert bestimmen. Hübsches Gesicht gleich *x*. Zierliche Figur gleich *y*. Aura von jungfräulicher Unschuld gleich *z*.

Doch sie hat sich getäuscht, oder? Es geht nicht um die Summe der einzelnen Merkmale. Was zählt, ist das Gesamtpaket. Die Kunst, das Ganze zusammenzuhalten.

Ein Klopfen an der Tür. Aus irgendeinem Grund, den nur mein Unterbewusstsein kennt, stelle ich mir vor, es wäre Caspian Harrison.

»Ich bin's«, sagt mein Mann.

»Komm rein.«

Franks Gestalt erscheint so unvermittelt im Spiegel, dass mich sein attraktives Äußeres, sein breites Kreuz fast erschreckt. Er kommt mir nur dann besonders groß vor, wenn ich uns beide im Spiegel sehe, seine physischen Maße mit meinen vergleiche. Oder vielleicht liegt es einfach daran, dass ich mich so klein und unscheinbar fühle. *Ein winziges Ding*, wie meine Mutter immer zu sagen pflegte, wenn sie mir zärtlich in die Wange kniff.

Er lächelt. »Ich habe etwas für dich.«

Seine Hände erscheinen hinter mir im Spiegel und mit ihnen ein schlankes Band von funkelnden Diamanten, unterbrochen von blauen Edelsteinen, vermutlich Saphiren. Noch bevor ich nach Luft schnappen kann, hat er die Kette um meinen Hals gelegt.

»Mein Gott, *Frank*!«

Seine sachkundigen Finger sichern den Verschluss in meinem Nacken. Ich berühre die größeren Steine an meiner Kehle, zentriert durch einen stattlichen Saphir von der Größe eines Zehncentstückes.

Frank küsst mein Ohrläppchen und blickt in den Spiegel. »Wunderschön. Genau wie ich es mir vorgestellt hatte.«

»Warum schenkst du mir so etwas?«

»Weil du so bist, wie du bist. Weil du dich mit deinem geschäftigen Ehemann und seiner ach so geschäftigen Familie abgibst.«

Meine Augen werden unerwartet feucht, dabei weine ich so gut wie nie. Tränen haben mich in dem alten schuylerschen Apartment in der Fifth Avenue nie weitergebracht. »Ist doch selbstverständlich«, stammele ich. »Ganz selbstverständlich.«

»Ich wollte dich nicht in Verlegenheit bringen. Meinem Vater gegenüber.«

»Du hättest mir sagen sollen, dass es nicht gut läuft.«

»Ich wollte dich nicht drängen nach allem, was du durchmachen musstest. Außerdem hat der Sommer gerade erst angefangen. Uns bleiben noch ein paar Monate.«

»Aber ich bin deine Ehefrau. Es ist meine Aufgabe, dich zu unterstützen.«

»Das tust du doch. Du bist eine wunderbare Ehefrau.« Er küsst meinen Nacken, knapp über den Diamanten und Saphiren. Seine Lippen wirken kühl und besorgt. »Tut mir leid, dass ich dich so vernachlässigt habe.«

Der Schuppen und Peppers Kommentar sind mir so fern, dass ich im ersten Moment verständnislos auf sein glänzendes Haar starre.

»Ach, Gott. Hör bloß nicht auf meine Schwester. Sie ist völlig besessen von Sex.«

»Ich will dir nur genug Zeit geben, um dich von den Ereignissen zu erholen. Das weißt du doch, oder? Ich will dir ein respektvoller Ehemann sein.« Er lächelt mich im Spiegel an.

Ich lege eine Hand auf seine. »Natürlich weiß ich das.«

Er drückt sanft meine Arme. »Geht es dir inzwischen besser, Tiny? Ich weiß, es ist noch sehr früh.«

Das ist das Problem an einer Dürre: Wenn der Regen endlich zurückkehrt, hat man keine Ahnung, was man damit anfangen soll. Die Tropfen fallen auf eine ausgetrocknete Haut, zerstreuen den Staub, doch man weiß nicht, wie man die Feuchtigkeit absorbieren soll. Nach der ersten Fehlgeburt sagte mir der Arzt, ich könne wieder Verkehr haben, sobald der Abgang (so nannte er meine Fehlgeburt, *Abgang …*) vollständig beendet sei. Wenn man vom Pferd fällt, muss man gleich wieder aufsteigen, meinte er. Ich befolgte seinen Rat und tat genau das, was er mir verschrieb, denn er war immerhin der Arzt, und eine gute Ehefrau verweigert sich ihrem Mann nicht. Sobald mein Uterus nachweislich entleert war, setzte ich Frank davon in Kenntnis. Wir waren gerade ins Bett gekrochen, ich in meinem Nachthemd, er in seinem seidenen Pyjama, und er meinte *na gut* und rutschte zu mir heran, während ich im Stillen dachte: *Nein, das ist falsch.* Mein Mund war bitter vor

Trauer, und als Frank mich küsste, war ich regelrecht angeekelt. Er zog mir das Nachthemd über den Kopf, und als das künstliche Licht meine Haut berührte, schreckte mein Körper zurück, und mein Herz schrie mit aller Macht: *Nein, ich will dich nicht, ich will dich nicht in mir spüren, ich will mein Baby zurück, mein geliebtes Baby, das nie eine Chance hatte, das spurlos verschwunden ist, ohne jemals zurückzukehren, ohne mich jemals kennenzulernen*!

Aber Tatsache ist: Ich habe die Worte nie ausgesprochen.

So bin ich nun mal. Ich erfülle brav meine Pflicht. Ich tue das, was andere von mir erwarten. Also lag ich reglos da, während Frank mit mir schlief, die Augen konzentriert zusammengekniffen, die Aufschläge seines Pyjamas an meiner Brust, und ich habe ihn dafür gehasst, ich habe mich selbst gehasst, weil ich es geschehen ließ. Und als ich das Gefühl hatte, er wäre eingeschlafen, rollte ich mich zu einer winzigen Kugel zusammen und weinte leise in mein Kissen. Ich dachte, er hätte nichts bemerkt, doch wir schliefen anderthalb Monate lang nicht miteinander, und es bedurfte letztendlich eines glücklichen Zufalls, einer Kombination von zu viel Champagner und einem zudringlichen Flittchen, das sich auf einer Cocktailparty an Frank ranschmiss, um meinen erfrorenen Körper aufzutauen und uns leidenschaftlich miteinander zu vereinen, hemmungslos keuchend, auf dem Wohnzimmersofa um Mitternacht, was wir noch nie zuvor und seither nie wieder getan haben.

Bei meiner zweiten Fehlgeburt – die kurze Zeit nach jenem tragischen Anruf einsetzte, der uns die schockierende Nachricht überbrachte, dass Franks Cousin zwei Tage zuvor mit schweren Verletzungen von der laotischen Grenze in ein Krankenhaus geflogen worden war und höchstwahrscheinlich nicht überleben würde – verhielt sich Frank deutlich umsichtiger. Gott, ich glaube, innerhalb der nächsten zwei Monate machte er nicht mal eine Anspielung auf Sex, und selbst danach mussten wir mehrere missliche Versuche hinter uns bringen, ehe alles wieder beim Alten war. Im Schnitt zweimal die Woche: ein entspannter Rhythmus für ein junges Paar, das sich ein Baby erhoffte.

»Ich weiß, es ist noch sehr früh«, sagt Frank, und ich kann es ihm nicht einmal vorwerfen.

Ich habe keine Ahnung, wie ich meinen Körper auftauen soll, um ihn mit offenen Armen zu empfangen. Ich brauche reichlich Champagner, ich brauche eine dreiste Konkurrentin im gewagten Abendkleid, die meinem Mann in einer Ecke des Raums über die Brust streicht. Ich muss die Stimme in meinem Unterbewusstsein ersticken, die mir beharrlich zuflüstert: *Caspian ist hier, Caspian ist zurückgekehrt, du wirst ihn heute Abend sehen*. Ich muss mich auf meine Ehe konzentrieren. Auf uns beide, Frank und Tiny. Auf das, was real ist. Was wirklich existiert. Was unabänderlich feststeht.

»Du bist so gut zu mir«, sage ich, um das Flüstern in meinem Kopf zu übertönen. »Das bist du wirklich.«

»Gott, sag das nicht. Es ist genau andersherum. Du bist gut zu *mir*.«

»Ich sonne mich in meinem Selbstmitleid. Dabei hätte ich hier in der Stadt sein sollen. Hier bei dir.«

»Ach, hör nicht auf meinen Vater. Ich habe genug fleißige Helfer. Sogar zu viele. Außerdem bleibt uns noch Zeit. Die Vorwahl ist erst in ein paar Wochen.«

»Nein, er hat vollkommen recht, ich habe dich im Stich gelassen. Dabei hatte ich mir bei unserer Hochzeit geschworen, das niemals zu tun. Dich *niemals* im Stich zu lassen.«

Er dreht mich zu sich herum. »Ach, Tiny, bitte weine

nicht.« Er beugt sich zu mir herab, küsst meine Augen, meine Wangen. »Denk an die Fotografen.«

Denk an die Fotografen. Die unten im Ballsaal auf uns warten, ihre Blitzlichter erwartungsvoll gezückt. Der geplante Fototermin, der Reporter an unserem Tisch, bereit, sich Notizen zu machen. Um das perfekte Leben des ach so perfekten Paars zu Papier zu bringen.

»Wie spät ist es?«, frage ich.

Er blickt auf die Uhr. »Viertel nach vier.«

»Ich sollte mich langsam fertig machen.«

»In Ordnung.« Doch er lässt mich nicht los. Er streicht mir sanft übers Haar, wieder und wieder, drückt es platt an meinen Kopf, doch die Rolle in meinem Nacken will sich immer wieder aufrichten. »Ich liebe dich, Tiny. Das tue ich wirklich. Bitte zweifle niemals an meiner Liebe.«

»Das würde ich nie tun.«

»Arme kleine Tiny.«

»Es geht mir gut, Frank. Wirklich.«

»Nein, geht es nicht.« Er küsst mich auf den Mund, heiß und innig. »Ich werde es heute Abend wiedergutmachen. Wenn du willst.«

»Natürlich will ich.«

»Das bin ich dir schuldig. Du bist so gut zu mir. Ich werde mich revanchieren. Du wirst dich ganz neu in mich verlieben.« Sein Lächeln strahlt mir entgegen, seine Zähne funkeln, seine Hände gleiten über mein Haar, meinen Hals, meine glitzernde Kette, bis hinab zu meinen Brüsten.

»Wie kommst du darauf, dass ich je aufgehört hätte?«, erwidere ich.

Caspian, 1964

Als Caspian am nächsten Morgen aus der französischen Bäckerei in der Beacon Street zurückkehrte – in der einen Hand eine Tüte Croissants, in der anderen eine Tageszeitung –, drang ihm unter der Eingangstür hindurch klassische Musik entgegen, angereichert mit dem Duft von frischem Kaffee.

Am oberen Ende der Treppe blieb er stehen. Es war irgendein Walzer, dünn und blechern, vermutlich Strauss, auch wenn er die alten Platten unter dem Gerät seit Jahren nicht gehört hatte. Genau genommen seit seiner Kindheit nicht mehr. Er nahm die Tüte mit den Croissants in die linke Hand – oh, wie ihn die Verkäuferin angesehen hatte, als wollte sie sagen, *du hast wohl heute Damenbesuch, was?* – und kramte nach dem Schlüssel.

Nein, nicht Strauss, Tschaikowsky, dachte er, als er die Wohnungstür aufstieß, doch ehe der Gedanke Gestalt annehmen konnte, zersprang er in tausend Teile und versank in den Untiefen seines Gehirns, denn vor seinen geblendeten Augen tänzelte Miss Tiny Namenlos leichtfüßig durchs Wohnzimmer. Sie trug eines seiner weißen Hemden und sonst *gar nichts.*

Seine Kinnlade schwebte vor seinem Brustbein, und die Croissants mitsamt der Zeitung waren kurz davor, seinen schlaffen Fingern zu entgleiten.

Ach, doch … sie trug doch noch etwas anderes. Ihr – wie nannten es die Frauen noch? – ihr *Miederhöschen* saß genau da, wo es hingehörte, halb verborgen unter dem Saum seines weißen Hemds, während sie auf ihren entzückenden Fußballen eine spektakuläre Serie von Pirouetten drehte. Ihre Augenbrauen waren konzentriert zusammengezogen, doch ihr Mund flog lächelnd an ihm vorüber, wieder und wieder, wie eine hypnotisierende Abfolge von Blitzlichtern.

Cap hatte keine Ahnung von Ballett, doch selbst er erkannte die vollendete Perfektion ihrer Bewegungen, das rechte Bein hoch erhoben, um mit einer unermüdlichen Dynamik im Kreis zu wirbeln. Das linke Bein, lang und gestreckt, über einem unwahrscheinlich zierlichen Fußgelenk, trug sie im Rhythmus der Pirouette auf und ab wie der präzise Kolben eines Motors. Ihr Anblick raubte ihm den Atem.

Cap stakste wie ein Roboter in die Küche und legte die Croissants neben dem *Boston Globe* auf die Arbeitsplatte, dann ging er hinüber zur Dunkelkammer.

Zwei Tage, hatte er gesagt, als sie sich gestern Abend ein Omelett und zwei Wodka Gimlets geteilt hatten. Er gebe ihr zwei Tage, um sich zu entscheiden. Sie stand immer noch unter Schock wegen des Raubüberfalls. Sie musste diesen Schritt gründlich überdenken. Rational überdenken. Mit kühlem Kopf. Es stand zu viel auf dem Spiel. Genau genommen ihr ganzes Leben. Das war ihr doch sicher bewusst, oder?

Oh ja, hatte sie erwidert. Mit funkelndem Blick.

Na schön. Sie könne in seinem Zimmer schlafen, hatte er gesagt. Er nehme stattdessen das Sofa und die Wolldecke.

Es war die einsamste Nacht seines ganzen verdammten Lebens, einschließlich der Nächte im Dschungel.

Cap holte seine Kamera, den Blitz. Das Morgenlicht drang nicht bis ins Wohnzimmer, das nach Westen gelegen war. Er brauchte einen hochempfindlichen Film, um ihre flinken Beine scharf einzufangen. Oder wäre eine verschwommene Linie sogar besser, um das Fließende in ihren Bewegungen zu erfassen?

Sie tanzte immer noch quer durch den Raum, als er ins Wohnzimmer zurückkehrte, doch diesmal drang seine Gegenwart bis in ihr Gehirn vor und ließ sie mitten im Sprung abbrechen.

Er hob seine Kamera. »Nein, mach weiter.«

»Nicht, wenn du dastehst und Fotos schießt.«

»Tu einfach so, als wäre ich nicht da.«

Sie ging zum Plattenspieler, hob den Tonarm und stellte das Gerät ab.

»Nettes Hemd«, kommentierte er.

»Entschuldige. Ich hoffe, es macht dir nichts aus?«

»Überhaupt nicht. Steht dir gut. Ich schätze, bei den Hosen wird es wohl eher schwierig?«

Tiny lachte. Sie stand, immer noch dem Plattenspieler zugewandt. »Keine Chance. Ich habe übrigens Kaffee gekocht.«

»Sehr schön. Und ich habe uns was zum Frühstück besorgt. Ich hoffe, du magst Croissants.« Er setzte den Deckel auf das Objektiv, legte die Kamera beiseite und ging zur Küche.

»Du hast Croissants besorgt?«, fragte sie mit einem vornehmen französischen Akzent.

»Ich dachte, du bist bestimmt der Croissant-Typ. Habe ich mich getäuscht?«

»Nein.« Sie lachte erneut. »Ich mag Croissants. Warte, ich kümmere mich um den Kaffee.«

Sie trat an seine Seite, schwer atmend und leicht verschwitzt von der Anstrengung, während er nach den Tellern griff. Die Tassen standen ganz oben im Schrank. Er nahm zwei herunter und reichte sie ihr, streng darauf bedacht, ihren Duft nicht allzu tief einzuatmen. Statt nach irgendeinem Parfum roch sie nach warmer Haut und femininem Schweiß und einem weiteren Duft, den er als sein eigenes Waschmittel entlarvte. Eine beunruhigende Kombination.

»Danke.« Sie nahm die Tassen entgegen und füllte sie mit frischem Kaffee aus dem glänzenden Edelstahlperkolator, der einzigen Neuanschaffung seiner Wohnung. »Ich hoffe, du magst starken Kaffee.«

»Je stärker, desto besser.«

»Dachte ich mir.« Sie reichte ihm eine volle Tasse und öffnete den Kühlschrank, um die Milch herauszuholen. Angesichts ihrer halb bekleideten Gliedmaßen, die sich in perfekter Balance vor dem Kühlschranklicht abzeichneten, musste er hastig den Blick abwenden. Tiny Namenlos bewegte sich völlig unbefangen in seiner Küche auf und ab, gab einen Schuss Milch und etwas Zucker in ihren Kaffee, rührte in der Tasse und setzte sich neben ihn an den winzigen Küchentisch. Das Hemd hatte sie glücklicherweise bis zum Kragen zugeknöpft. »Danke, dass du dich schon so früh auf den Weg gemacht hast«, sagte sie.

»Ich war sowieso wach.«

»Dann warst du das, der die ganze Zeit die Treppen rauf und runter gepoltert ist? Ich musste meinen Kopf unter dem Kissen vergraben!«

Er zuckte mit den Schultern. »Mein morgendliches Training. Warum durfte ich dich nicht fotografieren?«

»Ich mag es nicht, wenn man mich fotografiert. Das habe ich noch nie.« Unwirsch riss sie ein Stück von ihrem Croissant ab.

»Hast du etwa indianische Vorfahren?«

»Warum?«

»Die lassen sich auch nicht gern fotografieren. Es heißt, wenn man ein Bild von jemandem macht, raubt man ihm einen Teil seiner Seele.«

Sie hob ihre Tasse an die Lippen. »Da haben sie vollkommen recht. Genau so kommt es mir vor.«

»Und wenn ich dir hoch und heilig verspreche, dir die Abzüge hinterher zu geben? Zusammen mit den Negativen?«

»Aber wozu? Ich meine, was bringt dir das?«

»Ich will nur wissen, ob ich es kann. Dich einfangen, den Tanz einfangen, auf Film bannen.«

»Warum willst du das?«

Er spülte den letzten Bissen seines Croissants mit einem großen Schluck Kaffee herunter. »Weil es das Schönste ist, was ich je gesehen habe.«

Ihre langen Finger schmiegten sich um die Kaffeetasse. Sie starrte auf ihre Hände, ihren Kaffee, braun und milchig. »Ich oder das Tanzen?«

»Beides.«

Er hörte, wie sie schluckte.

»Entschuldige, ich wollte dich nicht …«

»Nein! Nein, überhaupt nicht. Danke für das Kompliment.«

»Das war kein Kompliment. Das …« Sein Teller war leer, seine Tasse auch. Tiny saß ihm mit gesenktem Kopf gegenüber. Er stand auf und trug das dreckige Geschirr zur Spüle. »Das war mein erster Gedanke, als ich hereinkam. Schlicht und ergreifend.«

»Trotzdem danke, dass du es mir gesagt hast.«

»Nichts zu danken.«

Sein Magen knurrte. Er hatte immer noch Hunger. Ein

einzelnes Croissant und eine Tasse Kaffee fielen nicht groß ins Gewicht, wenn man seinen Körper bereits vor sechs Uhr an den Rand der menschlichen Ausdauer trieb.

»Willst du noch etwas von meinem Croissant?«, fragte Tiny.

»Nein danke.«

»Aber wenn du schon in aller Herrgottsfrühe Treppen steigst, statt wie ein vernünftiger Mensch auszuschlafen, dann solltest du zumindest deine Proteinreserven auffüllen.« Sie stand auf. »Ich brate dir ein paar Eier.«

»Nur keine Umstände …«

Aber sie machte sich bereits in der Küche zu schaffen. Erst nahm sie eine Bratpfanne aus dem Küchenschrank, dann öffnete sie mit einem kräftigen Ruck den Kühlschrank. Er lehnte sich mit verschränkten Armen gegen die Wand und sah zu, wie sie die Eier energisch verquirlte und einen Schuss Milch hinzufügte.

»Der Trick ist, sie möglichst langsam zu braten«, sagte sie. »Und ununterbrochen zu rühren.«

»Was du nicht sagst.«

»Manchmal …« Ihre Stimme versagte für einen Moment. »Manchmal gebe ich noch etwas Käse dazu.«

»Käse habe ich leider keinen.«

»Solltest du aber. Das ist …«, wieder stockte sie, »… ein Grundnahrungsmittel.«

Schweigend rührte sie weiter. Kurz darauf strich sie sich mit der linken Hand hastig über die Augen, eine verstohlene Geste. Sie wirkte so zart und anmutig, wie sie sich über sein Frühstück beugte. So verletzlich in seinem gestärkten weißen Hemd. Ihre Schenkel schimmerten rosig und straff unter dem weißen Saum hervor.

Cap ließ seinen Kopf gegen die Wand sinken und dachte: *Ich bin kurz davor, mich in dich zu verlieben.*

»Was sagst du?« Tiny blickte über ihre Schulter, und ihm wurde bewusst, dass er die Worte geflüstert hatte.

»Gar nichts.«

Er aß sein Rührei im Stehen und trank eine weitere Tasse Kaffee. Tiny goss sich ebenfalls nach und aß einen Bissen Ei direkt aus der Pfanne.

»Gute Idee«, sagte er. »Du musst dich schließlich genauso stärken. Nach all dem Tanzen.«

»Stimmt.«

Er stellte den leeren Teller in die Spüle. »Hör zu, ich werde gleich ein bisschen rausgehen, Fotos machen, Lebensmittel kaufen. Du brauchst bestimmt Zeit für dich.«

»Das wollte ich dir auch vorschlagen.« Sie wischte sich mit einer Papierserviette über den Mund. »Hast du vielleicht einen Notizblock für mich? Ich werde ihm am besten einen Brief schreiben. Ihm und unseren Familien.«

Er drehte den Wasserhahn auf und griff nach dem Spülmittel. »Du hast dich also entschieden?«

»Ja, ich glaube schon. Ich habe darüber geschlafen, wie du so schön sagtest. Und ich bin mit derselben Überzeugung aufgewacht.«

»Die da wäre?«

»Dass ich mich in den letzten vierundzwanzig Stunden glücklicher gefühlt habe als in den vierundzwanzig Jahren meines bisherigen Lebens.«

Mit einem Mal stand sie an seiner Seite, ohne jede Vorwarnung, und stellte die Pfanne und ihre Tasse in die emaillierte Spüle. Dann fuhr sie fort. »Ich fühle mich freier. Mehr wie ich selbst. Als wäre mir plötzlich bewusst geworden, was ich wirklich vom Leben will. Was wirklich von Bedeutung ist. Und damit meine ich nicht meine *eigene* Bedeutung. Oder die Tatsache, mit einer bedeutenden Person verheiratet zu sein, was aus Sicht meiner Mutter dasselbe ist, sogar noch besser, weil man sich die Arbeit nicht selbst machen muss.« Sie lachte. »Außerdem werde ich die Briefe erst dann abschicken, wenn ich dazu bereit bin. Und dann …« Sie griff nach dem Geschirrtuch und nahm ihm den nassen Teller aus der Hand.

»Was dann?«

»Dann kommst du ins Spiel. Du musst mir helfen, von hier zu verschwinden, damit sie mich nicht finden und meine Meinung in letzter Minute ändern.«

»Tiny, ich muss mich in zwei Wochen zum Dienst melden. Ich gehe zurück nach Indochina. Weißt du überhaupt, wo das liegt? Wie weit entfernt? Ein weiteres Jahr mit dem Vietcong Verstecken spielen, in einem paradiesischen Landstrich entlang der laotischen Grenze, dreizehntausend Kilometer von hier entfernt.«

Dreizehntausend Kilometer. Nun, da er die Worte ausgesprochen hatte, erschien ihm die Entfernung geradezu unvorstellbar. Dreizehntausend Kilometer entfernt von Boston. Dreizehntausend Kilometer entfernt von Tiny, die in einem weißen Hemd durch sein Wohnzimmer tanzte.

»Caspian, bitte.« Sie trocknete die Tassen ab und stellte sie zurück in den Schrank. »Herrje, reg dich wieder ab. Du sollst mich ja nicht gleich heiraten. Ich brauche nur – wie nennt man das beim Militär? – etwas taktische Unterstützung. Vielleicht auch *moralische* Unterstützung.«

Er ließ das Spülwasser ablaufen und trocknete sich die Hände. »Brauchst du die wirklich?«

»Na ja, du hast das schließlich schon hinter dir, oder? Du bist denen entkommen, hast dir ein eigenes Leben aufgebaut. Deinen Expertenrat könnte ich gut gebrauchen.« Sie wedelte mit dem Geschirrtuch in seine Richtung. »Aber jetzt ab mit dir. Zieh durch die Straßen und mach großartige Bilder. Ich komme schon zurecht.«

Sie blickte mit ihren großen rehbraunen Augen zu ihm auf, und er hatte nicht das geringste Interesse, die Stadt zu durchstreifen und Bilder von Straßenecken und Stadtstreichern und Schwanenbooten zu machen. Er wollte einfach nur hierbleiben.

Tiny hob unvermittelt den Arm und berührte seinen Mundwinkel mit dem Geschirrtuch, um einen Krümel wegzuwischen. »Das wäre keine kluge Idee, oder?«

Diesmal war er sicher, die Worte *nicht* laut ausgesprochen zu haben.

»Na los«, sagte sie. »Ich meine es ernst. Wenn du zurückkommst, bin ich immer noch da, versprochen.«

Er drückte sich von der Wand ab und machte sich daran, seine Tasche zu packen: die Kamera, den Blitz, den Film, sein Notizbuch, seine zerfledderte Ausgabe von *Der Bürgermeister von Casterbridge.* »Und mach mir ja keine Unordnung in der Dunkelkammer«, sagte Cap, während er sich die Tasche über die Schulter warf.

»Würde mir im Traum nicht einfallen. Ach, und Caspian?«

Er blieb an der Tür stehen. »Ja?«

»Vielleicht darfst du mich nachher fotografieren.«

Tiny, 1966

Als ich acht Jahre alt war, bekam meine Mum einen seltenen Anfall von mütterlicher Zuwendung – sie musste sich gerade von einem Liebhaber getrennt haben – und beschloss, mich für meine erste Ballettstunde anzumelden. Warum? Um mir mehr Anmut zu verleihen.

Genau genommen uns dreien – Pepper, Vivian und mir –, doch meine Schwestern gaben bereits nach einem Monat wieder auf. Vielleicht wurden sie auch hinausgeworfen. Jedenfalls haben sie es gehasst, und ich habe es geliebt: die Disziplin, die Methodik, die Kombination von Stärke und Anmut, von Wissenschaft und Kunst. Die Möglichkeit, sich für einen kurzen schwerelosen Moment von allem zu befreien. Seinen Emotionen freien Ausdruck zu verleihen, ohne ein einziges Wort zu sagen. Seinen Körper an die Grenzen des Möglichen zu treiben, seine Muskeln und Gelenke zu knechten und zu knebeln, um etwas Höheres zu erschaffen, etwas von wahrer Bedeutung. Und dieses Etwas war nicht winzig wie die zarte kleine Tiny, sondern kolossal. Nicht zerbrechlich, sondern stark.

Meine letzte offizielle Ballettstunde absolvierte ich vor über zwei Jahren, an dem Morgen des Überfalls auf Boylan's Coffee Shop, doch vor einem wichtigen Auftritt – wie etwa einer Hochzeit, einem formellen Empfang, einem Fototermin – trainiere ich weiterhin heimlich in meinem Zimmer. An dem Morgen meiner Hochzeit habe ich zwei Stunden lang trainiert – Pliés und Arabesques, Pas de chat und Grand jetés –, bis meine Nerven stark genug waren, um mir die nötige Sicherheit zu geben, genau das zu tun, was ich tun musste, um mir meine brillante Zukunft zu sichern. Ich erinnere mich an das angenehme Ziehen in meinen Waden, während ich auf den Altar zuschritt, das berauschende Gefühl, den Bogen ein klein wenig überspannt zu haben und mich endlich entspannen zu dürfen. An das Gelübde kann ich mich kaum noch erinnern, nur an das schimmernde Kerzenlicht auf Franks blondem Haar.

An diesem Nachmittag, um zwölf Minuten vor fünf – aufgetakelt in schulterfreiem, himbeerfarbenem Satin, Handschuhe bis zu den Ellbogen, funkelnde Diamanten und Saphire am Hals, Strümpfe und Make-up tadellos in Ordnung, farblich abgestimmte Handtasche unter dem Arm – lege ich meine Hand auf die Rückenlehne des Schreibtischstuhls und bringe meine Füße in die erste Position.

Frank läuft zwischen Bad und Schlafzimmer auf und ab, um sich ebenfalls fertig zu machen. Wir haben an diesem Abend ein hochkarätiges Publikum, und Frank hat sich dem Anlass entsprechend gekleidet: schwarzer Frack, gestärktes Hemd, weiße Fliege, die sein Kinn mit zwei flachen weißen Dreiecken umrahmt. Er bleibt stehen, den Kopf über seine Ärmel gebeugt. »Kannst du mir die Manschettenknöpfe anlegen? Meine Finger wollen nicht so, wie ich will.«

Ich erhebe mich aus meinem Plié und greife nach seinem linken Handgelenk. »Nervös?«

»Scheint so.«

»Keine Sorge. Sie werden dich lieben. Wie immer.« Ich streiche die Manschette glatt und tätschele seine Hand.

»Jeder liebt dich, Frank. Du musst ihnen nur den wahren Menschen zeigen.«

»Was immer das heißen mag«, murmelt er.

Ich hebe den Kopf. Franks Gesicht ist abgewandt, doch sein Ausdruck hat nichts von dem Frank, den ich seit Jahren kenne. Dem Frank, der ganz genau weiß, wer er ist. »Alles in Ordnung, Frank?«, frage ich.

Er sieht mich an, und seine Anspannung schmilzt zu einem warmherzigen Lächeln. »Ja, alles bestens, mein Schatz. Zieh deine bezaubernden Schühchen an. Wir sollten jetzt runtergehen.«

Fototermin um fünf. Ich weiß nicht, wer schon mal das Vergnügen hatte. Man posiert in seinem besten Kleid vor einer Reihe von Fotografen (es sind fast immer Männer), man erstarrt von Kopf bis Fuß in einer vermeintlich idealen Haltung, gibt sich als genau die Person, welche die Welt in einem sieht, dann folgt ein Blitzlichtgewitter wie das Feuerwerk am Unabhängigkeitstag, um jenes starre künstliche Ich einzufangen und der gierigen Öffentlichkeit preiszugeben. Das reinste Vergnügen. Und wehe, man hat eine winzige Falte im Kleid oder auf der Stirn.

Frank und ich werden zuerst abgelichtet. Inzwischen ist mir der Ablauf wohlvertraut. Ich neige mich meinem Gatten entgegen und schiebe meine behandschuhte Hand in seine Armbeuge. Kinn nach unten, Schultern zurück, Bauch einziehen. Nicht blinzeln. Nur nicht blinzeln. Die überdimensionalen Kameraobjektive ragen uns entgegen wie eine Sammlung erigierter Phallusobjekte, während die Männer unermüdlich Anweisungen rufen: *Etwas nach rechts! Bitte mehr lächeln! Legen Sie den Arm um Ihre Frau!* Das Blitzlichtgewitter prasselt ekstatisch gegen meine Haut.

Wunderbar!, rufen die Fotografen. *Wunderbar*!

Franks Vater tritt hinzu. Hardcastles zu meiner Linken

und meiner Rechten. Dann Frank allein, aufrecht und präsidial. Ich stehe neben meinem Schwiegervater und sehne mich nach einer Zigarette. »Er sieht gut aus«, sagt Mr. Hardcastle, die Arme abschätzend verschränkt. Und dann: »Cap! Du bist spät dran.«

Caspians Stimme dringt von der anderen Seite meines Schwiegervaters zu mir herüber. »Die Rede war von sechs Uhr, Sir.«

»Hast du meine Nachricht nicht bekommen? Du solltest beim Fototermin dabei sein.« Mr. Hardcastle nickt in Richtung der Kameras. »Begrüße deine Cousine.«

»Hallo Tiny.«

»Major Harrison fotografiert wohl lieber selbst, als sich von anderen fotografieren zu lassen«, sage ich.

»Ich sehe, die Gattin meines Cousins ist bestens informiert.«

»Aber es geht nicht darum, was der gute Cap *will*«, sagt Mr. Hardcastle, »sondern was man von ihm *verlangt*.«

»Natürlich, Sir.« Caspian nimmt seine Kappe ab und streicht sich unnötigerweise über sein kurz geschorenes Haar. »Ich richte mich ganz nach dir, Onkel Franklin.«

Aus meinem derzeitigen Blickwinkel kann ich nicht viel sehen, und ich werde gewiss keinen Schritt vortreten, um ihn besser im Blick zu haben. Ich kann es mir nicht erlauben, die Fassung zu verlieren, schon gar nicht hier vor den Kameras. Doch jene stille Gegenwart, jene Gestalt am Rande meines Blickfelds lässt sich nicht ignorieren. Caspian trägt erneut seine Paradeuniform. Sein Kopf überragt Mr. Hardcastles ergrauendes Haupt um mehrere Zentimeter. Die goldene Kordel seiner Schirmmütze reflektiert das flackernde Blitzlicht. Das unermüdliche *Plopp* der Blitzlichtbirnen kann den tiefen, warmen Klang seiner Stimme nur ansatzweise übertönen.

Am liebsten würde ich ihn fragen: *Wo warst du in den vergangenen Wochen? Warum bist du einfach so verschwunden?*

Am liebsten würde ich sagen: *Dieses Foto, ich weiß, du hast nichts damit zu tun, Erpressung ist nicht dein Stil, aber wie kommt das Bild in einen Umschlag, der an mich adressiert ist? Wem hast du es gezeigt? Wem hast du es gegeben? Warum hast du diesen intimen Moment mit jemandem geteilt? Warum hast du ihn nicht vor fremden Augen beschützt, wenigstens mir zuliebe? Warum hast du mich so hintergangen? Ich habe dir vertraut!*

»Ich hoffe, es macht keine Umstände«, sage ich. »Bestimmt gibt es tausend Dinge, die du lieber tätest.«

»Die Familie geht vor«, erwidert Caspian.

Mr. Hardcastle hebt seine Hand. »Du bist dran.«

»Mit oder ohne Kappe?«

Mr. Hardcastle denkt kurz nach. »Ohne.«

Caspian wendet sich an mich, reicht mir die Kappe und geht zum Podium, ohne die geringste Andeutung eines Hinkens. Die Kappe ist immer noch warm von seiner Haut, selbst durch die seidigen Fasern meiner Handschuhe hindurch. Ich drücke sie an meinen Bauch und nestele an der goldenen Kordel.

Gegen halb sechs sind die Fotografen fertig, und die Wahlkampfassistenten gehen das weitere Prozedere mit mir durch. Die Gruppe der Sponsoren besteht wie üblich aus Geschäftsleuten und ihren Gattinnen – prominent, ehrgeizig, neugierig, alte Garde und Neureiche, vereint in ihrem Wohlstand, ihrer Schwäche für glamouröse Partys, ihrem unerschütterlichen Glauben an Frank. Die meisten kenne ich bereits, ein Kinderspiel. Aber der Reporter vom *Globe*. Bin ich dem schon mal begegnet?

»Nein«, sage ich. »Schreibt er neuerdings für den Gesellschaftsteil?«

»Nicht den Gesellschaftsteil«, erklärt mir die hübsche Assistentin, ein blutjunges Ding namens Josephine, mit kastanienbraunem Haar und einem Hauch Mascara auf den geschwungenen Wimpern. Ein dunkler Kajalstrich ziert den Rand ihrer Augenlider, um jenen katzenartigen Look zu erzielen, der derzeit groß im Trend liegt. »Er schreibt für den *Politteil.*«

»Ach, wirklich? Ich dachte, das soll eine seichte Reportage werden? Der Kandidat und seine Familie?«

Der andere Assistent, ein junger Mann von Anfang zwanzig, zuckt mit den Schultern. »Vermutlich will er erst einmal den persönlichen Hintergrund abstecken. Das Geschäft hat sich gewandelt. Die Wähler interessieren sich mehr für das Leben des Kandidaten: Charakter, Erscheinungsbild, Persönlichkeit, familiärer Hintergrund.« Er wirft einen Blick auf die Armbanduhr, klopft auf das Zifferblatt, begegnet meinem stummen Blick.

»Im Grunde spielt es keine Rolle«, sage ich. »Hauptsache, er hält sich an die Spielregeln. Kommt er mit seiner Frau?«

»Er ist unverheiratet.« Erneut Josephine, die mich kess anlächelt. Fast schon süffisant, möchte ich sagen.

»Sind Sie mit Franks Standpunkten vertraut, Mrs. Hardcastle?«, fragt der junge Mann. Wie heißt er noch? Ich sollte mir so etwas merken. Stephen. Genau, er heißt Stephen.

»Aber natürlich, Stephen«, sage ich. »Es mag Sie vielleicht überraschen, aber mein Mann und ich reden häufig über Politik.«

»Ich heiße Scott«, erwidert er, »Scott Maynard. Natürlich vertraue ich Ihnen voll und ganz. Trotzdem habe ich für alle Fälle einen kleinen Überblick erstellt. Nur eine Seite, kurz und knapp, die wesentlichen Punkte in klaren Worten zusammengefasst.«

»Wunderbar.« Ich nehme ihm den Zettel ab, falte ihn zu einem winzigen Rechteck zusammen und stecke ihn in meine Handtasche. »Wir wollen mein armes kleines Hirn doch nicht überfordern, oder?«

»Wir wollen nur sichergehen, dass Sie auf dem aktuellen Stand sind«, erklärt Josephine. »Frank war in letzter Zeit viel unterwegs. Sie sehen einander doch kaum. Das ist übrigens eine Frage, mit der Sie rechnen müssen. Die Auswirkungen des Wahlkampfs auf Ihr Privatleben. Sie kennen sicher die Gerüchte um Jack Kennedy.«

Die kenne ich in der Tat.

»Ich glaube, dazu wird meinem armen kleinen Hirn auch etwas einfallen, wenn Sie mir nur ein wenig Bedenkzeit geben.« Ich stehe auf. Meine neuen Schuhe sind hart und steif, kein bisschen eingelaufen. Ich fühle mich wie eine Maus auf Stelzen. »Immerhin kennen Frank und ich uns seit vielen Jahren. Unsere Ehe steht auf einem soliden Fundament.«

Die beiden erheben sich synchron von ihren Stühlen. Josephine trägt ein kurzes silbernes Kleid aus hauchfeinem Chiffon mit einem eleganten Nackenband und ein Paar teure Diamantohrringe von jeweils gut einem Karat. Obwohl ihre Absätze die modischen vier Zentimeter nicht überschreiten, ist sie fast so groß wie Scott. »Perfekt«, erwidert Josephine. »Das ist genau die richtige Antwort.«

Der Reporter des *Boston Globe* erscheint mit leichter Verspätung, kurz nachdem der Salat abgeräumt wurde, doch noch rechtzeitig zum Filet, das in diesem Moment unter silbernen Hauben aufgetragen wird. Er entschuldigt sich höflich. Er ist deutlich jünger, als ich ihn mir vorgestellt habe, mit frischem Teint und glänzendem Haar. Die Hand, die er mir entgegenstreckt, wirkt sorgfältig manikürt.

»Machen Sie sich nichts draus, Mr. Lytle. Ich freue mich, Sie kennenzulernen.« Ich betrachte sein attraktives Gesicht, seine aufgeweckten haselnussbraunen Augen, und denke im Stillen: *Mit so einem Mann kann man reden.*

»Die Nachrichtenredaktion ist kein guter Ort, wenn man bei einem dringenden Termin erwartet wird«, erklärt er. »Ich hoffe, ich habe die Rede noch nicht verpasst.«

»Nein, wir sind spät dran. Sie wissen ja, wie das ist.«

Er nickt dezent in meine Richtung. »Rot, Weiß, Blau. Netter patriotischer Touch.«

Ich blinzele auf meine kostspielige Halskette, die weißen Diamanten und blauen Saphire über dem Ausschnitt meines himbeerroten Kleides. »Stimmt. Gefällt es Ihnen?«

Er hebt die Schöße seines Fracks und setzt sich neben mich. »Und ob.«

Während sich Mr. Lytle an meiner Seite niederlässt, gebe ich dem Kellner ein Zeichen, uns beiden Wein einzuschenken; der vorzügliche weiße Burgunder wurde gerade durch einen Bordeaux ersetzt. Frank unterhält sich derweil mit seiner Tischnachbarin, der frostigen Gattin eines steinreichen Finanziers, die bei jedem seiner Worte verzückt nickt und lächelt. Ich werfe einen flüchtigen Blick hinüber zu Caspian, der in diesem Moment aus seinem Tagtraum erwacht, um meinem Blick zu begegnen.

»Kennen Sie eigentlich Major Harrison, den Cousin meines Mannes?«

»Nein, wir hatten noch nicht das Vergnügen. Major Harrison, gratuliere. Ich habe die Zeremonie im Fernsehen verfolgt. Es ist mir eine Ehre, Sie kennenzulernen.«

»Caspian«, sage ich, »das ist Mr. John Lytle, Politredakteur des *Boston Globe*. Er schreibt einen Hintergrundbericht über Frank.«

Caspian versteht meine Anspielung. Er schenkt ihm ein

herzliches und strahlendes Lächeln. Selbst Caspian weiß, worauf es in so einem Moment ankommt. »Willkommen in unserer Runde, Mr. Lytle. Bei mir sind Sie an der richtigen Adresse, ich kann Ihnen jedes Geheimnis ausplaudern. Für den entsprechenden Preis, versteht sich.«

Lytle lacht. »Musik in meinen Ohren!«

Als Frank das Podium betritt, sind wir alle angenehm angeheitert und bereit, über jeden Witz zu lachen, ob gut oder schlecht. Natürlich sind seine Witze allesamt gut. Der Nachtisch wurde bereits serviert, die Zigaretten angezündet, die Beleuchtung verführerisch gedimmt. Frank wirkt unglaublich attraktiv hinter dem Rednerpult. Attraktiv und dynamisch. Er spricht von Steuern, von der Bedeutung des Wohlstands, von der Notwendigkeit einer gerechten Gesellschaft und Chancengleichheit für jeden Bürger und jede Bürgerin. Mühelos kommt er auf das Thema Vietnam zu sprechen. Er betont den Zusammenhang zwischen nationaler Sicherheit und persönlicher und ökonomischer Freiheit rund um den Globus. Dann begrüßt er Caspian.

Kaum hat Frank das Stichwort *Vietnam* ausgesprochen, macht sich Caspian bereit. Er legt seine Serviette neben den Teller, nimmt einen letzten Schluck von seinem Wein und erhebt sich von seinem Platz. Als Frank ihn dem Publikum vorstellt, steht er in respektvollem Abstand neben dem Podium, die Hände hinter dem Rücken verschränkt, seine geballte Aufmerksamkeit auf Frank gerichtet.

»… meinen Cousin, von dem Sie sicherlich gehört haben oder gehört haben sollten. Major Caspian Harrison, Mitglied der Special Forces. Caspian?«

Mein Gott, denke ich, als Caspian hinter das Rednerpult tritt, Franks Hand schüttelt und sich dem Publikum zuwendet. Er sieht aus, als wäre er gut zwei Meter groß, auch wenn er das gar nicht ist. Er erinnert mich an einen furchtlosen Krieger, der den Mikrofonständer mühelos entzweibrechen könnte, um die beiden Hälften wie Speere auf die unbedachte Menge zu schleudern. Er gehört nicht hierher, er gehört nicht in diese Welt. Wie hatte ich seinen Eindruck vergessen können? Seine überwältigende Präsenz, wenn man ihn aus der Entfernung sah?

Frank ist fast fünf Zentimeter kleiner als er. Caspian muss den Kopf etwas nach unten neigen, um ins Mikrofon zu sprechen. »Guten Abend. Es ist mir eine Ehre, heute hier stehen zu dürfen, um Ihnen von meinem Cousin Franklin Hardcastle zu erzählen, einem der großartigsten Menschen, denen ich je begegnet bin.«

Die Ränder meines Blickfelds verschwimmen, und Caspians Gesicht schwebt in der Mitte. Ich greife zum Weinglas. An meiner Seite drückt Lytle seine Zigarette aus und flüstert mir ins Ohr. »Mein lieber Mann! Vielleicht sollte *er* besser kandidieren!«

Ich schnappe mir meine himbeerfarbene Handtasche, die neben dem Dessertteller ruht. »Bitte entschuldigen Sie mich.«

Die Luft ist immer noch heiß und schwül, die Sonne noch nicht ganz untergegangen. Ich stehe auf dem Balkon und betrachte die rosa-violetten Bänder über den Dächern der umstehenden Häuser und dem hoteleigenen Penthouse, während ich an meiner Zigarette ziehe. Das leise Gemurmel von Caspians Rede dringt durch die offenen Türen zu mir herüber. Zu undeutlich, um einzelne Worte verstehen zu können. Ich höre lauten Beifall, dann weiteres Gemurmel in Caspians heroischer Stimme. Donnernder Applaus, das Kratzen von Stühlen, Beifallsbekundungen und Franks Stimme, kurz und prägnant. Als die Zigarette zwischen meinen behandschuhten Fingern fast verglüht ist, ertönen drinnen die ersten Töne des Orchesters, welche die Gäste zum Tanz animieren. Ich lasse den Zigarettenstummel im letzten Moment fallen und zertrete ihn mit dem quadratischen Absatz meines Schuhs.

Als Erstes tanze ich mit dem Finanzier, während Frank mit dessen Gattin tanzt. Ich lächele und flirte und danke Gott für den Wein. Dann wechseln wir die Partner. Frank fragt, ob ich mich gut amüsiere. »Sehr sogar«, erwidere ich.

»Wie war ich?«

»Perfekt. Du hast den richtigen Ton getroffen.«

»Cap hat sich auch gut geschlagen. Gott sei Dank. Ich konnte beinahe sehen, wie die Sponsoren ihre Scheckhefte gezückt haben.«

»Ja, der Reporter des *Globe* war ebenfalls beeindruckt.«

Frank beugt sich zu mir heran. »Hast du etwa geraucht?«

»Nur *eine* Zigarette.«

Das Orchester spielt einen Evergreen, und wir tanzen mechanisch weiter. Franks Augen schweifen über die Tanzfläche, schweifen über die Menge der umstehenden Gäste. Ihn umgibt eine Aura von knisternder Energie, eine wohlvertraute Aura, wie ich sie von anderen Veranstaltungen, anderen Auftritten kenne. Wir alle kennen diese Aura, wir Frauen jener Darsteller, denn genau das ist doch die Politik, oder nicht? Eine darstellende Kunst – Charisma, Prominenz, Effekthascherei. Ein Glamour, den man als reines Blendwerk, als Maskerade abtun könnte. Doch das stimmt nicht. Die Maske gehört zur Person, gerade deshalb ist sie so faszinierend. Ich berühre Frank am Kinn, um seine Aufmerksamkeit erneut auf mich zu lenken. »Du solltest dich in Acht nehmen. Lytle meint, es sähe aus, als sollte Caspian an deiner Stelle kandidieren.«

Frank runzelt die Stirn. »Was soll das bitte heißen?«

»Dass er eine verdammt gute Figur macht. Er ist der geborene Anführer.«

»Ich werde mich ja wohl noch gegen meinen eigenen Cousin behaupten können!«

»*Schh*…« Ich sehe mich um. »Natürlich kannst du das. Aber du hast es nicht nötig, ihn bei jeder Veranstaltung vorzuführen.« Ein Blitzlicht explodiert, dann noch eins. »Außerdem hast du dich vorhin großartig präsentiert.« Ich lächele.

»Cap ist loyal. Er würde mir nie in den Rücken fallen.«

»Natürlich nicht. Politik ist das Letzte, wofür er sich interessiert.«

»Woher willst du das wissen?«

»Ich habe eine gute Menschenkenntnis.«

Frank blickt über meine Schulter zum Rand der Tanzfläche. »Da hast du vollkommen recht. Cap hat keinen blassen Schimmer von Politik.«

»Im Gegensatz zu dir«, sage ich versöhnlich, doch zu spät. Seine rechte Hand liegt starr an meiner Taille, seine linke berührt mich nur an den Fingerspitzen.

Der Song nähert sich dem Ende. Frank führt mich zum Rand des Saals, wo Josephine mit dem Finanzier lacht und schäkert. Ihr Haar ist etwas länger als meins, ein kastanienbraunes Wirrwarr, das locker über ihren nackten Schultern schwebt. Die vorderen Strähnen sind mit einer glitzernden Spange zurückgesteckt, ganz im Stil der Zeit. Ihr dunkler Kajal erinnert an die Bardot oder die Fonda. Sie wirkt erstaunlich besonnen für eine junge Frau, die gerade erst das College absolviert hat. Süße zweiundzwanzig Jahre jung. Wo hat mein Mann sie nur aufgetrieben?

Frank schenkt ihr ein strahlendes Lächeln. »Jo, hier steckst du! Wie haben wir uns heute Abend geschlagen?«

Sie blickt zu ihm auf, als wäre er Moses höchstpersönlich. »Frank Hardcastle, du bist ein *Star*! Ich war zu Tränen gerührt.«

»Das verdanke ich nur meiner genialen Assistentin.«

»Von wegen.« Josephine greift sich ans Ohr und spielt mit ihrem diamantenen Ohrstecker. Im dämmerigen Licht der Saalbeleuchtung bin ich nicht ganz sicher, aber ich glaube, sie läuft rot an.

Mein Mann streckt ihr die Hand entgegen. »Darf ich bitten?«

Und weg sind sie. »Hübsches Ding, was?«, sagt der Finanzier.

»Sie leistet hervorragende Arbeit. Frank hat ein Auge für Talent.«

»Das kann man wohl sagen.«

Ich öffne den Mund, um das Thema zu wechseln, doch im selben Moment spricht ihn jemand von der Seite an, sodass er sich abwendet und mich einsam und verlassen neben der Tanzfläche stehen lässt.

Ist schon irgendwie komisch. Als ich Frank vor sieben Jahren bei einem Universitätsball in Radcliffe das erste Mal sah, hat er auch mit einer anderen getanzt. Einer Blondine, doch ansonsten der gleiche Typ: voller Busen, verklärter Blick, ihr Haar war eine Spur zu hell, um natürlich zu wirken. Sie studierte nicht mal in Radcliffe, sondern war nur die Freundin oder Cousine einer Kommilitonin, wie sich später herausstellte. Eine eingeschlichene Konkurrentin. Trotz allem stach er mir ins Auge, denn wie könnte man einen Franklin Hardcastle übersehen, wenn man zarte neunzehn Jahre alt ist und *er* gerade mal einundzwanzig? Wenn man noch nie einen Jungen geküsst hat und *er* attraktiver ist als jeder andere? Glitzer und Glamour. Ich wandte den Blick hastig ab. Er tanzte weiter, und irgendwann verschwanden die beiden für ein, zwei Stunden von der Bildfläche. Als ich ihn erneut erblickte, war sein Haar zerzaust, seine Haut gerötet, und ich zwängte mich auf dem finsteren Flur in meinen Mantel, um noch rechtzeitig zur Sperrstunde ins Studentenwohnheim zurückzukehren. Seine Hand half mir unverhofft in den Ärmel, und als ich aufblickte, stand er vor mir – Franklin Hardcastle, Harvard-Student im letzten Studienjahr, blaue Augen, sandblondes Haar, absolut umwerfend. Sein braunes Tweedjackett schmiegte sich weich um seine Schultern. *Wer ist denn der Glückliche?*, fragte er. *Wen meinst du?*, erwiderte ich. Und er: *Na, der Typ, mit dem du dich triffst.* Daraufhin ich: *Ach, niemand, ich will nur zurück ins Wohnheim.* Und er: *Du bist doch Tiny Schuyler, oder?* Daraufhin ich (mit donnerndem Herzen): *Woher weißt du das?* Und er: *Weil ich seit einem halben Jahr darauf hoffe, dir bei irgendeiner Gelegenheit über den Weg zu laufen.* Und ich: *Na, hier bin ich.* Kurzum, die Blondine habe ich nie wieder gesehen, Franklin Hardcastle hingegen schon.

Aber manchmal denke ich an sie, jene falsche Blondine in Radcliffe, wie auch in diesem Moment, als ich meinen Mann beobachte, während er mit seiner Wahlkampfassistentin über die Tanzfläche wirbelt. *Josephine.* Ich lasse mir den Namen auf der Zunge zergehen, während ihr attraktives Gesicht immer wieder auftaucht und verschwindet, gut zwanzig, fünfundzwanzig Meter von mir entfernt. Frank hat den Arm um ihren Rücken gelegt, die Finger jenseits ihrer Wirbelsäule gespreizt, sodass seine Finger ihre junge schlanke Taille umspannen. Sein goldener Ehering funkelt vor dem silbergrauen Chiffon ihres Kleides. Beide lächeln.

»Mir scheint, da könnte jemand einen Drink gebrauchen«, sagt eine männliche Stimme an meiner Seite. Mein Herz fängt an zu rasen, doch es ist nur der Reporter vom *Globe*, der mir ein Glas Champagner reicht.

»Danke.«

Er sieht zu, wie ich den Drink gierig herunterkippe. »Was für eine Zumutung für eine nette junge Frau wie Sie.«

»Wie kommen Sie darauf, dass ich nett bin?«

»Nur so eine Vermutung. Wollen wir tanzen?«

Ich stelle das leere Glas auf den nächstbesten Tisch und ergreife Lytles ausgestreckte Hand. Der Song neigt sich dem Ende zu, also nehmen wir den nächsten gleich mit. Man kann gut mit ihm reden, diesem »John Lytle – nennen Sie mich bitte Jack«, ein durchweg angenehmer Mann.

Lytle führt mich zurück zu meinem Platz. Ich greife nach der Handtasche, zugegeben ein wenig unstet, und in dem Moment entdecke ich ihn, den braunen Umschlag, der unter dem himbeerroten Satin steckt, in der oberen Ecke mit meinem Namen versehen: MRS. FRANKLIN HARDCASTLE JR., in schwarzer Blockschrift.

Ich bin Tiny Schuyler, ich bin Mrs. Franklin Hardcastle jr., und ich bin zum ersten Mal in meinem Leben sturzbetrunken.

Ich hatte eindeutig mehrere Drinks zu viel. (Wie viele, kann ich nicht genau sagen, aber *mehrere* ist in jedem Fall zutreffend.) Den Umschlag habe ich zusammengerollt und tief in meine Handtasche geschoben, um mir beim nächstbesten Kellner ein weiteres Glas Champagner zu schnappen und es prickelnd die Kehle herunterzukippen, während mir der gute Jack Lytle treu hinterhertrottete. Wir haben sogar eine intellektuelle Unterhaltung geführt, während ich die letzten beiden Zigaretten aus meiner Handtasche geraucht habe. *Mal ehrlich, das sind doch alles Langweiler. Reiche, bemitleidenswerte Langweiler. Und die Frauen sind die schlimmsten.*

Lytle reichte mir ein weiteres Glas. *Ach, wirklich? Inwiefern?*

Ein schnittiger Bursche, dieser Lytle. Nett und verständnisvoll. Einem solchen Mann kann man sich anvertrauen. Er weiß ganz genau, was man meint, wenn man etwas sagt, was man am nächsten Morgen nicht mehr weiß, aber das in etwa so lautet: *Die haben doch alles vergessen, was sie auf dem College gelernt haben, wenn sie überhaupt was gelernt haben. Die haben keine eigenen Ziele, nicht ein einziges. Die haben nur einen fetten erfolgreichen Mann geheiratet, um sich als schlanke erfolgreiche Ehefrau zu profilieren.*

Lytle hat mich zuvorkommenderweise zur Bar geführt, um es uns bequem zu machen. *Und sie haben alle nur aus Geldgier geheiratet?*

Ich wedele vielsagend mit der Hand. *Ach, ich bin mir sicher, die würden behaupten, sie hätten aus Liebe geheiratet, und vielleicht stimmt das sogar, aber haben sie sich in Mathematiklehrer verliebt? In Polizisten oder Ingenieure? Haben sie nicht!*

Lytle erlaubt sich zu fragen, warum ich dann hier sei, wenn ich solche Veranstaltungen und Personen derart verabscheue.

Ich seufze in mein leeres Glas und sage: *Ich bin ja wohl eine von ihnen, oder?*

Und dann, nach reiflicher Überlegung: *Außerdem würden sie mich umbringen, wenn ich nach der Scheidung verlangen würde, oder?*

Und Lytle fragt: *Wer?* Und ich (mit einer Handbewegung in Richtung Podium): *Na, die alle, Frank, sein Vater, dieser ganze verstockte Mob.* Und daraufhin Lytle: *Mrs. Hardcastle, es ist Ihnen tatsächlich gelungen, mich zu verblüffen.* Und ich (mit einem dankbaren Blick): *Sie sind wirklich ein Schatz, mein guter Lytle.*

Hier stehe ich also, Mrs. Franklin Hardcastle jr., behandschuht bis zu den Ellbogen, hingerissen von all den neuen Eindrücken, dem schwerelosen Rausch meiner Bewegungen, Lytles charmanter Anteilnahme, den hübschen Gesichtern, dem allgemeinen Trubel, als wie aus dem Nichts heraus eine große männliche Hand meine behandschuhten Finger berührt, welche die sündige Handtasche umklammern.

»Tiny«, sagt der Besitzer der Hand.

Zweimal dürft ihr raten. Gehört besagte Hand meinem ergebenen Ehemann, Franklin S. Hardcastle jr., dem Mann mit dem glänzenden Haar und dem strahlenden Lächeln? Hier ein kleiner Tipp: Gehört sie nicht! Weit gefehlt. Franklin Hardcastle ist spurlos verschwunden, einfach so, *puff.* Sein strahlendes Haupt ist in dem feuchtfröhlichen Ballsaal nirgends zu sehen. Und Cinderella, die kleine, feine Assistentin, ist ebenfalls von der Bildfläche verschwunden, zusammen mit ihren entzückenden Glaspantoffeln. Zu meiner Linken, weit zu meiner Linken, kümmert sich Franklin senior hingebungsvoll um die verbliebenen Gäste. Und in dem dichten Bostoner Nebel von Zigarettenrauch und Cocktaildunst entdecke ich nicht eine einzige befreundete Seele.

Außer dieser hier. Also weiterraten. Bingo. Es ist Caspians Hand, die da auf meiner ruht.

In dem alkoholschwangeren Moment zwischen seiner Begrüßung – *Tiny* – und meiner Antwort sinne ich über diesen erstaunlichen Gedanken nach: *Caspian, ein Freund?* Vor ein, zwei Stunden, klar und nüchtern, hätte ich diese beiden Worte niemals in einen Satz gepackt. Im besten Falle hätte ich Caspian als unberechenbaren Verbündeten betrachtet, durch den Zufall meiner Ehe zur Seite gestellt, unsere Interessen vorübergehend auf dasselbe Ziel gerichtet. Aber ich weiß mit absoluter Sicherheit, aus leidvoller

Erfahrung, wo seine wahren Loyalitäten liegen. Er ist ein waschechter Hardcastle, und die Familie geht ihm über alles. Auch über sich selbst.

Und selbstverständlich über mich, sollte ich es wagen, mich leichtfertig der Opposition anzuschließen.

»Caspian«, sage ich. »Ich dachte, du wärst längst weg.«

»Dein Schwiegervater hat mich auf dem Zimmer angerufen.«

»Ich frage mich, warum.«

Er wendet sich an Jack. »Mr. Lytle, richtig?«

»Richtig. Großartige Rede, Mr. Harrison. Sie haben Talent.«

»Überhaupt nicht. Mir ist nur daran gelegen, meinem Cousin zu der Rolle zu verhelfen, die Gott ihm zugeteilt hat.«

»Ein wahrer Gläubiger.«

»Frank und ich kennen uns, seit wir klein waren, Mr. Lytle. Ich kann mir keinen besseren Mann für die Aufgabe vorstellen. Und glauben Sie mir, was Charakterstärke angeht, habe ich in den letzten Jahren einiges gelernt.« Caspian zwinkert vielsagend.

»Da bin ich mir sicher. Drei Einsätze in Vietnam. Und dann kommt man nach Hause und erlebt so was …« Jack macht eine ausladende Geste mit seinem Drink.

»So was? Ich könnte mir Schlimmeres vorstellen.«

Jack lacht. »Nicht das hier. Ich meine da draußen, auf den Straßen. Die Studentenunruhen, die Proteste, die Sprechchöre. *Lieber Gefängnisbrot als in Vietnam und tot.* So was in der Art. Haben Sie schon faule Eier an den Kopf bekommen?«

Caspians Miene erstarrt. »Nein.«

Jack lacht erneut. »Vermutlich traut sich keiner. Aber Sie wissen, was da draußen los ist. Was halten Sie davon?«

»Die Leute haben ein Recht auf ihre Meinung, Mr. Lytle. Zumindest diejenigen, die das Glück haben, in einem amerikanischen Ballsaal zu stehen statt in einem vietnamesischen Reisfeld. Wenn Sie uns jetzt entschuldigen würden? Ich hatte noch nicht das Vergnügen, mit meiner charmanten Cousine zu tanzen.« Seine Hand gleitet über meinen Arm hinauf zu meinem Ellbogen.

»Sie können tanzen?«, fragt Lytle.

»Ich werde es zumindest versuchen.«

Caspian führt mich auf die Tanzfläche, die ausgelassener und gefährlicher wirkt, als ich sie vor etwa einer Stunde verlassen habe, überfüllt mit swingenden Paaren, die zu eng tanzen und zu laut lachen. Ich nehme meine Handtasche in die Linke und ergreife Caspians Hand mit meiner Rechten. »Kannst du wirklich tanzen?«

»Das werden wir sehen.«

»Das brauchst du dir meinetwegen nicht anzutun.«

»Ich musste dich doch irgendwie aus den Klauen dieses Schreiberlings befreien.«

Wir vollführen eine flotte Drehung, die Caspian besser beherrscht als die meisten Männer um ihn herum. »Ich komme ganz gut allein zurecht.«

»Anweisung meines Onkels.«

»Und wie wir alle wissen, gehorchst du deiner Familie aufs Wort.«

Ich spähe kontinuierlich über seine Schulter und lasse das schimmernde Kaleidoskop von Menschen an mir vorüberziehen, denn der Anblick seines Gesichts ist mir zu viel. *Er* ist mir zu viel, und *ich*, Mrs. Franklin Hardcastle, hatte eindeutig zu viel Champagner.

»In dem Fall, ja.« Seine Stimme dringt tief und sonor aus seiner Brust, nur wenige Zentimeter von meinem Ohr entfernt. »Ich will nur dein Bestes.«

»Ach, verstehe. Und *das* ist das Beste?«, frage ich bitter.

»Das hier? Das ist *deine* Entscheidung, Tiny. Du hast es so gewollt.«

Ich trete wankend einen Schritt zurück, weg von seiner Brust. Der Champagner ist mit einem Mal verpufft. »Ich gehe jetzt besser auf mein Zimmer.«

»Das ist eine hervorragende Idee.«

Caspian hält meine Hand gepackt und führt mich quer durch die Menge zu der Doppelflügeltür des scharlachroten Ballsaals. Am Ende des Korridors erstreckt sich die fremde marmorne Welt des Foyers mit seinen Aufzügen und der prunkvollen Treppe, doch Caspian führt mich in die entgegengesetzte Richtung. »Lass uns erst mal frische Luft schnappen«, sagt er.

Verglichen mit der klimatisierten Luft im strahlenden Ballsaal wirkt der Innenhof finster und schwül, doch die veränderte Atmosphäre erfrischt meinen aufgeheizten Verstand um ein, zwei Grad. Ich stütze die Hände auf das Geländer und starre auf meine Handtasche. Hätte ich doch nur eine weitere Zigarette. Oder eine andere Ablenkung.

»Können wir eine Sache klären?«, fragt Caspian. »Nur die eine.«

»Was meinst du?«

»Wir wohnen praktisch Seite an Seite. Wir können uns nicht ständig aus dem Weg gehen.«

»Dann geh doch zurück nach Vietnam.« Die Worte platzen aus mir heraus. Scharf und entsetzlich. Ich neige den Kopf in Richtung Geländer. »Tut mir leid. Das habe ich nicht so gemeint.«

Er reagiert sanfter, als ich es verdient habe. »Was glaubst du, warum ich so lange dortgeblieben bin?«

»Keine Ahnung. Um die Welt zu retten?«

»Herrgott. Ja. Um diese beschissene Welt zu retten.

Weil selbst das besser ist, als zu dir und Frank zurückzukehren.«

»Warum bist du dann hier? Geh doch zu deiner Schwester nach San Diego. Ich wette, ein Mann im Haus käme ihr ganz gelegen.«

»Weil ich hier gebraucht werde.«

»Ach ja, hatte ich ganz vergessen. Franks Kampagne.«

Caspian berührt meine Schulter. Mir war ganz entfallen, wie groß seine Hand ist, wie großzügig sie meine Haut bedeckt. »Warum bist du unglücklich? Verrate es mir.«

Vor zwei Jahren hätte ich dieser Stimme alles anvertraut. Was würde man einer solchen Stimme *nicht* anvertrauen? Einer solchen Hand, die sicher und verlässlich auf der eigenen Schulter ruht?

Caspian, ich habe einen Fehler gemacht. Ich habe versagt. Mein Leben ist nicht so perfekt, wie es aussieht. Das Geschäft meines Lebens hat sich nicht ausgezahlt.

Oder: *Weißt du noch, die Fotos, die du von mir gemacht hast? Ich will wissen, wie sie in die Hände eines miesen kleinen Erpressers gelangen konnten.*

Doch hier und jetzt? Ich soll ihm das *alles* gestehen? Ausgerechnet *ihm*? Mit seinem direkten Draht zur gesamten Seniorriege der Hardcastles. Caspian, der von Franklin Hardcastle senior persönlich geschickt wurde, um dieses betrunkene Missgeschick von einer Ehefrau aus der Welt zu schaffen. *Anweisung meines Onkels*, wie er selbst sagte.

Na schön, vielleicht würde er mich nicht gleich verpfeifen. Die Chancen stehen fifty-fifty. Doch selbst redselig vom Champagner bin ich nicht bereit, ein solches Risiko einzugehen.

Und ich bin erst recht nicht bereit, meine Sorgen einem Wildfremden auf die Nase zu binden.

»Ich bin nicht unglücklich. Ich …« Ich schmiege meine

Finger um den Rand der Handtasche und drücke sie an meinen Bauch. »Ich bin zufrieden. Vollauf zufrieden.«

Caspians Hand ruht immer noch auf meiner Haut. Ich spüre seine Finger in den Vertiefungen meiner Schulter. Jeden einzelnen. »Na schön«, sagt er. »Dann bringe ich dich jetzt nach oben.«

Ich drehe mich um und schüttele seine Hand ab. »Den Weg finde ich schon noch allein.«

»Ich habe deinem Schwiegervater versprochen, dich zu deinem Zimmer zu bringen.«

»Wie edelmütig von dir.«

Ich versuche, mich an ihm vorbeizuschieben, doch er ergreift meinen Arm und führt meine Hand in seine Ellenbeuge. Bedingt durch einen Überschuss an Alkohol oder einen Mangel an Rückgrat, lasse ich es geschehen.

Caspian bringt mich in einem der metallenen Personalaufzüge nach oben, um mich vor neugierigen Blicken zu schützen. Wie könnte ich es ihm vorwerfen? Ich schätze, mein Lippenstift ist hoffnungslos verschmiert, mein Haar wild zerzaust. Ich frage mich, ob mein Gesicht ebenso rot angelaufen ist, wie ich es bei anderen Frauen oft mitleidig beobachtet habe. Caspian steht reglos an meiner Seite. Ich betrachte unsere Füße, mal scharf, mal verschwommen, sorgfältig nebeneinander aufgereiht.

»Das mit deinem Bein tut mir leid«, sage ich.

Caspian betätigt unvermittelt den Notausschalter. Wir kommen abrupt zum Stehen. Ich greife reflexartig nach der Wand, während die Alarmglocke zweimal schrillt. »Ist nur ein Bein.«

Eine unheimliche Stille erfüllt die winzige Kabine. Das Schweigen der Hydraulik. Mir ist noch nie aufgefallen, wie laut Aufzüge eigentlich sind. Caspians Gestalt überragt mich, erfüllt den geräuschleeren Raum, und dieser Eindruck – sein beruhigender Körper, seine stille Kraft – ist mir so vertraut, dass ich auf unsere Füße starre und denke: *Es ist egal.* Egal, wie wir vor zwei Jahren auseinandergegangen sind. Er ist hier. Er ist zurückgekommen.

»Das dachte ich mir auch, als ich die Neuigkeiten gehört habe«, erwidere ich leise. »Ich dachte, das ist ein fairer Handel. Ich habe Gott gesagt, er könne das Bein behalten, solange du nur lebendig nach Hause kommst.«

»Das hättest du dir sparen können. Zu dem Zeitpunkt war es mir egal.«

Seine Schuhe sind schwarz poliert und an den Spitzen abgerundet, aalglatt in ihrer militärischen Perfektion. Und vollkommen identisch in jedem einzelnen Detail. Wenn man es nicht wüsste, würde man nie erahnen, dass einer von beiden statt einem lebendigen menschlichen Fuß einen mechanischen Fremdkörper enthält, ein Wunder der modernen Bionik oder wie auch immer man das nennt.

Wäre ich *seine* Frau und nicht Franks, dann würde ich um diesen Fuß weinen. Weinen, weil er sich nachts nie mehr an mein Bein schmiegen würde, weil seine Zehen nie wieder neben meinen wackeln würden, weil ich seine müden Glieder nie wieder massieren, seine Sohlen nie wieder kitzeln, seine Zehen nie wieder küssen würde. Ein Leben lang würde ich um Caspians verlorenen Fuß trauern. Was war wohl aus ihm geworden? Hatte man ihn eingeäschert? In den Müll geworfen? Wo befanden sich die verrottenden Moleküle, die einst seinen linken Fuß gebildet hatten? Meine champagnerschweren Gedanken verstricken sich im trostlos grellen Licht des Personalaufzugs.

»Wie behandeln sie dich, Tiny?«, fragt Caspian. »Die Familie, meine ich.«

»Gut.«

»Das habe ich mich die ganze Zeit gefragt. Ich hatte

gehofft, sie würden dich glücklich machen, dich schätzen für das, was du bist.«

»Ich *bin* glücklich.«

»Wenn du mich brauchst, bin ich da.«

»Ja. Ja, das bist du. Du bist da.«

»Ich habe nicht vor, mich in deine Ehe zu mischen.« Seine Stimme klingt schroff. »Das würde ich niemals tun. Ich meine … ich will dir helfen, mehr nicht. In welcher Form auch immer.«

»Wie kommst du darauf, dass ich Hilfe brauche?«

»Nur so ein Gefühl. Ich habe dich mal ganz gut gekannt. Wenn auch nur für ein paar Tage.«

»Ein paar Tage. Richtig.«

Die Gegensprechanlage krächzt. »Alles in Ordnung?«

»Ja!«, brüllt Caspian. »Mein Fehler. Schalten Sie uns wieder ein.«

Ein knisternder Fluch, dann ein Ächzen, und der Aufzug setzt sich ruckartig in Bewegung. Meine Füße stolpern aus ihrer gesitteten Stellung. Caspian ergreift instinktiv meinen Arm.

»Du glaubst, du kannst mir nicht trauen«, sagt Caspian, den Blick auf die Stockwerkanzeige über der Tür gerichtet, »aber das kannst du, Tiny. Das kannst du wirklich. Ich stehe auf deiner Seite.«

Meine Finger schließen sich fester um meine Handtasche. »Seit wann?«

»Schon immer.«

Der Aufzug bleibt mit einem Ruck stehen. Die Türen öffnen sich. Caspian legt mir eine Hand in den Rücken und schiebt mich sanft vorwärts. Ich trete hinaus auf den graublauen Teppich des Personaltrakts. Meine Füße wanken und schmerzen in den himbeerroten Satinschuhen.

Mutig klemme ich mir die Handtasche unter den Arm

und wende mich um. Caspian betrachtet mich mit demselben Ausdruck wie damals in den heiligen vier Wänden seines Wohnzimmers in der Marlborough Street, als wollte er mich mit seinen langen Gliedmaßen umfangen, jede Pore meines Körpers durchdringen, mich vollständig erobern.

Ist das kribbelnde Gefühl in meiner Magengrube Champagner oder Melancholie, Geflirte oder Schuldgefühl, Vorfreude oder Panik?

»Dann sollte ich wohl darauf vertrauen, dass du mich sicher zu meiner Tür geleitest, Major Harrison.«

Caspian, 1964

Diesmal rannte er die drei Treppenfluchten im Laufschritt hinauf. Seine Kameratasche schlug hart gegen seinen Schenkel, sein Herz trommelte wie wild gegen seine Rippen. Als er die Tür aufstieß, hätte er am liebsten gerufen: *Liebling, ich bin zu Hause!*, beflügelt von der Überzeugung, dass Tiny hinter der Tür existierte und ihn erwartete.

Die ganzen letzten Stunden hatte er die Situation nach Kräften verdrängt und sich stattdessen auf seine Kamera konzentriert: die Auswahl von Motiven und Szenen, die Wirkung von Lichteinflüssen und Perspektiven. Es war einfach zu viel für seinen gequälten Verstand. Das moralische Dilemma, einem anderen Mann die Frau auszuspannen, auch wenn diese unter seinem Dach Schutz suchte und ihn um Hilfe bat. Wenn Tiny diesen Brief tatsächlich geschrieben hatte, wäre sie dann frei? War er denn *selbst* frei, angesichts der Tatsache, dass er in zwei Wochen ans andere Ende der Welt fliegen musste? Das ehrbarste Verhalten wäre abzuwarten, bis er nach seiner Stationierung heil und lebendig zu ihr zurückkäme. In der Zwischenzeit bliebe ihnen genügend Zeit, um vernünftig über alles nachzudenken, einander Briefe zu schreiben, sich besser kennenzulernen. Und in Tinys Fall, um über ihren Verlobten hinwegzukommen, mit dem einen oder anderen Mann auszugehen, sich an ein neues Leben zu gewöhnen. Sie könnten ganz einfach abwarten, wie sich das Ganze entwickelt. Sich gegenseitig erforschen, Zentimeter für Zentimeter, bis hin zu einer intimen Vertrautheit.

Doch seine Gedanken waren weder vernünftig noch ehrbar, als er die Wohnungstür aufstieß, um voller Vorfreude mitanzusehen, wie sich Tinys sonnenüberströmter Körper vom Sofa erhob. Er wusste nur, dass er in zwei Wochen, in gerade mal vierzehn Tagen, dreizehntausend Kilometer von ihr entfernt wäre, und er musste sie berühren, sie küssen, musste einen körperlichen Eindruck bei ihr hinterlassen, und sie bei *ihm*, andernfalls würde er das kommende Jahr nicht überstehen.

Doch als er ins Wohnzimmer trat, erhob sich Tiny keineswegs vom Sofa, weder sonnenüberströmt noch sonst irgendwie.

Der Raum war leer.

Er stellte seine Kameratasche auf den Boden und rief ihren Namen.

Nichts.

Er warf einen Blick in die Küche, ohne sich große Hoffnungen zu machen. Dann ging er über den Flur und spähte in die Dunkelkammer. Still und beißend und menschenleer.

Das Schlafzimmer war verschlossen. Doch unter der Tür drang ein sanfter Lichtschein hindurch. Cap spürte das Rauschen in seinen Adern, den Wind in seiner Lunge. Seine Finger näherten sich der Tür und klopften behutsam an. »Tiny?«

Er hörte keine Antwort, doch die Tür war schwer und solide, eine hundert Jahre alte Kastanienholztür, wie sie längst nicht mehr hergestellt wurden. Cap griff nach dem Knauf und öffnete vorsichtig die Tür, Zentimeter für Zentimeter.

»Tiny?«, sagte er erneut.

Sie saß mittig auf seinem ordentlich gemachten Bett, die Knie bis zum Kinn angezogen, die zarten Ballettarme fest um ihre Beine geschlungen. Vor ihr lagen mehrere Seiten Papier und ein Kugelschreiber mit geschlossener Kappe.

»Alles in Ordnung?«

»Nein.«

Er stieß die Tür auf und betrat den Raum, extrem erleichtert, dass sie mit ihm sprach, dass sie einfach nur dasaß, auf *seinem* Bett. Er ließ sich in den hölzernen Lehnstuhl sinken.

»Hast du den Brief geschrieben?«

Sie griff nach dem Stift und schleuderte ihn gegen die Wand. Die Kappe flog im hohen Bogen ab. »Ich kann das nicht. Ich kann das einfach nicht. Ich finde nicht die richtigen Worte.«

Er hatte keine Ahnung, was er darauf sagen sollte. Irgendetwas lastete schwer auf seinen Schultern. »Verstehe.«

»Verstehe? Ist das alles?« Sie fuhr sich mit den Fingern durch ihr zerzaustes Haar, ein glänzendes braunes Wirrwarr. »Ich hab's wirklich versucht. Und weißt du, wie das klang? Eitel. Feige. Selbstsüchtig. Ich habe nicht den geringsten Grund, diese Verlobung zu lösen, oder? Es ist genau das, was ich mir immer gewünscht habe! Ein außerordentliches Leben an der Seite eines außerordentlichen Mannes. Und ich wusste, welchen Kompromiss ich eingehe. Ich wusste, was mich erwartet. Ich wurde ein Leben lang so erzogen.«

»Was meinst du? Was für einen Kompromiss?«

Tiny wandte den Kopf nachdenklich hin und her. »Die ganze Zeit habe ich so getan, als wäre ich glücklich, als wäre ich die perfekte Ehefrau in spe. Praktisch seit meiner Geburt. Gott, meine arme Mutter, wenn ich mir nur ihr

Gesicht vorstelle. Ich kann das einfach nicht, ich kann nicht! Sie hat all ihre Hoffnung in mich gesetzt, ihre perfekte jungfräuliche Tochter, ihre letzte Aussicht auf Erlösung, um sich selbst einzureden … selbst glauben zu können, sie hätte im Leben wenigstens *eines* richtig gemacht …«

Er eilte zu ihr und nahm ihre Hand. »Hey, immer mit der Ruhe.«

»Ich bin selbstsüchtig und undankbar. Die meisten Frauen … Ich habe solches Glück … und ich weiß … ich kann nicht mal *beweisen* …« Sie unterbrach sich.

»Was beweisen, Tiny?«

»Ach, nichts. Nichts, was ich in diesem Brief schreiben könnte. Nichts, was nicht paranoid klingen würde.« Sie unterdrückte ein hysterisches Lachen. »Erzähl mir etwas von dir, Cap. Erzähl mir von deiner Familie. Ich will wissen, wie es ist, eine ganz normale Familie zu haben.«

Seine Finger schlossen sich fester um ihre. »Von *normal* kann keine Rede sein. Meine Mutter starb, als ich acht war. Mein Vater hat nie wieder geheiratet. Wir sind von Stützpunkt zu Stützpunkt gezogen. Mein Vater, meine Schwester und ich. Rund um die Welt, ohne richtiges Zuhause. Unter normal verstehe ich etwas anderes.«

Sie blickte zu ihm auf. Ihre Augen waren weder rot noch feucht; sie hatte nicht geweint. Aus irgendeinem Grund machte das die Sache nur noch schlimmer. Ihr Kummer lag jenseits der Tränen, in einem undurchdringlichen Dschungel von Verzweiflung. »Warum hat dein Vater nicht wieder geheiratet?«, fragte sie.

»Keine Ahnung. Auf einem ausländischen Armeestützpunkt trifft man eben nicht viele heiratswillige Frauen.«

»Bestimmt hat er sie aufrichtig geliebt. Deine Mutter.«

»Ja. Er hat nicht viel von ihr gesprochen, aber er hatte

immer ein Foto neben seinem Bett stehen. Und auf dem Schreibtisch. Als sie krank wurde, ließ er sich mehrere Monate lang beurlauben. Ich kann mich nicht gut daran erinnern. Ich war noch zu jung, aber … mir war stets bewusst, wie sehr er sie geliebt hat. Ich glaube, er hat nie damit aufgehört.«

»Und er hatte keine anderen Frauen?«

»Nicht, solange sie lebte. Da bin ich mir sicher.«

»Wie kannst du dir sicher sein?«

»Ich bin es ganz einfach. So war er eben, mein Vater. Die Ehe war für ihn eine Entscheidung fürs Leben. Und meine Mutter … war eine bemerkenswerte Frau.«

»Und danach? Ich meine, nach ihrem Tod? Hat es da keine anderen Frauen gegeben?«

»Falls doch, hat er es vor uns geheim gehalten.«

Sie betrachtete nicht *ihn*, sondern ihre verwobenen Hände. »Ja«, sagte sie. »Manche Männer sind so.«

Seine Knie drückten schmerzhaft gegen die Fußbodendielen, weil er direkt neben dem Bett hockte. »Wovon reden wir hier eigentlich, Tiny?«

Sie schüttelte den Kopf.

»Hör zu. Ich bin nicht hier, um mich zwischen dich und deinen Verlobten zu drängen. Ich habe nicht vor, einen Mann zu hintergehen, den ich nicht einmal kenne. Aber … hey … sieh mich für einen Moment an, ja?«

Niedergeschlagen blickte sie auf.

»Ich will, dass du glücklich wirst. Meinetwegen mit ihm, wenn du es so willst. Oder *ohne* ihn, wenn du es nicht willst.« *Ihn*. Cap hatte das Gefühl, er müsste das Wort wie einen Eigennamen großschreiben. Dieser unbekannte *Er*, der sie beide überragte wie ein gigantischer Koloss. »Du bist eine attraktive Frau, Tiny, eine …« Er hatte Mühe, die passenden Worte zu finden, Worte, die nicht übermäßig schmalzig oder melodramatisch klangen, die nicht klangen, als würde er sie anhimmeln. Nicht in diesem Moment. »... eine außergewöhnliche Frau. Du brauchst ihm nicht zu beweisen, warum du ihn nicht heiraten willst. Wenn er dich nicht verdient, wenn er dich unglücklich macht, dann ...«

»Oh Gott, Caspian!« Sie ließ sich rückwärts aufs Bett fallen und starrte an die Decke, Arme und Beine von sich gestreckt wie ein Seestern. Immerhin hatte sie eine Pyjamahose von ihm übergezogen, die sie im Bund mehrmals umgeschlagen hatte, die Kordel fest um ihre schlanke Taille gebunden. Dem Himmel sei Dank. »Mach es mir bitte nicht so leicht. Führe mir nicht dauernd vor Augen, was mir fehlt. Was mir all die *verdammten Jahre gefehlt hat!*« Sie brüllte die letzten Worte mit solcher Wut in den Raum, dass die Fensterscheiben bebten.

Er erhob sich. »Was zum Teufel soll das bitte heißen?«

Sie rollte ihren Kopf zur Seite und lächelte ihn an. »Das heißt, du darfst mich jetzt fotografieren.«

Sie zog seine Schlafanzughose aus – *in dem Ding kann ich nicht tanzen* –, während er die Wohnzimmerrollos öffnete, um die Nachmittagssonne ungehindert durch die alten Fenster strömen zu lassen.

»Bist du dir sicher?«, fragte er. »Ich will dich nicht drängen.«

Sie nahm eine Schallplatte vom Stapel und studierte die Hülle. »Ich will es so.«

»Na gut.« Er nahm seine Kamera heraus, wechselte das Objektiv, überprüfte den Film. Diesmal kein Blitz. Das Sonnenlicht war rein und reichlich. Seine Fingerspitzen kribbelten verheißungsvoll: die Vorfreude auf das perfekte Foto, in greifbarer Nähe, bereit, verewigt zu werden.

Er hörte das Kratzen der Nadel. Die ersten Töne drangen aus dem Lautsprecher, nasal und verhalten. Er nahm die Kappe vom Objektiv und lächelte. »Die *Pastorale*?«

»Gefällt sie dir?«

»Eines meiner Lieblingsstücke.«

Sie schwang ein Bein auf die Rückenlehne des Sofas und dehnte ihren Körper zu einer sagenhaften Länge. Ihre Finger schlangen sich locker um ihre Zehen. »Ich hätte nie gedacht, dass du auf verstaubte Komponisten stehst. Ich hätte eher auf Rock and Roll getippt. Nein, warte. *Jazz*.« So, wie sie es sagte, klang es wie *Sex*.

»Ich bin eben voller Überraschungen. Aber Jazz mag ich auch.«

»Hardy. Beethoven. Was noch?«

Er hob die Kamera und betrachtete ihre gebeugten Arme durch das Objektiv. »Ibsen.«

»Oh, gewagt! Ist das eine versteckte Botschaft?«

Er drückte auf den Auslöser. »Meinst du?«

»Nur zu deiner Information, ich finde Nora unerträglich. Nur weil man Hausfrau ist, heißt das noch lange nicht, dass man keinen Verstand hat. Außerdem ist sie doch selbst schuld, wenn sie so einen Mann heiratet, oder?« Sie wechselte das Bein, und als sie aufblickte, wirkte ihr Lächeln vollkommen entspannt.

»Aber das ist knapp hundert Jahre her, stimmt's? Das waren noch andere Verhältnisse. Und wenn sie es nicht gemacht hätte, gäbe es kein Theaterstück. Außerdem wird ihr der Fehler am Ende bewusst.«

»Du sprichst wenigstens von einem Fehler. Manche Männer sehen das anders. Manche *Leute* sehen das anders.«

Er machte einen weiteren Schnappschuss. »Wer denn?«

Sie lächelte enigmatisch und verlagerte ihr Gewicht zu

einer Arabesque, die Hände auf die Rückenlehne des Sofas gestützt. »Lass uns anfangen.«

»Habe ich schon.« Er knipste ein weiteres Bild.

Die Musik schwoll immer mehr an, die Oboen schraubten sich in schwindelnde Höhen, die Violinen antworteten. Tiny stellte sich auf die Zehen und hob die Arme zu einem anmutigen Oval. Ihr Haar hatte sie mit einem seiner monogrammbestickten Taschentücher zurückgebunden – ein kompletter Satz, den seine Großmutter ihm vor Jahren zu Weihnachten geschenkt hatte. Ihre entblößten Wangenknochen wurden vom zarten Sonnenlicht nachgezeichnet, während sie ihren Körper lächelnd in Balance hielt und auf den Moment wartete, in dem die anschwellende Musik überkippte.

Cap sank in einiger Entfernung auf die Knie und justierte die Blende. Etwas mehr Licht. Genau. Absolut hinreißend.

Als er auf den Auslöser drückte, blickte sie auf ihn herab und zwinkerte.

Die Geigen brachen los und mit ihnen Tiny.

Es war der reinste Augenschmaus, ein üppiges Bankett, eine Speise köstlicher als die andere, bis er nicht mehr wusste, was er gerade aß. Zum Glück gab es die Fotografie, denn er hätte niemals die richtigen Worte gefunden, um die Anmut und Grazie zu beschreiben, mit der Tiny kreuz und quer durch sein Wohnzimmer tanzte. Ihre im Sonnenlicht aufflammenden Beine, ihre fließenden, kraftvollen Bewegungen. Und mehr noch. Die Art und Weise, wie sich jede ihrer Posen in vollendeter Balance und fertiger Bildkomposition dem Objektiv darbot. Die eigentliche Kunst der Fotografie, die Technik, die Bildauswahl: All das wurde ihm von Tiny abgenommen. Er selbst musste nur im richtigen Moment auf den Auslöser drücken, um das hereinfallende Licht, das ihren Körper sanft umspielte, wirkungsvoll einzufangen.

Ehe er sich versah, lag er am Boden und hatte die Kamera im spitzen Winkel auf sie gerichtet, um die Länge ihres Halses, die Linie ihres Kiefers zu betonen, während ihre Bewegung in einem kühnen Sprung endete. Zu spät wurde ihm bewusst, dass sie sich gefährlich näherte. Zu spät bemerkte sie es selbst. Tiny schwenkte ab, zog ihre Zehen etwas zu lang über den glatten Boden und geriet ins Wanken.

Im ersten Moment sah es aus, als könnte sie sich fangen. Ihre langen Beine fanden neuen Halt, stabilisierten ihren Schwerpunkt… doch als sie sich erneut in die Höhe schwang, verzog sie mit einem Mal das Gesicht und sank abrupt in sich zusammen, um mit einem markerschütternden Knall auf die alten Holzdielen zu stürzen.

»Oh Gott, Tiny!« Er ließ die Kamera unsanft über den Boden schlittern und eilte an die Seite ihres reglosen Körpers.

Sie lag mit ausgebreiteten Gliedmaßen am Boden, die Augen unheilvoll geschlossen, ein Bein unter dem anderen verschränkt. Im Schatten der Möbel waren die Fenster zu hoch, die blendende Sonne zu tief, um etwas zu erkennen. Vorsichtig nahm er ihre Hand. »Tiny, geht es dir gut? Na, komm schon!«

Lag es am mangelnden Licht, oder hatten sich ihre Lippen grau verfärbt? Er gab ihr einen sanften Klaps auf die Wangen, einen rechts, einen links. »Tiny, oh Gott. Wach auf!«

Ihre Augenlider flatterten. Ein erbärmlicher Laut entwich ihrer Kehle.

»Tiny, Kleines. Bitte sprich mit mir. Wach auf!«

Ihre Augen öffneten sich, enthüllten das warme Braun ihrer Iris. Ihre Stirn runzelte sich verwirrt.

»Gott sei Dank, Tiny! Ich bin's. Hörst du mich?«

Ihre Lippen bewegten sich. »Ich … ich weiß nicht …«

»Ich bin's, Cap. Alles in Ordnung. Bleib ruhig liegen. Tut dir was weh?«

»Ich … ich versteh nicht …«

»Alles ist gut. Du bist nur durcheinander. Bleib ganz ruhig liegen, okay? Du hast getanzt und bist gestürzt …«

»Nein.« Sie zog ihre Hand zurück. »Ich verstehe nicht. Wo bin ich? Wer bist du?«

Sein Herzschlag setzte für einen Moment aus.

Er stützte die Hände neben ihrer Schulter auf und versuchte, möglichst sachlich zu klingen. »Ich bin Caspian. Caspian aus deinem Café. Wir sind bei mir zu Hause. Du hast hier übernachtet, weißt du noch? Um dir ein paar Gedanken zu machen.«

Ihre Stirn war gezeichnet von Verwirrung. Sie versuchte, sich auf die Ellbogen zu stützen, zuckte jedoch schmerzhaft zusammen und ließ sich zurücksinken.

»Bleib einfach liegen, Kleines. Es wird alles wieder gut. Ruh dich erst einmal aus.« Er hatte keine Ahnung, was er da redete. Es kam ihm vor, als spräche er mit einem verletzten Hund oder einem verstörten Pferd oder einem verwundeten Soldaten. Die Worte spielten keine Rolle. Sein steter Wortschwall beruhigte sie, beruhigte ihn und hielt die Welt vorübergehend im Gleichgewicht, bis sein Verstand zurückkehrte. Und sein Herz weiterschlug.

Mit einem matten Finger winkte sie ihn zu sich heran.

»Was denn? Brauchst du etwas?« Er beugte sich vor und roch seinen eigenen Geruch, seine Seife, sein Waschmittel, sein Bett. Den typischen Geruch seiner Wohnung, absorbiert von Tinys Haar.

Sie hauchte ihm ins Ohr. »Bist du immer noch verrückt nach mir?«

Er schloss die Augen. »Mein Gott.«

Ihr Lachen war so golden wie das sinkende Sonnenlicht. Er packte ihre Schultern und zog ihren zerbrechlichen Körper fest an seine Brust, während die letzten sanften Töne des ersten Satzes mit einem leisen Kratzen verhallten.

Tiny, 1966

Der Haarschopf auf dem anderen Kissen könnte so ziemlich jedem gehören.

Wer kennt dieses Gefühl nicht? Man schlägt frühmorgens die Augen auf, die Sinne vom Schlaf verkrustet, der Verstand versunken in den Abgründen des Unterbewussten, dass man nicht mal mehr seinen eigenen Namen kennt. Man weiß nicht, *wer* man ist, *wo* man ist, in welchem Bett man liegt oder wessen Leben man lebt. Man weiß nicht, ob man vier Jahre alt ist oder hundertundvier. Man weiß nicht, ob man im Jetzt lebt oder im Gestern, in Amerika oder in Pangäa.

Dieser Haarschopf ist dementsprechend ein wichtiger Hinweis. Er weckt dunkle Assoziationen. Vage Erinnerungen an den vergangenen Abend, besser gesagt die vergangene Nacht.

»Caspian?«, flüstere ich. Der erstbeste Name, der mir in den Sinn kommt.

Das Haar rührt sich nicht, kein bisschen.

Aber ich bin dem Rätsel auf der Spur, das spüre ich. Noch während ich den Haarschopf anstarre, nimmt die Erinnerung Gestalt an. Ein Glas Wasser, eine Aspirin, ein Paar Hände, das mich in die weißen Laken bettet. Ja, Caspians Hände. Das Löschen der Zimmerbeleuchtung. Eine vertraute Stimme, die mir gute Nacht wünscht.

Mehr noch.

Caspian, der dicht neben mir steht, vor der Tür meines Hotelzimmers. Ich, wie ich die Handtasche öffne und meinen Schlüssel hervorkrame. *Was ist in dem Umschlag?*, fragt er. *Das wüsstest du wohl gern*, sage ich. Dieser Teil ist mir erstaunlich klar in Erinnerung geblieben. Caspians gerunzelte Stirn im matten Licht des Aufzugs. Eine wedelnde Geste meines Zeigefingers. *Wem hast du die Bilder gezeigt?* Er schüttelt den Kopf. *Wir reden, wenn du wieder nüchtern bist, Tiny.*

Nüchtern, Tiny.

Nüchtern. Oh Gott, ich war ganz schön betrunken, oder? So benimmt man sich, wenn man betrunken ist. Man wedelt kokett mit dem Finger und hofft, dass der stramme Cousin des eigenen Ehemannes mit einem ins Bett geht.

Mühsam richte ich mich auf, zum großen Missfallen meines gemarterten Hirns. Oh Gott. Der Champagner. Der Ballsaal. All die glänzenden Gesichter, die rauschend an mir vorüberfliegen. Das tiefe Mitgefühl des *Globe*-Reporters. Caspians Hand, die auf meiner liegt. Caspians Hand auf meiner nackten Schulter.

Der Haarschopf und die dazugehörigen Gliedmaßen rühren sich. Ihr Eigentümer reckt seinen Arm, findet mich, äußert ein besitzergreifendes Seufzen. »Tiny«, murmelt er.

Franks Stimme.

Ich sinke unter dem Gewicht seines Arms zurück. Meine Augen sind offen und starren an die ferne Zimmerdecke. Mein Herz ist kurz davor, den Brustkorb zu sprengen. Die Bettdecke lüftet sich. Ich rieche den vertrauten Duft von Franks warmer Haut, den Duft von intimem Eheleben.

Er richtet sich auf, schwebt dicht über mir. »Tut mir

leid«, murmelt Frank. Er streicht mir die Haare aus dem Gesicht.

»Was tut dir leid?«

»Eigentlich wollte ich … letzte Nacht …« Er küsst mein Kinn, meinen Hals. »Du bist eine bezaubernde Frau, Tiny. Du bist absolut perfekt. Du hast wunderschön ausgesehen. Vielleicht war es der Alkohol. Und der Druck. Du kannst dir nicht vorstellen, unter welchem Druck ich stehe. Mein Vater …«

Ich lege die Hände an sein Gesicht und streiche ihm übers Haar. »Schon in Ordnung.«

»Nein, ist es nicht. Ich hätte dich nicht anfahren dürfen, nicht beleidigt davonstürmen. Du hast das nicht verdient, du hast nichts von alledem verdient. Ich hatte mir geschworen …« Sein Mund senkte sich auf meinen, sanft und unrein und vertraut. »Es war das letzte Mal. Versprochen.«

Mein Herz erstarrt. Mein Schädel pocht. Ich brauche eine Aspirin, ein Glas Wasser. Eine Zigarette, einen Drink, irgendwas.

»Das letzt Mal *was*, Frank?«

»Ach, nichts.«

Im selben Moment streift er meinen Slip herunter und beginnt mich zu lieben. Guter, warmer, respektabler Ehesex, und ich weiß genau, was Frank letzte Nacht getan hat.

Es ist ja nicht so, als hätte ich es nicht von Anfang an geahnt, oder? Die Anzeichen waren immer vorhanden. Die Vorgeschichte seiner Untreue. Durchaus diskret, aber in der Summe nicht zu übersehen.

Und dieses eine Wort – *nichts* – ist die Bestätigung. *Nichts* kann nur eines bedeuten.

Ich frage mich, wo sie es miteinander getrieben haben, er und seine jüngste Eroberung, diese Wahlkampfassistentin, deren Name mir gerade entfallen ist. In ihrem Zimmer? Im Treppenhaus? Im Aufzug, zum Schrillen der Alarmglocke? Hat er ein Gummi benutzt oder seine kühnen Hardcastle-Spermien sorglos in ihre Vagina entsandt?

Oder in ihren Mund? Es könnte gut ihr Mund gewesen sein. Ich erinnere mich noch an den Ausdruck in ihren Augen, ihren bewundernden Hundeblick. Sie würde restlos alles für ihn tun. Alles, was er von ihr verlangt. Frauen wie sie kennen keine Spielregeln.

»Du hast wundervolle Brüste«, sagt Frank und küsst sie. »Ich liebe deine süßen kleinen Titten.«

Jetzt, Tiny. Dies ist der Moment, um ihn kopfüber vom Bett zu stoßen. Er hat es weiß Gott nicht besser verdient. Und ich bin weiß Gott wütend genug!

Aber so bin ich nun mal. Ich tue das, was man von mir erwartet. Mein verdammtes Ich, meine verdammte Dummheit, meine Schuldgefühle, meine Gefallsucht. Ich tue das, was sich für eine gute Ehefrau gehört, selbst für eine betrogene Ehefrau. Ich mache meiner Wut auf andere Weise Luft. Ich begegne Frank mit einer trotzigen Leidenschaft, greife in sein Haar und stöhne, winde mich, bäume mich auf, werfe mich hin und her, wie die besten meiner Konkurrentinnen. Denn ich, Tiny Schuyler Hardcastle, bin keine Niete im Bett. Zwar bin ich nicht Franks jüngste Eroberung, lebhaft und lüstern und leidenschaftlich ergeben, aber hinter meiner zarten Porzellanfassade sehne ich mich nach sexueller Erfüllung, brenne vor fleischlichem Verlangen, das durch meine glühende Wut – meine frustrierte, perverse Wut – noch angefacht wird. Ich denke an Caspians dunklen Haarschopf, Caspians kräftige Schultern, Caspians rhythmische Hüften, und ich komme – mein Gott, ich *komme!* –, oh ja, diese tiefe sexuelle Erfüllung ist meine bittersüße Rache.

Erst als der Orgasmus verebbt und Franks atemloser Körper kraftlos über mir zusammensinkt, steigt die Übelkeit erneut in mir auf, und die Kopfschmerzen kehren mit voller Wucht zurück.

Josephine. Ihr Name knallt wie ein Sektkorken in die Stille meines Katers.

Ich bin keinen Deut besser als diese Josephine, oder? Ich bin dem Hardcastle'schen Charme ebenso erlegen. Ich bin denselben Handel eingegangen, zugunsten des gesellschaftlichen Erfolgs, der süßen Verheißungen. Oh, dieses Blendwerk. Die Frau des großen Frank Hardcastle, die Auserwählte des Auserwählten. Pepper hat mich dabei ertappt. *Politiker sind sexy, Tiny. Das ist eine Tatsache.* Das ist der Preis, um mit einem solchen Mann verheiratet zu sein. Einem Mann, den jede Frau will.

Man beschwert sich nicht, wenn einem die Rechnung präsentiert wird. Man steht einfach drüber, rein und makellos.

Ich schiebe Frank entschlossen von mir und rutsche zum Rand der Matratze, um mich in Sicherheit zu bringen.

Wenn ich behaupte, ich wäre noch nie wirklich betrunken gewesen, dann will ich damit nicht sagen, ich hätte noch nie ein Glas zu viel getrunken. Das tut wohl jeder von Zeit zu Zeit. Ich bin des Öfteren beschwipst ins Bett gegangen und morgens mit dickem Kopf aufgewacht. Aber das hier ist etwas anderes. Ich will mich nur noch übergeben.

Unbeholfen wanke ich ums Bett und schleppe mich ins Bad, um genau das zu tun. Ich übergebe mich in die schicke weiße Toilettenschüssel und verfehle nur knapp die marmornen Fußbodenfliesen. Nach den ersten ein, zwei Krämpfen lasse ich mich behutsam zu Boden sinken, erst die eine Kniescheibe, dann die andere, um mich erneut zu übergeben, nicht allzu ertragreich, bis nur noch Magensäure hochkommt und ich die Sache für beendet erkläre.

Ist schon seltsam, sich so konfus und umnebelt zu fühlen und gleichzeitig so hochsensibilisiert. Die marmornen Fußbodenfliesen drängen hart und kalt gegen meine Knie. Ein dumpfes Poltern in einem anderen Zimmer erschüttert mein Trommelfell wie ein Vorschlaghammer. Ich spüre jede Haarwurzel, und jede von ihnen schmerzt.

Ich greife nach der Klobrille und richte mich mühsam auf. Ohne hinzusehen betätige ich die Spülung und gehe zum Waschbecken. Auf der Ablage befindet sich ein sauberer Waschlappen, und neben einer winzigen Zahnpastatube liegt links und rechts eine Zahnbürste. Ich fahre mit meiner pelzigen Zunge über meine pelzigen Zähne und mache mich an die Arbeit, ohne meinem Blick im Spiegel zu begegnen. Mit dem feuchten Lappen schrubbe ich mir das Gesicht, dann putze ich mir mit einem beißenden Übermaß an Colgate die Zähne.

Ich stehe gerade in der Badewanne, um mich hinter zugezogenem Vorhang zu duschen, als Frank an die Tür klopft.

»Tiny? Bist du da drinnen?«, fragt er durch das dicke Holz der Tür.

»Wer denn sonst?«

»Alles in Ordnung?«

»Es geht mir gut, Frank.« Eigentlich ist heute nicht der richtige Tag, um meine Haare zu waschen, aber ich wasche sie trotzdem, zum zweiten Mal, einschäumen, ausspülen, *von vorn.* Als könnte ich alles von mir abwaschen und in den Abfluss spülen. Mich makellos reinwaschen. Wie eine Lilie.

»Darf ich reinkommen?«

»Wenn du willst.«

Das Quietschen der Tür. Dann Schritte. Ein plätschernder Wasserfall auf weißem Porzellan, gefolgt von Franks erleichtertem Seufzer.

Ich lege den Kopf in den Nacken, spüle mir die letzten Shampooreste aus dem Haar, greife nach der Pflegespülung. Jenseits des prasselnden Regens höre ich, wie Frank den Wasserhahn betätigt. Die Dusche ist herrlich heiß. Könnte ich hier und jetzt einschlafen, während das warme Wasser die korrupten Rinnen meines Körpers reinigt, würde ich es auf der Stelle tun.

»Bist du bald fertig?«, fragt Frank durch den matschigen Schaum seiner Zahnpasta hindurch.

»Nicht, wenn es nach mir geht.«

»Das Taxi ist in einer halben Stunde hier.«

Ich neige den Kopf aus dem warmen Wasserstrahl. »Welches Taxi?«

Der Wasserhahn verstummt. *Spuck, spuck.* Frank entledigt sich seiner Zahnpasta.

»In die Newbury Street«, antwortet er klar und deutlich. »Wegen des Interviews.«

Die Eingangstür schwingt beherzt auf, als Frank und ich die Stufen zu unserem Haus in der Newbury Street hinaufsteigen. Frank hat eine Hand in meinen Rücken gelegt für den Fall, dass ich stolpere.

Josephine tritt in Erscheinung. »Hallo zusammen! Es ist alles fertig. Die Blumen sind arrangiert, der Kaffee läuft gerade durch.«

»Vielen Dank. Ich hätte gern eine Tasse, wenn es recht ist.« Ich reiche Josephine meine Handschuhe und meinen Hut und klemme mir die Handtasche fest unter den Arm. »Ein Löffel Zucker, etwas Milch.«

Sie wendet sich an meinen Mann. »Und für dich, Frank?

Auch eine Tasse Kaffee? Ich habe einen Zimtkuchen gebacken, damit das Haus einladend riecht.«

»Zimtkuchen! Da lasse ich mich nicht lange bitten.«

Das belanglose Geplänkel quält mein gemartertes Hirn. Ich gehe durch den Flur ins vordere Wohnzimmer, das ich sechs Wochen zuvor in makellosem Zustand zurückgelassen habe, erfüllt von Zitronenduft und Bienenwachspolitur. Alles scheint unverändert, wie konservierte Früchte in einem Glas, abgesehen von den üppigen gelben Rosenbouquets, die jede verfügbare Vase einnehmen. Ein erdrückender Zimtgeruch liegt in der Luft und überlagert den zarten Duft der Blumen.

Die Hardcastles haben uns das Haus in der Newbury Street nach der Hochzeitsreise geschenkt. Eine kleine Aufmerksamkeit, wie sie es nannten, um unserer Ehe auf den richtigen Weg zu helfen, den Weg des Wohlstands. Das Gesamtpaket umfasste unter anderem die gute Mrs. Crane, die bis dato für Granny Hardcastle gearbeitet hatte und ihr höchstwahrscheinlich als persönliche Spionin diente. Zumindest zu Beginn, inzwischen hat sie es vermutlich aufgegeben. Ich bin einfach zu langweilig.

War zu langweilig.

Ich stelle meine Handtasche auf den Beistelltisch neben die silbergerahmten Hochzeitsfotos und betrachte das Gesamtarrangement. Das Nebeneinander von unschuldigem Tüll und sündhaftem Leder.

Tiny Hardcastle hat ein Geheimnis.

Franks Stimme dringt mir von hinten über die Schulter. »Alles in Ordnung, Tiny? Du benimmst dich irgendwie seltsam.«

»Mir geht's gut.«

Er räuspert sich. »Und war es in Ordnung, dass wir heute Morgen … du weißt schon …«

»Dass wir uns geliebt haben?«

»War nicht gerade die Art eines Gentlemans, aber …«

Ich greife nach der Handtasche und stecke sie zurück unter meinen Arm. »Darf ich dich mal was fragen, Frank?«

»Natürlich.« Sein Ausdruck wirkt besorgt.

»Wann bist du gestern ins Bett gekommen?«

Frank zuckt mit seinen hellgrauen Schultern; er trägt einen leichten Sommeranzug und darunter ein makelloses weißes Hemd ohne Krawatte. Er lässt seinen Blick aus dem Fenster schweifen. »Ich weiß nicht so genau. Gegen zwei, drei Uhr, schätze ich. Du weißt ja, wie das ist.«

»Ja, und ob.«

Seine Augen kehren zu mir zurück, blau und jungenhaft, mit einem leichten Schatten unter den Wimpern. »Aber es wird nie wieder vorkommen. Niemals. Versprochen. Wie du heute Morgen so neben mir lagst …«

»Ach, *versprochen*?«

Er hebt seine rechte Hand. »Versprochen, Tiny. Du bist der wichtigste Mensch in meinem Leben. Wir sind ein Team, oder? Das beste Team der Welt!«

»Ich weiß nicht, Frank. Sind wir das?«

»Sei bitte nicht sauer. Wenn du wüsstest, wie leid mir das tut. Ich schäme mich, glaub mir. Ich habe mich benommen wie ein kleines verwöhntes Kind statt wie ein ehrbarer Ehemann.« Er berührt die Perlen an meinem Hals, streicht sanft über die Haut meines Schlüsselbeins. »Ich hoffe, du hast auch ohne mich zu unserem Zimmer gefunden?«

»Ja, natürlich. Dein Vater hat Caspian geschickt, damit ich mich anständig benehme. Ich hatte wohl etwas zu viel Champagner getrunken. Caspian hat mir ein Glas Wasser und eine Aspirin gegeben.«

»Der gute alte Cap.« Frank lächelt sein altbewährtes

Lächeln und legt eine Hand auf meine Schulter. »Ist das alles? Du hast einen Kater?«

»Und wie.«

»Arme Tiny.«

»Ich armes Ding.«

Seine Finger massieren sanft meinen Nacken. »Nimm dich das nächste Mal in Acht, okay? Nicht, dass du dir einen Ruf einhandelst.«

»Um Gottes willen. Alles, nur das nicht. Wenn du mich jetzt entschuldigst? Ich möchte mich noch frisch machen, bevor der Reporter eintrudelt.«

»Gute Idee.« Frank beugt sich vor und küsst meine Stirn. Als ich zur Tür gehe, versetzt er meinem Hintern einen sanften ehelichen Klaps.

Das Badezimmer ist rein und weiß und frei von Zimtgeruch. Dem Himmel sei Dank. Anscheinend war die Tür geschlossen, als Josephine ihren Kuchen in meine Röhre geschoben hat. Auf der Fensterbank steht eine runde Vase mit gelben Rosen, die den Raum dezent parfümieren. Ich lehne mich gegen die Wand und sauge die frische Luft tief in mich ein. Die Handtasche ruht sicher an meinem Bauch. Es sind keine Zigaretten darin, nur ein brauner Umschlag mit meinem Namen, nach wie vor ungeöffnet.

Jeder weiß, wie Familien funktionieren. Vivian war stets die Kluge, Pepper die Hübsche. Und ich die Brave. Nicht, dass Vivian weniger hübsch wäre oder Pepper weniger klug oder ich strohdumm und hässlich. Es geht einfach nur um die Arbeitsteilung. Genau genommen hat Vivian, unser Superhirn, in der Schule überwiegend Zweien und Dreien geschrieben, einmal sogar eine grauenhafte Vier (zumindest hätte *mir* davor gegraut), die sie voller Stolz an ihre Zimmerwand hängte.

Ganz im Gegensatz zu mir. Meine Zeugnisse waren

immer tadellos, absolut tadellos, eine ununterbrochene Serie von Einsen, Einsen, Einsen bis zum Gehtnichtmehr. Mit einer einzigen Ausnahme, im elften Schuljahr an der Nightingale-Bamford. Ich schrieb einen lupenreinen Aufsatz zu dem unverfänglichen Thema *Jane Austen und die Vernunftehe*, konventionell und eloquent, kein einziges Wort am falschen Platz, doch die Lehrerin entstellte meinen gelungenen Essay am oberen Rand mit einer hässlichen roten Drei. *Nicht originell genug*, stand zur Erklärung darunter, als wäre Originalität das Maß aller Dinge. Meine Abhandlungen zu Trollope und Thackeray schienen sie ebenso wenig zu beeindrucken, und als ich am letzten Tag vor den Weihnachtsferien von der Schule nach Hause kam, entdeckte ich mein Zeugnis in einem Briefumschlag (natürlich ungeöffnet, da Mum sich herzlich wenig für Noten interessierte, obwohl ich ihr meine tadellosen Zeugnisse jedes Vierteljahr treu vorlegte, mit einem frisch geschüttelten Martini als Beilage). Mir war bewusst, dass meine ungebrochene Einserserie diesmal von einem unliebsamen Eindringling durchkreuzt würde. Mit etwas Glück eine Zwei. Eher eine Drei.

Ich schnappte mir den Briefumschlag und versteckte ihn in meinem Schreibtisch. (Mum hat nie etwas davon mitbekommen.) Die gesamten Ferien über lag der gefürchtete Umschlag in der untersten Schublade und lauerte mir hinter dem massiven alten Mahagoniholz auf, doch ich brachte es einfach nicht fertig, ihn zu öffnen. Ich konnte der Wahrheit nicht ins Gesicht blicken. Wenn ich das grausame Urteil nicht mit eigenen Augen sähe, wäre es auch nicht wahr. Und die Qual des Versagens bliebe mir erspart. Wie der sprichwörtliche Baum im Wald, der geräuschlos umfällt, weil ihn niemand hört.

Vermutlich erwartet jeder am Ende dieser kleinen Anekdote eine lehrreiche Moral. *Am letzten Ferientag nahm ich allen Mut zusammen und öffnete den Umschlag, um mich der unangenehmen Wahrheit zu stellen. Und ich ging als stärkerer Mensch daraus hervor!* Doch nichts dergleichen. Ich habe den Umschlag nie geöffnet. Ich schätze, er liegt immer noch in der untersten Schreibtischschublade in meinem ehemaligen Zimmer in der Fifth Avenue mit Blick auf den Central Park. Noch heute frage ich mich, ob es eine Zwei oder eine Drei war.

Ich öffne die Augen und löse den Verschluss meiner Handtasche. Der braune Umschlag liegt zusammengerollt am Grund, unter meinem Lippenstift und meiner Puderdose.

Ich stelle die Tasche auf die Fensterbank, frische meine Lippen auf, pudere mir die Nase. Meine Augen sind an den Rändern gerötet, meine Haut ein wenig blass. Sind das die Folgen des Katers? Eine Umkehr der Farben? Schwere Perlenohrringe zieren meine Ohrläppchen, passend zu der fetten Halskette, welche meinen Hals spindeldürr erscheinen lässt.

Die kleine Tiny hat ein dickes fettes Geheimnis.

Die perfekte kleine Tiny bekommt mit einem Mal Risse.

Der Vorteil an einem Schulzeugnis ist der, dass es im Grunde niemanden interessiert, ob man eine Zwei oder Drei hat. Es geht nur um den eigenen Stolz.

Dieser Fehler hingegen. Dieser eine dumme Fehler könnte mich ruinieren. Wenn ich den Inhalt dieses Umschlags ignoriere, wird mich womöglich die ganze Welt sehen, ohne meine perfekte Maske, nackt und entblößt, auf dem Titelblatt einer Zeitung.

Natürlich wäre Frank ebenfalls ruiniert.

Die Frau im Spiegel sieht mich mit aufgerissenen Augen an. Verängstigt. Vorwurfsvoll. Siehst du, Tiny, das passiert, wenn du den sicheren Weg verlässt, wenn du dich nicht in Acht nimmst. Lass es dir eine Lehre sein. Dieser schändliche Impuls, der dich hoffnungslos überwältigt, dich schon immer überwältigt hat, sobald Caspians heroische Hand dich …

Wehr dich dagegen!

Ich kneife mir in die Wangen und öffne den Umschlag.

Diesmal ist es ein anderes Bild. Eine Großaufnahme. Das Foto zeigt die Verletzlichkeit in meinen riesigen braunen Augen, verschleiert von Wagemut. Der Lichteinfall hat zur Folge, dass meine Wimpern deutlich länger erscheinen als in Wirklichkeit. Jedes Detail ist so scharf und klar, jede Linie meines Körpers so vertraut, dass ich Caspians Wohnung beinahe riechen kann. Das warme Sonnenlicht auf dem Sofa, die Gedanken in meinem Kopf, die knisternde Vorahnung des Moments.

Dieser Mistkerl muss sich den ganzen Film unter den Nagel gerissen haben. Die Begleitnotiz lautet:

DU BIST DOCH EIN BRAVES MÄDCHEN
WIE WÄRE ES MIT ZWEITAUSEND DOLLAR?
DU BRAUCHST NUR EIN, ZWEI KLUNKER ZU VERKAUFEN
BIS NÄCHSTEN DONNERSTAG
SEI PÜNKTLICH!

Ich erwarte einen Anflug von Panik angesichts der Fotografie und der scharfen Blockschrift: eine liquide Furcht, eine knochenschmelzende Angst. (Ähnlich dem umfangreichen Vokabular der Eskimos für sämtliche Arten von Schnee habe ich ein eigenes Wort für jede erdenkliche Art von Panik.)

Doch in diesem Moment verspüre ich nur Wut.

Eine knisternde Wut. Eine elektrisch geladene Wut.

Ich kann meine Finger kaum stillhalten, um das Foto zurück in den Umschlag zu stecken und den Umschlag zurück in die Handtasche. Das Zuschnappen des Verschlusses klingt wie ein Gewehrschuss. Die Badezimmertür reißt fast aus den Angeln, als ich hinaus auf den Flur marschiere.

Josephine kommt gerade aus dem Wohnzimmer, mit schwingendem Haar und strahlendem Lächeln. Ich packe sie unsanft am Ellbogen.

»Hast du dich gestern schön amüsiert?«

Ihre Arme sind dicker als meine, doch mein Griff ist stärker. Sie versucht sich loszureißen. »Ja, vielen Dank.«

»Sehr schön.« Ich zwinkere vielsagend. »Ich übrigens auch. Frank ist nach derartigen kleinen Eskapaden immer besonders energisch.«

Ich gebe ihren verwirrten Arm frei und spaziere stolz wie Pepper ins Wohnzimmer, wo mich eine dampfende Tasse Kaffee und ein strahlender Jack Lytle erwarten.

Ich weiß nicht, welcher Teufel mich reitet. Bislang hätte ich gedacht, dass sich der Teufel für Menschen wie mich überhaupt nicht interessiert. Ich werfe meine sündige Handtasche auf den Tisch und greife nach meinem Kaffee, dann sage ich beschwingt: »Jack, Sie erholen sich aber schnell, wenn ich das so sagen darf!«

Er schüttelt meine Hand, immer noch grinsend. »Sie aber auch, Mrs. Hardcastle. Um das Kompliment zu erwidern.«

Frank blickt zwischen uns beiden hin und her. »Haben Sie sich gestern Abend nett unterhalten?«

»Und ob. Mrs. Hardcastle hat mir ihre ungeschönte Meinung über die Sponsoren kundgetan. Ihre Frau hat eine Menge Zunder, Frank. Ich gratuliere.«

Frank verschluckt sich fast an seinem Kaffee. »Oh, vielen Dank.« Die Worte weisen leicht nach oben, als wäre es eine Frage.

»Ich muss gestehen, dass ich ihre Meinung voll und ganz teile«, fährt Lytle fort, während er mir einen Platz anbietet. »Aber man hört die Wahrheit nur selten aus erster Hand. Ein Esel schilt den anderen nicht Langohr. Nicht, dass ich ihre bezaubernde Frau als Esel bezeichnen würde.«

»Nein, nein«, erwidert Frank. »Gewiss nicht.«

»Eher als rassige Araberstute.« Lytle setzt sich mir gegenüber in einen Sessel, während ich die Beine übereinanderschlage und meine Tasse an die Lippen führe. »Eine feine weiße Araberstute. Klug, anmutig, elegant. Mit einem ganz eigenen Kopf. Ein Vollblüter bringt seine Meinung stets offen zum Ausdruck.«

Frank sinkt neben mir aufs Sofa und ergreift meine Hand. »Was Sie nicht sagen.«

»Ach, so ist das eben.« Ich blicke Lytle tief in die Augen. »Wenn man ganz im Vertrauen spricht, bei einem geselligen Abend, ungezwungen und inoffiziell.«

Lytle zieht seine Brauen hoch. Er ist wirklich ein attraktiver Mann, selbst bei Tageslicht, weitaus gepflegter als die meisten Zeitungsreporter. Seine Augen sind dunkel, ein Mittelding zwischen braun und grün, und seine Finger halten die Tasse wie jemand, dem niemand einen Tee für einen Kaffee vormachen kann. Er greift in seine Jackentasche. »Stört es Sie, wenn ich rauche?«

Ich stelle meine Tasse auf den Tisch und recke die Hand. »Stört es Sie, wenn ich Ihnen Gesellschaft leiste?«

»Red keinen Unsinn, Liebes.« Frank drückt warnend meine Hand. »Mrs. Hardcastle raucht nicht.«

»Nur unter Freunden.« Ich nehme die Zigarette entgegen, stecke sie zwischen die Lippen und beuge mich vor, um sie mir von Lytle anzünden zu lassen. »Und ich betrachte Jack als Freund. Du etwa nicht, Liebling?«

Frank sitzt dicht neben mir, daher kann ich nicht sehen, wo er hinblickt, ob zu mir oder zu Lytle. Seine Beine rühren sich nervös. »Doch, natürlich.«

»Ich muss gestehen, Mrs. Hardcastle, Ihr Mann fasziniert mich noch mehr als Sie.« Lytle zündet sich selbst eine Zigarette an und bläst den Rauch seitlich in den Raum. »Wie haben Sie sich eigentlich kennengelernt?«

»Bei einer Tanzveranstaltung in Radcliffe. Ich war gerade mal neunzehn.« Damit wende ich meinen Blick voller Bewunderung zu Frank. »Seither sind wir ein Paar.«

»Tatsächlich?« Lytle schenkt meinem Gatten einen vielsagenden Blick unter Männern. »Verstehe.«

»Was soll ich dazu sagen? Ich habe sie gesehen und mir gedacht, Frank Hardcastle, das ist die Richtige!«

»Und wollen Sie Kinder?«

Frank hält sich zurück und blickt in meine Richtung.

»Nicht sofort«, antworte ich. »Wir sind viel zu verliebt.«

Lytle zwinkert mir zu. »Ist das nicht die beste Voraussetzung für Kinder? Wenn man es richtig anstellt, meine ich.«

»Wir haben durchaus vor, in nächster Zeit Kinder zu bekommen«, sagt Frank hastig.

»Schön. Sehr schön.« Lytle führt seine Zigarette zum Mund. »Der perfekte Familienmensch. Eine attraktive Ehefrau, bald vielleicht Kinder. Ein ganz normaler Mann, zufrieden und ausgeglichen.«

Frank macht ein abwehrendes Geräusch, um die Wahrheit zu unterstreichen. »Wenn Sie es sagen. Aber ich weiß, dass ich großes Glück habe. Und genau deshalb will ich das fleißige, anständige Volk von Massachusetts angemessen vertreten …«

»Und Sie, Mrs. Hardcastle? Normal, zufrieden, ausgeglichen? Attraktiver Ehemann, Kinder in Planung?«

Ich beuge mich vor, um die Asche meiner Zigarette abzustreifen und einen Schluck Kaffee zu nehmen. Zu viel Zucker, denke ich im Stillen. »Nun, das ist eine interessante Frage.«

»Wie bitte?«, entfährt es Frank.

»Ach«, horcht Lytle auf. »Inwiefern?«

»Ich meine, wer ist schon wirklich zufrieden? Von ausgeglichen ganz zu schweigen. Aber ich muss zugeben, ich habe gewaltiges Glück.« Ich wedele mit der Zigarette und deute auf die frischen Rosen, die polierten Möbel. »Und mein Mann ist überaus attraktiv, nicht wahr? Die Crème de la Crème. Oberste Schublade. Wie könnte ich mich da beschweren?«

»Tiny …«

»Aber ich will Ihnen eines verraten, Jack. Sprechen wir hier im Vertrauen oder offiziell?«

»Ich richte mich da ganz nach Ihnen, Mrs. Hardcastle.«

Er neigt sich vor, ich neige mich vor. Vertraulich beugen wir uns über die gelben Rosen.

»Tiny …«

»Wissen Sie, Jack, obwohl ich felsenfest daran glaube, dass mein Mann den Staat Massachusetts nach bestem Wissen und Gewissen vertreten würde, um sich für Chancengleichheit und Gerechtigkeit und diesen ganzen Kram einzusetzen …«

»Gott, Tiny …«

»… frage ich mich manchmal, ob nicht das ganze System an sich schon kaputt ist. Ich meine, geht es nicht hauptsächlich um die Show? Geht es nicht immer nur um die Show? Die Sponsoren von gestern Abend haben auch eine Show veranstaltet. Für sich und für uns. Und was wir denen liefern, ist sowieso eine Show. Der ach so amerikanische Kandidat und seine ach so amerikanische Gattin, lupenreine Westen, gutes Aussehen als Garant für einen guten Charakter. Und was hat das bitte mit Gleichheit und Gerechtigkeit zu tun? Mit dem Vietnamkonflikt und den globalen Problemen von nuklearer Aufrüstung und dem sich ausbreitenden Kommunismus? Mit unserem Selbstverständnis als Nation und einer richtungsweisenden Lösung innenpolitischer Fragen …?«

Frank erhebt sich und ruft durch den schmalen Spalt der Schiebetür. »Josephine! Wie wäre es, wenn Sie uns jetzt den Kuchen bringen?«

Caspian, 1964

Tiny lachte in sein Hemd. »Du hättest dein Gesicht sehen sollen!«

»Dafür fährst du zur Hölle!« Seine erleichterten Lippen berührten ihr Haar, dicht neben dem Monogramm seines Taschentuchs, das die Strähnen sicher im Zaum hielt.

»Hierfür fahre ich sowieso zur Hölle. Hatte ich das noch nicht erwähnt?« Ihr Lachen verebbte, und sie lag still in seinen Armen, vollkommen entspannt, die Hände zwischen ihrem und seinem Oberkörper gefangen. »Hast du genug Bilder geschossen? Oder soll ich noch weitertanzen?«

Sein Fotoapparat.

Er packte Tinys Oberarme und schob sie sanft von sich. Der Apparat lag verwahrlost am Boden, einen guten Meter von seinem Knie entfernt, auf wundersame Weise unversehrt. »Ich glaube, es sind mehr als genug«, antwortete er. Er richtete seine volle Aufmerksamkeit auf die Kamera und untersuchte sie Hebel für Hebel. Sein Herzschlag hatte inzwischen wieder eingesetzt, doch in einem unnatürlichen Rhythmus, den er bis hinauf in den Hals spürte.

»Darf ich sie mal sehen?« Er hörte das leise Kratzen der Nadel, als Tiny den zweiten Satz der *Pastorale* in einem Arpeggio unterbrach.

»Erst muss ich sie entwickeln.« Er stand auf und ging zur Dunkelkammer – eigentlich die Abstellkammer, wo früher Überseekoffer und sperriges Gerümpel gelagert wurden, doch für seine Zwecke ideal, nachdem er sich einen eigenen Wasseranschluss hatte legen lassen. In der vollständigen Finsternis des Raums, allein auf seinen Tastsinn angewiesen, um den Film vorsichtig abzurollen, ihn auf eine Spule zu übertragen und in den lichtdichten Entwicklertank zu stecken, normalisierte sich sein Herzschlag. Sein Atem kam wieder zur Ruhe. Er schaltete das Licht ein und führte jeden Schritt methodisch aus, bis die Negative zum Trocknen über dem Ständer hingen und er ins Wohnzimmer zurückkehrte.

Tiny hatte inzwischen wieder Kaffee gekocht. Sie reichte ihm eine Tasse und machte es sich auf dem Sofa bequem, noch immer in sein Hemd gehüllt, ihre langen nackten Beine unter den Körper gezogen. Am liebsten hätte er sich zu ihr gesetzt, stattdessen ging er zum Fenster und betrachtete den sporadischen Verkehr, die reglosen Wipfel der Bäume. Als er sich umdrehte, hatte Tiny den Kopf zurückgelehnt und war eingeschlafen.

Tiny schlief reglos wie ein Vögelchen. Er versuchte, sie möglichst nicht zu beobachten, doch während er in einem gegenüberliegenden Sessel in seinem Buch las, glitt sein Blick immer wieder über den Seitenrand hinweg zum Sofa, als wollte er sich versichern, dass sie noch atmete. Die Minuten verstrichen ruhig und gemächlich. Er warf einen Blick auf die Uhr, legte das Buch beiseite und stand auf.

Sie musste die Bewegung des Fußbodens gespürt haben. Ihre Augen schlugen unvermittelt auf. »Was hast du vor?«

»Die Negative müssten jetzt trocken sein. Ich will ein paar Abzüge machen.«

»Darf ich dir helfen? Ich habe so was noch nie gesehen.«

»Wenn du willst.«

Er ging zur Dunkelkammer, ohne sich erneut umzublicken.

Zugleich versuchte er sich einzureden, es wäre ihm lieber, sie würde ihm nicht folgen. Doch als sie hinter ihm in den Raum trat, musste er sich eingestehen, dass jenes kribbelnde Gefühl in seiner Brust weniger von Panik zeugte, sondern vielmehr von Euphorie. Er war froh, dass sie hier war. Er genoss ihre Gegenwart, mehr nicht. Was sollte daran verkehrt sein?

»Mach die Tür zu«, sagte er.

»Ach, natürlich.«

Er knipste das Rotlicht an und nahm den entwickelten Film vom Ständer, um die Negative zu mustern.

»Ich dachte, das nennt sich Dunkelkammer? Ich meine, so richtig *dunkel*?«

»Schwarz-Weiß-Papier reagiert nicht auf Rotlicht.« Er hob den Film vor die Augen und spähte auf das erste Negativ.

»Verstehe. Und du arbeitest ausschließlich in Schwarz-Weiß?«

»Schwarz-Weiß gefällt mir. Ich liebe es, mit Licht und Schatten zu arbeiten. Ich entdecke oft Dinge, die bei Farbaufnahmen verloren gehen.«

»Was denn?«

»Details.«

Normalerweise fiel es ihm leicht, eine Auswahl der besten Negative zu treffen. In einem kompletten Film befanden sich im Schnitt zwei, drei vielversprechende Aufnahmen. Zwei, drei Negative, von denen es sich lohnte, einen Abzug zu machen. Wenn überhaupt. Doch als er den Filmstreifen der Reihe nach überflog, stieg sein Puls sprunghaft an. Eins, zwei, drei. Okay, nicht vier. Aber fünf vielleicht. Und sechs. Oh Mann, *sieben*. Und acht. Bei neun hatte sie das Gesicht abgewandt, doch wenn er den Bildausschnitt geschickt wählte …

»Was ist los?«, fragte Tiny. Sie stand an der Tür, die Arme auf dem Rücken verschränkt.

»Gar nichts.«

»Du wirkst so kritisch.«

»Nur konzentriert. Die sind verdammt gut. Die sind fantastisch.«

Zehn konnte man vergessen. Aber elf und zwölf. Vierzehn. Sechzehn, siebzehn. Gott, sie war absolut bezaubernd. »Dafür werde ich die halbe Nacht brauchen.«

»Ähm … tut mir leid?«

Er sah sie an und grinste. Wieder dieses Gefühl von Euphorie. »Das braucht dir nicht leidzutun.«

»Na endlich. Ein Lächeln. Ich dachte schon, die wären dir ausgegangen.«

Er trat an den Tisch und schnitt den Film mit einer Schere in kurze Streifen von jeweils fünf Negativen. »Ein paar habe ich noch.«

»Für die Fotos oder für mich?«

»Beides. Komm her und sieh dir das an!« Er hielt einen Negativstreifen in die Höhe und winkte sie zu sich heran, obwohl sie in der warmen Enge der Dunkelkammer nur zwei Schritte voneinander entfernt standen. »Zunächst gehe ich die Negative der Reihe nach durch, um die besten herauszusuchen. Aber diesmal sind fast alle gelungen.«

Sie drückte sich von der Wand ab und trat an seine Seite. »Und du kannst wirklich sehen, welche gelungen sind? Ich kann kaum was erkennen.«

»Man braucht nur etwas Übung. Hier, sieh selbst.«

Sie nahm ihm den Streifen ab und hielt ihn vor das Rotlicht. Ihre Augen verengten sich zu Schlitzen. Cap beobachtete, wie ihre Pupillen von einem Bild zum nächsten zuckten, wie sich ihre Lippen leicht schürzten. »Tja, da hast du mir wohl etwas voraus.«

»Nimm beispielsweise das hier. Der gesamte Bildausschnitt ist gefüllt, dein Körper in einem perfekten Bogen, dein Gesicht halb der Kamera zugewandt. Die Balance von Hell und Dunkel wirkt ausgewogen. Das sind Dinge, auf die man achten sollte. Jetzt nimm die Negative, und bring sie hierher, zum Vergrößerungsgerät …«

Sie sah interessiert zu, wie er den Abzug vorbereitete, das Bild vergrößerte und scharf stellte, bis alles perfekt zusammenpasste. Dann nahm er einen Teststreifen Fotopapier, um die optimale Belichtungsdauer festzustellen. Im roten Schein der Lampe schienen ihre Lippen vollständig zu verschwinden, und ihre Augen wirkten noch größer als zuvor, wie die eines jungen Rehs. Der oberste Knopf ihres Hemds hatte sich gelöst und entblößte ein Dreieck von rot glühender Haut, das zu den Hügeln ihrer Brüste hinabdeutete. Mit eiserner Selbstbeherrschung gelang es ihm, der Versuchung zu widerstehen. Gemeinsam gingen sie zu den Behältern mit den Chemikalien.

»Oh, ich sehe etwas!«, rief sie, als der Teststreifen aus dem Entwicklerbad auftauchte. »Sieh nur. Da bin ich!«

»Ja, da bist du.« Er hielt den Streifen ins Licht, um die Abzüge zu begutachten. »Nummer zwei ist gut, oder? Zehn Sekunden, vielleicht elf. Ich will einen hellen Abzug. Fast schon überbelichtet. Um dieses bezaubernde Strahlen einzufangen.«

»Du findest mich bezaubernd?«

Er legte den Teststreifen in das Fixierbad. »Ich glaube, das weißt du.«

Als sie nichts erwiderte, warf er einen Blick über seine Schulter. Sie stand mit dem Rücken zum Tisch, die Finger um den Rand der Arbeitsplatte gelegt. Im matten Licht der

Glühbirne war er sich nicht sicher, aber es kam ihm vor, als würde sie weinen. Oder Tränen unterdrücken. Sie ersticken.

»Kannst du mir mal helfen?«, fragte er. »Würdest du das hier in der letzten Flüssigkeit abspülen?«

»Natürlich.«

Sie nahm den Teststreifen und tauchte ihn mit der Pinzette in die Spülflüssigkeit. Ihr Kopf war geneigt, sodass er ihren Ausdruck nicht richtig deuten konnte. Er ging zurück zum Vergrößerungsgerät und öffnete die Schachtel mit dem Fotopapier. Hinter sich hörte er das leise Schniefen einer jungen Frau, die sich entschlossen sammelt.

»Und was kommt jetzt?«

»Der eigentliche Abzug.«

»Ich glaube, der Streifen ist gut abgespült. Was soll ich damit machen?«

Ohne den Kopf zu wenden, sagte er: »Schnapp dir eine Wäscheklammer, und häng ihn an die Leine.«

Eine kurze Pause. »Ich komme nicht ran.«

»Oh, entschuldige.«

Er reckte sich über ihrem Kopf nach oben, um den Teststreifen aufzuhängen, streng darauf bedacht, nicht mehr als den Rand ihres Hemds und die zarte Wölbung ihres Ohrs zu berühren.

»Caspian …«

Er ging zum Vergrößerungsgerät und stellte ein letztes Mal scharf. »Zähl mit mir«, forderte er sie auf. Dann öffnete er die Blende. »Eins … zwei … drei …«

Sie zählte leise mit. »Vier … fünf … sechs …«

Sieben. Acht. Neun.

Ihre Stimme klang ein wenig atemlos, aufgewühlt. Vor seinen Augen brannte sich ihr Bild auf magische Weise in das Papier, ihr schlanker weißer Rücken bog sich zu einer ausdrucksstarken Pose von geschmeidiger Präzision. Unendlich sexy und heiß wie die Hölle.

Zehn. Elf.

Er schloss die Blende und reichte ihr das Fotopapier. »Leg es in den Entwickler.«

»Ich kann das doch gar nicht …«

»Na los, es ist dein Bild. Halt es mit der Pinzette fest. Ganz am Rand.«

Sie nahm ihm das Foto ab. »Na gut. Aber du musst mir sagen, wann ich es rausnehmen soll.«

Sie tauchte den Abzug in das Entwicklerbad. Cap stand dicht hinter ihr, nahe genug, um ihre Wärme zu spüren, ohne sie zu berühren. Über dem Hemdkragen hatten sich ein paar Strähnen gelöst, die sich dunkel vor ihrem rot gefärbten Nacken kringelten.

»Schließ die Augen«, sagte er.

»Warum?«

»Du wirst schon sehen.«

Sie schloss die Augen. »Wann soll ich das Foto denn rausnehmen?«

»Nach dreißig Sekunden.«

»Aber ich habe nicht mitgezählt.«

»Ich schon.« Er griff um sie herum und legte seine Finger an ihr Handgelenk. Jenseits der Pinzette materialisierte sich ihr geisterhaftes Abbild auf dem Papier.

»Caspian?«

»Lass die Augen zu.« Im Kopf zählte er die Sekunden. Der gleichmäßige Rhythmus half ihm, nicht völlig den Verstand zu verlieren. Ihr Arm war federleicht, ihr Körper starr. Zweiundzwanzig. Dreiundzwanzig. Ihre Hand zuckte nervös. »*Schh*«, sagte er.

Neunundzwanzig. Dreißig.

»Jetzt nimm es raus«, sagte er, während er ihre Hand

führte, »und tauche es in den Fixierer.« Im Käfig seiner Arme schob er sie sanft zur Seite, dann führte er ihre Hand mit den Fingerspitzen behutsam nach unten, bis das Foto vollständig im Fixierbad versank. »Augen immer noch zu?«

»Ja.«

»Erstaunlich.«

»Ich vertraue dir eben. Außerdem …«, sie lachte schüchtern, »… macht das irgendwie Spaß. Wie früher mit meinen Schwestern, wenn wir uns gegenseitig die Augen verbunden haben, um unsere Hände in irgendwelche ekligen Sachen zu stecken und zu erraten, was das ist. Vivian hat meine Finger mal in eine Schale Makkaroni getaucht und behauptet, das wäre ein Gehirn. Fast hätte ich es ihr geglaubt.«

»Ihr habt aber ein komisches Verständnis von Spaß, du und deine Schwestern.«

»Warum? Was spielen Jungs denn so?«

»Cowboy und Indianer. Oder Baseball.« Er hob ihre Hand mitsamt der Pinzette an. »Jetzt abspülen.«

Wie zwei Tänzer bewegten sie sich zu der letzten Schale mit dem Leitungswasser, um die Chemikalien abzuwaschen. Er legte die Pinzette beiseite und ließ ihre Hände frei durch das Wasser gleiten, um das Papier gründlich zu reinigen, und mehr noch, um die sanften Bewegungen ihrer Finger im Wasser zu beobachten und ihre Schultern zu spüren, die über seinem Herzen sanft gegen seine Brust drängten.

»Darf ich die Augen aufmachen?«

»Gleich.« Vorsichtig hob er ihre Arme, bis das triefnasse Foto vor ihren Augen schwebte. Dann ließ er sie los. »Jetzt.«

Sie schnappte nach Luft, ein verblüffter Atemhauch.

»Das bist du. Sieh nur, wie schön. Wie stark. Deine gebogenen Arme. Die gestreckten Muskeln deiner Wade. Deine furchtlosen Augen. Dein Mund.«

»Das sieht mir gar nicht ähnlich.«

»Doch. Genau so siehst du aus. Die wahre Tiny. Strahlend schön. So stelle ich mir dich vor, wenn du nicht vor mir stehst.«

Sie schüttelte den Kopf.

»Und deshalb musst du mir eines versprechen. Was immer du mit deinem Leben anstellst, mit wem du es verbringst, du darfst niemals aufhören, hörst du?« Er nahm das Foto und hängte es neben dem Teststreifen an die Wäscheleine. »Du darfst niemals aufhören zu tanzen.«

»Caspian«, flüsterte sie.

Er blickte nach unten.

Sie blickte zu ihm auf, nur wenige Zentimeter entfernt, in sanftes Rotlicht getaucht. Ihre Augen waren feucht und glänzend, kurz davor überzuquellen. Sie legte die Hände an sein Gesicht, und ehe er reagieren konnte, ehe er die Arme herunternehmen konnte, um ihre Schultern oder ihre Hüfte zu umfassen, ihr das Taschentuch aus den Haaren zu ziehen und seine Finger in ihrem Haar zu vergraben, zog sie ihn zu sich herunter und küsste seine Lippen.

Sie küsste ihn hart, nicht innig, als hätte sie Angst, ihn zu öffnen, sich selbst zu öffnen. Ihre Nasenspitze berührte seine. Ihr Atem schmeckte nach Kaffee. Seine Hände schwebten an ihrem Hinterkopf, wo sich ihre Locken kringelnd aus dem Taschentuch befreiten, schlüpfrig wie Seide. Zärtlich versuchte er, ihre Lippen auseinanderzudrängen, doch sie wich instinktiv zurück und ließ ihre Hände sinken.

»Komm wieder her«, sagte er, sein Gehirn butterweich, seine unteren Regionen steinhart.

Ihr Brustkorb arbeitete heftig. »Danke. Danke für alles.«

»Tiny …«

Er reckte die Arme, doch sie war zu schnell. Im Nu

schlüpfte sie aus der Dunkelkammer und schloss hinter sich die Tür. Er musste ihr folgen, musste sie zurückhalten, musste sie an sich ziehen, doch was für ein Recht hatte er dazu?

Was hatte er für ein Recht, sie am Gehen zu hindern? Nicht das geringste.

Nichts außer der Sehnsucht in seiner Brust, dem Verlangen in seinem Unterleib, seinem Schwanz. Und das war eindeutig sein Problem, nicht ihres.

Er widmete sich dem nächsten Negativ und legte es in das Vergrößerungsgerät. Als er das Geräusch der Wohnungstür hörte, wusste er, sie war fort.

Tiny, 1966

Ich bin wohl in Ungnade gefallen?«, frage ich den Mann an meiner Seite.

Mr. Hardcastle senior umklammert das Lenkrad so fest, dass seine Daumen weiß anlaufen. »Keineswegs, Liebes. Wir halten es nur für das Beste, wenn du dich erst mal erholst, ehe du die Kampagne weiter unterstützt.«

»Ich brauche mich nicht zu erholen.«

Das Hintergrundgedudel sorgloser Holzbläser fängt an zu rauschen. Mr. Hardcastle beugt sich vor, um an dem Senderknopf zu drehen. Schließlich gibt er sich geschlagen und schaltet das Radio aus. »Doch das solltest du.«

»Sie reden mit mir, als wäre ich ein Kleinkind. Oder eine Verrückte.«

»Uns ist bewusst, dass die letzten Wochen nicht leicht waren …«

»Aber von der Frau eines Hardcastles wird erwartet, dass sie den Mund hält, richtig? Anstatt die unbequeme Wahrheit auszusprechen!«

Er schlägt mit der Hand gegen das Steuer. »Es ist die *Presse*, verdammt! Du solltest es wirklich besser wissen, als einem Reporter solche Dinge zu erzählen. Ich weiß nicht, was plötzlich in dich gefahren ist.«

»Ich war eben aufgebracht. Ich konnte mich nicht länger zurückhalten.«

»Das ist keine Entschuldigung. Deine persönliche Meinung tut nichts zur Sache.«

Seine Wut knistert in der Luft. Ich wende den Kopf zum offenen Fenster und versuche, das Brennen in meinen Augen zu lindern, die Frustration in meinem Hals herunterzuschlucken.

»Entschuldige bitte«, sagt Mr. Hardcastle. »Ich wollte nicht laut werden. Mir ist bewusst, dass du nicht ganz du selbst bist.«

Die Bäume ziehen entlang des endlosen Highways an uns vorüber. Über uns ballen sich dicke Wolken, schwer vor Hitze. Ich kann die Küste bereits riechen, den brackigen Gestank der Marschlandschaft. »Es geht nicht um das Baby«, sage ich.

»Wir alle wissen, wie sehr du dir dieses Kind gewünscht hast, Tiny …«

»Es geht nicht um das Baby!«, brülle ich aus dem Fenster.

Mr. Hardcastle betätigt einen Knopf in der Nähe des Türgriffs, und lautlos schließt sich die Scheibe, sodass die salzige Meeresluft ausgesperrt wird. Er beugt sich vor und schaltet die Klimaanlage ein. »Ich verstehe.«

»Nein, tun Sie nicht. Ich habe es einfach *satt*, begreifen Sie das? Ich habe es *satt*, ständig alles richtig zu machen, nicht einen falschen Schritt zu tun, ständig in die Kamera zu lächeln und vorzugeben, ich würde die perfekte Ehe leben, während wir alle großzügig darüber hinwegsehen, dass Frank mit anderen Frauen schläft! Was für eine Heuchelei!«

»Du glaubst, er betrügt dich?«

»Ich weiß es. Das hat er schon immer.«

Der Wagen vor uns, ein älterer Buick, rückt näher und näher, Meter für Meter, bis wir ihm so dicht auf der Stoßstange hängen, dass die verchromte Oberfläche in meinen

Augen schmerzt. Bis ich die Silhouette des Fahrers und die baumelnden Würfel am Innenspiegel erkennen kann. Der Fahrer blickt in den Spiegel, entdeckt uns und gerät in Panik. Die Bremslichter flammen auf, rot und grell. Ich trete mit dem rechten Fuß gegen das Bodenblech und reiße mich zusammen, um nicht laut aufzuschreien.

Im letzten Moment zieht Mr. Hardcastle den Wagen nach links und überholt den alten Buick.

»Frank liebt dich«, verkündet er.

»Das ändert rein gar nichts.«

Seine Daumen trommeln gegen das Lenkrad. Der Wagen beschleunigt, der Motor dröhnt. »Tiny, die Frau eines Politikers, eines großen Mannes muss begreifen, wie die Welt funktioniert. Ein geborener Anführer hat eben seine Bewunderer. Das heißt nicht, dass er dich deshalb weniger liebt. Du bist die Frau, zu der er abends nach Hause kommt, die unerschütterliche Festung, das tugendhafte Zentrum seines Lebens. Im Grunde …«, Mr. Hardcastle schöpft neue Kraft aus dem unerschöpflichen Quell seiner Selbstgerechtigkeit, »… kannst du dich glücklich schätzen, dass er es nicht öfter tut. Du kennst die Gerüchte um Jack Kennedy. Die Psychologie eines Anführers verlangt geradezu …«

»Dass der Kandidat mit seiner Wahlkampfassistentin ins Bett steigt? Dass er seiner Frau untreu ist?«

»Mit Untreue hat das nichts zu tun, Tiny. Untreu ist eine Frau, die ihren Mann hintergeht.«

»*Wie bitte?*«

»Wenn eine Frau fremdgeht, sind immer Gefühle im Spiel«, erklärt er nüchtern. »Ihr Herz hängt an dem Liebhaber. Franks Herz hat mit dieser ganzen … Angelegenheit nichts zu tun. Es geht lediglich um die körperliche Befriedigung, um die Selbstbestätigung, die ein Mann ab und zu braucht. Aber sein Herz gehört ganz allein dir. Und das weißt du. Er braucht dich, Tiny. Er liebt dich.«

Ich beuge mich vor und umklammere mit meinen behandschuhten Händen die Knie, kaum noch in der Lage zu atmen. Der Wagen donnert im gleichen Tempo wie mein erschrockener Puls, während wir an anderen Fahrern vorbeirasen wie ein Ozeandampfer an einer Flotte von Fischkuttern.

Mr. Hardcastle fährt fort. »Wenn *du* hingegen fremdgehen würdest, hätten wir ein größeres Problem. Deine Loyalität wäre gespalten, deine Gefühle anderweitig gebunden, außerhalb der Familie. Ganz zu schweigen von dem zweifelhaften Aspekt der Vaterschaft, solltest du in dieser Situation ein Kind empfangen. Ein unverzeihlicher Treuebruch. Natürlich spreche ich rein hypothetisch, um meine These zu untermauern.«

»Cäsars Frau muss also über jeden Verdacht erhaben sein, während Cäsar sündigen darf, soviel er will?«

»Männer sind anders, Tiny.«

»Jeder Mensch ist anders, Mr. Hardcastle.«

Die Kolben rattern empört, als wir mit gut hundert Sachen einen weiteren Wagen überholen. Ich fasse instinktiv an den Türgriff. Der Fußweg rast an uns vorüber, die Bäume wirken dürr und verschwommen, wie ein Filmstreifen, der zu schnell abgespielt wird.

»Ich glaube, du bist etwas überspannt«, sagt Mr. Hardcastle in einem extrem ruhigen Tonfall.

»Ich bin keineswegs überspannt. Ich sehe nur nicht ein, warum mich mein Mann von Berufs wegen betrügen darf. Nehmen Sie einmal Caspian, ihren Neffen. Ich glaube kaum, dass der seine Frau betrügen würde.«

»Er hat keine Frau.«

»Aber wenn er eine hätte, wäre er ihr treu.«

Mr. Hardcastle straft mich mit einem tiefen Seufzer, wie man ihn nur kleinen Kindern und Verrückten zumutet. »Caspian ist kein Mann von Größe, Tiny. Kein Mann, der eines Tages die Geschicke dieser Welt lenkt. Er ist Soldat, ein guter Soldat, aber mehr nicht. Die Geschichtsbücher werden kein Wort über ihn verlieren.«

»Ein besserer Mann als jeder andere in dieser Familie. Ihm kann man wenigstens vertrauen.«

Mr. Hardcastle lenkt den Wagen zurück auf die rechte Spur, die vorübergehend frei ist von Kontrahenten, doch er behält sein Tempo unvermindert bei. »Stimmt, Cap ist absolut loyal. In dieser Beziehung gebe ich dir recht.«

»Sehen Sie? Es ist also möglich. Und ich bin *nicht* bereit, dieses Verhalten noch länger …«

Ich höre das Kreischen der Bremsen, noch bevor ich den Ruck des Abbremsens spüre. Der schwere schwarze Wagen schwenkt abrupt zur Seite und hält mit quietschenden Reifen, die meinen Aufschrei übertönen. Als wir endlich stehen, verpasst mir die plötzliche Stille eine Heidenangst.

»Ist das ein Ultimatum, Tiny?«, fragt Mr. Hardcastle leise.

»Nein. Ist es nicht.«

»Was denn sonst? Was soll das heißen, *du bist nicht bereit …*«

Ich lasse den Türgriff los und streiche mir über den Rock. Meine Hände flattern über den dünnen Stoff. »Ich will damit sagen, Frank muss endlich begreifen, dass ich dieses Verhalten nicht toleriere. Dass ich nicht bereit bin … immerzu die brave, perfekte Ehefrau zu spielen, wenn er mich derart erniedrigt.«

»Erniedrigt? Hat er sich etwa indiskret verhalten?«

»Die Wahlkampfassistentin. *Josephine.* Er war letzte Nacht mit ihr zusammen, bevor er ins Bett kam.«

»*Josephine?* Bist du dir sicher?«

»Auffälliger geht's nicht. Schon wie sie mich *ansieht*!«

Mr. Hardcastle starrt auf meine Lippen. »Na schön. Dann ist sie raus.«

Sein nüchterner Urteilsspruch – *dann ist sie raus* – lässt mich vollends kapitulieren.

»Sie müssen sie nicht rauswerfen«, flüstere ich. »Ich wette, sie macht ihre Arbeit großartig. Was die Kampagne betrifft. Mir geht es nur um Frank. Er muss endlich begreifen, dass … dass …«

Mr. Hardcastle starrt durch die Windschutzscheibe. »Ich werde mit ihm reden.«

»Aber er wird sich nicht ändern. Er hat es mir versprochen, kurz vor der Hochzeit. Er hat gesagt, in Zukunft gäbe es keine anderen Frauen, die Ehe würde ihn verändern. Doch das hat sie nicht. Und das wird sie auch nicht. Mit zunehmendem Erfolg wird es nur noch schlimmer. Genau das passiert, wenn man sich für unbesiegbar hält. Man glaubt, man hätte ein Anrecht auf Frauen.«

Die Autos rauschen an uns vorbei. Der schwarze Lincoln schweigt, während wir auf dem Seitenstreifen verharren, den Blick starr geradeaus auf den dunklen Asphalt gerichtet, den weißen Begrenzungsstreifen, den grauen Himmel jenseits der Bäume. Die Klimaanlage summt munter vor sich hin.

»Wie wäre es mit einer finanziellen Entschädigung?«, fragt Mr. Hardcastle.

»Wie bitte?«

»Eine Art Wiedergutmachung. In zehn, fünfzehn Jahren, wenn wir da sind, wo wir hinwollen …«

»Ist das Ihr Ernst?«

Mr. Hardcastle greift über den Sitz und bedeckt meine geballten Fäuste mit der Hand. »Ich garantiere dir, Tiny, es ist mein voller Ernst. Ich werde nicht zulassen, dass du die Karriere meines Sohnes leichtfertig zerstörst, nur weil deine Gefühle gerade mit dir durchgehen. Zweifellos war dir von Anfang an bewusst, dass du bei angemessenem Verhalten großzügig entlohnt würdest. Nach oben sind keine Grenzen gesetzt. Greife nach den Sternen, Tiny. Du könntest die meistbewunderte, meistbeneidete, meistfotografierte Frau der Welt werden. Das meine ich wörtlich, Tiny: *der Welt.*«

»Vielleicht will ich das gar nicht. Vielleicht habe ich mir das nur eingeredet.«

»Jede Frau will berühmt sein, wenn sie es sich nur eingesteht.«

»Ich bin mir sicher, das nicht mehr zu wollen. Ich habe es satt, dieses ewige Posieren.«

»Aber gegen Geld hast du gewiss nichts einzuwenden?«

»Geld ist schön und gut, das gebe ich zu, aber es gibt wichtigere Dinge im Leben.«

»Und die können wir dir bieten. Doch das Gegenteil trifft ebenso zu.« Er greift zum Schalthebel und blickt in den Rückspiegel. »Zuckerbrot und Peitsche, wie man so schön sagt.«

Am liebsten würde ich erwidern, dass ich kein Esel bin, den man einfach so auspeitscht. Doch irgendein Instinkt, der Instinkt eines Pokerspielers, hält mich davon ab, dem Kartengeber mein Blatt zu zeigen. Die Bank gewinnt immer, richtig? Man hält den Kopf gesenkt, die Karten nahe am Körper, bis man genug Jetons beisammen hat, um seinen Gewinn einzulösen und hinauszugehen, wo einen der bestellte Fluchtwagen mit laufendem Motor erwartet.

Mr. Hardcastle lenkt den Lincoln geschmeidig zurück in den Verkehr. »Glaube bitte nicht, dein Plädoyer stieße auf taube Ohren, Liebes. Ich mag dich sehr. Wir alle mögen dich. Wir wollen dich glücklich machen, wenn du es nur zulässt.«

Ja, sicher, verstehe, erwidere ich, und für den Rest der Fahrt sagt keiner ein Wort, weder auf dem Highway noch in der nahegelegenen Ortschaft noch auf der Zufahrt zum Anwesen. Als wir vor dem Haupthaus zwischen zwei Steinvasen mit üppigen orange-roten Studentenblumen anhalten, ziehe ich meine Schuhe aus und erkläre Mr. Hardcastle, dass ich vor dem Mittagessen noch einen Spaziergang machen werde, um einen klaren Kopf zu bekommen.

Pepper legt die Beine aufs Armaturenbrett und beißt genüsslich in ihr Sandwich. »Und woher der plötzliche Sinneswandel?«

»Frank hat eine Affäre.«

Sie schluckt und reißt einen weiteren Bissen ab. Toast mit Erdnussbutter, ohne Marmelade, wie früher, als wir klein waren. Der Geruch kriecht mir in die Nase wie ein guter alter Bekannter. Pepper greift nach der Colaflasche am Boden. »Wohl mehr als eine.«

»Wie kommst du darauf?«

»Nur eine Vermutung. Ich will es mal so ausdrücken: Man kann viel über einen Menschen lernen, wenn man eine Nacht in seiner Gesellschaft verbringt.« Sie wedelt mit der Colaflasche. »Er hat den Mädels nicht gerade die Tür vor der Nase zugeschlagen, wenn du verstehst, was ich meine.«

»Ist ja erstaunlich. Er hat fast dasselbe über Caspian gesagt.«

»Caspian?« Pepper lacht. »Nein, der gute Major hat nur brav sein Bier geschlürft und sich mit der anderen Hand die Weiber vom Hals gehalten. Aber Frank war eindeutig auf Stimmenfang.«

»Ja. Ja, sicher. Was auch sonst.«

»Zumindest hatte er den Anstand, es nicht bei *mir* zu versuchen. Das nenne ich einen wahren Gentleman.«

»Du solltest dringend deine Ansprüche hochschrauben.«

»Das musst gerade du sagen.« Sie stellt die Flasche auf den Boden. »Er ist immerhin *dein* Ehemann.«

»Ja, so sieht's aus.« Ich lege meine Füße ebenfalls auf das Armaturenbrett, rechts vom Lenkrad. Die glatten Nylonfasern meiner Strümpfe rutschen über das hochpolierte Holz. »Du hast nicht zufällig eine Zigarette dabei, oder?«

»Die sind drüben im Haus, tut mir leid. Als gute Schwester sollte ich dir ein Glas Wodka und eine Kippe anbieten, stattdessen habe ich nur Erdnussbutter und Cola.«

»Es ist ja nicht so, als hätte ich nichts geahnt. Es hat schon immer andere Frauen gegeben. Ich habe sie nur nie gesehen, das hat er mir Gott sei Dank erspart. Aber ich wusste, dass es sie gibt.«

»Warum hast du ihn dann geheiratet? Wenn es dich stört.«

»Weil, meine liebe Pepper, ich nicht als gewöhnliche Hausfrau enden wollte. Ich wollte meinem Leben einen Sinn geben. Ich wollte nicht so enden wie Mum, die nur ziellos herumirrt, herumtrinkt und herumschläft, ohne etwas Sinnvolles mit sich anzufangen. Und weißt du, was das Dümmste daran ist? Ich habe allen Ernstes geglaubt, er würde es nach der Hochzeit lassen. Das habe ich wirklich. Er hat mir in die Augen geblickt und es mir hoch und heilig versprochen, eine Woche vor der Hochzeit. Und ich war so … aufgekratzt und überdrüssig, dass ich es ihm geglaubt habe.«

»Stimmt. Das war so ziemlich das Dümmste, was du machen konntest.«

»Das ist mir auch bald bewusst geworden.«

»Warum hast du dich dann nicht scheiden lassen? Nach

dem ersten Fehltritt? Warum hast du dir deinen Fehler nicht eingestanden?«

»Mein *Versagen* eingestehen, Pepper?«

»Warum denn nicht? Jeder macht mal einen Fehler.«

Ich seufze. »Hör zu. Ich weiß, für furchtlose und sorglose Frauen wie dich und Vivian ist mein Verhalten schwer zu verstehen, aber ich bin ziemlich gut darin, den Blick abzuwenden und so zu tun, als wäre alles in bester Ordnung. Das ist meine Überlebensstrategie. Du überlebst, indem du dir einen Weg bahnst und den Berg mutig erklimmst, ich hingegen überlebe, indem ich einen Weg finde, der um den Berg herumführt.« Ich zögere. »Mir ist bewusst, dass ihr mich dafür verspottet, dass ihr mich für schwach haltet, weil ich immer versuche, das Beste aus einer Situation zu machen.«

Pepper legt den Kopf in den Nacken und starrt hinauf zum Dach. Irgendwo da oben, zwischen zwei schweren Balken, befindet sich ein Nest mit winzigen Staren, die in regelmäßigen Abständen von einer besorgten Starenmutter gefüttert werden. Sie sind uns schon letzte Woche aufgefallen. Ein faszinierender Anblick, jene gierigen kleinen Schnäbel. Man denkt unwillkürlich: *Mein Gott, wie winzig! Ich frage mich, ob sie es wohl schaffen.*

Pepper erwidert sanft. »Vielleicht verstehe ich dich besser, als du denkst.«

Ich wackele mit den Zehen. »Macht es dir etwas aus, wenn ich den Rest deiner Cola trinke?«

»Bedien dich!«

Ich greife nach der Flasche und führe sie an die Lippen. Die warme Luft im Schuppen ist erfüllt von Öl und Gras und der salzigen Brise des Ozeans. Der antike Ledersitz schmiegt sich behaglich an meinen Rücken. Pepper scheint bei der Reparatur keine großen Fortschritte gemacht zu haben. Die Motorhaube steht offen, und auf dem Boden liegen diverse Motorenteile verstreut, genau wie gestern, als ich den Schuppen verlassen habe.

»Ich bin schwanger«, sagt Pepper zu den Staren.

Die Cola spritzt mir aus dem Mund.

»Ist das nicht bescheuert? Du wünschst dir sehnlichst ein Baby, Frank vergnügt sich mit anderen Frauen, und ich, ich gebe das gefallene Mädchen …« Sie schüttelt den Kopf. »Tut mir leid. Ich wollte es dir gar nicht sagen. Ich habe es noch niemandem gesagt.«

»Nicht mal Vivian?« Meine Stimme schwankt zwischen einem Flüstern und einem Quietschen. Mit dem Rand meines Kleides wische ich mir die Cola vom Mund. Bestimmt habe ich mich verhört. Oder es war nur ein Witz, einer ihrer berüchtigten Witze.

»Nein, sie ist den Sommer über auf Long Island. Und so was erzählt man eben nicht am Telefon. Außerdem hat sie inzwischen ihr eigenes kleines Bündel.«

Ich stelle die Flasche ab und verschränke die Arme über meinem Bauch. »Und wie fühlst du dich?«

»Ach, prächtig. Ich bin zäh wie ein Bauernweib. Nur wenn ich Hunger habe, wird mir ein bisschen mulmig. Und ich kann keine Bananen mehr sehen, warum auch immer. Aber meine Brüste spannen unangenehm. Ich sag dir, die sprengen fast meinen BH. Hier bitte.« Sie öffnet ihre Bluse, und tatsächlich, ihr Busen quillt fast über den Rand ihres spitzenbesetzten Seiden-BHs, plump und cremig wie ein Paar herzhafter Soufflés.

Staunend betrachte ich ihre Fülle, den lebenden Beweis ihrer Fruchtbarkeit, unfähig, den Blick abzuwenden. »Und wie soll es jetzt weitergehen?«

»Wenn ich das wüsste, würde ich mich dann hier verstecken?«

»Und was ist mit …«

»Dem Vater?« Sie lacht abfällig.

»Weiß er davon?«

»Noch nicht.«

»Ist er verheiratet?«

»Kann schon sein.«

»Gott, Pepper.« Ich löse mich von dem Anblick ihres schwangeren Busens und starre auf die stumpfe Wölbung der Motorhaube. Pepper trägt ein Baby unter dem Herzen. Ein lebendiges Baby, das nicht in der Gebärmutter stirbt. Wie könnte ein Baby sterben, das während der Zellteilung von Peppers pulsierender Energie genährt wird?

Pepper ist schwanger. Von einem verheirateten Mann. Einem Mann, den sie höchstwahrscheinlich aus Washington kennt. Vielleicht sogar jemandem, den *ich* kenne. Frank hat viele Bekannte.

»Ich weiß, du hattest dich schon gefragt, warum ich es hier so lange aushalte. Die Erklärung war längst überfällig.«

»Nein, du brauchst mir nichts zu erklären. Aber danke, dass du es getan hast.«

»Danke, dass du mir nicht vorhältst, wie bescheuert ich bin, dass ich es nicht besser verdient habe. *Ach, Pepper. Wie konntest du nur in so ein Schlamassel geraten?*«

»Glaub mir, ich *weiß*, wie man in so ein Schlamassel gerät. Ich versuche seit zwei Jahren, in genau dieses Schlamassel zu geraten.«

»Eigentlich war ich immer vorsichtig. Die Sache ist mir ein Rätsel. Eines dieser Spermien war wohl extrem hartnäckig.«

»Ich dachte, du nimmst die Pille?«

»Könnte man meinen, nicht wahr? Bei einem leichten Mädchen wie mir. Ist meine eigene Schuld.«

»Es ist aber auch *seine* Schuld.«

Pepper zuckt mit den Schultern.

»Du musst es ihm sagen, Pepper. Er trägt dieselbe Verantwortung. Er sollte dich unterstützen.«

»Ach, wirklich? Und wenn Frank eine seiner kleinen Freundinnen schwängern würde, sollte er die dann auch unterstützen?«

Ein Bild materialisiert sich vor meinem geistigen Auge: die bildhübsche Josephine mit einem stolzen runden Babybauch. Ihre vollen Brüste quellen über den teuren Karriere-BH. Frank streicht ihr die Haare aus dem Nacken und küsst ihren Hals. Sie blickt über seine Schulter und lächelt mir selbstgefällig entgegen. Meine Hände ballen sich zu Fäusten.

»Entschuldige«, sagt Pepper. »Gott, was für ein dämlicher Kommentar.«

»Nein, du hast ja recht.«

»Ich fahre garantiert zur Hölle, oder?«

»Höchstwahrscheinlich«, sage ich. »Aber wir machen alle Fehler.«

»Außer dir. Meine perfekte große Schwester.«

»Ach, so perfekt bin ich gar nicht.« Ich löse meine Fäuste und stemme mich hoch. »Ich glaube, ich gehe dann mal rein, um mich umzuziehen.«

Als ich die Haustür erreiche, Schuhe und Strümpfe in den Händen, nimmt mich Mrs. Crane in Empfang.

»Ah, gut, dass Sie kommen, Mrs. Hardcastle! Da ist ein Mr. Lytle am Apparat.«

Ich stelle meine Schuhe ab und rolle die Strümpfe zu einem Ball zusammen. »Hat er gesagt, was er will?«

»Nein, Ma'am.« Ihr Blick gleitet über meine feinen Lederpumps am Boden, die zusammengeknüllten Strümpfe in meiner Hand. »Er hat schon mal angerufen.«

»Danke, Mrs. Crane. Ich nehme den Anruf in der Bibliothek entgegen.«

Lytles Stimme dringt leise und vertraulich durch die lange Leitung der Fernverbindung. »Mrs. Hardcastle. Wie geht es Ihnen?«

»Danke, sehr gut, Mr. *Lytle.*« Ich betone seinen Nachnamen, um deutlich zu machen, dass *Jack* der Vergangenheit angehört.

»Sind Sie allein?«

»Momentan ja.«

»Ich wollte Ihnen nur sagen, dass ich das Interview von heute Morgen – genau genommen, die letzten vierundzwanzig Stunden – als vertraulich betrachte. Und das meine ich ernst.«

»Ach ja?«

»Hören Sie, ich weiß, wie es vielen Politikerfrauen ergeht. Sie sind weiß Gott nicht zu beneiden. Aber ich muss trotz allem meine Arbeit machen, Mrs. Hardcastle, und ich verfolge derzeit den einen oder anderen Hinweis bezüglich einer Behauptung … die Sie vermutlich nicht hören wollen.«

»Was für Hinweise?«

»Wie gesagt, ich mache nur meine Arbeit. Ich kann Sie gut leiden, Mrs. Hardcastle, und ich habe kein Interesse daran, Sie zu verletzen, aber das Geschäft ist leider unerbittlich. Ihnen ist sicher bewusst, dass ich hier tief im Dreck wühle. Ich wollte Sie nur vorwarnen, als kleine Gefälligkeit …«

»Aber natürlich. Sonst noch was?«

»Nein. Nein, das ist alles.«

»Dann vielen Dank für den Anruf.« Ich nehme den Hörer vom Ohr, das sich mit einem Mal taub anfühlt, als wäre es mit Watte gefüllt. Im letzten Moment höre ich ein dumpfes *Moment noch!*

Ich hebe den Hörer zurück ans Ohr. »Ja bitte?«

»Vielleicht können Sie doch etwas für mich tun, Mrs. Hardcastle.«

»Ich wüsste nicht, was.«

»Sie haben nicht zufällig eine Erklärung zu jenem Zwischenfall in Mr. Hardcastles Studienzeit? Seinem dritten Jahr in Harvard? Hat sich mal jemand dazu geäußert?«

»Welchem Zwischenfall?«

»Eine disziplinarische Verwarnung, Mrs. Hardcastle. Sie müssen doch davon gehört haben?«

Ich wende den Blick zur Wand, wo in einem edlen Wurzelholzrahmen die Urkunde von Franks Harvardabschluss hängt, direkt neben der seines Vaters und der seines Großvaters. Alle drei tragen denselben lateinischen Schriftzug, sogar in derselben Schriftart: OMNIBVS AD QUOS HAE LITTERAE PERVENERINT SALUTEM …

»Mrs. Hardcastle?«

»Tut mir leid. Ich habe keine Ahnung, wovon Sie sprechen. Die Leistungen meines Mannes waren stets beispielhaft.«

»Sie wissen also nichts von einer stillen Übereinkunft mit dem Dekanat?«

»Dem Dekanat? Was für eine Übereinkunft?«

»Genau das versuche ich herauszufinden, Mrs. Hardcastle. Aber ich muss gestehen, ich komme nur schleppend voran. Verschollene Unterlagen und dergleichen.«

»Da bin ich offen gesagt überfragt. So was höre ich heute zum ersten Mal. Bestimmt ist die Geschichte frei erfunden. Der Hinweis kam nicht zufällig aus dem Büro des Gegenkandidaten? Die Behauptung scheint mir völlig aus der Luft …« Aus dem Augenwinkel heraus bemerke ich einen Schatten im Türrahmen. Erschrocken drehe ich mich um und erblicke Mr. Hardcastle, diesseits der Schwelle, den

Hut in der Hand, die Jacke über dem Arm, den Blick auf mich gerichtet.

»Mrs. Hardcastle?«

»… völlig aus der Luft gegriffen. Aber ich muss jetzt Schluss machen. Nochmals vielen Dank für Ihren Anruf.«

Ich lege den Hörer auf die Gabel, ordne meinen Rock und schenke meinem Schwiegervater ein Lächeln.

»Ich hoffe, ich habe dich nicht unterbrochen?«, sagt Mr. Hardcastle.

»Keineswegs.«

»Ich fahre jetzt zurück in die Stadt. Ich habe mit meiner Mutter gesprochen. Sie stimmt mir zu, dass du dich fürs Erste erholen solltest.«

»Ich fühle mich erholt. Genau genommen …«

Er tritt auf mich zu, küsst zum Abschied meine Wange, setzt sich den Hut auf. Seine Finger verweilen an meinem Oberarm, sein Lächeln ist ausdruckslos. »Und versuche nicht, dich davonzustehlen.«

Er dreht sich um und verlässt den Raum. Erst als die Haustür zuschnappt, wird mir bewusst, dass er mich nicht gefragt hat, wer da am Telefon war.

Caspian, 1964

An dem Morgen, als Caspians Mutter starb, kam der Schulleiter in den Unterricht, um die Lehrerin, Miss Flaherty, diskret zu sich heranzuwinken. Nach einem geflüsterten Austausch mit dem Schulleiter setzte Miss Flaherty eine mitleidige Miene auf und trat an sein Pult, um ihm mit nahezu schluchzender Stimme zu sagen: »Caspian, bitte pack deine Sachen. Dein Vater erwartet dich im Sekretariat.«

Die anderen Kinder starrten ihn an, während er sein Schreibheft, das Federmäppchen und das Pausenbrot, das er nicht mehr essen würde, zusammenpackte. Natürlich wusste jeder, dass seine Mutter sehr krank war und jederzeit krepieren konnte. Er spürte, wie ihm die Blicke der anderen folgten, als er zur Tür trottete, wo ihn der Schulleiter mit ebenso mitleidiger Miene erwartete. Er spürte, wie jene sprachlosen jungen Augen ihn für immer zu dem machten, was er seither war: Cap Harrison, der Junge ohne Mutter.

Sei bitte nett zu Cap, würden die Mütter am nächsten Tag sagen, wenn sie ihren Kindern die Butterbrote, Federmäppchen und Handschuhe zusteckten, kurz bevor der Schulbus um die Ecke bog. *Er hat jetzt keine Mutter mehr. Der arme mutterlose Junge.*

Zunächst waren sie noch am Klassenraum seiner Schwester vorbeigegangen, ehe der Schulleiter sie zusammen ins Sekretariat führte. Seine Schwester hatte das Büro tränenüberströmt verlassen, und er hatte sie auf der Rückbank des Wagens in den Arm genommen, während Dad sie zu ihrer Großmutter fuhr, die sie in einem marineblauen Kleid in ihrem geliebten Chintzsessel erwartete. Als sie das Haus in Brookline erreichten, war Caps Schulter triefnass von den Tränen seiner Schwester.

Und aus irgendeinem Grund wählte er nun ihre Nummer. »Janet?«

»Cap? Du meine Güte! Warte mal kurz.« Im Hintergrund brüllte ein Kind. Ihre Jüngste, dem grellen Kreischen nach zu urteilen, ein Mädchen mit dem abwegigen Namen Ursula. Die Große weinte nicht viel, sie war viel zu sehr damit beschäftigt, ihre Mutter zu trösten. Janet war mit siebzehn Jahren schwanger geworden, von einem Juniorοffizier in Manila, einem frischgebackenen West-Point-Absolventen, der sie anständigerweise geheiratet hatte, nur um kurz nach der Hochzeit mit anderen Frauen zu schlafen und sich durch das gesamte Spektrum der Niedertracht hochzuarbeiten, bis dahin, dass er seine Frau regelmäßig verprügelte, kaum dass das Baby geboren war. Sie ließ sich das Ganze ein Jahr lang gefallen, ehe sie die Scheidung einreichte, um sich im Gegenzug selbst ein bisschen zu vergnügen. Falls sie wusste, wer ihre Tochter Ursula gezeugt hatte – eine trotzige Schönheit von zwei Jahren –, dann hatte sie es stets für sich behalten. Das Geschrei riss unvermittelt ab, ersetzt durch unnatürliches Fernsehlachen. »Wo steckst du? Wie spät ist es?«

»Keine Ahnung. So gegen sieben, schätze ich. Wie geht es den Mädels?«

»Ach, bestens. Die beiden lieben Kalifornien. Alles okay bei dir?«

»Ja, sicher.«

»Du klingst so niedergeschlagen.«

»Ich wollte mich nur mal melden. Und hören, wie es euch geht.«

»Mir geht's gut. Wirklich gut. Die Arbeit läuft. Die Abendschule läuft. Selbst Dad wäre stolz auf mich.« Sie erlaubte sich eine Spur Sarkasmus. Janet und Dad waren nie gut miteinander ausgekommen. Er war zu schweigsam, und sie brauchte dringend Zuneigung. Sie brauchte eine Mutter. Sie brauchte einen Vater, der sie in den Arm nahm und sie Prinzessin nannte, nicht einen verbitterten Mann, der einer Frau nachtrauerte, an die seine Tochter niemals herankäme.

Cap seufzte. »Er war *immer* stolz auf dich, Janet.«

»Nein, war er nicht, Cap. Wir haben das Thema oft genug durchgekaut. Warum rufst du an?«

Cap seufzte erneut. Sein Atem knisterte in der Leitung.

»Na los, großer Bruder. Das Gespräch kostet dich ein Vermögen. Von Küste zu Küste. Also spuck's aus!«

Was machte er hier eigentlich? Warum rief er ausgerechnet seine Schwester an? Fast hätte er aufgelegt. Doch dann: »Na schön. Es gibt da eine Frau.«

Ein unterdrücktes Jauchzen.

»Immer mit der Ruhe. Sie ist verlobt.«

»Ach, *verlobt*. Das heißt doch gar nichts. Du steckst den Typen locker in die Tasche.«

»Du kennst ihn überhaupt nicht.«

»Aber ich kenne *dich*.«

Er starrte auf das beige Gehäuse des Telefons, auf die gleichmäßig angeordneten Zahlen und Vertiefungen der Wählscheibe. Die Kunststoffgabel schien ihn zu locken. Er brauchte nur eine der beiden Tasten zu drücken, schon wäre das Gespräch beendet. Und er würde sich ein paar

Dollar sparen. »Spielt sowieso keine Rolle«, meinte er. »Sie ist gerade gegangen.«

»Für immer?«

»Keine Ahnung.«

»Willst du ihr nicht folgen? Den Typen finden und ihm eine reinhauen?«

»Hatte ich eigentlich nicht vor.«

»Warum zum Teufel rufst du mich dann an?«, fragte sie entnervt.

Er stand auf und ging durch den Raum, so weit es die Telefonschnur zuließ. »Keine Ahnung. Ich hab verdammt noch mal keine Ahnung.«

Sie lachte. Die Hintergrundgeräusche des Fernsehers verstummten. Vermutlich war sie in die Küche gegangen. Er stellte sich das winzige Haus vor, die kleine Eckküche mit der abblätternden Obsttapete, Janet, die mit dem Telefon in der Hand, Hörer zwischen Ohr und Schulter geklemmt, von einem Raum zum nächsten schweifte, das Kabel aufs Äußerste gespannt. »Dad hat es gehasst, wenn wir geflucht haben«, kommentierte sie.

»Er hat mir mal den Mund mit Seife ausgewaschen.«

»Mir auch. Hat aber nichts genützt. Hör zu, John Wayne, du einsamer Wolf, der den Mund nicht aufkriegt. Ich weiß, du willst nicht darüber reden, aber ich gebe dir einen heißen Tipp: Eine Frau braucht die Gewissheit, dass man bereit ist, für sie zu kämpfen, dass man sie um jeden Preis will. Wenn sie ihren Verlobten für dich verlassen soll, dann musst du ihr beweisen, dass du es wert bist. *Bist* du es wert?«

»*Nein*, bin ich nicht. Ich muss in zwei Wochen zurück an die Front. Dieser Typ ist ein Traumprinz, ich bin nicht mehr als ein einfacher Krieger, ein Soldat mit Blut an den Händen …«

»Mensch, Cap! Das war eine rhetorische Frage. Natürlich bist du es wert. Von wegen Krieger, einfacher Soldat. Du bist ein dekorierter Offizier. Du bist der Beste. Du bist der …« Ihre Stimme wurde mit einem Mal heiser. »… der beste Bruder auf der ganzen Welt. Du hast mich immer aufgefangen, wenn mich jeder andere hat fallen lassen. Du zahlst jeden Monat meine verdammte Miete. Meine Mädchen vergöttern dich. Scheiße, jetzt bringst du mich auch noch zum Heulen. Wag dich da raus, und mach sie glücklich, okay? Diese beneidenswerte Frau!«

»Janet, ich weiß nicht, wo sie wohnt. Ich weiß nicht einmal ihren Nachnamen.«

»Dann finde es heraus!«

Finde es heraus. Er starrte auf das großformatige Foto am rechten oberen Rand seiner Fotowand, von wo aus Tinys anmutige Gestalt in einem perfekten Bogen in die Höhe strebte. Ihr Gesicht war leicht abgewandt. »Kommst du eigentlich zu Franks Hochzeit?«, fragte er.

»Franks Hochzeit? Cousin Frank? Wen heiratet er denn?«

»Keine Ahnung. Irgendeine reiche, verzogene Erbin aus New York, glaube ich. In zwei Wochen. Ich werde wohl dort vorbeischauen.«

Sie lachte trocken. »Anscheinend bin ich nicht eingeladen. Wie würde es auch aussehen, wenn die unverheiratete Mutter im hintersten Winkel des Ballsaals sämtliche Häppchen verspeist und den Namen der Familie besudelt?«

Verdammt. »Tut mir leid, Janet.«

»Muss es nicht. Amüsier dich ruhig. Wir sehen uns in gut zwei Wochen? Bevor du dich zum Dienst meldest?«

»Verlass dich drauf.«

»Bring deine neue Flamme mit, damit ich sie mal kennenlerne.«

»Ich werd's versuchen.«

»Was heißt hier *versuchen*? Das klingt aber gar nicht nach meinem großen Bruder. Tu es einfach. *Ausführen, Cap.*« Sie sagte es, genau wie sein Vater es anlässlich eines verhauenen Zeugnisses oder eines dreckigen Wagens, der an einem eisigen Februarmorgen gewaschen werden musste, getan hätte. *Ausführen, Cap.* Keine Ausreden, tu es einfach!

Nur dass Tiny mehr war als ein schlechtes Zeugnis oder ein dreckiger Chevrolet. Sie war kein alltägliches Problem, das man mit Entschlossenheit und Muskelschmalz aus der Welt schaffen konnte.

Nur weil er sich nichts sehnlicher wünschte, als Tiny in seinem Bett und in seinem Leben zu haben, ihr aus dem tiefsten Dschungel zu schreiben, ihr alles zu erzählen, ihr sein Herz auszuschütten, ihre Briefe zu lesen und sich ihr Foto in die Jackentasche zu stecken, um es nachts zu betrachten und mit diesem Bild einzuschlafen und von ihr zu träumen; nur weil er sich wünschte, sie würde ihn bei seiner Rückkehr in einem Jahr erwarten, in einem winzigen Mietshaus in San Diego, sonnengebräunt und mit nackten Armen, wenn er als freier Mann aus einer Lockheed C-130 steigen würde; nur weil er sich all das wünschte, hieß das noch lange nicht, dass er es auch bekäme.

Dass er *sie* bekäme.

»Wenn du es sagst«, erwiderte er.

»Willst du noch kurz mit den Mädchen reden?«

»Na klar. Hol sie ans Telefon.«

Er plauderte eine Weile mit seinen beiden Nichten, erst mit der unverständlichen Ursula, dann mit ihrer großen Schwester, Pamela, deren Vorderzähne inzwischen ausgewachsen waren und ihr süßes Lispeln verdrängt hatten. Dann verabschiedete er sich von den beiden und legte den Hörer auf die Gabel. Er saß auf dem Sofa – an derselben eingesunkenen Stelle, wo er gestern die schluchzende Tiny im Arm gehalten hatte – und starrte an die Decke, während er sich insgeheim fragte, wie es wohl wäre, Kinder mit ihr zu haben.

So weit war es also schon gekommen.

Trotz allem war er ein Mann der Tat. Nicht jemand, der stundenlang auf dem Sofa saß und an die Decke starrte, während seine Zehen gegen das beige Telefon traten.

Ausführen, Cap. Die Stimme seines Vaters oder die seiner Schwester?

Auch egal. Das Echo jener Worte reichte aus, um eine Kettenreaktion auszulösen, eine chemische Reaktion, die ihn unweigerlich in Bewegung versetzte. Er sprang auf, schnappte sich im Hinausgehen sein Portemonnaie und den Schlüssel und knallte die Tür zu. Polternd stürmte er die Treppe hinunter und hinaus auf den Gehweg, wo die Sonne inzwischen knapp über den Dächern stand und die Hitze allmählich nachließ.

Er erreichte Boylan's Coffee Shop in nur knapp vier Minuten, als der alte Boylan gerade das GESCHLOSSEN-Schild herumdrehte.

»Was ist los, Boylan? Schon Feierabend?«

»Ich bin zu alt für diesen Mist. Was denkst du dir eigentlich dabei, meinen hübschen sauberen Fußboden mit Blut zu beschmieren?«

»Ich habe Ihre Kunden nur davor bewahrt, erschossen zu werden.«

»Na, von wegen. Unsere gute Mrs. Larkin, die mit den großen Titten, hat ein baseballgroßes Loch in der Schulter, das behauptet sie jedenfalls.«

»Das wird schon wieder. Wenigstens hat sie im Bridgeklub was zu erzählen. Hören Sie, ich brauche Ihre Hilfe.«

»Den ganzen Laden voller Cops, die mir den Kaffee wegsaufen! Kommst du nun rein oder nicht?«

Cap betrat das Café und stellte fest, dass er einen Mordshunger hatte. Er machte sich in der Küche ein Sandwich, während der alte Boylan nach Ems Telefonnummer suchte. Truthahn und Käse. Senf und Mayo. Er hätte auch einen Drink vertragen können, aber der musste leider warten. Die Küche stank widerlich nach Lysol. Vermutlich hatten die Cops einen einzigen Blick auf den Herd geworfen und die Kollegen vom Gesundheitsamt vorbeigeschickt.

»Bitte.« Boylan drückte ihm einen Zettel in die Hand. »Aber verdreh meiner Kellnerin ja nicht den Kopf!«

»Darf ich kurz Ihr Telefon benutzen?«

Em war erstaunt, seine Stimme zu hören. Nein, Tinys genaue Adresse kenne sie nicht. Sie wohne in der Dartmouth Street. Ihren Nachnamen?

»Irgendwas mit Sky…? Nein, Schuy…, Schuy…«

»Schuyler?«, fragte er.

»Ja, richtig. Aber immer schön sachte. Sie ist ein nettes Mädchen. Total in dich vernarrt.«

Schuyler. Tiny Schuyler. So hieß sie also.

Die tonnenschwere Last auf seinen Schultern wurde ein wenig leichter. »Ich hoffe wirklich, dass du recht hast.«

Die Suche nach Tiny Schuyler gestaltete sich leichter als erwartet. Im Telefonbuch standen mehrere Schuylers, doch nur eine *Miss C. Schuyler, Dartmouth Street 26, Apartment 2B.* Als er das Verzeichnis zuklappte, wurde ihm bewusst, dass er gerade dieselbe Detektivarbeit geleistet hatte wie Tiny zwei Tage zuvor. Sie lauerten einander auf, um sich irgendwie Zutritt zu ihrem Leben zu verschaffen.

Hoffentlich legte die gute Em in diesem Moment die Füße hoch und gönnte sich einen wohlverdienten Drink.

Innerhalb weniger Minuten, die sich wie eine halbe

Ewigkeit anfühlten, bog er in die Dartmouth Street ein und trat in das gleißende Licht der untergehenden Sonne. Er überlegte, wofür das *C.* stehen mochte, wenn auch nur für einen kurzen Moment, denn Nummer 26 lag nur wenige Blocks entfernt, eine gewöhnliche Haustür in einer gewöhnlichen Fassade. Ein altmodisches Stadthaus, aufgeteilt in gepflegte Apartments, die einer alleinstehenden jungen Frau geziemten. Die Eingangstreppe war auffallend sauber, die Tür frisch poliert, der Türknauf aus Messing. Ein Dutzend Mal war er in den vergangenen Wochen an dieser Tür vorbeigekommen, mehrere Hundert Mal seit seiner Kindheit, doch wer hätte es ahnen können? Tiny Schuylers Haustür. Er fand den Klingelknopf für Apartment 2B. Darüber stand in schwarzen Druckbuchstaben der Name SCHUYLER. Sein Herz klopfte bis zum Hals.

Die Gegensprechanlage verursachte ein krächzendes Geräusch, hinter dem sich möglicherweise eine menschliche Stimme verbarg.

»Hallo?«, sagte Cap. »Tiny?«

Rauschen.

»Tiny? Tiny, ich bin's. Cap!«

Die Tür brummte, und Cap drückte hastig dagegen, ehe sie ihn erneut aussperren konnte. Das Treppenhaus roch nach Sonnenschein und Zigaretten. Er eilte die Treppe hinauf in den zweiten Stock. Apartment 2B. Der Buchstabe B ließ darauf schließen, dass die Wohnung nach hinten gelegen war.

Er blickte zum Ende des Flurs und entdeckte im Eingang zu Apartment 2B eine attraktive Frau mit lässig übereinandergeschlagenen Beinen, eine Zigarette zwischen den brillantenbesetzten Fingern der rechten Hand, ein Longdrinkglas in der von Armreifen umspielten linken.

Cap legte die Hand ans Treppengeländer. »Entschuldigung. Ich suche Miss Tiny Schuyler.«

Die Frau richtete ihren langen schlanken Körper auf und verschränkte die Arme, den Drink und die Zigarette sicher im Griff. »Ich bin *Mrs. Schuyler.* Die Mutter der Braut. Und wer zum Teufel sind Sie?«

Tiny, 1966

In aller Frühe, als ich gerade mit Percy nach draußen will, rappelt das Telefon. Ich greife beim ersten Klingeln zum Hörer, denn wer ruft schon bei Tagesanbruch hier an? Der Überbringer schlechter Nachrichten.

»Tiny, mein Schatz. Gott sei Dank.«

»*Mum?*« Ich mache mir nicht die Mühe, mein Erstaunen zu verbergen. Um fünf Uhr morgens könnte meine Mutter ebenso gut ins Bett gehen, als sich aus selbigem zu erheben.

»Ich hatte einen furchtbaren Albtraum. Geht es dir gut?«

»Natürlich geht es mir gut.« Ich wickele die Telefonschnur um meinen Finger. »Und wie geht es *dir*? Das sieht dir gar nicht ähnlich, so früh hier anzurufen.«

»Ich konnte nicht wieder einschlafen. Ich dachte, du bist bestimmt wach.« Sie verstummt. »Und es ist wirklich alles in Ordnung?«

»Voll und ganz. Nichts als die üblichen sommerlichen Querelen.«

Ein gedehnter Seufzer dringt durch den dünnen Kupferdraht vom fernen Ende Long Islands bis nach Cape Cod. »Na schön.«

Ich zögere, doch dann frage ich: »Worum ging es denn in dem Traum?«

»Ach, das weiß ich nicht mehr. Aber es war beängstigend.

Furchtbar beängstigend. Mein Herz klopft jetzt noch wie verrückt.« Ein vertrautes Klirren untermalt ihre Worte.

»Geh wieder ins Bett, Mum.«

»Nein, jetzt bin ich schon wach. Wie geht es Pepper?«

»Pepper geht es gut. Pepper ist ziemlich … üppig.«

»Pepper ist *was*?«

»Peppig. Sie ist peppig.«

»Ist das ein Modewort? Ich wünschte, du würdest dich vernünftig ausdrücken. So etwas steht dir nicht. Vivian ist schon schlimm genug, aber du? Ich glaube, aus deinem Munde kann ich so was nicht ertragen. Nicht um diese Tageszeit.«

»Ich habe dich *nicht* um diesen Anruf gebeten, Mum.«

Wieder dieses Klirren. »Vielleicht sollte ich für ein paar Tage raufkommen. Euch ein bisschen Gesellschaft leisten. Um mich persönlich zu vergewissern.«

»Mum, es geht mir gut. Es geht uns beiden gut. Dich können wir hier am allerwenigsten gebrauchen.«

»Ich werde diesen Traum einfach nicht los. Er war so furchtbar.«

Ich werfe einen Blick auf die Uhr. »Jetzt muss ich aber Schluss machen. Ich liebe dich, Mum. Gib Vivian und den Jungs einen Kuss von mir.«

Nachdem ich aufgelegt habe, starre ich das Telefon sekundenlang an, während mein Zeigefinger unschlüssig über die Wählscheibe gleitet. Denn ich könnte ohne Weiteres zurückrufen. Ich könnte ihr sagen, dass ich in Schwierigkeiten stecke, dass ich Mist gebaut habe, dass ich einen Fehler gemacht habe, einen dicken fetten Fehler, und die Unterstützung des guten alten Schuyler-Matriarchats brauche. Ich könnte ihr sagen, dass der Albtraum möglicherweise gar nicht so abwegig war. Dass ihre perfekte Tochter, ihre winzige Tiny, in Wirklichkeit eine riesengroße Enttäuschung ist.

Percy winselt ungeduldig und stupst mich mit der Schnauze an. Ich hocke mich neben ihn, um seinen knubbeligen Kopf an meine Brust zu ziehen. Dann flüstere ich ihm leise ins Ohr: »Aber du hast mich trotzdem lieb, oder? Du bist auf meiner Seite.«

Das große alte Haus ist still wie eine Gruft. Wir verharren in unserer Umarmung, bis Percy mich sanft in den Bauch stupst, um mich an unseren Spaziergang zu erinnern.

Jenseits des Wellenbrechers entdecke ich einen Schwimmer, der mit starken gleichmäßigen Zügen von Norden nach Süden krault, während die ersten Sonnenstrahlen zaghaft über den Horizont spähen. Percy würde ihm am liebsten Gesellschaft leisten.

Ich pfeife ihn zurück, und Percy springt gehorsam durch die schäumende Brandung, um an meine Seite zu trotten. Dann schüttelt er sich fachkundig das Wasser aus dem Fell, angefangen beim Kopf bis hin zur Schwanzspitze. Er jault vorwurfsvoll und mustert mich mit großen braunen Augen, gespitzten Ohren und hündischer Überzeugungskraft.

»Komm her, Hundilein. Lass den armen Mann in Ruhe. Er hat schon genug zu kämpfen. Außerdem kannst du gar nicht so weit schwimmen, Dummerchen.«

Man sieht sie immer wieder, diese Ozeanschwimmer. Die Kämpfernaturen, die Meeresmenschen, mit Salzwasser in den Adern und Seetang im Haar, meist Einheimische. Manchmal habe ich den Verdacht, man wird regelrecht davon abhängig, sich in die jungfräulichen Fluten zu stürzen, das goldene Wasser zu durchpflügen. Meine Cousine, Lily Greenwald, geht jeden Morgen an der Küste von Rhode Island schwimmen und hält sich dadurch fit wie ein Turnschuh, obwohl sie bereits jenseits der fünfzig ist. Man muss schon eine Menge Selbstvertrauen besitzen, um so weit rauszuschwimmen. Man muss es ein Leben lang gemacht haben, um sich furchtlos in die donnernde Brandung und die schweren Wogen dahinter zu stürzen, um kühn über die Haut des Ozeanriesen zu kriechen, während unter einem die bodenlosen Fluten lauern.

Besagter Schwimmer kämpft sich in gleichmäßigen Zügen voran. Seine Arme arbeiten rhythmisch wie die Kolben eines Motors, und während ich den unermüdlichen Takt seines Fortschritts beobachte, stelle ich fest, dass er bei jedem vierten Zug den Kopf hebt und Atem holt.

Percy trottet resigniert neben mir her. Ich gehe zügig weiter, als könnte ich meinen Gedanken davonlaufen. Gestern hat Granny Hardcastle Constance, Tom und die Kinder zum Abendessen eingeladen, begleitet von ein paar weiteren Cousins und Cousinen. Ein munteres Trüppchen. Während des Hauptgangs tauchte irgendwann Pepper auf, immer noch in ihren Blaumann und ein Duftgemisch aus Staub und Öl gehüllt. Sie schnappte sich einen Hähnchenschenkel und ging kommentarlos hinauf in ihr Zimmer, ohne mich eines Blickes zu würdigen. Seither bin ich ihr nicht mehr gegenübergetreten. Ich meine, wie könnte ich? Wenn ich Pepper verzeihe, muss ich auch Josephine verzeihen. Franks Schwäche akzeptieren und ihm ebenfalls verzeihen. Meine eigene Schwäche akzeptieren und mir selbst verzeihen. Das grausame Ausmaß der Situation begreife ich erst jetzt. Die gigantische Herausforderung, die noch vor mir liegt. Der Berg, den ich erklimmen muss, weil kein Weg daran vorbeiführt. Ich stehe vor dem Mount Everest, ohne Sauerstofftank, ohne Eispickel, ohne Seil, ohne einen weisen Sherpa an meiner Seite. Ich ganz allein. Die winzige Tiny.

Die salzige Morgenluft erfüllt meine Lunge. Ich gehe schneller und schneller, bis meine Beine anfangen zu kribbeln und meine Füße in einen Lauf verfallen. Meine Tennisschuhe sind voller Sand. Vor mir erstreckt sich der Bootsanleger wie ein langer dunkler Finger aus schlüpfrigen Steinen; die Boote sind auf der anderen Seite vertäut. Hier mache ich normalerweise kehrt und gehe zurück zum Haus. Oder ich drehe voller Elan noch eine weitere Runde über den Strand. Ich erreiche den Bootsanleger und bleibe stehen, um wie gewohnt umzukehren, doch Percys plötzliches Aufjaulen, mehr ein Japser als ein Bellen, lässt mich zum anderen Ende des Anlegers blicken, wo ich den unbekannten Schwimmer entdecke, der in diesem Moment aus den Fluten auftaucht, um auf die Steine zu klettern.

Der Schwimmer stützt sich mit beiden Händen auf, drückt seinen splitternackten Körper kraftvoll nach oben, und als die aufgehende Sonne seine feuchte Haut berührt und die Silhouette seines Körpers nachzeichnet, entsteht zwischen dem linken Knie und dem Rand des Bootsanlegers eine klaffende Lücke.

Abtauchen, Tiny. Geh in Deckung.

Doch mein Körper will sich nicht rühren.

Er steht keine zwanzig Meter von mir entfernt, mit weißem nassem Rücken. Sein Gesicht und seine Brust sind in kohlschwarze Schatten getaucht, eine griechische Silhouette mit breiten Schultern und schmaler Hüfte, getragen von einem einzelnen Bein. Ich fühle mich wie ein Reh auf einer Lichtung: Wenn ich mich nicht bewege, wird er mich vielleicht nicht sehen. Mein Körper ist vor dem Hintergrund des Strands sicher getarnt.

Es scheint zu funktionieren. Offenbar hat er mich noch nicht bemerkt. Er schnappt sich ein Handtuch von den Steinen – Gott, ist er etwa vom Bootsanleger ins Wasser gesprungen? – und trocknet sich ab.

Du solltest jetzt verschwinden, Tiny. Du hast deinen

Schock überwunden. Caspian ist wieder hier, körperlich anwesend, über Nacht zurückgekehrt, völlig unbemerkt. Weiß der Himmel, warum. Jetzt dreh dich endlich um und stehle dich davon. Vielleicht leistet er dir ja beim Frühstück Gesellschaft. Vielleicht erklärt er dir, warum er ausgerechnet jetzt zurückkehrt, nachdem du mit Schimpf und Schande nach Cape Cod verbannt wurdest.

Doch wie der Anblick der winzigen Starenküken oder der Anblick von Peppers drallem Busen hält mich die außergewöhnliche Balance von Caspians versehrtem Körper fest in seinem Bann. Eigentlich erstaunlich. Immerhin weiß ich besser als jeder andere, mit welcher Leichtigkeit sich der menschliche Körper zu einer schlanken Achse emporreckt, wie er sich dehnt und dreht, von einem einzelnen durchtrainierten Zeh getragen. Warum sollte ausgerechnet ich ehrfürchtig hinstarren, während Caspian sich auf einem Bein abtrocknet, das Handtuch über die Felsen breitet und nach einem rohrförmigen Objekt greift … seinem künstlichen Bein?

Doch dann erstarrt Caspian für einen, ich möchte sagen, bedeutungsschwangeren Moment. Seine Hand ruht auf einem der Holzpfähle. Sein Rücken ist glatt und reglos. Ich frage mich, ob er atmet, ob er denkt, denn ich tue es definitiv nicht. Ich kann mich nicht rühren, kann keine sinnvolle Synapse bilden.

Zwei Möwen streiten sich um einen morgendlichen Krebs. Die Stille zerfällt. Caspian hebt seinen Kopf, dann seinen Oberkörper, er richtet sich auf und wendet sich in meine Richtung. Keine Ahnung, wie er das alles hinbekommt. Das künstliche Bein baumelt locker an seiner Hand. Er steht mir schräg zugewandt, sodass die neugeborene Sonne die Vorderseite seines Körpers streift. Ich weiß, ich sollte hastig wegsehen, sollte meine braven ehelichen

Augen abwenden, doch wie könnte ich? Mich von Caspian abwenden, wenn er sich mir so zeigt? Sein Bein endet in einer unförmigen Wölbung, vernarbte Haut, die sich über den Stumpf seines Schienbeins spannt.

Percy löst sich von meiner Seite und springt mit wedelndem Schwanz über den Bootsanleger, um Caspian zu begrüßen.

Wie könnte man so einen Mann hassen? Wie könnte man jemandem Vorhaltungen machen, der für sein Vaterland den rechten Unterschenkel geopfert hat? Und somit für einen selbst, wenn man denn Amerikaner ist. Ein Millionstel dieses Beins hat er meinetwegen geopfert. Vielleicht nur eine einzelne Zelle, doch das genügt. Es ist die reinste Form der Wiedergutmachung. Aber wenn ich ihn nicht mehr hasse, wenn ich ihn nie hassen konnte und der Hass in Wirklichkeit mir selbst galt – eine Art Übertragung oder Projektion, wie ein Seelenklempner es nennen würde –, was empfinde ich *dann*?

Percy hat ihn erreicht. Er schnüffelt an dem künstlichen Bein. Wie muss Caspians linker Fuß schmerzen, der nunmehr die gesamte Last seines stolzen Soldatenkörpers zu tragen hat. Percy lässt sich am Ohr kraulen.

Das ist doch absurd, denke ich. Caspian steht hier splitternackt vor mir und mustert mich, als wollte er mich herausfordern. Ein jeder könnte uns beobachten. Unser Standort ist von jedem dem Meer zugewandten Fenster zu sehen, sofern man seine geschwollenen Augen an einem frühen Freitagmorgen, kurz nach Sonnenaufgang, zwischen den zugezogenen Vorhängen aus dem Fenster richtet.

Ich öffne den Mund und rufe quer über den Bootsanleger: »Guten Morgen!«

»Und was für ein Morgen.« Er hat die Fähigkeit, sich verständlich zu machen, ohne die Stimme zu heben. Wie ein Schauspieler, der so klar und deutlich flüstert, dass ihn das Publikum noch in der letzten Reihe versteht.

Ich rufe Percy mit einem Pfiff zurück. Er trottet mit einem schuldbewussten Grinsen auf mich zu. Der Anblick seiner treuen Hundeschnauze holt mich in die Realität zurück. Ich nehme ihn an die Leine und wende mich zum Gehen.

»Tiny!«

Ich winke ihm zu, ohne mich erneut umzusehen. Doch sein Anblick bleibt, unauslöschlich in mein Gehirn gebrannt. Während meiner morgendlichen Dusche und des Frühstücks, während des gesamten Vormittags und für den Rest meines Lebens. Einen solchen Anblick kann man nicht vergessen.

Apropos Frühstück. Pepper hat sich natürlich nicht blicken lassen. Bestärkt von dem denkwürdigen Bild in meinem Kopf, gehe ich hinauf in ihr Zimmer und überrasche sie dabei, wie sie eine Zigarette raucht und ihren blauen Koffer packt. Auf der Fensterbank steht ein Cocktailglas mit Tomatensaft.

»Du packst …«

»Was du nicht sagst.«

»Du musst nicht gehen, Pepper.«

Sie richtet sich hinter dem Kofferdeckel auf und streift ihre Asche ab. »Ach, nein? Hast du etwa vor, eine Zufluchtsstätte für gefallene Frauen und Findelkinder zu eröffnen?«

»Hör zu, es tut mir leid. Du hast mich auf dem falschen Fuß erwischt. Der Zeitpunkt war einfach ungünstig. Gelinde ausgedrückt.«

»Nein, du hast vollkommen recht. Ich bin der Feind. Eine Frau, die anderen den Mann ausspannt und sich von ihm schwängern lässt. Eine Frau, die an Weihnachten

Familien zerstört, derentwegen Frauen und Kinder nachts in ihr Kissen schluchzen. Man sollte mir aus dem Weg gehen. Du ganz besonders, liebe Tiny. Du hast jedes Recht, mich zu schneiden.« Sie greift nach dem Glas, und die Art und Weise, wie sie daran nippt, weckt in mir den Verdacht, dass da noch mehr im Spiel ist als Tomatensaft. Ich habe den Eindruck, sie will gar kein Mitleid von mir. Sie will und erwartet nicht, dass ich sie in den Arm nehme und sage: *Ach, das stimmt doch gar nicht, du hast nur einen dummen Fehler gemacht, mehr nicht; wir sollten dich nicht verurteilen, die Gesellschaft ist so grausam und ungerecht zu Frauen wie dir.*

»Wenn du meinst.« Ich gehe um das Bett herum und nehme die Zigarette aus dem Aschenbecher. Ich betrachte sie von allen Seiten wie das Relikt einer fremden Zivilisation, dann hebe ich den Stummel an die Lippen und ziehe daran. Tabak mit einem Hauch von Tomate und Wodka. »Du bist also der Feind. Du bist das Raubtier. Du bist das Miststück, das einem armen unschuldigen Ehemann auflauert, um mit ihm zu schlafen und sich von ihm schwängern zu lassen. Aber du bist auch *meine* Schwester. Du bist *mein* geliebtes Miststück. Und dieses Kind ist *mein* Neffe oder *meine* Nichte. Deshalb kannst du so lange bleiben, wie du willst.« Ich drücke die Zigarette im Aschenbecher aus. »So lange, wie du musst.«

Pepper lässt sich auf den Ankleidestuhl sinken und legt ihre Hände um das Glas. Sie schlägt ein langes Bein über das andere und wippt nervös mit dem Fuß. Ihr Gesicht ist wunderschön, ohne den geringsten Makel. »Wirklich? Und was ist mit der lieben Verwandtschaft?«

»Sollen sie daran verrecken.«

»Ich bin im dritten Monat. Lange werde ich es nicht mehr verbergen können.«

»Umso besser. Ich kann es gar nicht erwarten, ihre Gesichter zu sehen, wenn sie eins und eins zusammenzählen. Vielleicht sollten wir die Presse einladen. Ich kenne da einen netten Reporter vom *Globe*. Immer auf der Jagd nach einer guten Story.«

Sie stützt ihr Kinn in die Hand und lacht auf. »Du hast dich verdammt verändert, Tiny. Ich wusste nicht, dass du einen Sinn für Humor hast.«

Ich wende mich dem Koffer zu und nehme einen unordentlichen Stapel Blusen heraus, um sie auf der Tagesdecke zu falten. »Du hast eben nie danach gefragt.«

Kurz darauf höre ich das kratzende Geräusch eines Feuerzeugs, und Pepper tritt neben den blauen Samsonite-Koffer, um mich in ihren langen, eleganten Schatten zu tauchen. Sie schnappt sich die Blusen. »Tiny, Tiny«, sagt sie mit einer frischen Zigarette im Mundwinkel. »Was soll unsere arme Mum nur von uns denken?«

Caspian, 1964

Tinys Mutter. Die Mutter der Braut, wie sie selbst betonte. In einem marineblauen Kostüm mit eleganten Dreiviertelärmeln und blütenweißem Kragen, marineblauem Hut und marineblauen Schuhen. Die Absätze mussten mindestens zehn Zentimeter hoch sein. Zehn extravagante Zentimeter, die sie gar nicht nötig hatte, denn sie war groß wie ein Fotomodell und ebenso schlank.

Und wer zum Teufel war *er*?

»Ich bin ein Freund von Tiny«, sagte er. »Wissen Sie, wo sie steckt?«

Mrs. Schuyler hob ihre Zigarette an die Lippen. Doch ehe sie einen Zug nahm, erwiderte sie: »Glauben Sie allen Ernstes, ich würde es Ihnen verraten?«

Cap zuckte mit den Schultern. »Ich will mich nur vergewissern, dass es ihr gut geht.«

Sie blies eine gedehnte Rauchwolke in den Flur. »Sagen *Sie* es mir!«

»Ist sie nicht hier?«

»Nein, ist sie nicht.« Mrs. Schuyler deutete mit ihrem Drink auf die offene Wohnungstür. »Sie geht seit zwei Tagen nicht ans Telefon, deshalb bin ich gekommen, um nach ihr zu sehen. Sie wissen nicht zufällig, wo sie in der Zwischenzeit war?«

»Sie war bei mir.«

Sie musterte ihn eingehend, vom Kopf bis zu den Zehenspitzen und wieder zurück, mit eingehender Prüfung seiner schmalen Hüften und breiten Schultern. Sie schätzte ihn ab wie ein Rennpferd. »Verstehe.«

»Ich habe auf dem Sofa geschlafen, Mrs. Schuyler.«

»Ach, haben Sie das? Wie umsichtig von Ihnen. Sie wissen aber schon, dass Tiny bald heiratet?«

»Die Entscheidung liegt wohl bei ihr.«

Sie tippte mit der Zigarette gegen den Türrahmen und nippte nachdenklich an ihrem Drink. »Wie war noch Ihr Name?«

»Caspian, Mrs. Schuyler. Ich heiße Caspian Harrison.«

Sie runzelte die Stirn. »Ein ungewöhnlicher Name.«

»Meine Mutter war eine ungewöhnliche Frau.«

»Zweifellos.« Sie zuckte vielsagend mit den Augenbrauen. »Wie dem auch sei. Die Situation scheint mir eindeutig. Jede Braut bekommt vor der Hochzeit kalte Füße, selbst meine perfekte Tochter. Und wenn sie schon kalte Füße bekommt, dann mit Stil. Ich war ganz genauso.«

»Sie hat keine kalten Füße, Mrs. Schuyler.«

»Verzeihung, Mr. Harrison, aber ich als ihre Mutter weiß mit Sicherheit am besten, was Tiny auf lange Sicht glücklich macht. Was für sie das Beste ist. Wussten Sie eigentlich, dass meine Tochter ihren Verlobten bereits seit vier Jahren kennt? Nein, fünf. Sie sind das entzückendste Paar der Welt. Sie sollten die beiden mal zusammen sehen!«

»Das würde ich gern vermeiden.«

Mrs. Schuyler hob ihr Glas, ohne davon zu trinken. Stattdessen schwebte es reglos vor ihrem marineblauen Busen, während der Qualm ihrer Zigarette träge von den Fingern aufstieg, welche sanft ihren rechten Ellbogen stützten. »Ich hoffe, Mr. Harrison, Sie sind nicht der Typ Mann, der die Nervosität einer jungen Frau schamlos ausnutzt.«

»Ich habe Tiny nicht angerührt.«

»Es spielt keine Rolle, ob Sie sie angerührt haben. Sie darf sich ruhig vergnügen, wenn ihr der Sinn danach steht. Gott weiß, sie hat es sich verdient. Was mich vielmehr beschäftigt, ist die Frage, was Sie mit ihr vorhaben?«

»Wie gesagt, die Entscheidung liegt ganz bei ihr.«

Sie studierte ihn eingehend. Der Flur war erfüllt von nachmittäglicher Wärme, und die Eiswürfel in ihrem Glas waren fast geschmolzen. Das Kondenswasser rann über ihre schlanken blassen Finger, sorgfältig manikürt, wenn auch unlackiert. Im dämmrigen Licht des Flurs nahm Cap jedes Detail zur Kenntnis und fragte sich, wie er sie am besten fotografieren würde. Vermutlich von der Seite, um die schräge Linie ihrer majestätischen Wangenknochen einzufangen, die denen von Tiny ähnelten, jedoch vom Alter geschärft waren. Er würde das Deckenlicht einschalten, um die markanten Schatten zu betonen, die feinen Linien ihrer Augenwinkel zu unterstreichen. Wenn er sie aus der richtigen Perspektive ablichtete, mit genügend Licht und entsprechender Brennweite, könnte er vielleicht den transparenten Glanz ihrer Iris erfassen, den inhärenten Charakter ihrer zerbrechlichen Schönheit, das Rätsel hinter der Fassade.

Mrs. Schuyler stieß sich vom Türrahmen ab. »Kommen Sie doch herein, Mr. Harrison.«

Tinys Wohnung war klein und makellos. Keine Anzeichen von einer Mitbewohnerin. Die Küchenzeile im Wohnzimmer war kaum größer als seine eigene. Gegenüber befand sich eine Tür, die vermutlich zum Schlafzimmer führte. Mrs. Schuyler stolzierte zur Küche, drückte ihre Zigarette aus und goss sich einen frischen Drink ein. Dann öffnete sie den Kühlschrank, um eine Schale Eiswürfel aus dem Gefrierfach zu nehmen. »Einen Drink?«

»Nein, danke« Er lehnte sich neben der Tür gegen die Wand und verschränkte die Arme. »Sie wissen also nicht, wo sie steckt? War sie zwischenzeitlich zu Hause?«

Mrs. Schuyler ließ drei Eiswürfel in ihr Glas fallen und stellte die Schale zurück in den Kühlschrank. Auf der Arbeitsplatte stand eine fast volle Flasche Wodka. Sie griff danach und öffnete den Verschluss. »Sie haben sie wohl verlegt?«

»Sie hat meine Wohnung vor ein paar Stunden verlassen.«

Mrs. Schuyler drehte sich um und lehnte sich entspannt gegen die Arbeitsplatte. »Ich habe keine Ahnung, wo sie steckt. Aber sie hat einen Koffer mitgenommen. So viel steht fest.«

Einen Koffer. Unter seinen verschränkten Armen wich mit einem Mal alle Luft aus seiner Lunge. »Und sie hat keine Nachricht hinterlassen?«

»Keine Notiz. Kein gar nichts. Völlig untypisch.« Sie durchbohrte ihn mit einem Blick, der die Schuld für dieses Fehlverhalten bei ihm suchte.

Cap erwiderte ihren Blick. Ebenso wie er den Blick seines Colonels erwiderte, wenn er vor irgendwelchen hohen Tieren antreten musste. Ebenso wie er den Blick seiner Großmutter erwiderte, wenn sie ihn zum Nachmittagstee einlud, um über seine Zukunft zu *plaudern*.

»Wissen Sie, Mr. Harrison …«

»Captain Harrison.«

»Ach, wirklich? Ich bin beeindruckt. Aber das ändert rein gar nichts an den Tatsachen, *Captain*.« Ihre Worte klangen wie ein kehliges Schnurren. »Ich kenne meine Tochter besser als jeder andere. Mag sein, dass sie im letzten Moment einen gewissen Nervenkitzel sucht, und das ist ihr gutes Recht. Ich habe sie zu sehr behütet, das gebe ich unumwunden zu. Im Grunde wollte ich ihr nur meine gröberen Fehler ersparen.«

»Verständlich.«

»Aber Sie sollten eines wissen, Captain Harrison, Tiny ist eine gute Tochter, und das meine ich ganz wörtlich, sie ist durch und durch *gut*. Sie ist deutlich besser, als ich es je sein könnte. Ich habe sie weiß Gott nicht verdient.« Sie nahm einen Schluck von ihrem Wodka und griff nach der Zigarettenschachtel auf der Arbeitsplatte. *Parliaments.* Wider Erwarten ließ sie die Schachtel ungeöffnet. Stattdessen tippte sie mit ihrem Fingernagel auf den Karton, als wäre sie ein Spion, der einem anderen geheime Botschaften übermittelt.

»Das habe ich mir auch gedacht«, erwiderte er.

»Den Namen hat sie übrigens von einer Tante meines Mannes. Christina Dane. Wussten Sie das? Sie starb bei einem Hurrikan, noch bevor Tiny geboren wurde. Ein tragisches Unglück. Man hat nicht mal ihre Leiche gefunden. Und es kam mir vor … als hätte sie es immer *geahnt*, schon damals.«

»Was geahnt?«

Tipp, tipp, tipp.

Mrs. Schuyler stellte ihr Glas beiseite. »Ich will Ihnen eine Geschichte erzählen. Wir haben Tiny erst mit zwei Jahren taufen lassen. Offen gesagt bin ich nicht gerade der religiöse Typ, zwischen mir und Gott herrscht eher Funkstille – ich würde unsere Beziehung als eine Art Hassliebe beschreiben –, doch jener Sonntag, den wir für den Anlass auswählten, fiel auf das Wochenende nach Pearl Harbor. Die Kirche war brechend voll, wie man sich vorstellen kann.« Mrs. Schuyler stellte ihr nervenraubendes Getrommel endlich ein, nahm eine Zigarette aus der Schachtel und ließ den Blick schweifen. »Sie haben nicht zufällig Feuer, Captain?«

»Leider nicht.«

Sie öffnete eine Schublade neben dem Herd und entdeckte ein Briefchen Streichhölzer. »Wie gesagt, die Kirche ist brechend voll, alle Welt in Panik, der Krieg vor der eigenen Haustür, und wir haben gesehen, was Europa bereits durchmachen musste. Frankreich besetzt, London in Schutt und Asche. Ganz zu schweigen von dem guten alten Schanghai. Doch Tiny, vorn am Altar, denkt nicht mal daran zu weinen. Sie ist der reinste Engel. Sie trägt ein entzückendes Kleidchen aus weißer Seide mit Spitzenbesatz, ein Familienerbstück. Ihr Haar ist deutlich heller als heute, fast schon golden. Der Pastor greift ins Taufbecken, um Wasser über ihren Kopf zu schöpfen, und Tiny streckt ihm die Hand entgegen, Captain Harrison, ihre süße kleine Hand. Sie fängt die Tropfen mit den Fingern auf und lacht. *Sie lacht.* Ein goldenes Lachen, wie die himmlischen Glocken selbst. Man konnte förmlich hören, wie es den armen erschütterten Menschen den Atem verschlug. Sie alle wurden *geheilt.* Anders kann ich es nicht beschreiben.« Mrs. Schuyler ließ das Streichholz aufflammen und wandte sich ab, als hätte sie etwas zu verbergen, möglicherweise Tränen. »In dem Moment wussten wir, dass letztendlich alles gut werden würde. Dass Gott sich doch um uns scherte.«

»Ich kann es mir vorstellen«, sagte Cap.

Mrs. Schuyler ließ das Streichholz in die Spüle fallen und wandte sich um. »Und da habe ich gewusst, dass sie zu Größerem bestimmt ist. Dass sie über uns alle regieren würde, dass der Pöbel sie anhimmeln und verehren würde. Vor sechzig oder achtzig Jahren wäre ich nach Europa gereist und hätte sie mit einem Herzog oder Prinzen vermählt, aber wir leben in einer modernen Welt, Captain Harrison. Kein Mensch schert sich heute noch um Titel. Titel sind ein Witz, über den keiner mehr lachen kann. Also hat sich das kluge Kind die nächstbeste Alternative gesucht, ganz von allein. Sie können sich meine Begeisterung vorstellen. All die Jahre habe ich sie zu einer perfekten Gemahlin erzogen. Ich habe ihr den nötigen Schutz, die nötige Erziehung geboten, damit ihr Prinz sie eines Tages findet. Allen Widrigkeiten zum Trotz. Besser gesagt, meiner eigenen Natur zum Trotz.« Ihre Hand zitterte, als sie die Zigarette an ihre Lippen führte, unermüdlich, auf und ab. Kurze, tiefe Züge. »Und mir ist nach wie vor schleierhaft, wie *Sie*, Captain Harrison, bei all Ihrer Fürsorge, so breitschultrig und attraktiv Sie auch sein mögen, in dieses Szenario hineinpassen.«

Tinys Wohnzimmer besaß nach Süden hin ein einzelnes Doppelfenster, das offenbar den Garten überblickte. Draußen tauchte der Sonnenuntergang den Himmel in ein strahlendes Gold. Das warme Licht retuschierte Mrs. Schuylers Gesichtszüge, und bei einer zierlicheren Figur, etwas weniger Körperfülle und strafferer Haut, hätte sie ohne Weiteres als ihre Tochter durchgehen können.

Cap löste seine verschränkten Arme und richtete sich auf. »Dann haben wir uns wohl nichts mehr zu sagen. Wenn sie zurückkommt, richten Sie ihr doch bitte aus, dass ich hier war.« Er fischte nach seinem Portemonnaie und zog eine Visitenkarte heraus.

»Den Teufel werde ich tun.«

Dennoch reichte er ihr die Karte. »Lassen Sie mich nur wissen, ob es ihr gut geht, Mrs. Schuyler. Mehr verlange ich gar nicht.«

Sie steckte die Karte ein, ohne einen Blick darauf zu werfen. »Ich kann mir wohl sparen, Sie um denselben Gefallen zu bitten.«

Er legte die Hand an den Türknauf und starrte auf seine gekrümmten Finger, als würden sie einem anderen Mann gehören. »Ich kann Ihnen eines versprechen, Mrs. Schuyler. Wenn sie bei mir ist, wird ihr nichts und niemand etwas anhaben.«

Cap öffnete die Tür und verließ die Wohnung. Bevor das Schloss zufiel, hörte er Mrs. Schuylers träge Stimme, die durch die abgestandene Schwüle zu ihm hinausdrang. »Ich kann Ihnen gar nicht sagen, wie sehr mich das beruhigt, Captain Harrison.«

Er ging langsam zurück zu seiner Wohnung. Als er das Haus erreichte, war das vielversprechende Goldrosé der Abenddämmerung einem kränklichen Zwielicht gewichen. Der Flur war stockfinster. Er machte sich nicht die Mühe, das Licht einzuschalten. Im Dunkeln stieg er die Treppe hinauf und kramte nach seinem Schlüssel.

»Caspian?«

Er blieb reglos stehen. Am oberen Ende der Treppe löste sich ein Schatten von der Wand.

Er blickte auf seine Hand, auf das matte Glänzen des Schlüsselbunds. Das ruhige Schlagen seines Herzens überraschte ihn. Vielleicht hatte er die ganze Zeit geahnt, dass sie hier sein würde.

»Tiny«, sagte er.

Tiny, 1966

Als ich mir vor dem Abendessen einen erholsamen Drink gönnen will, erhebt sich eine hochgewachsene Gestalt aus einem der Sessel in der Bibliothek. Zugegebenermaßen fühle ich mich etwas überrumpelt, obwohl oder gerade *weil* ich seinen Anblick den ganzen Tag nicht aus dem Kopf bekommen konnte.

Bevor Caspian etwas sagen kann, meldet sich Pepper aus einem weiteren Sessel zu Wort. »Tiny, da bist du ja endlich. Sieh nur, wer uns heute Abend Gesellschaft leistet!«

»Eine kleine Überraschung«, schaltet sich Granny ein.

Ich bringe mein entglittenes Lächeln in Form und wende mich den dreien zu. Caspian streckt mir höflich die Hand entgegen. »Guten Abend, Mrs. Hardcastle. Ich hoffe, ich störe nicht.«

Granny lächelt mich über den Rand ihres Glases an. »Ich habe ihn eingeladen.«

Ich berühre Caspians Hand und lasse mir einen Kuss auf die Wange geben. Er riecht nach Rasierseife, der altmodischen Variante. Sein Kuss wirkt nüchtern und entschlossen. »Du störst überhaupt nicht, Caspian. Und nenn mich bitte Tiny. Ich dachte, das hätten wir geklärt?«

»Jawohl, Ma'am.«

»Darf ich dir einen Drink anbieten?«

»Darum habe ich mich schon gekümmert«, erklärt

Pepper vergnügt. »*In loco schwesteris*, wie der Lateiner zu sagen pflegt. Was mich zu der nächsten Frage führt: Wo warst du?«

»Frank hat vorhin angerufen.« Ich gehe zum Getränkewagen, denn erstens brauche ich einen Drink, und zweitens brauchen meine Hände eine vertraute Beschäftigung, um ihr Zittern abzulegen.

»Was wollte Frank?«, fragt Granny.

»Ach, nichts Besonderes. Nur mal Hallo sagen und hören, ob sich das Meer ordentlich benimmt. Ob ich mich ordentlich benehme.« Ich gebe einen Schuss Wermut über die Eiswürfel, lasse die Mischung im Becher kreisen und gieße die Flüssigkeit ab.

»Das ist sehr umsichtig von ihm. Immerhin hat er momentan eine Menge um die Ohren.«

Wodka über das Eis gießen. Gut schütteln. Durch ein Sieb ins Martiniglas füllen.

»Tja, so ist das eben mit den fürsorglichen Hardcastles. Sie wollen einen stets im Auge behalten.« Olive eintauchen. Sich umdrehen, Glas heben, lächeln. »Cheers, ihr Lieben!«

Das Abendessen verläuft überaus intim, *gefährlich* intim. Caspian zu meiner Rechten, Pepper zu meiner Linken. Granny Hardcastle mir gegenüber, auf Franks angestammtem Platz. Sie sieht uns unverwandt an, eine pastellfarbene Sphinx, die sich in mystisches Schweigen hüllt, während die kühle Gazpacho einem pochierten Heilbutt weicht. Die Luft ist unerträglich heiß, die Unterhaltung schleppt sich tapfer voran.

»Wollten Constance und Tom nicht auch zum Essen kommen?«, frage ich.

»Das Baby hat Husten«, sagt Granny Hardcastle. »Caspian, mein Lieber, kannst du mir mal das Salz reichen?«

Stumm reicht er seiner Großmutter den Salzstreuer.

(Eine Antwort hält er offenbar für unnötig.) Pepper stürzt sich in eine wilde Anekdote über irgendeine Party in Washington, wo es von blutjungen Praktikantinnen und liebestollen Senatoren nur so wimmelt. Sie verstrickt sich in einer schlüpfrigen Doppeldeutigkeit und schenkt Granny Hardcastle einen spekulativen Blick.

»Nun, Liebes?« Granny wirft einen Eiswürfel in ihren Wein. »Sprich ruhig weiter. Hat die Gute ihr Cocktailwürstchen bekommen oder nicht?«

»Hat sie«, erwidert Pepper.

Granny lächelt gönnerhaft. »Das wundert mich nicht. Dein Arbeitgeber, der Senator, war nicht zufällig auch bei dieser Party?«

»Oh, und ob.«

»Ist ja reizend. Und habt ihr beiden auch ein Cocktailwürstchen vernascht?«

Pepper, die gerade eine grüne Bohne verzehrt, bekommt einen Hustenanfall. Caspian entdeckt einen überaus faszinierenden Sprung in seinem Weinglas.

»Schließlich will niemand eine Party unbefriedigt verlassen«, fährt Granny ungerührt fort.

Meine Schwester legt ihre Gabel an den Rand des Tellers und wendet den Blick zu Granny Hardcastle. Mir fällt auf, dass ihre Wangen ein wenig gerötet sind. »Sie müssen es ja wissen.«

»Wie bitte?«

Pepper legt ihre Serviette beiseite. Ihre Finger sind wunderschön und zittern, was ihr ganz und gar nicht ähnlich sieht (das Zittern, meine ich). Mein Blick verharrt wie gebannt bei ihren Knöcheln. »Wissen Sie, Mrs. Hardcastle«, sagt Pepper in einem erstaunlich emotionalen Tonfall. »Meine Großtante Julie hat ein bemerkenswertes Gedächtnis, und wir stehen einander sehr nah.«

»Das kann ich mir vorstellen!«

»Dann wissen Sie bestimmt auch, dass meine Tante kein Blatt vor den Mund nimmt. Und sie würde mir zweifellos zustimmen, dass der Senator ein großer Mann ist … ein wahrhaft großer Mann, und Ihre vulgären Kommentare …«, Peppers Stimme bricht, »… ihre vulgären Kommentare beweisen nur, dass Sie immer noch dasselbe geschmacklose, aufstiegsgeile und niederträchtige *Biest* sind wie damals.«

Pepper steht auf und stürzt aus dem Raum. Einige schockierte Sekunden später knallt die Haustür ins Schloss.

Ich tupfe mir mit der Serviette den Mund ab und stehe auf. »Entschuldigt mich bitte.«

Der Schuppen ist so finster, dass ich mir wünsche, ich hätte ein Feuerzeug mitgenommen. »Pepper?«, frage ich, obwohl ihr Atem deutlich zu mir herüberdringt.

»Hier im Wagen.«

Das orange Glühen ihrer Zigarette glimmt auf. Ich trete ein, zwei Schritte näher und taste nach der Motorhaube. »Hoffentlich stolpere ich nicht über irgendwelche Ventile.«

»Auch egal. Meinetwegen kann der ganze Schuppen in Flammen aufgehen.«

»Grundgütiger. Lass deinen Emotionen ruhig freien Lauf.« Ich spüre den Türgriff unter meinen Fingern.

»*Grundgütiger.* Welcher normale Mensch sagt heute noch *Grundgütiger?*«

»Na ich, zum Beispiel. Rutsch mal rüber.«

Das Leder ächzt. Vorsichtig lasse ich mich auf den Fahrersitz sinken und greife nach Peppers Zigarette. »Das solltest du in deinem Zustand lassen.«

»Du bist noch schlimmer als die Gesundheitspolizei. Außerdem lasse ich es vielleicht wegmachen.«

Ich gönne mir einen flüchtigen Zug und trete die Zigarette am Boden aus. »Vielleicht?«

»Das wäre die sinnvollste Lösung, oder? Keine verletzten Gefühle. Keine Scham und Schande für – wie nennen es die Zeitschriften? – zwei *gewichtige* Familien. Und ich spare mir die Erkenntnis, dass ich eine schlechte Mutter abgeben würde.«

»Andererseits könntest du dafür verhaftet werden.«

Sie schnaubt. »Das glaube ich eher nicht. Ich habe sehr einflussreiche Freunde, wenn du verstehst, was ich meine:«

»Mein Gott. Hat dir jemand was in den Wein gekippt?«

»*Mein Gott*«, äfft sie mich nach.

»Ich will doch nur, dass du auf dich aufpasst.«

»Wer bist du, mein gottverdammter Hausarzt?«

»Nein. Aber mal ehrlich? Ich würde so ziemlich alles dafür tun, um in deiner Haut zu stecken.«

Meine Augen haben sich an die Dunkelheit gewöhnt. Ich sehe die schmalen Lichtstreifen zwischen den Brettern, die vagen Schatten der Bäume jenseits der Toröffnung. Sonnenuntergang ist erst in einer halben Stunde, doch der Tag hat seinen Glanz verloren. Vor mir erhebt sich das Lenkrad in einem perfekten weißen Bogen über dem Armaturenbrett. Ich greife danach.

»In meiner Haut. Im Ernst?«, sagt Pepper matt.

»Du hast ja keine Ahnung.«

»Ich versteh's einfach nicht. Warum wollen Frauen unbedingt Kinder bekommen? Kinder ruinieren die Figur und stehlen einem die Zeit.«

»Vivians Figur ist nicht ruiniert.«

»Vivian ist eben die Ausnahme zur Regel. Ich meine, die setzt sich doch nur zum Kacken hin.«

Betretenes Schweigen, dann lache ich los, ein gelöstes,

stürmisches Lachen. »Gott. Oh Gott, Pepper. Wo hast du nur solche … Ausdrücke her?«

»Du musst einfach mehr Zeit in Gesellschaft von Männern verbringen, Süße.« Sie kramt in ihrer Handtasche und holt eine weitere Zigarette heraus. »Ehe du dich versiehst, bist du schwanger und fluchst wie ein Bierkutscher.«

»Vielleicht sollte ich dich mal in Washington besuchen.«

»War das nicht ohnehin der Plan? Mit den Hardcastles, meine ich.«

»Es gibt da noch ein paar Hindernisse.«

»Vermutlich besser so. Die kleine unfehlbare Tiny würde vor Schreck ihren Schlüpfer verlieren. Und das meine ich wörtlich.« Sie entzündet ihre Zigarette und lässt den Qualm genüsslich entweichen.

»Du würdest dich wundern. Ich bin gar nicht so unfehlbar …«

Der grelle Strahl einer Taschenlampe zerschneidet die Luft. Pepper nimmt die Füße vom Armaturenbrett und richtet sich auf.

»Hallo?«, rufe ich.

»Hier steckt ihr also.«

Caspians breites Kreuz materialisiert sich hinter dem grellen Lichtkreis der Taschenlampe. Der Strahl wandert ruhelos zwischen uns beiden hin und her. Ich hebe schützend die Hand vors Gesicht. »Hey, lass das! Du blendest uns.«

»Entschuldigung.« Die Taschenlampe schwenkt nach unten. »Was zur Hölle macht ihr hier?«

»Wir reparieren ein Auto«, sagt Pepper.

»Was für ein Auto?«

»Das, in dem wir sitzen.«

Der Lichtstrahl zuckt erneut nach oben und schweift über die Kurven und Kanten des Mercedes-Benz, um für einen bedeutungsschwangeren Augenblick bei dem dreizackigen Stern zu verweilen und schließlich gefühlvoll über den linken Kotflügel zu gleiten.

»Heiliges Kanonenrohr«, murmelt er.

»Hab ich auch gesagt«, verkündet Pepper. »Oder so was in der Art.«

Er schreitet zur Fahrerseite und lässt den Lichtstrahl über den tiefschwarzen Lack schweifen. Seine ehrfürchtige Miene erstrahlt im sanften Licht der Taschenlampe. »Wo habt ihr den denn gefunden?«

»Na hier.«

»*Hier?* In dem Schuppen?«

»Ja, hier im Schuppen. Dachtest du, das Meer hätte ihn angeschwemmt?«

Caspian hat den linken Kotflügel hinter sich gelassen. Ich stütze ein Knie auf die Sitzbank, um ihm mit dem Blick zu folgen.

»Das ist unmöglich«, erwidert er. »Habt ihr eine Ahnung, was das für ein Wagen ist?«

»Natürlich«, entgegne ich. »Ich verstehe zwar nicht viel von Autos, aber einen Mercedes erkenne ich schon.«

Er bleibt stehen und sieht mich an. Das strahlende Grün seiner geweiteten Augen erschreckt mich. »Nicht irgendein Mercedes. Das ist ein Meilenstein der Automobilgeschichte. Ein Special Roadster, Baujahr '36. Ich glaube, davon wurde nicht mehr als eine Handvoll gebaut. Wer weiß, wie viele den Krieg überlebt haben.«

»Na, zumindest einer«, sagt Pepper.

»Wir wollen ihn reparieren«, sage ich. »Besser gesagt, Pepper.«

Caspian setzt seinen Rundgang fort. »Nur ein Europäer hätte einen solchen Wagen in die Finger bekommen. Besser gesagt, ein Deutscher. Sicher jemand, der den Geschäftsführer persönlich kannte. Aristokrat, irgendein hohes Tier. Ist das ein Einschussloch?« Er beugt sich über den rechten hinteren Kotflügel, berührt den Lack mit den Fingern, richtet sich wieder auf.

»Soll das heißen, das ist ein echter Nazi-Schlitten?«, fragt Pepper.

»Die Nazis waren keine Aristokraten. Aber ja, so was in der Art.« Neben dem rechten Vorderrad bleibt er stehen und stößt einen anerkennenden Pfiff aus.

»Und wie ist er dann hierhergekommen?«

Er blickt zu mir auf. »Das ist eine verdammt gute Frage.«

Dreißig Minuten später ist Caspian kopfüber unter der Motorhaube verschwunden. Pepper kehrt mit einem Bündel Taschenlampen zurück, die sie unsanft auf dem Boden ablädt. »Zum Glück war Granny bereits in ihrem Zimmer«, schnaubt sie. »Bestimmt formuliert sie gerade mein Todesurteil.«

»Wer immer diesen Wagen reparieren wollte, gehört verhaftet. Das ist ein Verbrechen gegen die Menschheit«, schimpft Caspian dumpf. Sein Hemd ist bis zu den Ellbogen hochgekrempelt, sein Jackett liegt auf der Sitzbank.

»Tut mir leid«, erwidert Pepper. »Mein Deutsch ist ziemlich mangelhaft.«

»Wie kommt es eigentlich, dass du *so* viel davon verstehst?«, frage ich Caspian.

Er taucht unvermittelt auf, in der einen Hand die Taschenlampe, in der anderen einen Schraubenschlüssel. (Definitiv ein Schraubenschlüssel.) Seine Wange ist dunkel von Öl. »Ich habe als Jugendlicher acht Jahre lang in Deutschland gelebt.« Sein Blick wandert von Pepper zu mir. »Ich kenne diesen Wagen wie meine eigene Westentasche.«

»Glück für uns!«

»Glück für den Wagen.« Er verschwindet erneut im Motorraum. »Ich kann es immer noch nicht fassen. Der Wagen ist eine Legende. Ich fühle mich, als würde ich an einer Stradivari herumbasteln.«

Ich verschränke die Arme und studiere die militärische Passform von Caspians Hose über seinem attraktiven Gesäß. »Der ganze Stolz der Nazis, könnte man also sagen. Und so eine Karosse versteckt sich in Granny Hardcastles Schuppen?«

»Welch Überraschung«, bemerkt Pepper spitz.

»Bitte, Pepper, Granny ist vielleicht ein bisschen schwierig, aber sie ist bestimmt kein Nazi.«

»Woher willst du das wissen? Sieh dir nur mal den alten Joe Kennedy an, der ist als Botschafter in London quasi im Stechschritt spazieren gegangen. Du weißt schon, vor dem Krieg.«

»Was hast du gegen Joe Kennedy?«

Sie verschränkt ihrerseits die Arme. »Gar nichts. Ich erwähne nur eine Tatsache, von der ich *dachte*, dass sie jeder kennt. Nämlich dass die ältere Generation, die unserer Eltern und Großeltern, nicht gerade gegen die Faschisten Krawall geschlagen hat. Nach Pearl Harbor hat Deutschland *uns* den Krieg erklärt, nicht andersherum.«

Caspian taucht wieder auf und legt den Schraubenschlüssel auf den Kotflügel. »Ihr habt mehr Glück als Verstand, meine Damen. Ich kann keine irreparablen Schäden feststellen. Obwohl ihr euch alle Mühe gegeben habt!«

»Was für ein Glück«, sagt Pepper.

»Was für ein Wunder, könnte man sagen.« Er schmiegt seine Finger zärtlich um den Rand der Motorhaube. »Schön. Und was für Absichten verfolgt ihr damit?«

»Meine Güte, das ist ein *Auto*, Caspian, nicht deine minderjährige Tochter.«

Er bedenkt sie mit einem steinernen Blick.

»Wir wollten nur sehen, ob wir ihn wieder zum Laufen bekommen«, sage ich. »Eine Art Sommerprojekt, um uns abzulenken. Du weißt schon, Müßiggang ist aller Laster Anfang.«

»Habt ihr wenigstens versucht, den rechtmäßigen Besitzer ausfindig zu machen?« Mit einer dezenten Betonung auf *rechtmäßig*.

»Im Handschuhfach lagen keine Papiere.«

»Wer es findet, darf es behalten«, säuselt Pepper.

Caspian ist der Verzweiflung nahe – ein Anblick, den ich insgeheim genieße. Er geht erneut um den Wagen herum und öffnet die Beifahrertür. Aufgrund seiner breiten Soldatenstatur muss er sich seitlich hineinschieben. Er öffnet das Handschuhfach.

»Siehst du?«, sagt Pepper triumphierend. »Keine Spur von Papieren!«

Caspian hievt seinen stattlichen Körper wieder hinaus. »Ohne die Zulassung ist der Wagen wertlos. Sowohl für euch als für jeden anderen. Kein Mensch würde ein gestohlenes Auto kaufen.«

»Wer sagt denn, dass wir es verkaufen wollen?«, fragt Pepper.

Er verzieht neugierig die Augenbrauen.

»Na schön, ich sag dir was.« Pepper hebt ihren attraktiven Schenkel und drapiert sich wie eine lebende Kühlerfigur über die Motorhaube. Ihre Haut schimmert verheißungsvoll im Licht der Taschenlampe. »Wenn du uns hilfst, das gute Stück wieder in Gang zu bringen …«

»Euch *helfen*?«

»Du kannst der Versuchung doch sowieso nicht widerstehen.«

Diesmal verschränkt Caspian die Arme. Sein Blick wandert voller Verlangen über den Wagen, vom geschwungenen vorderen Kotflügel bis hin zum schräg abfallenden Heck und weiter zum luxuriösen Innenraum. Ich spüre ein sanftes Flattern in der Magengrube, ein schändliches Kribbeln zwischen den Schenkeln. »Nun, ich denke, ich könnte noch etwas bleiben und dafür sorgen, dass die Arbeit vernünftig gemacht wird.«

Pepper springt auf und schlingt ihre langen Arme um seinen glücklichen Nacken. »Caspian, du bist ein Schatz!« Sie drückt ihm einen Kuss auf die Wange, kaum mehr als ein, zwei Zentimeter von seinem Mund entfernt.

Das Flattern in meinem Magen verwandelt sich in Übelkeit.

Caspian befreit sich aus der Umarmung. »Aber meine Anweisungen werden strikt befolgt, verstanden? Ich habe hier das Sagen.«

»Jawohl, Sir.« Pepper salutiert.

»Und kein Gejammer. Keine Klagen über eingerissene Fingernägel.«

»Chauvinistischer Macho«, sagt Pepper. »Ich jammere *nie.*«

Er sieht sie an wie ein gestrenger Vater oder ein Marineoffizier im Ausbildungslager. »Ich will kein Wort mehr hören außer *jawohl, Sir.* Und immer schön die Ohren aufsperren, dann lernt ihr vielleicht noch was über den besten Wagen aller Zeiten.«

»Oh Gott …« Sie schließt die Augen und erschaudert. »Mach bitte weiter.«

Ich beäuge die beiden jenseits der Motorhaube, knapp vier Meter von mir entfernt, einander zugewandt, von attraktivem Angesicht zu Angesicht. Pepper lässt ihren weiblichen Charme spielen, und Caspian tut so, als würde er nicht mal bemerken, dass die verführerischste Frau der

Welt mit ihm flirtet. Doch wie könnte es ihm entgehen? Wie könnte ihm – einem strammen, heißblütigen Junggesellen und Offizier der Vereinigten Staaten – eine Frau wie Pepper entgehen?

Ich greife nach dem Schraubenschlüssel und bringe ihn zum Werkzeugkoffer. »Das wäre also geklärt«, sage ich und streife mir den unsichtbaren Dreck von den Händen. Mein Blick ist seltsam verschleiert. »Fangt schon mal an, ich gehe zurück zum Haus. Ich glaube, ich bekomme gerade Kopfschmerzen.«

»Tiny …«

»Gute Nacht, Schwesterherz.« Pepper winkt mir zu, ohne mich eines Blickes zu würdigen. Dann nimmt sie Caspian die Taschenlampe ab. »Bis morgen.«

Ein Klopfen an der Tür zerstört meine Hoffnung auf eine ruhige Stunde vor dem Zubettgehen. Hastig schiebe ich den braunen Umschlag unter meine Nachtwäsche und schließe die Schublade. Zu meinen Füßen höre ich Percys müden Seufzer. »Herein.«

Granny Hardcastle betritt den Raum und kommt ohne Umschweife zum Punkt. »Also deine Schwester, Tiny …«

»Meine Schwester?« Ich zucke mit den Schultern.

»Ich hoffe, du hast ein ernstes Wörtchen mit ihr geredet!«

Ich richte mich auf und blicke ihr in die Augen, die Hände rückwärts auf die Kommode gestützt. »Da Sie das Thema schon anschneiden … ich finde, Sie waren abscheulich rüde zu ihr.«

Granny, die gerade in dem altmodischen Ankleidesessel Platz nimmt, zuckt entgeistert zusammen, als hätte ich sie geschlagen. Erschöpft lässt sie sich in den Sessel sinken. »*Wie bitte?*«

»Ich gebe zu, Pepper hat sich etwas im Ton vergriffen, aber Sie haben ihr auf ausgesprochen vulgäre Art und Weise unterstellt, sie würde mit ihrem Arbeitgeber schlafen.« Meine Handflächen schwitzen, aber ich klammere mich verzweifelt an die Kommode. Klammere mich daran fest, als würde mein Leben davon abhängen.

Granny Hardcastles stählernes Rückgrat könnte mühelos das Chrysler Building stemmen. »Ich bitte dich! Miss Schuyler hat sich doch wohl zuerst zu diesem vulgären Geschwätz herabgelassen. Ich habe mich nur einer Sprache bedient, die sie offenbar versteht.«

»Granny …« Ich lächele milde. »Soll das etwa heißen, *sie hat damit angefangen*?«

Grannys flamingofarbene Lippen pressen sich so fest aufeinander, dass sie nahezu verschwinden. »Mein Sohn und ich haben uns darüber unterhalten, wie unangemessen du dich in letzter Zeit verhältst. Du bist nicht mehr du selbst. Anscheinend brauchst du dringend Ruhe, um dich vor der Wahl im September zu sammeln.«

»Ich brauche vieles, Mrs. Hardcastle, aber gewiss keine Ruhe.«

»Mir ist zu Ohren gekommen, dass Frank sich in letzter Zeit nicht ganz vorbildlich verhalten hat …«

»Das geht nur mich und Frank etwas an, Mrs. Hardcastle.«

»… aber jede Ehe durchlebt ihre Höhen und Tiefen, Tiny. Das sind nur Abschnitte, wenn man so will.« Ihre Lippen schmelzen zu einem Lächeln. »Mein Sohn war wohl etwas harsch zu dir. Wie die meisten Männer hegt er gewisse Vorstellungen, wie sich eine Frau zu verhalten hat. Doch glaub mir, ich kann deine Situation gut nachvollziehen. Mein Mann hatte ebenfalls eine Schwäche für junge, hübsche Dinger, das ist doch vollkommen natürlich. Aber es gibt keinen Grund, warum wir Frauen uns das Leben nicht auch versüßen sollten.«

Meine Güte. Ich hätte Granny Hardcastle ja so manches zugetraut, aber das nun gerade nicht. Meine Finger krallen sich in den Rand der Kommode. »Ich will mir überhaupt nichts versüßen, Mrs. Hardcastle. Ich will nur, dass Frank … dass er …« Was will ich eigentlich von Frank? »Dass er aufhört, mich *vor* meinen Augen mit seiner Wahlkampfassistentin zu betrügen.«

Granny lässt sich erneut zurücksinken und legt ihre weisen Hände auf die Armlehnen des Sessels. »Bitte, Tiny, wir sind doch Frauen von Welt, richtig?«

»Ich weiß nicht. Sind wir das?«

»Lass uns bitte nicht so tun, als hättest du nicht von vornherein gewusst, auf welchen Handel du dich einlässt. Jede Frau geht bei der Heirat einen Handel ein. Und das hier ist deiner.«

»Nein, ist es nicht. Frank hat es mir *versprochen*. Er hat mir versprochen, das wäre nicht Teil unseres Handels.«

Granny wedelt mit den Fingern, ohne den Arm von der Lehne zu heben. »Männer versprechen viel, um uns Frauen glücklich zu machen.«

Ich balle die Hand zur Faust und schlage erbost auf die Holzplatte. »Nein, unser Handel war ein anderer. Sie wissen ganz genau, aus welcher Familie ich komme. Sie wissen, ich bin in einer mondänen, modernen Ehe aufgewachsen, und zwar mittendrin. Meine Mutter hatte stets ihre Liebhaber, und mein Vater hat diskret weggesehen, um sich selbst ab und zu eine Affäre zu gönnen …«

»Aber es hat doch funktioniert, oder? Lieben sich die beiden nicht immer noch?«

Die Frage bringt mich aus dem Konzept. Denn irgendwo tief in meinem Innern, unter all den furchtbaren Erinnerungen – meiner zufälligen Begegnung mit Dad in Begleitung seiner unglaublich jungen Sekretärin in irgendeinem Steakhaus; meinem Hereinplatzen in Mums kleines Tête-à-Tête mit einem emigrierten russischen Prinzen, der sich angeblich die Kunstwerke im Wohnzimmer ansehen wollte –, unter all den furchtbaren Dingen schlummern tatsächlich ein paar Juwelen von reiner Glückseligkeit. Zum Beispiel, als wir damals alle zusammen in Europa waren und ich Mum und Dad bei einem Wolkenbruch in den Tuilerien dabei beobachtet habe, wie sie miteinander tanzten; Mums Gesicht war erfüllt von tiefer Freude, Dads von purer Zärtlichkeit. Der Anblick verschlug mir den Atem. Und er brachte mich zum Staunen. Denn wie konnte sie ihm diese blutjunge Sekretärin verzeihen? Wie konnte er ihr diesen russischen Prinzen verzeihen? Wie konnten sie einfach sagen: *Ach, Liebling, ist schon in Ordnung, dass du nicht nur mich vögelst, sondern auch mit anderen schläfst? Ist schon in Ordnung, dass du deine Lippen auf fremde Lippen drückst, dass du deine Blöße mit fremder Blöße vereinst, dass du deinen Orgasmus in all seiner schmutzigen Pracht mit einem fremden Liebhaber teilst?* Wie konnten sie einander aufrichtig lieben und den intimsten Akt zweier Menschen mit einem anderen Partner erleben?

Oder kannte ich die Antwort bereits?

»Es mag zwar funktionieren, aber sie sind nicht glücklich. Nicht wie gewöhnliche Menschen, nicht wirklich zufrieden …«

»Zufrieden? Ist das alles, was du vom Leben erwartest, Tiny? *Zufriedenheit*?« Sie stützt ihre Hände auf die Armlehnen und erhebt sich aus dem Sessel. In ihrem Ausdruck, ihrem Gebaren erkenne ich eine deutlich jüngere Frau, eine ehrgeizige Schönheit, die all ihr Geld und ihr Aussehen darauf verwendete, sich in der gehobenen Bostoner Gesellschaft einen blaublütigen Junggesellen zu angeln und mithilfe einer mächtigen Alchemie aus uraltem Sozialprestige und grenzenloser Machtgier das Geschlecht der Hardcastles zu erschaffen. »Willst du wirklich so sein wie *gewöhnliche* Menschen?«

Ich hebe mein Kinn, um ihrem Blick zu begegnen. »An *gewöhnlich* ist nichts auszusetzen, Mrs. Hardcastle.«

»Das hättest du vor zwei Jahren nicht behauptet.«

»Möglicherweise habe ich in der Zwischenzeit etwas dazugelernt.«

»Ach, Tiny.« Sie legt mir eine Hand auf die Schulter, und ich schwöre, kein Mensch hätte einer alten Dame, die im vergangenen Jahrhundert geboren wurde, einen solch eisernen Griff zugetraut. »Du solltest dich mal hören, Liebes. Du hast das große Ganze aus dem Blick verloren. Es geht hier nicht um dich. Es geht um den Verlauf der *Geschichte*.«

»Ach, Granny, bitte …«

»Was soll aus Frank werden, wenn du ihn verlässt? Was soll aus uns allen werden? Der Familie? Den Wählern von Massachusetts? Den Vereinigten Staaten, der ganzen Welt?«

Ich öffne den Mund, doch ich habe keine passende Antwort parat. Ihre Hand wird mit einem Mal sanft, massiert mich durch den dünnen Stoff meines Kleides hindurch, wie meine Mutter es tun würde, wenn ich denn eine solche Mutter hätte.

»Siehst du, Liebes? Du hast deine Entscheidung längst getroffen«, sagt Granny. »Es gibt kein Zurück.«

Das Telefon klingelt.

»Das ist sicher Frank«, flüstere ich.

Granny blickt zum Apparat, lässt ihre Hand sinken und geht zur Tür. »Dann solltest du besser rangehen, nicht wahr?«

Ich lasse es ein paar Mal klingeln – *drrring, drrring,*

drrring –, um die schwermütige Stille zu durchbrechen. »Hallo?«

»Tiny, ich bin's.«

»Hallo Frank.«

Seine Stimme klingt leise und gedämpft. »Ich habe mit Dad gesprochen. Besser gesagt, er mit mir.«

Ich hake meine Finger unter die Gabel und trage den Apparat zum indigoblauen Himmel hinter dem Fenster. In meinem Rücken versinkt die unsichtbare Sonne am Horizont. Die Häuser zu meiner Linken haben ihre Verandalichter eingeschaltet. Alle außer Caspians, das dunkel und verlassen daliegt. »Und was hat dein Vater gesagt, Frank?«

Ein tiefer Seufzer dringt durch die Leitung. »Tiny, du irrst dich, was Jo angeht.«

»*Bitte*, Frank.«

»Wirklich. Ich gebe zu, sie ist eine attraktive Frau. Wir flirten gern miteinander, aber mehr auch nicht.«

»Ich bin keine Idiotin.«

»Und ich kein Lügner.«

»Nein, natürlich nicht. Du betrachtest das wahrscheinlich als kreative Wahrheit. Für dich ist das nur eine harmlose Behauptung, eine klitzekleine Notlüge, um deine Ehe zu retten, um deine Frau zu umgarnen, um ja niemanden zu verletzen.«

»Gott, wofür hältst du mich?«

Ich drücke meine Nase ans Fenster. Ein sanfter Nebelschleier breitet sich über die Scheibe. »Ich weiß es nicht. Ich weiß nicht, wofür ich dich halten soll. Vielleicht wusste ich das nie.«

Tiefe Stille dringt durch den Hörer. Ich stelle mir vor, wie Frank an seinem Schreibtisch sitzt, den Blick auf die Unterlage gerichtet, auf der Suche nach den passenden Worten. Nach der passenden Lüge.

Ich fahre fort. »Im Grund spielt es keine Rolle, ob du mit ihr schläfst oder nicht. Ob du die Wahrheit sagst oder nicht. Tatsache ist, es *könnte* wahr sein. Es ist schon mal wahr gewesen. Und es wird sich wieder bewahrheiten. Vielleicht nicht sofort, aber in ein, zwei Jahren, wenn wir uns gestritten haben oder du unter Druck stehst oder geschäftlich unterwegs bist. Und du wirst eine Entschuldigung finden. Irgendeine hübsche junge Frau wird dich um den Finger wickeln. Irgendwann wird es so kommen. Und nicht nur einmal. Da bin ich mir sicher.«

»Das ist nicht fair, Tiny.«

»Nein, ist es nicht. Es ist nicht fair. Denn auf der anderen Seite – und das ist das Schlimmste – bist du im Kern ein guter Mensch. Du bist klug und gutherzig. Du wirst große Dinge erreichen. Du wirst eines Tages die Welt verbessern.«

»Aber ohne dich schaffe ich das nicht, Tiny.«

Eine weitere Stille. Ich zähle die Schatten der einzelnen Wellen, die unermüdlich, eine nach der anderen, über den großen weiten Atlantik bis hin zu unserem winzigen Strand hereinrollen.

Frank ergreift erneut das Wort. »Soll ich zu dir kommen?«

»Nein. Du musst dich um die Kampagne kümmern.«

»Aber das hier ist genauso wichtig. Ich brauche dich, Tiny. Ich habe dich schon immer gebraucht, du gibst mir den nötigen Halt …«

»Ich bin momentan nicht bereit, dich zu sehen.«

»Tiny …«

»Ich muss jetzt Schluss machen, Frank. Ich brauche Zeit zum Nachdenken. Gute Nacht.«

Ich lege auf, bevor er etwas erwidern kann. Dann stelle ich das Telefon auf den Nachttisch und streife meine

Schuhe ab, um auf nackten Sohlen nach draußen zu schleichen.

Der Boden ist immer noch warm. Ich vergrabe meine Zehen im Sand. Der Mond steht plötzlich am Himmel, eine dunstige Sichel, gerade hell genug, um die zarten Schaumkronen des Ozeans zu erkennen. Am anderen Ende des Anwesens feiert irgendjemand eine Party mit lauter Musik. Die Beatles. Dröhnende Bassakkorde erschüttern die Luft, durchdrungen vom hellen Lachen ausgelassener Teenager.

Ich bringe meine Füße in die erste Position und schließe die Arme zu einem Kreis.

Es ist gar nicht so leicht, im weichen Dünensand zu tanzen. Ich muss die Partymusik ausblenden und meiner inneren Musik lauschen. Meine Beine sind längst nicht mehr das, was sie mal waren. Ich stehe auf den Fußballen und konzentriere mich auf meine Haltung, auf die Dehnung, statt auf die Bewegung selbst. Die Bewegung kommt zuallerletzt, wie das Sahnehäubchen auf der Torte, wie die Haut über Muskeln und Skelett.

Doch meine Glieder wärmen sich allmählich auf. Die Erinnerung kehrt zurück, und obwohl ich mein Bein nicht mehr so hoch bekomme, mich nicht mit derselben Kraft abdrücke wie früher, kann ich immer noch springen, immer noch herumwirbeln, rhythmisch und furchtlos, in perfekter Balance, und als ich irgendwann zur Ruhe komme, den Blick atemlos auf die rauschenden Wellen gerichtet, habe ich das Gefühl, mich endlich wiedergefunden zu haben, mich, Tiny Schuyler, am Rande des Abgrunds.

Ich wende mich zurück zum Haus, und noch während ich mich umdrehe, bemerke ich Licht in einem der oberen Fenster des Harrison-Hauses. Caspians Schlafzimmer, mit Blick aufs Meer.

»Tiny. Was für ein Zufall.«

Ich springe vor Schreck fast aufs Dach. »Herrgott, Tom. Du hast mich zu Tode erschreckt.«

»Ich mache nur einen kleinen Spaziergang.« In der einen Hand einen Drink, in der anderen eine Zigarette.

Ich schnuppere. Nein, das ist keine Zigarette.

Er reicht mir den Joint. »Willst du mal ziehen?«

»Nein danke.«

»Natürlich nicht.« Seine Zähne blitzen im Mondlicht. Er blickt zum Haus der Harrisons, zu dem beleuchteten Schlafzimmer. »Da ist wohl noch jemand wach und träumt davon, kleine asiatische Babys zu erdolchen.«

»Ich dachte, Gras macht einen heiter und umgänglich?« Ich verschränke die Arme.

»Ach, der Typ geht mir einfach auf den Sack. Schon wie ihn die ganze Familie anhimmelt. Als wären sie alle blind. Sie wollen die Wahrheit nicht sehen.« Er lässt die Eiswürfel kreisen, trinkt, kreist weiter. »Und du?«

»Was ich?«

»Ich meine, du durchschaust doch das Spiel, oder? Du bist kein Roboter.«

»Oh, ich bin der perfekte Roboter.« Ich mache ein paar abgehackte Bewegungen mit den Armen. »Treu ergeben.«

Tom tritt einen Schritt näher.

»Wo ist eigentlich Constance?«

»Bei den Kindern. Du hast die Neuigkeit doch gehört, oder?«

»Welche Neuigkeit?«

Er nimmt den Joint zwischen Daumen und Zeigefinger und zieht grinsend daran. »Connie ist wieder schwanger. Termin ist im März.«

»Gratuliere.«

»Danke. Ich heiße zwar nicht Frank Hardcastle, aber zu irgendwas bin ich eben auch gut.«

»Weißt du was, Tom? Ich finde, du solltest jetzt zu deiner Frau gehen.«

»Ja, da hast du recht.« Er hält mir den Joint hin. »Komm schon, Tiny, nur einen Zug. Mach dich locker. Hinterher bist du ein anderer Mensch.«

»Nein danke.«

»Besser als dieser Mist.« Er schwenkt sein Glas.

»Ich sagte, nein.«

»Du hast eine Scheißangst, Tiny. Stell dir mal vor, wie wundervoll das Leben sein könnte, wenn du ein bisschen mehr Mumm hättest.«

Ich spüre einen dumpfen Schmerz in der Brust, einen plötzlichen Druck, wie wenn man einen Herzinfarkt bekommt. Ich hole aus und verpasse Tom eine Backpfeife. Leider etwas zu tief, mehr Kiefer als Wange, ohne den dramatischen Klatscher, den ich mir erhofft hatte.

Aber immerhin. Eine Backpfeife.

Toms Augen springen ein wenig hervor. »Da habe ich wohl einen Nerv getroffen, was?«

»Fahr zur Hölle!«

»Gefällt mir. Gefällt mir gut, wenn du dich so aufregst. Komm, wir regen uns zusammen auf. Über diese ganze beschissene Familie. Sollen sie sich ihren Mist sonst wohin stecken …«

Ich drehe mich um und stapfe durch den weichen Sand zurück zum Haus.

»Tiny! Komm zurück!« Tom lacht.

Ich schreite immer schneller auf den dunklen Streifen zwischen den beleuchteten Häusern zu, sodass der Sand zu meinen Füßen aufwirbelt. Ich atme in hastigen Zügen, wütend über die ruinöse Wendung meines Abends.

Eine Hand packt mich am Arm, und ich schreie um ein Haar auf.

»Alles in Ordnung?«, fragt Caspian.

Ich blicke auf und entspanne mich in seinem Griff. *Zu Hause*, flüstert mein Hirn. *In Sicherheit.*

Obwohl ich keineswegs in Sicherheit bin. Ganz im Gegenteil. Nicht hier, in Caspians Gegenwart, unter freiem Himmel, in der Dunkelheit zwischen unseren Häusern.

»Alles bestens. Tom hat sich nur mal wieder benommen wie Tom.«

»Das habe ich gesehen«, sagt Caspian.

Ich bemerke seinen karierten Morgenmantel über dem schlichten weißen T-Shirt. Mein Herz schlägt bis zum Hals. »Hast du mich beobachtet?«

»Es tut gut, dich endlich wieder tanzen zu sehen.« Er deutet in Richtung Strand. Ich folge seinem Blick. Von Tom keine Spur. Als hätte ihn das Meer verschluckt. Vielleicht habe ich mir die ganze Szene nur eingebildet. Doch der Geruch von Hasch steckt mir immer noch in der Nase. Das Klappern der Eiswürfel klingt mir in den Ohren. »Soll ich ihn mir mal vorknöpfen?«, fragt Caspian beiläufig.

Es klingt fast wie: *Soll ich ihn für dich umbringen?*

»Oh Gott, nein. Er ist es nicht wert.«

»Was hat er denn gesagt?«

»Er wollte, dass wir zusammen einen Joint rauchen.«

»Armer Trottel.«

»Und er hat behauptet …« Ich zögere.

»Was denn?«

»Ach, das Übliche. Die alte Leier. Du hättest da drüben Kinder getötet und so was.«

Caspian greift sich ins Haar. »Da täuscht er sich.«

»Ich weiß.«

Es fällt mir überraschend leicht, mich unter dem Deckmantel der Dunkelheit mit Caspian zu unterhalten. Selbst der Mond ist hinter dem Dach des Haupthauses verschwunden. Caspians Hand ruht immer noch an meinem Arm, seine Finger schmiegen sich sanft um meinen Ellbogen, an der richtigen Stelle und mit der richtigen Intensität, um einer verheirateten Frau wie mir keine Gewissensbisse zu bereiten. Sein Atem riecht nach Zahnpasta, warm und minzig, und ich stelle mir vor, wie er abends am Waschbecken steht, um sich bettfertig zu machen. Ich stelle mir vor, wie er morgens aus dem Meer auftaucht, sehe den Spalt zwischen seinem Knie und dem Steg darunter. Jene klaffende Lücke, die so viel beinhaltet.

»Geht es dir gut, Caspian?«, frage ich. »Kommst du zurecht?«

Er weiß, was ich meine. »Es geht mir nicht gut. Aber ich bin am Leben.«

»Ich muss ständig daran denken, wie sie dich im Hubschrauber abtransportiert haben …«

Seine Hand sinkt herab. »Tu das bitte nicht. Ich erinnere mich selbst nicht daran.«

»An gar nichts?«

»Erst als ich eine Woche später im Krankenhaus von Saigon wach wurde. Ich hatte verdammtes Glück. Gottverdammtes Glück. Mehr, als ich verdient habe. Und als ich den Verlust meines Beins, den Verlust meiner Kameraden einigermaßen verwunden hatte – nicht, dass man je darüber hinwegkommt, man lernt nur, damit zu leben …« Er wendet sich erneut in meine Richtung, und obwohl wir einander kaum sehen, spüre ich seinen Blick, als würde er mir die Hände an die Wangen legen.

»Ja?«, flüstere ich.

»… da bin ich nach Hause gekommen.« Er hebt seine Hand und streift sanft mein Kinn. Und *diese* Berührung verpasst mir durchaus Gewissensbisse. Es ist die sündige

Berührung eines Liebhabers. »Gute Nacht, Tiny. Hör niemals auf zu tanzen.«

Er dreht sich um und verschwindet in den Dünen.

Ich bleibe reglos stehen und starre in die Finsternis, wo gerade noch Caspian stand, und ich wünschte, dieser Schmerz, dieser stechende Druck in meiner Brust, wäre tatsächlich ein Infarkt. Denn selbst das würde sich besser anfühlen als das quälende Pochen meines Herzens.

Caspian, 1964

Tiny hatte noch nichts gegessen, daher machte er ihr ein Omelette mit Tomatenstücken und reichlich Cheddarkäse.

»Das bekomme ich niemals herunter. Ich bin viel zu nervös«, sagte sie.

Er hob die Ränder des Omelettes mit einem Pfannenwender an. »Du musst aber was essen. Sieh dich nur an.«

»Was stimmt denn nicht mit mir?«

»Bei dir stimmt einfach *alles.* Aber du hast nicht ein Gramm Fett am Körper.«

»Ich kann trotzdem nichts essen.« Sie sprach leise und entschlossen, als wollte sie sich selbst Mut zureden. Sie stand dicht neben dem dunklen Fenster, in einem eleganten taubengrauen Kostüm. In Sachen Kleidung sah sie nicht gerade danach aus, als wollte sie ihrem alten Leben entfliehen. Ihr taubengrauer Hut lag griffbereit auf dem eleganten Koffer neben der Tür.

»Versuch wenigstens, etwas runterzukriegen!« Er ließ das Omelette auf den Teller gleiten und goss ihr ein Glas Milch ein. »Wir müssen morgen früh los. Du wirst die Stärkung brauchen.«

Sie ließ sich aufs Sofa sinken und nahm den Teller entgegen. Das Glas stellte er auf den Beistelltisch an ihrer Seite.

»Hey.« Er hockte sich vor sie und tippte sanft auf ihr Knie. »Willst du das wirklich? Bist du dir sicher?«

Sie stach mit der Gabel in ihr Omelette. »Ganz sicher. Ich habe ihm den Brief geschickt. Es gibt kein Zurück.« Der Teller bebte unter ihrem Angriff. Sie hielt ihn mit der Hand fest und schob sich ein Stück Ei in den Mund, um tapfer darauf herumzukauen.

»Hey«, sagte er erneut. »Sieh mich an.«

Sie hob den Blick. Ihr Mund war voller Ei, als hätte sie Mühe, den Bissen hinunterzuwürgen.

Er lächelte. »Schon besser. Du bist doch nicht meinetwegen nervös, oder? Das täte mir nämlich weh. Echt weh, Tiny.«

Sie schluckte ihr Ei hinunter und zwang sich zu einem Lächeln. »Nein. Aber ich …«

»Aber was?«

»Ich will nicht, dass du den Eindruck bekommst, ich würde mich dir an den Hals werfen. Ich weiß deine Hilfe wirklich zu schätzen, dein Angebot, mich an die Westküste mitzunehmen. Aber ich will nicht … Ich meine, du hast dein eigenes Leben. Ich erwarte nicht mehr von dir.« Ihr Blick sank zurück zu ihrem Teller.

Nun, da er ihr so nahe war, konnte er sie deutlich riechen, und ihr Duft hatte sich ebenso verändert wie ihre Kleidung. Sie hatte den Geruch seines Hemds und seiner Wohnung abgestreift. Sie hatte zu Hause geduscht, mit ihrer eigenen Seife und ihrer eigenen Creme. Sie roch nach Blumen und Babypuder wie das Badezimmer eines jungen Mädchens.

Er legte die Hände auf seine Knie, um sich davon abzuhalten, sie zu berühren. »Willst du denn *mehr*?«

»Das …« Sie errötete. »Das kann ich nicht so leicht beantworten.«

Cap musterte ihren Ausdruck im Lampenschein, musterte ihr damenhaftes Kostüm, ihr dunkles Haar, das sich gehorsam um ihre Ohren schmiegte, ihre langen Wimpern, die sie vor allzu eindringlichen Blicken schützten. Ihr magisches Kraftfeld war erneut aktiviert. Doch es war gar kein Kraftfeld, oder? Eher eine zerbrechliche Schale, eine makellose Maske ihrer selbst, eine Mischung aus Gewohnheit und Instinkt. Der natürliche Schutzmechanismus einer jungen Frau, die es hasste, andere zu enttäuschen. Er fragte sich, warum er sie je für steif gehalten hatte. Nur die Maske war steif, nicht die Frau dahinter.

Sie stocherte auf ihrem Teller herum. »Was denkst du gerade?«

»Dass ich dich noch mal fotografieren möchte.«

»Beim Tanzen?« Sie blickte auf.

»Nein, dazu reicht das Licht nicht mehr aus. Einfach nur so, wie du da sitzt. Ich nenne es: *Braut am Vorabend ihres großen Tages*.«

»Aber es wird keine Hochzeit geben.«

»Ich spreche auch nicht von Hochzeit.«

Sie legte ihre Gabel ab und griff nach der Milch.

»Tiny«, sagte er. »Ich bin's doch nur. Kein Grund, nervös zu sein.«

Sie neigte das Milchglas und starrte hinein. »Vielleicht brauche ich einfach etwas Stärkeres.«

»Nein. Klarer Kopf, klares Gewissen.«

Ihre Lippen weiteten sich zu einem Lächeln. Ihre Zähne waren – natürlich – blendend weiß und absolut makellos. »Meinetwegen, Caspian. Dann fotografier mich, wenn du es nicht lassen kannst.«

Während sie den Rest ihres Omelettes verspeiste und ihre Milch trank, zog Cap die Vorhänge zu und schaltete sämtliche Lampen ein. Er ließ Tiny am Ende des Sofas Platz nehmen, damit sie sich auf die Lehne stützen konnte. Dann zog er eine Stehlampe heran und veränderte den Winkel des Lampenschirms.

»Du solltest ein Atelier eröffnen«, bemerkte Tiny.

Er nahm ihren Teller und das Glas und stellte beides in die Spüle. »Ich sag doch, es ist nur ein Hobby. Ich hab schon einen Beruf.«

Sie brachte sich auf dem Sofa in Position. »Soll ich meinen Lippenstift auffrischen?«

»Untersteh dich. Leg einfach die Beine hoch. Und stütz den Ellbogen auf die Lehne.« Methodisch kümmerte er sich um die Vorbereitung seiner Kamera: Auswahl des passenden Films, Wechsel des Objektivs, Einsetzen des Blitzlichts.

»Soll ich die Jacke ausziehen?«

Unbedingt. »Nur wenn du magst«, sagte er.

Sie trug eine Bluse aus zarter cremefarbener Seide, die sich um ihren Körper schmiegte. An ihrem Hals schimmerte eine schlichte Perlenkette in demselben blassen Farbton wie ihre Haut. »Gut so?«, fragte sie.

Er ging vor ihr auf die Knie. »Perfekt. Sieh mich an. Nicht lächeln, nur ... Erzähl mir von deinen Schwestern.«

Sie verdrehte die Augen. »Was willst du denn wissen?«

»Wie sie so sind. Was ihr früher für Streiche gespielt habt.«

»Die *beiden* haben Streiche gespielt, nicht ich. Pepper und Vivian sind altersmäßig nur elf Monate auseinander. Und ... oh Gott, dieser Blitz. Können wir den nicht weglassen?«

»Entschuldige. Ich hol noch eine Lampe dazu.« Er schnappte sich die Schreibtischlampe und stellte sie auf den Couchtisch. »Red weiter.«

»Die beiden sind wie Zwillinge. Pepper ist vielleicht etwas freier in ihrer Art. Sie ist die ältere. Die beiden waren zusammen in Bryn Mawr, aber Pepper hat letztes Jahr mit Ach und Krach ihren Abschluss geschafft, während Vivian mit Auszeichnung graduiert hat. Ihre Abschlussfeier war erst am vergangenen Wochenende. Sie sah absolut bezaubernd aus in ihrem weißen Kleid.«

»Das kann ich mir vorstellen.«

»Und das war's eigentlich schon. Beide sind selbstbewusst und unabhängig, aber im Gegensatz zu Pepper hat Vivian schon immer gewusst, was sie mal werden will.«

»Und das wäre?«

»Journalistin. Nach den Sommerferien tritt sie eine Stelle beim *Metropolitan Magazine* in New York an. Wie ich sie kenne, wird sie in zwei, drei Jahren die Chefredaktion übernehmen.«

Cap lächelte und veränderte seine Position. »Ich glaube, deine Schwester würde mir gefallen.«

»Da wärst du nicht der Erste.« Sie atmete verächtlich aus; bei jeder anderen Frau hätte er von einem Schnauben gesprochen. »Vivian und Pepper sind alles andere als schüchtern. Ich wette, die beiden hatten bereits ein Dutzend Liebhaber.«

»Ein Dutzend?«

»Oder ein halbes Dutzend.«

Er ließ die Kamera sinken. Tiny blickte zu seiner Fotowand. Ihre Stirn war leicht gerunzelt, ihre Augen zu mandelförmigen Schlitzen verengt. Ihre Augenwinkel wiesen sanft nach oben, anders als die ihrer Mutter.

»Und was ist mit dir?«, fragte er. »Irgendwelche Liebhaber? Abgesehen von deinem Verlobten.«

»Er ist nicht mehr mein Verlobter. Und wenn du es nicht errätst, werde ich es auch nicht verraten.«

»Schon verstanden. Eine Dame hat eben ihre Geheimnisse.« Er griff erneut zur Kamera.

Sie wandte den Kopf in seine Richtung, und in einer Million Jahren – dem Fortschreiten und Zurückweichen von Gletschern und Wäldern, von Flora und Fauna auf allen fünf Kontinenten – hätte er nicht voraussagen können, was Tiny Schuyler als Nächstes sagen würde.

»Mit zwanzig hat Pepper Aktfotos von sich machen lassen.«

Seine Finger erstarrten am Objektiv. »Ach, ehrlich?«

»Sie hat mir die Bilder gezeigt. Natürlich waren sie wunderschön. Pepper ist die Schönste von uns dreien. Und die Mutigste. Ich habe sie gefragt, warum sie es getan hat. Ob sie vorhätte, Fotomodell oder Schauspielerin zu werden. Oder ob sie einfach nur unsere Eltern schockieren wollte. Weißt du, was sie gesagt hat?«

Sein Puls raste auf und davon. Ein energisches Stakkato, das gegen seine Haut trommelte. »Keine Ahnung.«

»Sie hatte ganz einfach Lust dazu. Sie wollte wissen, wie sie in Wirklichkeit aussieht. Ohne Kleidung und ohne Spiegel. Ganz sie selbst. Ihr wahres Ich.«

»Verstehe.«

Tiny zog die Beine an die Brust und umarmte ihre Knie. Sie starrte erneut auf die Fotowand, den Kopf leicht geneigt. »Ich musste gerade daran denken …«

Er liebte ihren nachdenklichen Gesichtsausdruck. Die Art und Weise, wie das sanfte Licht die Wölbung ihrer Wimpern betonte. »Ja?«

»Wie schwierig es ist, die Barrikaden niederzureißen. Ich meine, unsere eingefahrenen Verhaltensweisen abzulegen. Man wählt ein bestimmtes Gleis, obwohl man weiß, dass es die falsche Strecke ist. Aber man hat keine Ahnung, wie man das Gleis verlassen soll. Man weiß zwar, was man eigentlich will, wer man *sein* will. Man weiß, was man verändern müsste, was man tun oder lassen sollte, trotzdem bleibt man auf seinem eingefahrenen Gleis. Man sucht vergeblich nach einer Weiche, die einen auf die richtige Spur führt. Man sieht das andere Gleis, den Idealzustand, doch man kommt einfach nicht heran. So wie meine Mutter, die immer ein besserer Mensch sein wollte.«

»Und wie sieht er aus, dieser Idealzustand? Dein persönlicher Idealzustand, Tiny?«

»Weniger steif. Weniger starr vor Angst.«

»Angst wovor?«

»Das Falsche zu tun.« Sie nahm einen tiefen Atemzug und blickte in seine Richtung. »Ich glaube, ich bin jetzt bereit.«

»Bereit?«, flüsterte er.

Sie griff nach den Knöpfen ihrer Bluse. »Mich fotografieren zu lassen.«

»Der Film ist voll.«

»Dann hol einen neuen.«

Er stand gehorsam auf, um nach der Kameratasche zu greifen. Seine Ohren schrillten, als hätte ihm jemand Drähte in die Gehörgänge gestopft, wie manchmal, wenn seine Einheit unvermittelt in einen Hinterhalt geriet. Er legte einen neuen Film ein und ließ den Deckel zuschnappen. Als er sich umdrehte, war Tiny nackt, splitternackt, bis auf die Strümpfe, die sie in diesem Moment nach unten rollte. Ihre Kleidung lag in einem wirren Haufen am Boden, Büsten- und Strumpfhalter obenauf.

»Willst du das wirklich?«, fragte er.

Sie hob den Kopf und warf ihren Strumpf ebenfalls auf den Haufen. Sie trug immer noch ihre Perlen. »Ja.«

»Na gut. Stütz dich auf die Armlehne. Schultern entspannen. Die Hüfte etwas nach hinten, zum Sofa hin. Nur die Hüfte. Genau so.« Ihre Brüste waren größer als erwartet, perfekt geformt und an den Spitzen leicht gerunzelt, trotz der Wärme im Raum. Das weiche Licht der Stehlampe schien sich sanft auf ihrer Haut niederzulassen. Er hoffte, jenes transparente Leuchten, jenes flüssige Glühen ihrer Haut einfangen zu können, doch er kannte die Grenzen der Fotografie. Die Wölbung ihrer Rippen, die Vertiefung an ihrer Hüfte, die zarten Häkchen ihrer Mundwinkel, die in einem winzigen Halbmond endeten – all diese unbeseelten Details konnte man durch das Objektiv und die Blende getreulich auf einen Negativstreifen bannen, um sie für die Ewigkeit zu konservieren. Doch die lebendige Frau, die Wärme ihrer Haut existierte nur in seinem Kopf. Seinen Gliedern. Seiner Brust, die von jenem donnernden Herzschlag erfüllt wurde, der die Minuten eines vergänglichen Maiabends zählte.

Cap versank in glückseligem Schweigen, änderte die Position, wechselte den Kamerawinkel, während Tinys Körper sich allmählich, Zentimeter für Zentimeter, dehnte und entspannte. Wie eine Katze streckte sie ihr schlankes Bein von sich, dann hob sie einen Arm über den Kopf und ließ ihn locker über die Sofakante baumeln. Sie legte den Kopf etwas schräg und blickte ihn an, weise und unerschrocken, als wollte sie – die reine, unschuldige Tiny – ihm Dinge verheißen, die er sich nicht einmal erträumte.

Sein Daumen, der den Film weitertransportierte, kam unermüdlich zum Einsatz. Bis er das Ende der Rolle erreichte.

Er ließ die Kamera sinken. »Das war's. Soll ich noch einen Film holen?«

»Nein, ich denke, das reicht.« Sie beobachtete ihn schweigend.

Cap stand auf und ging ins Schlafzimmer, um seinen alten Morgenmantel zu holen und ihn Tiny zu leihen. Er richtete den Blick auf das Polster neben ihrer Wange, um sie diskret in den Mantel zu hüllen wie ein edles viktorianisches Klavier, dessen weibliche Kurven vor den räuberischen Blicken eines männlichen Betrachters geschützt werden mussten. Sie zog den Stoff züchtig an ihre Brust und stützte sich auf die Ellbogen. Cap drehte sich um, damit sie den Mantel ungestört anziehen konnte. Während hinter ihm der Stoff raschelte und Tinys Körper umschmeichelte, spulte er den Film zurück und nahm ihn heraus. »Bitte«, sagte Cap, als er sich umwandte und ihr die Spule überreichte.

Sie nahm den Film entgegen und wiegte ihn sanft in der Hand. Ihr Haar hatte sich gelöst und fiel ihr locker über die Schläfen, als sie den Blick neigte, um die kleine unscheinbare Spule zu betrachten. Die Spule mit dem kostbaren Inhalt.

Sie gab ihm den Film zurück. »Bitte behalte ihn.«

»Ich?«

»Ja. Als Andenken.«

»Willst du nicht wissen, wie die Bilder geworden sind?«

Sie schüttelte den Kopf. »Darum ging es mir nicht. Behalte ihn. Ich vertraue dir.«

Er schloss die Finger um den Film. »Das ist aber eine Menge Vertrauen.«

Sie zuckte mit den Schultern. Der Morgenmantel war grün und altmodisch und aus echter Seide; er schmiegte sich wunderschön an ihre blasse Haut, betonte die grünen Splitter ihrer braunen Augen. Er war ihr natürlich viel zu groß. Sie hatte die Ärmel umgeschlagen, und das Material bauschte sich über dem eng geschnürten Gürtel. Sie verschränkte nervös die Finger und starrte auf seine Hand. »Es gab noch einen weiteren Grund.«

»Einen Grund?«

»Pepper. Meine Schwester. Sie hatte noch einen weiteren Grund, diese Bilder machen zu lassen.« Ein zaghaftes Lächeln. »Wie ich sie kenne, war es sogar der Hauptgrund.«

»Ach ja?«

Tiny löste ihre verkrampften Hände und griff nach seiner Faust, die den Film sicher umfangen hielt. »Sie wollte den Fotografen verführen.«

»Verstehe. Und ist ihr Plan aufgegangen?«

»Das hat sie mir nicht verraten. Aber den Fotos nach zu urteilen, kann ich mir kaum vorstellen, dass er ihr widerstehen konnte.«

»Vielleicht war der Mann professionell genug, um die Situation nicht auszunutzen.« Cap entzog sich ihrem Griff und ging zur Dunkelkammer, wo er die Filmrolle vorsichtig abstellte und atemlos auf die Fotos starrte, die immer noch zum Trocknen an der Leine hingen: Tiny im Zauber einer schwerelosen Arabesque; Tiny im Rausch einer verschwommenen Pirouette; Tinys schlankes Bein, in schwindelnde Höhen gereckt, ihre Zehen präzise ausgerichtet; Tinys Gesichtszüge, im Sonnenlicht fein gemeißelt; Tinys zarter Nacken, umspielt von seinem Hemdkragen. Er griff nach der Tischkante und schloss die Augen.

»Von Ausnutzen kann keine Rede sein«, sagte Tiny von der Tür her. »Immerhin hat sie es so gewollt.«

»Sie war verletzlich.«

»Sie hat sich selbst in diese Situation gebracht, ganz bewusst, mit offenen Augen.« *Raschel, raschel.* Sein seidener Morgenmantel glitt sanft über den Boden. Eine warme Hand legte sich auf sein rechtes Schulterblatt. »Ich habe ihn verlassen, Caspian. Ich habe die Verlobung gelöst. Ich will hier und jetzt ein neues Leben anfangen.«

»Dafür brauchst du mich nicht. Dafür brauchst du nur *dich*.«

»Aber ich *will* dich. Ich will dich so sehr, dass es wehtut.«

Seine Knöchel hoben sich weiß von der Tischplatte ab. Er biss sich auf die Unterlippe, um keine Dummheiten von sich zu geben. Dummheiten, die seinen Mund erfüllten und aus seinen Augen quollen und verdächtig nach Salz schmeckten.

»Ich weiß, was du denkst«, fuhr Tiny fort. »Und du hast recht. Ich sollte mich nicht von einem Mann auf den nächsten stürzen. Mir ist bewusst, dass du in zwei Wochen ans andere Ende der Welt fliegst, und ich kenne dich nicht mal richtig und habe keine Ahnung, was aus mir wird, wenn du nicht zurückkommst oder wenn du zurückkommst. Natürlich hast du recht. Aber du nutzt mich nicht aus, Caspian. So viel steht fest. Es ist genau andersherum. Ich habe dich gesehen und wusste sofort, dass ich dich will. Ich glaube, ich habe mich auf der Stelle in dich verliebt. Ja, ich bin verliebt. Ich bin so furchtbar verliebt, dass ich es gar nicht in Worte fassen kann. Seit dem Tag, als du das erste Mal in mein Café kamst. Und inzwischen sogar noch mehr, weil du viel großartiger bist, als ich es mir je erträumt hätte. Ich will mit dir nach Kalifornien fahren, so wie geplant, aber als deine Geliebte. Nicht als irgendeine Bekannte, sondern als Liebhaberin. Ich war immer die brave Tochter, die brave Schwester, die brave Freundin und die sehr, *sehr* brave Verlobte, aber ich will das alles hinter mir lassen. Ich will deine Geliebte werden, *nein*, ich will, dass du mein Liebhaber wirst, mein kleiner braver Liebhaber, und was die anderen von mir denken, was sie von mir *erwarten*, ist mir egal. Ich werde auf das andere Gleis wechseln, bevor es zu spät ist. Bevor ich als perfekte brave Ehefrau ende, als eine dieser gottverdammten Ehefrauen, die nur leblos in die Kameras lächeln.«

Cap ließ die Tischplatte los und berührte ihre Hände, die sich heimlich um seine Taille geschoben hatten.

»Ich stehe an der Weiche, Caspian«, flüsterte sie in sein Hemd. »Ich bin kurz davor, das Gleis zu wechseln.«

»So kann man es auch ausdrücken. Wir sollten eine ganz neue Umgangssprache erfinden. *Komm, lass uns zu dir gehen und aufs andere Gleis wechseln.*«

»Es sei denn, du willst es nicht. Dann schnappe ich mir eine Decke und schlafe auf dem Sofa. Aber ich glaube, du willst es auch.«

Ich will… »Ich versuche nur, das Richtige zu tun. Das Richtige für dich. Seit ich dich in deinem beerenroten Kleid vor meiner Tür aufgelesen habe, will ich nichts anderes.«

»Ach, so ist das. Und ist dir bei deinen noblen Absichten vielleicht mal in den Sinn gekommen, dass ich ganz allein entscheiden kann, was für mich das Richtige ist?«

Cap drehte sich um. Glücklicherweise war das Licht ausgeschaltet und Tinys Gestalt von Schatten umfangen, sonst hätte ihr Anblick ihn auf der Stelle zu Staub verwandelt. Ihre Finger verschränkten sich in seinem Rücken, stark wie Ketten. Sie lehnte sich zurück, um zu ihm aufzublicken.

»Ich meine es ernst«, sagte sie. »Wir leben im zwanzigsten Jahrhundert.«

Und das war's. Ein hörbarer Knacks in seiner Brust, das Ende seiner guten Vorsätze, eine Kettenreaktion feiner Haarrisse, die zu größeren Rissen führten und das ganze verfluchte Gerüst seiner männlichen Willenskraft zum Einsturz brachten, pulverisiert zu einem nutzlosen Haufen in seinem Unterleib.

Er schob die Hände in ihren Nacken. »Und du hast beschlossen, dass dies das Richtige ist?«

Sie nickte zwischen seinen Fingern. »Das hier ist durch und durch richtig.«

Er beugte sich hinab und küsste Tiny auf ihren wartenden Mund.

Tiny, 1966

Der Wagen lauert in der Einfahrt wie ein schnittiger schwarzer Hai. Ein Cadillac Coupé.

Pepper stößt einen Pfiff aus. »Nicht übel. Ich hoffe, das ist ein Reuegeschenk von Frank.«

Ich denke an die funkelnden Saphire und Diamanten in unserem Schlafzimmersafe. »Ich glaube, das habe ich schon bekommen.«

»Es muss ja nicht bei *einem* bleiben. Ein untreuer Ehemann ist ein nie versiegender Quell an Aufmerksamkeiten.«

Ich wische meine schmierigen Finger an einem Taschentuch ab und stecke es zurück in meine Latzhose. Drüben im Schuppen ist Caspian immer noch in die mysteriösen Abgründe des Mercedes-Motors vertieft. Pepper und ich haben versprochen, ihm ein Sandwich und eine Cola aus dem Kühlschrank zu holen. »Das wage ich zu bezweifeln«, erwidere ich. »Er hat mir erst vor ein paar Monaten ein neues Auto geschenkt.« Nachdem ich ihm erzählt hatte, dass ich erneut schwanger war.

»Unangekündigter Besuch?«

Ich blicke auf meine verschmierte Latzhose, meine dreckige Bluse. »Ich hoffe nicht.«

»Lass uns lieber den Hintereingang benutzen.«

Leider haben wir nicht die geringste Chance gegenüber

Granny Hardcastles gebündelten fünf Sinnen, denen nichts und niemand entgeht. Sei es das Kratzen der Tür, das Vibrieren der Fußbodendielen oder der flüchtige Schwall der hereinwehenden Sommerhitze, irgendetwas lässt Granny instinktiv aufhorchen und meinen Namen rufen, als wir heimlich die Treppe hinaufsteigen wollen. »Tiny, Liebes! Ich möchte dir jemanden vorstellen.«

Pepper und ich wechseln einen vielsagenden Blick. »Ich will mich nur kurz frisch machen.«

»Du bist mit Sicherheit präsentabel genug.«

Pepper legt ihre Hand am Treppenpfosten auf meine und flüstert: »Brauchst du Unterstützung?«

»Geh nur. Ich komme schon zurecht.«

»Ruf mich einfach, wenn du mich brauchst.« Damit eilt sie die Treppe hinauf, und ich lächele ihr dankbar hinterher, denn so verschieden wir auch sein mögen, es ist mehr als beruhigend, Pepper an seiner Seite zu wissen, wenn man sie wirklich braucht.

Die Terrassentüren sind fest verschlossen und von einer schweren gestreiften Markise abgeschattet, sodass der Raum kühl und finster wirkt. Ein unbekannter Mann erhebt sich aus einem Sessel gegenüber Mrs. Hardcastle. Er wirkt in jeder Beziehung mittelmäßig. Mittelgroß, mittelbraunes Haar, mittelmäßig füllig. Ich frage mich, ob wir uns schon einmal begegnet sind. Ein solches Gesicht würde man auf der Stelle vergessen. Ich strecke ihm die Hand entgegen. »Guten Tag. Tiny Hardcastle. Entschuldigen Sie bitte meinen Aufzug. Ich war gerade draußen.«

»Mrs. Hardcastle.« Er schenkt mir ein mittelmäßiges Lächeln. »Ganz schön heiß, nicht?«

Ich streiche meine Haare an der Schläfe zurück. »Da haben Sie allerdings recht. Darf ich Ihnen einen Drink anbieten?«

Er deutet auf einen Tisch neben dem Sessel. »Danke, ich bin bereits versorgt.«

»Tiny«, sagt Granny, »das ist Dr. Keene, ein guter Freund der Familie. Einer der besten Psychiater in Boston.«

Ich blicke zu Granny. Ich blicke zurück zu Dr. Keene. »Wie bitte?«

Dr. Keene lächelt unbeirrt weiter. »Ihre Großmutter ist zu freundlich.«

»Sie ist die Großmutter meines Mannes.«

»Ja, ich weiß. Ihr Schwiegervater hat mir empfohlen, einmal bei Ihnen vorbeizuschauen.«

Ich setze mich auf die Armlehne des Sofas und verschränke die Hände im Schoß. Der Stoff meiner Arbeitshose ist beruhigend hart und robust, und ich fühle mich selbst gleich ein wenig härter und robuster. »Tatsächlich? Ich frage mich, warum.«

»Er meint, Sie seien in letzter Zeit etwas überspannt.«

»Das ist sehr umsichtig von ihm, aber den Weg hätten Sie sich sparen können. Ich brauche keinen Seelenklempner. Vielleicht einen gewöhnlichen Klempner – den braucht wohl jeder ab und zu –, aber bestimmt keinen Seelenklempner!«

»Tiny!« Granny ist entsetzt.

Dr. Keene steht ungerührt vor mir und mustert mich mit seinem professionellen Lächeln. »Schon gut, Mrs. Hardcastle. Viele Patienten sträuben sich zunächst gegen eine Behandlung – ein sicheres Zeichen, dass die Behandlung notwendig ist.«

»Das ist ja eine bequeme Erklärung«, entgegne ich.

»Hören Sie, Mrs. Hardcastle.« Diesmal meint er mich, nicht Granny. »Es gibt nichts, wovor Sie sich scheuen müssten. Ich will Ihnen nur helfen, glauben Sie mir. Betrachten Sie mich einfach als einen alten Freund der Familie. Denn genau das bin ich.«

Ich erhebe mich vom Sofa. »Ich brauche keine Hilfe. Ich habe niemanden um Hilfe gebeten.«

»Sie müssen gar nichts tun. Lassen Sie uns einfach ein bisschen reden. Vielleicht sollten wir eine kleine Spritztour unternehmen, etwas frische Luft schnappen.«

»In seinem wundervollen Wagen«, sagt Granny.

Ich werfe einen Blick aus dem Fenster, wo der schwarze Cadillac unheilvoll lauert. Die verchromten Haifischflossen am Heck glänzen in der Mittagssonne.

»Nicht nötig. Ich habe selbst einen Wagen.«

»Lassen Sie uns nur miteinander reden, Mrs. Hardcastle. Wo immer Sie sich wohlfühlen.«

»Wir reden doch bereits. Und ich fühle mich ausgesprochen wohl.«

»Sie sehen aber nicht danach aus. Sie wirken besorgt und verspannt. Wenn wir uns in aller Ruhe unterhalten, kann ich Ihnen sicherlich helfen. Ich kann Ihnen etwas verschreiben, ein paar Tage Erholung verordnen.«

»Ich fand es hier äußerst erholsam, bis *Sie* hier auftauchten.«

Dr. Keene wechselt einen vielsagenden Blick mit Granny Hardcastle.

»Tiny«, sagt Granny, »warum führst du Dr. Keene nicht hinauf in dein Zimmer? Er kann dich untersuchen und dir ein paar Pillen verschreiben.«

»Ich will keine Pillen.«

»Sie haben mir wunderbare Pillen verschrieben, nicht wahr, Dr. Keene? Als mein Mann starb.«

Dr. Keene tritt einen Schritt auf mich zu. »Ihr Schwiegervater sagte …«

»Mein Schwiegervater soll zur Hölle fahren.« Ich verschränke die Arme vor der Brust.

Er deutet in Richtung meiner Ellbogen. »Sie nehmen

eine defensive Haltung ein, Mrs. Hardcastle. Das ist überhaupt nicht nötig, ich versichere Ihnen …«

»Ich will Sie nicht länger im Haus haben, Dr. Keene, schon gar nicht in meinem Schlafzimmer. Ich muss Sie jetzt bitten zu gehen.«

»Sind Sie sicher, Mrs. Hardcastle?«

»Ganz sicher.«

Ein weiterer Blick zu Granny. »Ich wurde leider angewiesen, nicht ohne eine Behandlung zu gehen, Mrs. Hardcastle.«

»Das ist *mein* Haus«, erwidere ich. »Sie sind nur aufgrund *meiner* Duldung hier. Nicht der meines Schwiegervaters, nicht der meiner angeheirateten Großmutter. Ich bin eine erwachsene Frau, Dr. Keene. Ich kann meine eigenen Entscheidungen treffen.«

»Sie werden uns die Situation doch nicht unnötig erschweren, Tiny?«, fragt Dr. Keene mit einer melodischen Stimme, die mich offenbar beruhigen soll, doch in meinen Ohren wie eine Drohung klingt. Er tritt einen weiteren Schritt auf mich zu.

Ich weiche keinen Zentimeter zurück. »Ich muss Sie bitten, jetzt zu gehen, Dr. Keene.«

Granny erhebt sich aus ihrem Sessel. »Habe ich es nicht gesagt? Sie müssen etwas unternehmen, Dr. Keene. Sie ist nicht sie selbst, sie …«

»Bitte halten Sie sich zurück, Mrs. Hardcastle, und lassen Sie mich die Situation regeln. Eine solche Abwehrhaltung ist mir schon oft begegnet.«

Da bin ich mir sicher, denke ich.

Ich blicke diskret in Richtung Treppe, Haustür, Hinterausgang. Das Haus erscheint mir mit einem Mal hohl und leer, als wäre Mrs. Crane spurlos verschwunden und das gesamte Gefolge von Familie und Angestellten in den Fußbodendielen versickert. Meine Nackenhaare stellen sich auf. *Verschwinden Sie endlich!*, brüllt mein Verstand.

»Wie gesagt, Dr. Keene«, meine Stimme klingt erstaunlich gefasst, »ich muss Sie bitten zu gehen.«

Ein weiterer Schritt. »Leider kann ich Ihrer Bitte nicht nachkommen, Tiny. Ich habe strikte Anweisungen.«

»Mrs. Crane!«, rufe ich.

»Ich habe ihr den Nachmittag freigegeben«, schaltet Granny sich ein.

»Dr. Keene …«

Wie aus dem Nichts heraus erscheint plötzlich eine Gestalt an meiner Seite, begleitet von einer Wolke aus frischem Parfum und prickelnder Entschlossenheit. »Entschuldigung, dass ich mich einfach so einmische. Gibt es ein Problem?«

»Pepper.« Ich wende mich an meine Schwester, erleichtert über die Verstärkung. »Dr. Keene ist *Psychiater*, Pepper. Er wollte gerade gehen.«

»Keineswegs, ich …«

Pepper tritt einen Schritt vor und ergreift seine Hand, noch bevor er sie ihr entgegenstreckt. »Ach wirklich, Dr. Keene? Wie schade, dass wir uns verpasst haben. Ein guter Freund meiner Schwester ist selbstverständlich auch mein Freund.«

»Entschuldigen Sie bitte, Miss …?«

»Schuyler. Pepper Schuyler.« Sie hält seine Hand gepackt und bedeckt sie noch mit der Linken, deren lange, schlanke Finger in gefährlich roten Fingernägeln enden. »Ich bin Privatassistentin eines Senators in Washington, Juniorsenator des Bundesstaats New York, um genau zu sein. Sicherlich haben Sie von ihm gehört? Vormaliger Generalstaatsanwalt der Vereinigten Staaten. Der höchste Rechtsanwalt der Nation, das muss man sich einmal vorstellen. Ich sag Ihnen, der lässt sich keinen Kampf entgehen!«

»Selbstverständlich habe ich von ihm gehört.« Der gute Dr. Keene blickt unentschlossen zwischen uns beiden hin und her.

»Sie wollten gerade los, Dr. Keene?«

Er macht Anstalten, seine Hand zurückzuziehen, doch Pepper hält sie unbeirrt fest. Ich werfe einen Blick nach unten und sehe, wie sich ihre scharlachroten Nägel in die weiche Haut seines Handgelenks krallen. Mein Gott.

»Dr. Keene?«, fährt Pepper fort. »Oder soll ich vielleicht meinen Chef anrufen?«

»Das ist nicht nötig«, erwidert Keene. »Ich komme gern zu einem geeigneteren Zeitpunkt zurück.«

Ich räuspere mich. »Machen Sie das, Dr. Keene. Aus, Pepper!«

Meine Schwester gibt den Arm des mittelmäßigen Dr. Keene wieder frei. Er seufzt erleichtert auf und zupft seine Ärmel zurecht. Dann wendet er sich an Granny Hardcastle, deren Gesicht eine tiefrote Färbung angenommen hat. »Mrs. Hardcastle?«

»Dr. Keene, bitte entschuldigen Sie das Verhalten meiner … meiner …«

»Machen Sie sich keine Gedanken.« Er nimmt sein Jackett von der Rückenlehne des Sessels und klopft prüfend auf seine Jackentaschen. »Das feindselige Verhalten der Patientin hat mir wertvolle Einblicke geliefert.«

»Ach? Und die wären?«, frage ich.

Dr. Keene findet seinen Autoschlüssel und wirft sich das Jackett über die Schulter. »Ich empfehle Ihnen absolute Ruhe. Sie sollten nach Möglichkeit im Haus bleiben, besser noch in Ihrem Zimmer. Bis zu meiner Rückkehr sollten Sie nirgendwo hingehen.«

»Ihrer Rückkehr? Ich kann mich nicht erinnern, Sie eingeladen zu haben«, sage ich.

Dr. Keene geht bereits zur Tür. Mit der Hand am Knauf, blickt er ein letztes Mal über seine Schulter und lächelt nachsichtig. »Sie werden entschuldigen, Mrs. Hardcastle, aber ich benötige keine weitere Einladung.«

Pepper öffnet den Kühlschrank und nimmt eine Karaffe Eistee heraus, die Mrs. Crane heute Morgen angesetzt hat und in der immer noch die Zitronenscheiben schwimmen. Sie füllt den Inhalt in zwei Gläser, die vor ihr auf der zerkratzten Holzplatte stehen. »Mit Schuss?«, fragt Pepper.

»Nein danke.«

Sie reicht mir eines der Gläser und stößt mit dem anderen an. »Man sollte meinen, die würden mal renovieren.«

»Warum?«

Sie deutet auf die ramponierte Arbeitsplatte, die frei stehenden Geschirrschränke, den emaillierten Herd mit seinen viktorianisch geschwungenen Beinen. »War wohl der letzte Schrei bei der Weltausstellung in St. Louis. Nicht mal die Schuylers würden so eine alte Küche hinnehmen.«

»Hat vermutlich was mit Prestige zu tun, weil man dergleichen nirgendwo mehr findet.«

»Ach, Prestige. Nichts wie raus hier!«

Mittwochnachmittag, totale Ebbe, der festgebackene Sand glüht unter unseren Füßen. Drei der weiblichen Hardcastles haben sich mit ihren Liegestühlen unter einem Sonnenschirm zusammengeschart. Ihre Kinder planschen im nahen Wasser. Ich wende mich in die andere Richtung, dem Bootsanleger entgegen, wo die Segelboote unbeachtet an ihren Tauen zerren und darauf warten, dass die Männer zurückkehren oder die Teenager aufwachen.

»Du musst dringend hier weg«, meint Pepper. »Du musst von hier verschwinden.«

»Ich kann nicht einfach so verschwinden.«

»Warum denn nicht? Du bist ja schlimmer als Hamlet. Zieh endlich einen Strich unter die Rechnung. Mach dich vom Acker. Ich helfe dir dabei. Ich packe eigenhändig deinen Koffer.«

Ich schreite den Bootsanleger hinunter. Die Sonne brennt mir auf der Haut. Das Kondenswasser meines Getränks rinnt mir über die Finger.

»Aber nein, du bleibst lieber hier und lässt dir alles brav gefallen«, fährt Pepper fort. »Lässt dir von denen eine Gehirnwäsche verpassen. Lässt dir das Köpfchen tätscheln und eine Handvoll Pillen verabreichen?«

Ich erreiche das Ende des Bootsanlegers und stelle das Glas ab, um meine Sandalen auszuziehen.

»Oh Gott«, sagt Pepper. »Du willst doch nicht etwa springen, oder?«

»So einfach ist das nicht, Pepper.«

»Na, das will ich hoffen!«

»Ich meine, was ist schon so schlimm daran? Nach deren Regeln zu spielen? Ich wette, neunundneunzig Prozent aller Frauen würden liebend gern mit mir tauschen. Neunundneunzig Prozent aller Frauen würden Frank Hardcastle mit Vergnügen zum Mann nehmen. Und wenn er sich ab und zu mit einem hübschen Flittchen vergnügt, dann sehen sie einfach darüber hinweg. Ich meine, sieh dich doch mal um!« Ich deute mit den Sandalen auf den breiten, makellosen Strand, auf die grauen Schindeln des Haupthauses, auf die funkelnden Fensterscheiben. »All das gehört mir. Das perfekte Leben!«

»Hast du jetzt völlig den Verstand verloren?«

»Frank ist ein guter Mann, Pepper. Er blickt einer großen Zukunft entgegen. Er hat nur diese eine Schwäche. Aber er liebt mich, das tut er wirklich. Er ruft jeden Tag an, schickt mir Blumen. Er macht sich furchtbare Sorgen.«

»Warum kommt er dann nicht persönlich hierher, statt den Familientherapeuten zu schicken, um dir eine Gehirnwäsche zu verpassen?«

»Das war nicht Frank, sondern sein Vater.«

»Was macht das für einen Unterschied?«

»Das macht einen Riesenunterschied.« Ich drehe mich um. Es kommt mir vor, als würde uns Granny Hardcastle durch eines der Fenster beobachten, jede kleinste meiner Bewegungen analysieren. »Franks Vater hat diese Geschichte bereits hinter sich. Seine Frau hat ihn verlassen, und damit war seine politische Karriere beendet. Er würde es nicht ertragen, wenn Frank das Gleiche widerfährt. Es wäre für alle das Ende.«

»Dann hätte der kleine Frank junior seine Hose besser oben behalten.«

»Du verstehst das nicht. Wenn ich Frank verlasse, wenn ich die Scheidung einreiche, werden sie mich ruinieren. Dieser Dr. Keene, das war nur der Warnschuss, eine unterschwellige Drohung.«

»Pfeif drauf. Pfeif auf ihre Warnschüsse. Lebe in Schimpf und Schande. Schande macht sowieso mehr Spaß, glaub's mir.«

Ich schüttele den Kopf. »Das habe ich früher auch gedacht. Das klingt alles wunderbar, solange es einen selbst nicht betrifft. Doch dann wird einem plötzlich bewusst, was die Leute über einen sagen. Dass man alle enttäuscht hat, dass man furchtbar selbstsüchtig war. Dass man die Familie im Stich gelassen hat.«

»Das wäre mir piepegal.«

»Aber du bist eben Pepper. Und ich bin immer noch Tiny. Und mir ist es leider *nicht* egal. Ich kann nicht aus meiner Haut.« Mit einem Mal dringen Tränen aus meinen Augenwinkeln, und ich versuche nicht einmal, sie zu unterdrücken. »Ich kann einfach nicht anders, Pepper. Es ist nicht meine Art. Ich habe es schon mal versucht, aber ich habe nicht die Kraft, sie erneut zu enttäuschen. Ich kann das einfach nicht.«

»Wen meinst du mit *sie*?«

»Na, alle. Dich und Vivian, Mum und Dad. Frank und Granny und Constance, einfach alle. Sogar Leute, die ich nicht mal kenne. Leute auf der Straße, die täglich die Zeitung lesen und denken, ach, die ist eigentlich gar nicht so hübsch, allein schon ihre Nase, sie ist zu dünn, sie ist nicht dünn genug, sie ist zu groß, sie ist zu klein, sie ist arrogant und dumm, sie will nur sein Geld, sie betrügt ihn, er betrügt sie, sie raucht heimlich vor der Tür, sie hat noch nie einen Zug genommen. Alle. Jeder. Du hast ja keine Ahnung, wie das ist. Du hast keine Ahnung, wie man sich fühlt, Pepper. Ich habe versucht, mir nichts daraus zu machen. Aber ich kann einfach nicht anders.«

Pepper zieht mein schluchzendes Gesicht an ihre Schulter. »Ach Gottchen. Du armes Ding.«

»Ich kann das nicht, Pepper. Ich kann das kein zweites Mal durchmachen.«

»*Was* kein zweites Mal durchmachen?«

Ich löse mein Gesicht von ihrer feuchten Schulter. »Ich muss dir was zeigen …«

»Heiliger Strohsack.« Pepper hält das Foto ans Fenster. »Nette Titten. Echt ansehnlich. Ich wusste gar nicht, dass du so einen schönen Busen hast. Du solltest ihn besser in Szene setzen.«

»Pepper!«

Sie löst ihren Blick von meinem schwarz-weißen Oberkörper und blickt mir starr in die Augen. »Wer hat die denn gemacht?«

»Caspian.«

»*Caspian*? Caspian *Harrison*? *Major* Caspian Harrison?«

»Genau der.«

»Heiliger Strohsack. Hast du mit ihm geschlafen?«

»Das geht dich nichts an.«

»Also ja. Meine Herren! Ich bin … *wow*. Der gute alte Major.« Pepper bekommt endlich den Mund zu und blickt erneut auf das Foto. »Und wann war das?«

»Vor zwei Jahren.«

»Vor zwei Jahren? Moment mal … vor zwei Jahren … hast du da nicht geheiratet?«

»Es war kurz vor der Hochzeit. Zwei Wochen vorher, um genau zu sein.«

Pepper stößt einen gedehnten Pfiff aus. »Tiny, Tiny … Und du hast es gewagt, in Weiß zu heiraten! Kalte Füße, oder wie?«

»So was in der Art.«

»Und habt ihr es noch mal getrieben? Seit er wieder da ist?«

Ich schnappe ihr das Foto aus der Hand. »Natürlich nicht!«

»Warum zeigst du mir das ausgerechnet jetzt?«

Ich greife nach dem Umschlag und schiebe das Foto hinein. Meine Blöße verschwindet in der Versenkung. »Ich habe dich doch gebeten, dieses Armband für mich zu verkaufen …«

»Na, und ob. Sag bloß …?« Sie schnappt sich den Umschlag zurück. »Du wirst *erpresst*, Tiny? Caspian Harrison *erpresst dich*?«

»Nicht Caspian. Gib den wieder her!«

Doch sie hat den Umschlag bereits geöffnet, den Inhalt herausgezogen. Das Foto, die Notiz. »Mein Gott, das ist ja wie im Kino. In einem dieser Gangsterfilme …«

»Das ist kein Film. Das ist das wahre Leben, *mein* Leben, und wenn die Sache ans Licht kommt, spielt es keine Rolle, ob ich Frank verlasse oder nicht, dann ist seine Karriere ruiniert, und es ist allein meine Schuld, von *meinem* Leben ganz zu schweigen …«

»Warum wäre *dein* Leben denn ruiniert? Frank könnte sich seine Karriere abschminken, keine Frage. Aber er hat es nicht besser verdient, dieser Schürzenheld.«

»Ach, Pepper, denk doch mal nach. Denk *bitte* einmal nach. Stell dir mal vor, das Foto käme in die Zeitung, für jedermann frei ersichtlich.«

Sie fächelt sich mit dem Umschlag Luft zu. Ihre olivfarbene Haut ist leicht gerötet. »Kannst du vielleicht mal ein Fenster öffnen?«

Ich gehe hinüber zum Fenster, das den Strand überblickt, und schiebe die Scheibe ein Stück nach oben. Ein warmer Luftzug weht mir gegen den Bauch. »Draußen ist es noch heißer.«

»Aber weniger stickig.«

Ich lasse mich verkehrt herum aufs Bett sinken und stütze die Füße über dem Kopfteil gegen die Wand. Mein Magen rebelliert und erkundigt sich lautstark nach seinem Mittagessen. Ich verschränke die Arme über den Rippen, um das Geräusch zu ersticken. Der Schock über Dr. Keenes unerwarteten Besuch ist inzwischen verflogen, und mit ihm meine Emotionen. Mein Verstand ist außergewöhnlich klar und scharf. Bereit zu handeln.

»Wenn nicht Caspian, wer dann?«

»Keine Ahnung. Irgendjemand muss die Fotos gefunden haben.«

»Dann mach ihn fertig. Geh zur Polizei.«

»Das kann ich nicht. Frank würde davon erfahren.«

»Na und?«

»Pepper, Caspian ist sein Cousin. Wie soll ich Frank schonend beibringen, dass ich mit seinem Cousin geschlafen habe?«

»Du hast ihm nichts davon erzählt?«

Der Deckenventilator zieht behäbig seine Kreise. Ich stelle mir vor, einen der Flügel zu packen und mitzufliegen, wie auf einem Karussell. Fast spüre ich die vorbeirauschende Luft an meinen Wangen. »Nicht viel. Keine Details. Die hat er sich selbst zusammengereimt, abgesehen von Caspian. Aber er hat mich nie zur Rede gestellt. Es schien ihn nicht weiter zu stören. Ich glaube, er … er war einfach froh, dass ich zurückgekommen bin. Dass ich meine Meinung geändert habe, anstatt die Verlobung zu lösen. Ein wahrer Gentleman, könnte man sagen.«

»Und was sagt Caspian dazu?«

»Zu der Erpressung? Ich habe es ihm nicht erzählt.«

»Warum nicht? Er hat die verdammten Fotos doch gemacht!«

»Ich kann einfach nicht. Womöglich erzählt er es Frank. Oder Franks Vater.«

»Meinst du wirklich? Das würde ich ihm nicht zutrauen.«

Immer im Kreis, weiter und weiter, ohne je anzukommen. »Oh, und ob. Glaub mir, er ist ein waschechter Hardcastle. Wenn es darauf ankommt, geht ihm die Familie über alles.«

»Ich glaube, da täuschst du dich. Caspian ist definitiv sein eigener Herr.«

Ich schwinge mich abrupt auf und setze mich auf die Bettkante, die Finger fest in die Tagesdecke gekrallt. »Ich sag doch, *glaub mir.*«

Pepper verschränkt die Arme. Sie wirkt ein klein wenig rundlich, unsere Pepper. Wenn man genau hinsieht, kann man unter dem leichten Baumwollkleid bereits ein Bäuchlein erahnen, nicht größer als die gespreizte Hand eines

Mannes. Sie hat ihr Haar mit einem Schal zurückgebunden, und ich könnte schwören, dass ihre markanten Wangen eine Lage weicher geworden sind. »Was um alles in der Welt ist da zwischen euch vorgefallen?«

»Das spielt keine Rolle.« Ich stütze mich mit den Händen ab und drehe mich um, sodass ich im Schneidersitz vor ihr auf dem Bett hocke. »Es geht nur darum, was ich jetzt tun soll.«

»Hast du auf diesen kleinen Valentinsgruß schon reagiert?«

»Nein. Noch nicht.«

Pepper trommelt mit den knallroten Fingerspitzen auf den Umschlag. Ein schlichter brauner Umschlag, wie er in jedem Büro verwendet wird. Das Foto und die Notiz liegen noch immer obenauf. Sie mustert mich mit schräg gelegtem Kopf. Ihr Gesicht liegt zur Hälfte im Schatten, zur Hälfte im goldenen Nachmittagslicht, das vom Strand hereinströmt. »Und du hast keine Ahnung, wer dahintersteckt? Wer sich die Fotos unter den Nagel gerissen haben könnte?«

»Caspian sagt, er habe die Fotos sicher verstaut, bevor er nach Vietnam gegangen ist. Auf dem Dachboden oder in irgendeinem Schrank.«

»Na, jedes Familienmitglied konnte doch wohl in der Zwischenzeit auf den Dachboden steigen, oder? Zwei Jahre sind eine lange Zeit!«

»Warum sollte mich ein Familienmitglied erpressen?«

»Also ich tippe auf dieses Miststück Constance. Die ist alles andere als deine Freundin. Du solltest mal hören, wie sie hinter deinem Rücken über dich redet.«

»Sie liebt Frank mehr, als dass sie mich hasst«, sage ich gedankenverloren. Mein Kopf ist geneigt, mein Blick ruht auf Peppers Daumennagel, der meine schlanke schwarzweiße Hüfte wie ein scharlachrotes Feigenblatt bedeckt. »Kannst du mir das Foto noch mal geben?«

Sie reicht es mir. »Oder ihr Mann? Tim?«

»Tom.«

»Der hat doch eine riesengroße Laus auf der Leber sitzen. Ich wette …«

»Das Bild stammt aus einem Labor«, sage ich.

»Was?«

Ich blicke zu ihr auf. »Am Rand stehen Datum und Uhrzeit. Das Bild wurde in einem professionellen Labor entwickelt.«

»Was denn sonst?«

»Du verstehst mich falsch. Caspian entwickelt seine Bilder selbst. Er hat eine eigene Dunkelkammer in seiner Wohnung.«

Pepper stutzt. »Lass mal sehen.«

Ich gebe ihr das Foto zurück.

Sie hält es sich vor die Nase und blinzelt. Meine kleine Schwester braucht doch wohl keine Brille, oder? Na, das wäre mal ein Spaß. Pepper mit Brille. »Elf Uhr zweiundzwanzig, vierter Mai Neunzehnhundertsechsundsechzig.« Sie blickt zu mir auf. »Ist das ein Hinweis, Mr. Holmes?«

Ich ziehe mir bereits die Sandalen an. Mein Kopf schwirrt, meine Adern prickeln vor … was? Hoffnung? Eher Entschlossenheit. Tatendrang. Ich gehe zur Tür.

»Keine Ahnung. Aber ich werde es herausfinden.«

»Ach, ja? Und wie willst du das anstellen, mein süßes kleines Angsthäschen?«

Ich betrachte den frischen Blumenstrauß auf der Kommode. Hyazinthen, gestern erst geliefert. Mit einer Notiz: *Für meine entzückende Ehefrau. Ich liebe Dich, Frank.* Die Blüten leuchten in einem wunderschönen Blau, fast schon jenseitig, unzählige zarte Blüten, angeordnet in einer Traube von taufrischer Perfektion. Doch als ich mich nach unten beuge, um daran zu schnuppern, ist ihr Duft so schwach, dass ich ihn kaum wahrnehme. Als hätten sie ihre Seele im Treibhaus zurückgelassen.

Ich richte mich auf und schnappe Pepper den Umschlag aus der Hand, um ihn mir unter den Arm zu klemmen.

»Ich werde mit Caspian reden.«

In Ermangelung einer Alternative wende ich mich an Caspians Füße, die in abgewetzten Armeestiefeln unter dem Mercedes-Benz hervorragen.

»Wie bitte?«, ruft er mit einer metallischen Stimme. »Bringst du mir mein Sandwich?«

»Kannst du vielleicht kurz hochkommen? Ich will nicht so brüllen.«

Caspian rutscht langsam hervor, Stück für Stück, in abgetragenen Jeans und schmutzigem Hemd. Er liegt auf einer rollbaren Unterlage, wie Mechaniker sie für solche Arbeiten benutzen. Er richtet sich auf und stellt die Stiefel auf den Boden, um nicht wegzurollen. »Ist irgendwas passiert?«

»Die Fotos«, sage ich.

Er fragt nicht, welche Fotos. »Was ist damit? Ich sagte doch bereits, sie sind sicher verstaut. Ich habe extra nachgesehen, als ich neulich in der Stadt war. Sie sind alle noch da.«

»Ich weiß. Ich meine, das glaube ich dir. Es geht mir um die anderen. Die von mir auf dem Sofa.« Meine Lippen fühlen sich taub und geschwollen an; die Worte scheinen daran festzukleben.

Caspian runzelt die Stirn. »Die auf dem Sofa? Davon gibt es keine Abzüge. Nur den Film.«

»Und was hast du damit gemacht?«

»Ich habe ihn dir geschickt. Kurz vor der Hochzeit.« Er steht auf. »Hast du ihn nicht bekommen?«

Mein Puls donnert in meinen Ohren, sodass ich ihn kaum verstehe. »Wo hast du ihn denn hingeschickt? An welche Adresse?«

»An deine ehemalige Wohnung. Ich wollte verhindern, dass Frank ihn sieht und neugierig wird. Warum? Was ist passiert?«

»Nichts.«

Er berührt meinen Arm. »Tiny ...«

Ich schüttele ihn ab und stolpere einen Schritt zurück. »Gar nichts. Ich habe mich nur gefragt.«

»Hat jemand ...?«

Ich gehe zurück zum Tor, dem einzigen Streifen Sonnenlicht, doch Caspian versperrt mir den Weg und packt meine Oberarme. »Moment. Warte mal.«

Ich starre auf die Knöpfe seines Hemds. »Bitte lass mich los.«

»Du steckst in Schwierigkeiten, oder?«

»Nicht mehr als üblich.«

»Tiny, ich will dir helfen, dich unterstützen. Das ist der Grund, weshalb ich hier bin.«

»Findest du nicht, du hast schon genug angerichtet?«

Caspian lässt seine Hände sinken und weicht merklich zurück, als hätte ich mich in ein glühendes Eisen verwandelt. Ich nehme allen Mut zusammen und blicke auf. Ein schwarzer Streifen entstellt seine Wange, hinterlassen von einer ölverschmierten Hand. Auch seine Stirn ist dunkel gefleckt.

»Du bist einer von ihnen«, sage ich. »Du bist ein Hardcastle. Du bist Teil dieser Meute. Du gehörst genauso zu Franks Wahlkampfteam, das ihn mit bloßen Händen ins Weiße Haus tragen will. Ganz gleich, wer dabei auf der Strecke bleibt. Der Zweck heiligt die Mittel, habe ich recht?«

»Du weißt, das ist Unsinn. Franks politische Ambitionen sind mir gleichgültig.«

»Warum engagierst du dich dann in seiner Kampagne? Warum beschützt ihn eigentlich jeder?«

Man mag kaum glauben, dass ein Mann mit nur einem Bein so reglos stehen kann. Man könnte meinen, er wäre aus Stein oder aus Wachs, so wie er mich in diesem Moment ansieht, besser gesagt, durch mich *hindurchsieht*. Nicht mal seine Pupillen regen sich in den grünen Augen. Ich könnte jede einzelne seiner Wimpern zählen.

»Na los«, dränge ich, denn diesmal werde ich nicht klein beigeben, mich nicht in Luft auflösen. »Warum verteidigst du Frank? Warum lässt du dich in deiner Paradeuniform vorführen und … und von denen … *benutzen*?«

»Das tue ich nicht.«

»Ach nein? Und wie nennst du das?«

Endlich blinzeln seine Augen. Er stößt einen tiefen Seufzer aus. Dann wendet er sich ab, um zum Wagen zurückzukehren. Ich drehe mich um und sehe zu, wie er nach dem Schraubenschlüssel greift und sich auf die rollbare Unterlage setzt. »Das hier«, sagt er voller Inbrunst, während er den Schraubenschlüssel in die Höhe hält. »Ich … hier an diesem Ort.« Er deutet auf den Schuppen, das Tor. »Die Zeremonie in Washington, die Veranstaltung im Hotel. Glaubst du, ich mache das alles für *Frank*? Um Frank zu helfen? Um *ihn* zu beschützen?«

»Was denn sonst? Sag's mir, verdammt!«

Er legt sich auf die rollbare Unterlage und starrt unters Dach. »Wenn du dahinterkommst, weißt du, wo du mich findest.«

Ein hektisches Flattern erfüllt die Luft, und die Starenmutter schießt durch das geöffnete Tor hinauf zu ihrem Nest im Gebälk. Die jungen Stare recken gierig die Hälse und öffnen ihre kleinen roten Rachen.

Ich lasse den Blick zu Caspian sinken. Seine Knie sind

angewinkelt, das linke etwas dicker als das rechte. Die Hand mit dem Schraubenschlüssel ruht auf seiner breiten Brust und hebt sich mit jedem Atemzug. Seine Brust, die mir einst Schutz bot, die um die halbe Welt reiste, um im Schlamm des Dschungels zu bluten, die leblos von einem Hubschrauber abtransportiert wurde, während ich in meinem geschmackvollen Wohnzimmer in Back Bay die Weihnachtsgeschenke verpackte.

Ich schreite über den staubigen Boden und sinke neben ihm in die Hocke. »Ich bin doch schon hier, oder?«

Er wendet den Kopf in meine Richtung, ohne ein Wort zu sagen. Dieselben Augen, dieselben Wangenknochen, derselbe Kiefer, derselbe Caspian. Abgesehen von dieser einen Narbe auf seiner Stirn, die sich dicht um seine Braue schmiegt.

Mutig lege ich eine Hand auf sein Knie. »Tut es weh?«

»Jetzt gerade?«

»Jetzt. Überhaupt.«

»Manchmal. Oft sogar. Aber nicht jetzt.«

Ich beuge mich vor und küsse den Rand seiner breiten Kniescheibe. Der Stoff unter meinen Lippen ist warm und riecht nach Öl. »Es tut mir leid. Du kannst dir gar nicht vorstellen, wie leid mir das tut. Es ist alles *meine* Schuld, hätte ich …«

Caspian richtet sich auf. »Es ist nicht deine Schuld.«

»Aber du hättest deinen Einsatz nicht verlängert.«

»Es hätte genauso gut eher passieren können. Man weiß nicht, was passiert wäre. Man weiß es nicht.«

Unser Atem vermischt sich. Sein Atem und mein Atem.

Ich lege die Wange auf sein Knie, den Blick auf die verwitterten Bretter des Schuppens gerichtet. Über uns freuen sich die kleinen Stare über ihre Fütterung. »Es tut mir leid. Es tut mir so leid. Dein wunderschönes Bein.«

»Es ist nur ein Bein, wirklich.«

»Ich habe es vermasselt, oder? Ich habe alles kaputtgemacht. Du hättest dir eine andere suchen sollen.«

»Es gibt keine andere, Tiny. Nicht auf der ganzen weiten Welt.«

Er berührt mich nicht, Gott sei Dank. Er rührt mich in keinster Weise an. Ich starre an die Wand und drücke sein Knie an meine Wange. Irgendwann kommen die Stare zur Ruhe, und ich erhebe mich, gehe erschöpft zum Tor, um mich an einem der Torpfosten abzustützen. Die Sonne prallt heiß auf mein Haar. Das Gestrüpp vor dem Schuppen hat deutlich abgenommen, beiseitegeschoben von zahlreichen Händen, die sich in den letzten Wochen einen Weg gebahnt haben. Das Gras ist zu einem schmalen Pfad niedergetrampelt. Ein Wunder, dass Granny Hardcastle noch nichts bemerkt hat.

Ich drehe mich um. »Eine Sache noch. Ich wollte dich etwas fragen.«

Caspian hat sich erneut hingelegt, die Beine angewinkelt, kurz davor, unter dem Wagen zu verschwinden. Sein Gesicht liegt im Schatten der Karosserie. »Was denn?«

»Dieser Reporter hat da was erwähnt. Er behauptet, er sei an irgendeiner Sache dran, einem Vorfall aus Franks Studienzeit. Seinem dritten Jahr in Harvard, glaube ich. Ich habe gesagt, dass ich nichts davon weiß.«

Caspian flucht leise in sich hinein.

»Dann stimmt es also. Es gibt etwas, das mir niemand erzählt hat.«

»Ich weiß selbst nicht viel.«

»Aber du weißt davon. Die ganze Familie weiß davon. Ihr wollt ihn beschützen.«

Caspian liegt reglos vor mir. »Ich wusste nicht, ob sie es dir erzählt haben.«

»Und wirst *du* es mir erzählen? Oder muss ich es selbst herausfinden?«

»Warum fragst du nicht Frank?«

»Weil er mir nicht die Wahrheit sagen würde. Oder täusche ich mich?«

Caspian seufzt. »Ich könnte dir sagen, was ich weiß. Es gibt ohnehin nicht viel zu erzählen. Aber ich finde, du solltest besser deinen Mann fragen.«

»Und warum, Caspian?«

Er verschwindet unter dem Wagen und beginnt mit dem Schraubenschlüssel herumzuwerkeln. »Weil es mir nicht zusteht. Ich bin nicht gekommen, um dich von der Klippe zu stoßen, Tiny. Du musst selbst entscheiden, ob du springen willst. Ich bin nur hier, um dich aufzufangen.«

Ich starre auf Caspians klobige Schuhsohlen, auf seine langen Beine, die bis zum Knie unter dem Mercedes-Benz stecken. Meine Finger krallen sich in den Umschlag und zerknittern den Rand.

»Darf ich mir mal dein Auto leihen?«, frage ich. »Ich kann meine Schlüssel nicht finden.«

Caspian, 1964

Ist schon eine komische Sache, sich Hals über Kopf zu verlieben. Es ist absolut unmöglich, den Unterschied zu beschreiben zwischen einem innigen Kuss, einer gemeinsamen Nacht mit der Liebe deines Lebens und all den Küssen und all dem Sex zuvor. Es ist ebenso unmöglich, den Unterschied zu benennen zwischen ihrer Haut und jener Haut, zwischen ihren Hüften und jenen Hüften, zwischen ihren Seufzern und jenen Seufzern. Es ist vollends unmöglich, die qualitativen und quantitativen Unterschiede zu messen, sämtliche Einzelheiten präzise zu analysieren, die den Gesamteindruck unweigerlich prägen, wie ein Laie ebenso wenig erklären könnte, was die *Mona Lisa* zur gottverdammten *Mona Lisa* macht. Man tritt nur ehrfürchtig einen Schritt zurück und denkt: *Wow, das ist also Kunst!*

Man lässt sich in die Kissen sinken, zieht ihre Brust an seine Brust, spürt ihre Rippen an seinen Rippen, spürt ihren Atem wie den eigenen Atem und denkt: *Wow, das ist also Liebe!*

»Ich will Mount Rushmore sehen«, sagte Tiny. Der Kommentar kam nicht völlig aus heiterem Himmel. Sie lagen seit einer Weile beisammen und sprachen über Gott und die Welt, denn über ihren gemeinsamen Sex zu sprechen wäre nicht weniger anmaßend, als die *Mona Lisa* zu erörtern. Zu kompliziert und überwältigend, vielleicht auch zu neu und heilig. Was sollte man nach einem solchen gemeinsamen Moment schon sagen? Was waren die klassischen Worte? *Geht es dir gut?* Als hätte er nicht permanent darauf geachtet. Als hätte er nur seine Lust abreagiert, indem er ihre Jungfräulichkeit raubte. *Ich liebe dich?* Zu banal, verglichen mit den Gefühlen, die er tatsächlich für sie empfand, den komplexen emotionalen Verstrickungen mit einer Frau, die jede Pore seines Körpers durchdrang.

Also sprachen sie über Dinge, die eben ausgesprochen werden mussten und die sich mühelos in Worte fassen ließen.

Wie über ihre bevorstehende Fahrt nach Kalifornien. Jenes neue Gleis, das sich vor ihnen erstreckte.

»Mount Rushmore liegt in South Dakota«, sagte er. »Wenn du auch den Grand Canyon sehen willst, wird es vermutlich schwierig.«

»Wir haben doch zwei Wochen Zeit.«

»Mal sehen, wie wir vorankommen. Aber es kann sein, dass du dich entscheiden musst.«

»Schon in Ordnung. Wie du weißt, liebe ich schwierige Entscheidungen.« Ihre Hand wanderte kühn über seine Brust, über den einen Muskel nach unten, über den anderen nach oben, um sich sanft um seine Schulter zu schmiegen. Es schien den Gesetzen der Schwerkraft zu widersprechen, dass eine so federleichte Berührung eines so zerbrechlichen Körpers ihn mühelos auf die Matratze seines eigenen Bettes zwang.

Tiny betrachtete ihre Hand, ohne sich ihrer magischen Kräfte bewusst zu sein. »Ich habe mir überlegt, Ballettunterricht zu geben«, fuhr sie fort. »Ich wäre niemals gut genug, um in einem Ensemble zu tanzen. Einem professionellen Ensemble, meine ich. Außerdem ist das ein wahnsinnig hartes Brot – Lug und Trug und blutige Zehen. Aber ich könnte zumindest Kinder unterrichten, wie schon in meinem bisherigen Ensemble in Boston. Vielleicht eröffne ich sogar meine eigene Tanzschule.«

»Großartige Idee. Mach das. Da draußen gibt es genug kleine Rotzlöffel, denen du was beibringen könntest.«

»Schön. Das wäre also geklärt. Und was ist mit dir?«

Der Mond war inzwischen aufgegangen, ein freundlicher Halbmond, nicht allzu grell. Cap betrachtete die weiße Zimmerdecke, den träge kreisenden Ventilator. Sein gewöhnliches Bett, das untypisch zerwühlt war, Laken und Decken wirr verschlungen und halb auf den Boden geworfen, ein heilloses Durcheinander. Doch zum ersten Mal in seinem Leben war es ihm egal. Er dachte nicht einmal daran, sich zu rühren, um die zerknautschten Zipfel glatt zu ziehen und einzuschlagen, um jene makellose Ordnung wiederherzustellen, die ihn sein Vater gelehrt hatte. Sein altes gewöhnliches Bett, doch er lag hier mit Tiny, einer nackten Tiny, und sie hatten gerade miteinander geschlafen. *Er* und *Tiny*. Er war in ihren zarten Körper eingedrungen, und sie hatte ihn freudig empfangen. Sein Gehirn war immer noch umnebelt, seine Nerven sprühten und knisterten vor Vergnügen und Erstaunen. Berauscht von dem Duft ihres Atems.

»Das weißt du. Ich bin Soldat. Mein Urlaub ist in sechzehn Tagen vorbei. Dann setze ich mich in ein Militärflugzeug, eine alte ohrenbetäubende Todesfalle von einer Transportmaschine, und fliege zurück an die Front, ein Flug erster Klasse.«

»Und wie lange dauert dein Einsatz?«

»Ich bin Offizier, Tiny. Berufsoffizier. Ich bin so lange im Dienst, bis ich abtrete oder ausscheide. Aber mein nächster Einsatz dauert ein Jahr, zumindest offiziell.«

»Offizier?« Sie stützte sich auf und blickte von oben auf

ihn herab. Die schamlose Nähe ihrer baumelnden Brüste ließ ihn insgeheim jubeln, tief in seinem Innern, wo sie es nicht hören konnte. »Das wusste ich gar nicht. Welcher Rang?«

»Captain.«

»Oh, ein Captain! Warum hast du mir nichts davon erzählt?«

Er zuckte mit den Schultern. »Du warst sowieso hin und weg. Ich wollte dir nicht noch mehr den Kopf verdrehen.«

Lachend sank sie zurück in die Kissen. »Oh Gott. Meine Mutter wird vor Entsetzen tot umfallen.«

»Wie ich sie kenne, wird sie mich eher standrechtlich erschießen.«

»*Wie ich sie kenne*?« Tinys Lachen erstarb. Sie ruhte still an seiner Brust. »Du kennst meine Mutter, Caspian?«

»Sie war in deiner Wohnung, als ich dich gesucht habe.«

»Sie war *was*?«, kreischte Tiny.

»Ich kann immer noch nicht fassen, dass du mir nichts erzählt hast«, sagte Tiny. »Du hast mich fotografiert, mit mir *geschlafen*, und du hältst es nicht für nötig, mir zu sagen, dass du eine Stunde zuvor meiner Mutter begegnet bist?«

»Wo liegt da der Zusammenhang?«

»*Männer.*«

»Außerdem haben wir nicht geschlafen.«

Sie fuhren in Caspians altem Ford über die Route 3 in Richtung Cape Cod. Seine Idee. *Kennt sie deinen Namen?*, hatte Tiny gefragt. *Ja, natürlich*, hatte er geantwortet. Daraufhin Tiny: *Also weiß sie, wo sie dich findet*. Und er: *Ich habe ihr meine Karte gegeben* – als wäre es das Natürlichste auf der Welt. *Warum zum Teufel hast du das getan?*, schrie Tiny. Und er, besänftigend: *Keine Sorge, sie weiß nicht, dass du bei mir bist.* Und Tiny: *Glaub mir, in ein paar Stunden wird sie es herausfinden, spätestens wenn er die Nachricht findet, die ich ihm in den Briefkasten gesteckt habe, und sie anruft; und dann steht meine Mutter kurz darauf auf der Matte, um die Tür einzutreten.*

Er hatte sich in die Kissen sinken lassen, die Arme hinter dem Kopf verschränkt, und die Situation abgewogen: die Genugtuung, Mrs. Schuylers entsetzte Miene zu sehen, wenn sie die Tür eintrat und ihre entjungferte Tochter selig in seinen Armen vorfand, verglichen mit der weitaus klügeren Alternative, eine solche Konfrontation fürs Erste zu vermeiden, bis Tiny wirklich dazu bereit war und die Nachbarn nicht gleich die Polizei riefen.

»Ich habe ein Haus in Cape Cod«, sagte er schließlich. »Es gehörte meiner Mutter, ein alter Familienbesitz. Sie hat es mir und meiner Schwester hinterlassen, als sie starb. Die Fahrt dauert nicht länger als eine Stunde, zumindest um diese Zeit.«

Um diese Zeit, zu nachtschlafender Stunde: Der Wagen raste durch die mondbeschienene Finsternis, die Gräser am Straßenrand glitzerten im Scheinwerferlicht. Er hatte das Verdeck geöffnet, denn so gehörte sich das, wenn man in einer silbrigen Maiennacht mit der Liebe seines Lebens nach Cape Cod durchbrannte.

»Das ist nicht witzig«, sagte Tiny. Ihre Arme waren vor der Brust verschränkt, und ein eleganter Damenschal hielt ihre Haare im Zaum. Sie saß brav und sittsam auf dem Beifahrersitz, die Beine unter ihrem taubengrauen Rock übergeschlagen.

»Komm her.« Er streckte ihr den rechten Arm entgegen.

Tiny begutachtete seinen Arm, begutachtete seine Brust. Widerwillig strich sie ihren Rock glatt und rutschte ein wenig näher.

Er zog sie zu sich heran und küsste ihren Scheitel. »Schon besser.«

Sie schlief auf der Stelle ein, duftend an seine Schulter gekuschelt. Und während der Wagen durch die Nacht rollte, der salzige Fahrtwind und der milde Mondschein sein Haar zerzausten, kam Caspian zu der Überzeugung, dass er nie glücklicher, nie zufriedener sein würde als in diesem Moment. Bis ihm das Leben erneut den Boden unter den Füßen wegriss.

Letztendlich bogen sie gut eine Stunde und fünfzehn Minuten später in die sandige Einfahrt des Familienanwesens ein, da Cap das Tempo bewusst gedrosselt hatte, um die Fahrt länger genießen zu können. Er stellte den Motor ab und betrachtete die verwitterten Schindeln und weißen Fensterrahmen, die im Mondlicht sanft schimmerten. Wie lange war es her? Bestimmt zehn Jahre. Es ließ sich schwer einrichten, seine seltenen Familienbesuche auf den Sommer zu legen.

Er stieß Tiny sanft an. »Aufwachen, Liebling.« Er hatte sie noch nie so genannt, doch in diesem Moment erschien es ihm passend.

»Hmm?«

»Wir sind da.«

Tiny hob den Kopf. »Am Cape?«

»Genau.« Er stieg aus dem Wagen und streckte ihr die Hand entgegen. Sie rutschte ihm hinterher, löste ihren Schal, strich ihren taubenblauen Rock glatt. »Komm, wir bringen dich ins Bett.«

»Wie spät ist es?«

»So gegen eins.«

»Kommt mir später vor.«

Er fand den Haustürschlüssel im Vogelhaus und öffnete

die Eingangstür. Sofort umfing ihn ein vertrauter Geruch von Holz und Feuchtigkeit, Wind und Wetter, Salz und Zitruspolitur. Handtücher, die in der Sonne trockneten. Kindheitserinnerungen. Die Räume waren sauber und gepflegt, so wie er es in Erinnerung hatte. Die Familie schickte ab und zu jemanden vorbei, der sich um das Gebäude kümmerte, kleinere Reparaturen erledigte und den Garten in Schuss hielt. Neben dem Wohnzimmerkamin aus unbehauenem Feldstein stand immer noch Mutters alter Sessel, umhüllt von einem geisterhaften Laken. Der Strom war vermutlich abgestellt. Er holte eine Taschenlampe aus dem Auto, um in der Abstellkammer nach der alten Sturmlaterne zu suchen und sie mit einem langen Streichholz anzuzünden.

Tiny stand immer noch im Flur, verschlafen blinzelnd. Sie zog ihre Schuhe aus und ließ sie neben der Tür fallen.

»Badezimmer?«, fragte er.

Sie nickte.

»Treppe rauf und dann rechts. Die Tür am Ende des Ganges. Das Wasser müsste aufgedreht sein, wegen des Gärtners. Aber der Boiler ist abgeschaltet, deshalb ist es leider kalt. Ich hol nur schnell die Koffer aus dem Wagen.«

Cap hörte das Gurgeln der Wasserrohre, als er kurz darauf ins Haus zurückkehrte. Er brachte die Koffer hinauf in sein Zimmer, stellte die Sturmlaterne auf den Nachttisch und zog die Vorhänge auf, um das Mondlicht hereinzulassen. Dann schob er den unteren Teil des Fensters nach oben. Die kühle Nachtluft wehte herein, erfüllt vom rhythmischen Rauschen des Ozeans. Er betrachtete die phosphoreszierenden Schaumkronen der Brandung, bis hinter ihm die Wasserrohre verstummten und die Badezimmertür quietschte. Er drehte sich um und zog die Laken von den verhangenen Möbelstücken. Ein blasser Nebel von Staub hob und senkte sich.

»Ist das dein Zimmer?«, fragte Tiny von der Tür her.

»Ja. Hier habe ich als Kind geschlafen. Ich kann die Betten zusammenschieben, wenn du willst.«

»Nicht nötig. Welches ist deins?«

Nicht nötig. Ein Stich der Enttäuschung durchbohrte seine Brust. Er deutete auf das einzelne Bett am Fenster. »Das da. Ich gehe kurz ins Bad, während du dich umziehst.«

Das Wasser war eiskalt. Er benetzte sein Gesicht und putzte sich die Zähne. Sein Spiegelbild wirkte unnatürlich bleich. Vielleicht lag es am Mondlicht. Er trocknete sich mit einem Handtuch ab und ging zurück ins Schlafzimmer, wo Tiny die Sturmlaterne inzwischen gelöscht hatte, um sich in sein Bett zu kuscheln.

In der Mitte des alten Knüpfteppichs blieb er zögerlich stehen. Das Bett war nicht für zwei Personen gedacht.

»Jetzt komm schon«, sagte Tiny. »Mir ist nicht gerade warm hier.«

Unter dem Laken war sie herrlich nackt und rein, zart und schlank, ein wahres Wunder. Er küsste ihr Schlüsselbein, ihren grazilen Nacken. »Fühlst du dich noch wund?«

»Lass es uns herausfinden.«

Der Ausdruck *sich lieben*, den Tiny vorzugsweise benutzte, hatte ihm noch nie gefallen, doch nun schien er zu passen. Ebenso wie *Liebling* verströmte er eine tiefe Wahrheit. Die süße Wärme seiner Brust, wenn er ihre Haut berührte. Die wachsende Liebe seines Herzens, wenn sie seine Berührung erwiderte, wenn er sich über sie beugte, um ihre Körper behutsam zu vereinen. Nein, sie fühle sich nicht mehr wund. Sie habe sich noch nie besser gefühlt, erklärte Tiny. Unwillkürlich dachte er an die Fotos, die er von ihr gemacht hatte – erstaunlicherweise an die Ballettfotos, nicht die Aktfotos –, und er hob ihr elastisches rechtes Bein kühn auf seine Schulter.

»Oh!«, seufzte sie vor Überraschung und Befriedigung.

Ebenso wie auf dem Highway versuchte er, das Vergnügen möglichst in die Länge zu ziehen; doch ebenso wie die Autofahrt musste der Genuss irgendwann enden, im sanften Licht des Mondes, beim salzigen Duft des Ozeans.

»Wie gefährlich ist es eigentlich da drüben? Bitte sei ehrlich«, keuchte Tiny. Sie lag feucht und heiß auf der Matratze, ihr Kinn an seine Schulter, ihre Arme um seinen Rücken geklammert. (Mit *da drüben* meinte sie Vietnam.)

»Du willst wissen, ob ich zurückkomme?«

»Bitte sag das nicht so.«

Er konzentrierte sich darauf, seinen Körper behutsam von ihrer zarten Gestalt zu lösen, ohne dabei vom Bett zu fallen. Sie rutschte rasch zur Seite und machte ihm Platz, den Rücken zum Fenster gekehrt.

»Die Chancen stehen ganz gut, solange man keine Dummheiten macht«, erwiderte er.

»Und versprichst du mir, keine Dummheiten zu machen?«

»Wenn du mich nett darum bittest.«

»Was soll das denn heißen?«

Er zog sie noch dichter zu sich heran. »Ich kann dir keine Versprechungen machen.«

Er benutzte diese Worte nicht zum ersten Mal, doch diesmal hatten sie eine neue Bedeutung. Es ging allein um *ihre* Freiheit, nicht um *seine*. Er wusste mit absoluter Sicherheit, dass es keine anderen Frauen geben würde, ganz gleich wie trostlos und brutal die Zeit im Dschungel auch sein mochte. Genauso wie er auch ohne heißes Wasser und kühles Bier auskommen konnte. Aber Tiny? Er konnte sie unmöglich bitten, auf ihn zu warten. Er konnte unmöglich von ihr verlangen, das enthaltsame und rastlose Leben einer Offiziersgattin zu führen, nur weil sie einander zwei Wochen lang leidenschaftlich liebten.

Er hatte gesehen, was aus seiner Mutter geworden war.

»Ich weiß«, sagte Tiny. »Aber wenn du zurückkommst, weißt du, wo du mich findest.«

Er legte die Wange an ihr seidiges Haar und dachte an seine Rückkehr im kommenden Jahr, ein Wiedersehen mit Tiny. Er dachte daran, den Beruf zu wechseln, vielleicht ein paar Fotos zu verkaufen. Geld spielte im Grunde keine Rolle. Er hatte genug davon. Genug, um eine Familie zu ernähren und sich ein kleines Haus in San Diego zu kaufen, irgendwo an der Küste. Genug, um die Sommer in Cape Cod zu verbringen, im Haus seiner Mutter, wie damals in seiner Kindheit. Der glücklichsten Zeit seines Lebens, ehe sie ihm entrissen wurde.

»Keine Sorge, ich werde dich finden«, sagte er, doch Tiny war bereits eingeschlafen.

Es war weniger der graue Schimmer der Morgendämmerung als vielmehr Tinys Abwesenheit, die ihn weckte.

Er sagte ihren Namen. Nichts.

Er lauschte auf Geräusche von laufendem Wasser oder Schritten auf den Holzdielen. Die Vertiefung neben ihm auf dem Kissen war bereits abgekühlt, doch immer noch sichtbar. Sie konnte noch nicht lange weg sein.

Cap war ein Mann der Tat, doch in diesem Moment wollte er nichts tun. Sein Körper ruhte träge und schwer auf der alten Matratze, unfähig sich zu regen. Eine dunkle Vorahnung erfasste sein Gemüt: Sobald er sich aufsetzte und die Laken und Decken zurückschlug, die sie beide gewärmt hatten, wäre der Zauber für immer gebrochen. Sie würden unvermittelt in die Realität ihres alten Lebens zurückkehren, und die vergangenen drei Tage wären nicht mehr als ein Traum. Ein Paralleluniversum. Ein instabiles Element, erschaffen von ehrgeizigen Wissenschaftlern, das in irgendeinem Labor zwei, drei Sekunden lang existierte, ehe es zerfiel.

Tiny, sagte er erneut, diesmal etwas lauter, doch das Haus blieb ruhig und still.

Er hatte keine andere Wahl.

Er warf die Decke zurück und schwang die Beine über die Bettkante. Der Boden unter seinen Füßen war hart und kalt, die Vorhänge immer noch zurückgezogen, das Fenster einen Spaltbreit geöffnet. Die frische Meeresluft hatte über Nacht einen eisigen Charakter angenommen, angemessen für Anfang April, nicht für die vorletzte Maiwoche. In ein, zwei Wochen würden sich die Ferienhäuser entlang der Küste mit Leben füllen, und die Geschäfte würden ihre verschlossenen Türen öffnen. Spätestens gegen Ende Juni hätte der Strand vor seinem Haus zahlreiche Fußballspiele, Schwimm- und Angelwettbewerbe miterlebt. Ein ständiger Wettbewerb. In seiner Familie gab es nur Gewinner und Verlierer.

Doch in diesem Moment, als die rosige Morgensonne den schweren grauen Horizont erklomm, entdeckte er nur eine einzige zarte Figur am Strand, fest in eine Decke gehüllt, eine Zigarette in der Hand, den Blick aufs Meer gerichtet. Der Wind zerzauste ihr dunkles Haar. Sie stand an der zerklüfteten Scheidelinie, welche die Brandung in den Sand gezeichnet hatte, und wenn die schäumenden Wellen auf sie zurollten, erreichten sie mal ihre Zehen und mal nicht.

Ich habe mich in dich verliebt, dachte er, und dann, einen Sekundenbruchteil später: *Ich liebe dich.*

Im ersten Moment verspürte er den unbändigen Drang,

ihr die Worte unter dem offenen Fenster hindurch zuzurufen. Doch er wollte den kostbaren Augenblick nicht zerstören. Er wollte sie mit seiner groben Geste nicht aus ihrer inneren Ruhe reißen. Außerdem hätte sie ihn vermutlich nicht einmal verstanden mit der tosenden Brandung in ihren Ohren.

Entspannt gegen den Fensterrahmen gelehnt, blieb er eine Weile stehen und betrachtete sie voller Staunen. Er staunte, dass er sie gefunden hatte, staunte, dass sie sein Interesse erwiderte. Im rosigen Licht der Morgendämmerung schwanden all seine Zweifel. Eine neue Wahrheit manifestierte sich. Rein und klar. Mit filmischer Genauigkeit sah er die Ewigkeit vor sich: zwei stürmische Flitterwochen, bei offenem Verdeck quer durchs Land, Mittagspausen in Diners und Cafés am Highway, wilde Nächte in irgendwelchen Motels und auf Campingplätzen, erfüllt von überwältigendem Sex, der die Engel zum Weinen brachte. Dann ein Jahr der Hölle, ständige Briefwechsel, Austausch von Fotos, eine keusche Sehnsucht im Unterleib. Schließlich die Heimkehr, ein Wiedersehen, das Haus am Meer. Klein, aber fein. Ihr Ballettstudio, seine Fotografie. Kinder, Freunde, Familie. Gemeinsame Weihnachtsabende. Die Sommermonate an der Ostküste, wenn ihnen der Sinn danach stand.

Morgens in aller Frühe aufstehen, um ihr Kaffee zu kochen und zum Strand zu tragen; unter einer gemeinsamen Decke schweigend an den Tassen nippen. In Erwartung eines neuen wundervollen Tages.

Er kehrte dem Fenster den Rücken, schlüpfte in seine Hose und sein Unterhemd und ging nach unten, um ihr davon zu erzählen.

Tiny, 1966

Ich habe das Verdeck geschlossen, denn so gehört sich das, wenn man sich unter den argwöhnischen Blicken der Familie davonstiehlt.

Ich kann meinen Schlüssel nicht finden, habe ich Caspian erklärt. Und das ist die Wahrheit, wenn auch etwas missverständlich. Die Schlüssel meines Cadillacs sind tatsächlich aus der Abstellkammer verschwunden, wo ich sie nach der Fahrt immer, aber auch *immer*, in eine Schublade lege. Es wäre reine Zeitverschwendung, danach zu suchen.

Nach nur einer Stunde auf dem Highway bin ich froh, mit geschlossenem Verdeck zu fahren, denn die typischen Gewitterwolken, schwarz und bedrohlich, ziehen an diesem Nachmittag besonders früh auf, und ein paar Kilometer hinter Plymouth fallen die ersten dicken Regentropfen, *platsch, platsch*, auf die Windschutzscheibe und zerstreuen den Staub. Nach ihnen die Sintflut.

Nichts ist vergleichbar mit dem tosenden Prasseln eines Wolkenbruchs auf dem geschlossenen Verdeck eines Cabriolets. Es hört sich an, als steckte man mit dem Kopf in einer Silbermine voll emsiger Zwerge. Ein donnerndes Geschepper wie von Metall auf Stein. Man könnte meinen, das Ende der Welt stehe bevor. Wie kann der Himmel nur solche Wassermassen entbehren und trotzdem weiterexistieren? Doch irgendwann lässt der Geräuschpegel nach, und der Horizont verschlingt die schwarzen Wolken. Die Sonne kommt wieder hervor, fürs Erste besänftigt, während ich den Wagen vor dem Wahlkampfbüro meines Mannes in der Boylston Street parke.

»Mrs. Hardcastle!« Josephine ist sichtlich überrascht, mich zu sehen. So überrascht, dass ihr junges selbstbewusstes Gesicht ein wenig Farbe bekommt. »Wir dachten, Sie sind in Cape Cod.«

»Das glaube ich Ihnen aufs Wort.« In zehn präzisen Bewegungen – ein kurzer Ruck je Finger – ziehe ich mir die weißen Fahrhandschuhe aus, erst den einen, dann den anderen. Die Handtasche baumelt locker an meinem Ellbogen. »Ich suche meinen Ehemann.«

»Frank, ähm … Mr. Hardcastle hält heute Nachmittag eine Rede in Cambridge.«

»Kommt er noch mal ins Büro, bevor er zum Hotel fährt?«

Sie wirft einen Blick auf ihren Schreibtisch und schiebt ein paar Zettel beiseite. »Ich weiß nicht. Scott ist bei ihm; er hat den Terminplan.«

»Ach? Wollte er Sie etwa nicht dabeihaben?«

Zwei junge Frauen im hinteren Teil des Büros starren uns unverhohlen an. Josephines Wangen haben sich himbeerrot verfärbt. »Er hat mich gebeten, im Büro zu bleiben. Es ist keine wichtige Rede.«

»Verstehe. Darf ich kurz einen Blick auf Scotts Schreibtisch werfen? Vielleicht hat er eine Kopie des Terminplans dort liegen lassen.«

»Drüben am Fenster, Mrs. Hardcastle.«

Franks Wahlkampfbüro ist auffallend schlicht eingerichtet. Eine Anlaufstelle für das gemeine Volk. Die Wände sind mit Erinnerungsstücken der laufenden Kampagne und billigen amerikanischen Wimpelketten dekoriert. Es gibt keine abgetrennten Büros, nur einen großen Konferenzraum im hinteren Bereich. Die ramponierten braunen Möbel stammen allesamt aus zweiter Hand. Neben der Abstellkammer steht ein riesiges Fotokopiergerät. Scotts Arbeitsplatz befindet sich direkt gegenüber, mit Blick auf die Boston Public Library. Sein beispielhaft geordneter Schreibtisch umfasst eine lederne Unterlage, einen silbernen Becher mit Kugelschreibern und Bleistiften, ein Kunststofftelefon in Avocadogrün, einen Aschenbecher aus Porzellan und mehrere Ablagekörbchen. Das Regal dahinter enthält ein paar Stapel Papier, einen Schreibblock, einen Aktenordner mit der Aufschrift PRESSEMITTEILUNGEN, einen weiteren mit TÄGLICHE LAGEBESPRECHUNGEN und einen dritten mit TERMINE. Ich greife zu Letzterem. MITTWOCH, 25. 1 1966, steht auf dem obersten Zettel.

VORMITTAGS
09:00 Kaffee in der American Legion (siehe Anhang)
10:45 Kaffee bei Carpenters Local 111 (siehe Anhang)

NACHMITTAGS
14:15 Mittagessen im Union Oyster House mit Barry Gorelock
15:00 Öffentliche Rede in der Austin Hall, Harvard Law School (Ankunft 14:30, siehe Anhang)

ABENDS
18:00 Empfang und Dinner im Harvard Club (siehe Anhang mit Gästeliste)

Ich werfe einen Blick auf die Wanduhr über dem Abstellraum. Viertel nach drei. Soll ich nach Cambridge fahren?

Reicht die Zeit? Frank bleibt im Anschluss an eine Rede meist noch vor Ort, sofern er keinen Folgetermin hat. Er unterhält sich gern in Hemdsärmeln, hört seinen Anhängern aufmerksam zu. Er ist ein guter Zuhörer, wenn ihm der Sinn danach steht. Wenn er um die Gunst von jemandem buhlt. Er blickt einem tief in die Augen, als wäre nichts auf der Welt so faszinierend wie die eigenen kleinen Probleme. Absolut unwiderstehlich.

Mein Blick wandert zurück zum Schreibtisch, als wollte ich dort die Antwort auf mein Dilemma finden. Im Aschenbecher liegen ein paar Zigarettenstummel, die den Eindruck von Ordnung und Sauberkeit ein wenig stören. Daneben entdecke ich eine Rolle Briefmarken in einem Metallspender, etwa zur Hälfte verbraucht. Die ersten Marken ruhen auf der hölzernen Tischplatte, als wären sie beim letzten Mal zu weit herausgezogen worden.

Verblüfft recke ich die Hand und berühre eine der Marken mit dem Zeigefinger.

George Washington.

Als Kind scheute ich jede Art von Ärger wie die Pest. Meine Schwestern nutzten diese besondere Schwäche nur allzu gern aus. Wenn ich in der Nacht ein Glas Milch trank und Vivian dabei erwischte, wie sie gerade nach Hause kam, hatte sie stets eine Drohung auf den Lippen: *Ich verrate Mum, dass du ihr Parfumflakon zerbrochen hast* oder *Ich verrate der alten Roby, dass du Mums Unterschrift gefälscht hast, um mit der Abschlussklasse ins Ballett zu gehen* (Mrs. Robillard war die Schulleiterin an der Nightingale-Bamford School), und damit war die Sache für sie erledigt.

Aber das Komischste daran ist, dass es meist nicht mal *mein* Ärger war, der auf mich zurückfiel. Wie etwa, als ich meine Mutter mit diesem russischen Prinzen erwischte.

Mum hob ihr zerzaustes Haupt vom Sofa und sagte: *Herrgott, Tiny, die Tür war geschlossen; du hättest wenigstens anklopfen können!*, und schon ruhte die gesamte Schande auf meinen zarten Schultern.

Als ich somit an diesem fortgeschrittenen Julinachmittag mit Caspians treuem Ford durch die Straßen von Back Bay rase, klammern sich meine Finger nervös ans Lenkrad, und mein Magen verkrampft sich vor Panik. Wäre da nicht diese bodenlose Wut, würde ich auf der Stelle anhalten. Ich würde an den Straßenrand fahren, die Hände vors Gesicht schlagen und bitterlich weinen, denn niemand würde mich sehen.

Josephine hat mir verraten, dass Scott in der Back Street wohnt, nicht weit von dem Gebäude, wo ich kurz vor meiner Hochzeit gelebt habe. Eine schicksalhafte Fügung, denn ich brauche nicht einmal nachzudenken, während ich die vertrauten Straßen und Häuserzeilen entlangfahre. Ich brauche keine Kreuzungen zu zählen, keine Schilder zu lesen. Der gute alte Ford fährt und hält wie von allein, und als ich an einer Straßenecke zwischen einem Chevrolet und einem uralten orangefarbenen Oldsmobile eine Parklücke entdecke, gleitet der Wagen wie von allein in die Lücke.

Der Hausverwalter ist nicht gerade erfreut über meinen Besuch. Er öffnet widerwillig die Tür und mustert mich von meinem adretten Hut bis zu den eleganten Lederschuhen, während er sich nachdenklich über seinen weißen Baumwollwanst streicht. »Was wollen Sie, junge Frau? Ich habe eine Nachtschicht hinter mir. Ich brauche so was nicht.«

»Mr. Maynards Büro schickt mich. Sein Arbeitgeber. Er hat heute Morgen ein wichtiges Dokument in seiner Wohnung liegen lassen.«

»Und warum kommt er nicht selbst, dieser Holzkopf?«

»Er ist geschäftlich in Cambridge.« Meine Hände schwitzen in den Handschuhen, und mein Herz trommelt so hart gegen den Brustkorb, dass meine Rippen zu splittern drohen. *Ärger* … hierfür bekomme ich garantiert mächtigen Ärger.

»Herrgott. Ich darf Sie nicht reinlassen.«

»Hören Sie, Sir. Sehe ich etwa aus wie eine Verbrecherin?«

Der Hausmeister wirft einen Blick auf die Handtasche unter meinem Arm, die Handschuhe an meinen Fingern. »Das nun nicht gerade.«

»Na bitte.« Ich zwinge meine erfrorenen Gesichtsmuskeln zu einem warmen Lächeln. »Ich wäre Ihnen überaus dankbar. Dieses Dokument ist ausgesprochen wichtig.«

Seine haarigen Schultern sinken bezwungen herab. »Na schön, na schön. Warten Sie hier, ja?«

Eine dunkle Ahnung. Es ist nicht mehr als eine Ahnung, basierend auf einer Rolle Briefmarken, auf der freien Verfügbarkeit brauner Umschläge in Franks Wahlkampfbüro, auf dem regelmäßigen Zutritt seiner Assistenten zu unserem Haus in der Newbury Street, wo sich die kompromittierenden Negative möglicherweise befunden haben. Scott ist jung und pleite – dem Zustand des Gebäudes nach zu urteilen –, und wenn man jung und pleite ist, hält man es vermutlich für einen harmlosen kleinen Streich, die Ehefrau des eigenen Arbeitgebers zu erpressen. Natürlich kann sie ihrem Mann nichts davon erzählen, und man selbst würde sich hüten, die Bilder an die Öffentlichkeit zu bringen und der Karriere des Kandidaten zu schaden. Die kleine reiche Schlampe kann sich die paar Tausend Dollar doch mühelos leisten, oder? Bei all den hübschen Klunkern an ihrem Hals. Der junge Mr. Maynard braucht nur eine kleine Finanzspritze. Und es wird niemand verletzt, richtig?

Die Schlüssel des Hausmeisters klappern munter an seiner Hüfte, während ich ihm die Treppe hinauf folge, Stufe für Stufe. Das Treppenhaus stinkt nach Unrat und modrigem Teppich, und je höher wir steigen, umso stickiger wird die Luft. Im Obergeschoss umfängt uns eine faulige Schwüle von Dreck und Verwesung. Der Hausmeister scheint sich nicht weiter daran zu stören. Linkisch sucht er nach dem passenden Schlüssel, während ihm der Schweiß vom Nacken über seinen pelzigen Rücken rinnt. Ein Anflug von Übelkeit erfasst meinen Magen. Ich halte mir eine Hand vor den Mund und atme den süßen Hyazinthenduft meiner Handschuhe ein.

»Was zum Henker …?«, murmelt der Hausmeister. »Ah, bingo.« Er schüttelt den Schlüssel frei und steckt ihn ins Schloss. »Bitte, die Dame. Aber beeilen Sie sich. Ich brauche dringend Schlaf.«

»Keine Sorge, ich werde Sie nicht weiter belästigen. Haben Sie vielen Dank.«

Das Erste, was ich in Scott Maynards Wohnung tue, ist das Fenster öffnen. Draußen hat sich die Luft nach dem Gewitter deutlich abgekühlt, und verglichen mit der schwülen Hitze im Treppenhaus erscheint mir der Dunst des Hinterhofs wie eine frische Frühlingsbrise. Ich atme mehrmals tief durch, und als sich die Übelkeit ein wenig gelegt hat, verriegele ich die Tür und betrachte meine Umgebung. Scott Maynard ist kein Einrichtungsgenie à la Dorothy Draper, aber seine Wohnung ist, ebenso wie sein Schreibtisch, ordentlich und sauber, mit einer kleinen Küchenzeile, einem quadratischen Esstisch, einer Kommode, einem Sofa, einem Bett und ein paar Lampen. Zunächst werfe ich einen Blick in die Kommode, doch ihr Inhalt birgt keinerlei Überraschungen: säuberlich gestapelte Unterwäsche in den oberen Schubladen, Schlafanzüge und

Hemden weiter unten. In dem winzigen Badezimmer ist gerade genug Platz für eine Zahnbürste, einen Kamm und eine Dose Pomade.

Gerade habe ich in dem einzigen Wandschrank einen vielversprechenden Pappkarton gefunden, als ich hinter mir das Klappern von Schlüsseln höre und mitsamt meiner Handtasche in den Schrank klettere, um mich zwischen Scotts Schuhen und Anzügen zu verstecken.

An der Innenseite der Tür befindet sich kein Griff. Ich ziehe sie so gut es geht zu mir heran, doch ein schmaler Lichtstreifen fällt immer noch auf meinen gelben Rock. Ich lege die Arme um die Knie und verberge mein glühendes Gesicht im Schoß. Die Schuhe bohren sich in meinen Hintern, mein Puls trommelt in den Schläfen. Scotts drei oder vier Anzüge breiten sich um meinen Hut.

Vermutlich ist er nur kurz nach Hause gekommen, um sich etwas anderes anzuziehen. Einen dieser Anzüge oder ein frisches Hemd für den Empfang im Harvard Club. Jeden Moment wird er die Schranktür öffnen und nach einem der Kleiderbügel greifen. Und dann wird er nach unten blicken und meine weißen Schuhspitzen entdecken.

Ich erwarte das Geräusch des Wasserhahns oder der Kühlschranktür, falls er sich zunächst eine kleine Erfrischung genehmigt. Zugleich hoffe ich, dass er das offene Fenster hinter dem Sofa nicht bemerkt. Männern fällt so etwas nicht auf, oder?

Stattdessen dringt ein anderes Geräusch an mein Ohr. Eine männliche Stimme. Franks Stimme.

Jeder kennt wohl diesen Albtraum, bei dem plötzlich ein Mörder mit Messer in den Raum kommt. Man will schreiend davonrennen, doch die eigene Kehle ist wie zugeschnürt, die Beine sind wie versteinert, man kann nur dastehen und zusehen, wie sich der Mörder langsam nähert, obwohl man sich dafür hasst, dass der eigene Körper einer solch elementaren Bedrohung nicht zu entkommen versucht. Mal ehrlich. Millionen von Jahren der Evolution, und man ist nicht einmal in der Lage, vor seinem eigenen Mörder davonzurennen?

In so einem Traum befinde ich mich gerade.

»Uns bleibt nur eine Stunde«, sagt Frank dumpf, undeutlich, doch es ist eindeutig seine Stimme, die durch die hölzerne Schranktür und den schmalen Lichtspalt zu mir hereindringt.

Scott erwidert etwas, doch seine Stimme ist mir weniger vertraut oder sein Körper schlichtweg abgewandt, denn ich verstehe kein Wort.

Im nächsten Moment höre ich das feuchte, stumme Geräusch eines langen Kusses.

»Oh Gott«, stöhnt Frank.

Am liebsten würde ich meine Ohren verschließen. Vor der tiefen Verzweiflung in Franks Stimme. Einer Stimme, wie ich sie noch nie gehört habe, rau und gequält und lebendig. *Lebendig.*

Doch ich kann meine Ohren nicht verschließen. Ich kann sie mir zuhalten, doch das hilft alles nichts. Ich höre das Rascheln von Kleidung, das Ächzen der Sofafedern. Irgendjemand keucht auf, ich glaube, es ist Scott. Ich nehme meinen Rock zwischen die Zähne und beiße auf den Stoff. »Oh, Jesus Christus. Oh Gott, *Gott.*« Wieder und wieder beschwört Frank seinen Schöpfer. Scotts dumpfes Stöhnen gesellt sich hinzu, leise und erstickt, um die Nachbarn nicht zu alarmieren. Wir wollen doch nicht, dass plötzlich die Polizei hereinplatzt, oder?

Und dann ist mit einem Mal alles vorbei, ein letzter verhaltener Schrei des einen, ein letzter Seufzer des anderen, ein hölzernes Knarzen, ein dumpfer Schlag, völlige Erschöpfung. Ich glaube, sie liegen am Boden.

Meine Zähne beißen immer noch in den Stoff. Ich darf nicht weinen, darf nicht schluchzen. Sie würden mich hören.

»Gott«, keucht Frank. »Oh Gott.«

Scott sagt etwas.

»Ich weiß.« Frank weint. »Ich weiß. Gott steh mir bei.«

Die Tränen rinnen lautlos über meine Wangen. Sie gelten nicht mir – ich befinde mich jenseits der Schmerzen in einem fernen Universum qualvoller Benommenheit –, sondern vielmehr Frank. Frank, dessen makellose Oberfläche ich all die Jahre bewundert habe, ohne den feinen Haarriss zu bemerken, der mir die Welt darunter eröffnet hätte. Kein Wunder.

Ich höre ihren schweren Atem hinter der Tür. Ein synkopischer Rhythmus, der sich allmählich verlangsamt und zu einer neuen Harmonie verschmilzt.

»Geht es dir gut?«, fragt Frank sanft.

Scott murmelt etwas.

»Gott, ich kann so nicht weitermachen«, erwidert Frank. »Die Situation bringt mich um.«

Diesmal höre ich Scotts Worte klar und deutlich. »Ich liebe dich.«

Es folgt eine lange Stille. Verglichen mit dem Aussehen der schillernden Josephine, sind mir Scotts Züge nur vage in Erinnerung geblieben. Ich erinnere mich an dunkles Haar, dunkle Augen, hakenförmige Augenbrauen, sein unnahbares Lächeln. Und einen Zug um den Mund, der mir extrem herablassend erschien. Als wäre ich nicht mehr als die dumme Ehefrau des Kandidaten. Was mögen Franks verzückte Augen wohl in ihm sehen?

»Ich liebe dich auch«, erwidert Frank in einem völlig

anderen Tonfall als jenes pflichtgetreue *Ich liebe dich*, das ich, Christina Hardcastle, seine rechtmäßig angetraute und beschlafene Ehefrau, tagtäglich von ihm höre. Als käme der Satz von einem Ort tief in seinem Innern, in Höhe seines Herzens. Und dann: »Ich kann einfach nicht anders. Ich kann nicht. Ich kann nicht damit aufhören.«

Ich sitze reglos im Schrank und sauge Franks Schande tief in mich auf. Der Fußboden ächzt, die Kleidung raschelt. Ich höre Wasserrauschen, dann Schritte. »Danke«, sagt einer von beiden, ich weiß nicht wer. Ich trockne meine feuchten Wangen an meinem Rock.

Gedehnte Stille, ruhig und vertraulich.

»Tut mir leid«, sagt einer der beiden geraume Zeit später. Ich glaube, es ist Scott.

»Ist nicht deine Schuld.« Definitiv Frank.

»Ich sollte alles hinwerfen«, sagt Scott. »Die Kampagne aufgeben und in eine andere Stadt ziehen. Einen anderen *gottverdammten* Staat.«

»Ja, vielleicht solltest du das.« Erneute Stille. Dann: »Nein, Scott. Bitte lass das.«

»Komm schon.«

»Nein, Scott. Ich bin erledigt. Ich kann das nicht.«

Aber sie tun es doch, was immer zwei Männer miteinander tun. Diesmal leiser, hingebungsvoller, während ich auf den schmalen Lichtstreifen starre und den schwitzigen Wollgeruch von Scott Maynards Anzügen atme. Ich warte und warte, gelähmt vor Schock. Ich muss mich dringend übergeben. Meine Tränen sind versiegt, meine starren Gliedmaßen geschmolzen, doch ich sitze immer noch in meinem Versteck, unfähig, mich zu befreien.

Ich stehe in einer Telefonzelle in der Cambridge Street. Keine Ahnung, wie ich hierhergekommen bin. Ich erinnere mich, wie ich durch Scott Maynards Wohnung kroch, um mich in seinem Badezimmer zu übergeben. An den Schock, an meine schmerzenden Glieder. Ich erinnere mich, wie ich mir mit Scotts Bürste die Haare ordnete, wie ich mir mit seinem Wasser das Gesicht wusch. Wie ich das Fenster schloss, den Türknauf von innen herumdrehte, um die Tür im Hinausgehen zu verriegeln. Die Treppe. Caspians blaues Cabriolet, vorbildlich geparkt, als wäre alles in bester Ordnung.

Eine vage Erinnerung an die Fahrt, die vorbeifliegenden Straßen Bostons.

Hinter der Glasscheibe sehe ich die grauen Wände des Massachusetts General Hospital. Ein Chirurg in einem grünen OP-Kittel geht an mir vorüber, einen Becher Kaffee in der Hand. Ich denke an Vivians Ehemann, Kinderchirurg mit *vielversprechenden Aussichten*, wie man so schön sagt. Seine Assistenzzeit am Saint Vincent's Hospital im Greenwich Village ist bald beendet. Mum fürchtet, dass man ihm eine fantastische Stelle anbieten wird, irgendwo am anderen Ende der Nation, wo niemand einen ordentlichen Martini mixen kann. Er ist ein attraktiver Mann, Vivians Gatte, gut aussehend und zuvorkommend, ganz zu schweigen von den Kinderleben, die er Tag für Tag rettet. Manchmal nennt sie ihn Dr. Paul – irgendein privater Witz zwischen den beiden –, und er lacht und küsst sie. Er vergöttert Vivian. Meine unverbesserliche Schwester Vivian, verliebt, verlobt und respektabel verheiratet. Wer hätte das gedacht? Sie hat eine eigene Kolumne im *Metropolitan*, ein absolutes Muss für jeden Leser, frech und schwatzhaft und raffiniert. Der eine oder andere hat sie vielleicht schon gelesen. Die beiden haben einen ungestümen einjährigen Sohn, den Mum abgöttisch verehrt, und das zweite Kind soll im Winter zur Welt kommen. Ihre sonnendurchflutete

Wohnung in der Nähe des Gramercy Parks liegt nicht weit von Pauls Krankenhaus entfernt und ist gleich um die Ecke von der Wohnung der Greenwalds, unserer Cousins. Ein herrlich grüner und gepflegter Winkel Manhattans.

Warum habe ich New York überhaupt verlassen? In Manhattan haben die Schwulen wenigstens keine Hemmungen, ihre Neigungen offen auszuleben, sodass man sie nicht aus Versehen heiratet.

Mit diesem Gedanken verliert sich mein Verstand erneut in einem diffusen Rauschen, unfähig, der Belastung länger standzuhalten. Ich greife nach dem Hörer, werfe ein Zehntcentstück in den Apparat und bitte die Dame von der Vermittlung, mich mit dem *Boston Globe* zu verbinden.

»Jack Lytle«, verkündet selbiger schroff.

»Mr. Lytle. Christina Hardcastle am Apparat.«

»Ach. Hallo. Was kann ich für Sie tun?«

»Ich muss mit Ihnen reden, Mr. Lytle. Unter vier Augen. Können wir uns irgendwo treffen?«

Eine kurze Pause. »Wo sind Sie gerade?«

»Cambridge Street. Gegenüber vom Krankenhaus.«

»Mein Gott. Alles in Ordnung?«

»Alles bestens.«

»Ich bin hier draußen in Dorchester. Sagen wir zwanzig Minuten? In der Charles Street. Da gibt es ein nettes Café, Ecke Chestnut.«

»Ich … ich will Ihnen keine Umstände machen.«

»Sie machen mir keine Umstände. Ich wollte sowieso gleich in die Stadt fahren. Sie wissen schon, der Dinnerempfang mit Ihrem Mann.«

»Ach, Sie sind also auch eingeladen?« Meine Stimme trieft nur so vor Heiterkeit.

»Sie wissen ja, wie das ist. Bei manchen Anlässen hat man die Presse eben gern dabei.«

»Ja, das ist wohl wahr. Wir sehen uns in zwanzig Minuten, Mr. Lytle.«

»Darf ich fragen, worum es geht?«

»Nein«, sage ich. »Dürfen Sie nicht.«

Jack Lytle bestellt einen Kaffee, ich lediglich ein Wasser. Ich frage ihn, ob er Zigaretten dabeihat. Er reicht mir seine Schachtel und zündet uns beiden eine an.

»Sind Sie sicher, dass Sie das wirklich hören wollen?«, fragt er.

»Sie können mir nichts Neues erzählen, falls Sie das meinen.«

Er blickt in die Ferne, dann zurück zu mir. »Na schön. Soweit ich weiß, wurde Frank Hardcastle im März 1960 ins Dekanat seiner Universität bestellt, um sich zu dem Vorwurf zu äußern, er habe ein Verhältnis mit seinem Professor.« Der Kaffee trifft ein. Lytle gibt Milch und Zucker hinein, eine Menge Zucker. Dann fügt er unnötigerweise hinzu: »Einem *männlichen* Professor.«

»Verstehe. Und weiter?«

»Nichts weiter. Keine öffentliche Verwarnung, kein offizieller Eintrag. Die Dekanatsangestellten von damals bestreiten, dass ein solches Treffen je stattgefunden hat.«

»Dann ist es vielleicht nur ein Gerücht?«

Er nimmt einen Zug von seiner Zigarette. »Schon möglich. Aber meine Quelle scheint ziemlich verlässlich.«

»Sie können mir nicht zufällig einen Namen nennen?«

»Leider nein.«

Ich spiele mit den Fingern meiner Handschuhe, die neben der Handtasche auf der Resopalplatte ruhen. Die Zigarette glimmt zwischen den Fingern meiner anderen Hand. Ich komme mir vor wie im Theater, wie eine Schauspielerin, die Christina Hardcastle verkörpert. Das bin gar nicht *ich*. Das ist nicht *mein* Leben. Wenn ich bis zum Ende der Szene durchhalte, meine Rolle überzeugend spiele, wird sich der Vorhang senken, das Publikum applaudieren, und ich kehre endlich zurück in mein altes Leben. Zurück nach Cape Cod, um den vergangenen Sommer noch mal von vorne zu beginnen.

Oder besser noch zurück nach Boston, in Boylan's Coffee Shop, um die letzten zwei Jahre ganz von vorne zu beginnen.

Jack Lytle studiert mich mit seinem Journalistenblick, dann bricht er das Schweigen. »Gibt es einen Grund, weshalb Sie ausgerechnet jetzt zu mir kommen?«

»Ja, aber den werde ich Ihnen nicht verraten.«

»Verstehe.«

Ich blicke auf, um ihm in die Augen zu sehen. »Ich schätze, der Rest der Geschichte – die dunkle Wahrheit, die Sie ans Licht bringen wollen – dreht sich darum, dass die Hardcastles jeden bezahlt haben, um die Gerüchte im Keim zu ersticken. Der Professor hat alles geleugnet. Frank hat alles geleugnet. Jeder, der davon wusste, hat alles geleugnet.« Ich lege die Zigarette unberührt in den Aschenbecher. Von dem Geruch wird mir übel. »Und dann hat man ihm eine Freundin gesucht. Eine ... wie nennt man so was? Für Frauen wie mich gibt es bestimmt einen Ausdruck?«

Lytle räuspert sich. »Alibifrau?«

»Eine Alibifrau, genau. Frank hat eingelenkt und sich einen Ruf als Frauenheld zugelegt, denn es war ja nicht so, als fühlte er sich von Frauen abgestoßen. Er hatte nur ... nur ...« Mein Hals schnürt sich mit einem Mal zu.

»... eine ausgeprägtere Vorliebe für Männer«, sagt Lytle ruhig, während er die Asche seiner Zigarette abstreift.

»Ich wette, sie haben mich handverlesen«, sage ich. »Und

für ihre Zwecke manipuliert. Sie haben mir das Gefühl gegeben, *ich* würde sie brauchen, nicht andersherum.«

»Sie sind eben die perfekte Wahl. In jeder Hinsicht perfekt.«

»Sie waren mir so dankbar. Solange ich ihr Spielchen mitgespielt habe, waren sie mir extrem dankbar.«

»Das sollten sie auch, oder? Schließlich hängt eine Menge von Ihnen ab.«

Ich konzentriere mich auf meine Handschuhe, meine Handtasche.

»Was wollen Sie nun tun, Mrs. Hardcastle? Sie haben eine schwierige Entscheidung zu treffen. Sie stehen am Scheideweg, wie wir Journalisten zu sagen pflegen.«

»Ja, das kann man tatsächlich so sagen.«

»Darf ich Sie mal was fragen? Lieben Sie Ihren Mann?«

»Das ist eine sehr persönliche Frage.«

»Aber relevant, oder?«

Die Bedienung hinter der Theke starrt uns unverhohlen an, während sie neben der Kasse über den Tresen wischt. Ihr Haar ist unter einer Kappe zurückgebunden, ihr Lippenstift etwas zu grell für das helle Licht der Neonröhren. Ich denke an Em, die stets wusste, wie warm ich meinen Aprikosenplunder mochte, und die nicht mal mit der Wimper zuckte, als ich sie nach Caspians Adresse fragte. »Ich wusste ja schon immer, dass du Geschmack hast, Mädchen«, war alles, was sie dazu sagte.

Seit meiner Hochzeit war ich kein einziges Mal dort gewesen. Ich frage mich, was wohl aus Em geworden ist.

Lytle rührt in seinem Kaffee und studiert meine Züge, ruhig und besonnen wie ein schlanker Buddha in einem eleganten Abendanzug. Er macht seinen Job verdammt gut.

Na los. Beantworte seine Frage. Liebst du deinen Mann? Liebst du Frank?

Ich spreche mit der Resopalplatte. »Ich glaube schon. Das habe ich zumindest. Das tue ich immer noch, nur leider nicht … nicht …« Ich blicke auf. »Ich glaube, er würde einen großartigen Kongressabgeordneten abgeben. Das glaube ich wirklich.«

»Und genau da liegt das Problem, nicht wahr?«

Ich leere mein Wasserglas und drücke die Zigarette aus. »Darf ich Sie auch etwas fragen, Mr. Lytle?«

»Ist wohl nur gerecht.«

»Warum tun Sie das? Warum schnüffeln Sie in der Vergangenheit meines Mannes herum?«

Er zuckt mit den Schultern. »Weil ich Journalist bin, Mrs. Hardcastle. Das ist mein Beruf.«

»Aber Sie sind der Einzige, der sich für diese spezielle Story interessiert.«

Lytle greift zu seinem Löffel und tippt sanft gegen die Tasse. »Ehrlich gesagt empfinde ich Mitgefühl für Ihren Mann. Das meine ich vollkommen ernst. Sie sind vielleicht zu wütend, um seinen Standpunkt …«

»Oh, ich verstehe seinen Standpunkt durchaus.«

Er hebt skeptisch die Augenbrauen. »Es ist gewiss nicht leicht, ein erfülltes Leben zu führen, wenn die intellektuellen Ambitionen im krassen Gegensatz zu den Bedürfnissen des eigenen Körpers stehen. Wenn man sein wahres Ich vor jedem verbergen muss, einschließlich der eigenen Ehefrau. Und eines Tages ist die Rechnung fällig. Jeder muss am Ende zahlen, so oder so.«

»Ich glaube kaum, dass Frank sich deswegen Gedanken macht«, sage ich. »Er ist ein Hardcastle. Und bei den Hardcastles sind es stets die anderen, die am Ende zahlen.«

Lytle kippt den Kaffee hinunter, drückt die Zigarette aus und greift in seine Jacketttasche. »Kann ich Sie irgendwohin mitnehmen? Sie sehen nicht gerade gut aus. Sie sollten etwas cssen. Eine Freundin anrufen, sich ausweinen.«

Ich lege eine Hand an die Wange. Meine Finger sind eiskalt, meine Haut glühend heiß. »Mir geht's gut.«

Er legt zwei Münzen auf den Tisch und streicht sein Dinnerjackett glatt. Sein Blick ist erfüllt von Mitgefühl. »Denken Sie daran, Mrs. Hardcastle. Sie haben die Karten in der Hand. Sie können Frank retten oder ruinieren. Lassen Sie sich von diesen Unmenschen nicht in die Enge treiben.«

Ich weiß nicht, mit welchem Gesichtsausdruck ich Lytles wohlgemeinten Rat quittiere, aber er reagiert mit einem Schulterzucken und schüttelt den Kopf. Er betrachtet die beiden Münzen auf dem Tisch und lässt eine zurück in seine Tasche wandern, begleitet von einem verschwörerischen Zwinkern.

»Es sei denn, die haben etwas gegen *Sie* in der Hand.«

Ich stehe erneut in der Telefonzelle. Es dauert eine halbe Ewigkeit, bis Caspian an den Apparat kommt. »Suchen Sie ihn drüben im Schuppen«, habe ich Mrs. Crane gesagt, und dann musste ich ihr erst einmal erklären, welchen Schuppen ich meine, und ihr auftragen, nach Pepper zu suchen, falls sie Caspian nicht findet. Pepper wisse schon, wo er steckt. Ich trommele mit einem Zehncentstück gegen das Metallgehäuse und warte darauf, dass mich die Telefonistin auffordert, Geld nachzuwerfen.

»Tiny?« Caspians Stimme klingt besorgt. »Alles in Ordnung?«

»Du musst mir etwas sagen, Caspian. Und zwar die Wahrheit. Hat Frank sich selbst zu der Verleihung der Ehrenmedaille eingeladen, oder hast du ihn gebeten zu kommen? Haben die Hardcastles deine Einladung erwidert oder andersherum?«

Es entsteht eine klaffende Pause.

»Jetzt sag schon. Ich habe nicht mehr viel Kleingeld.«

»Sie haben mich gefragt«, antwortet Caspian. »Und ich habe Ja gesagt.«

»Warum hast du das getan, Caspian? Sag es mir.«

»Das weißt du ganz genau.«

»Ich will, dass *du* es mir sagst. Mit deinen eigenen Worten.«

Er spricht mit gedämpfter Stimme. Ich stelle mir vor, wie er in der Bibliothek steht, einer Ecke des Raums zugewandt, damit die Wände seine Stimme verschlucken. »Die Wahrheit, Tiny? Weil ich dich vermisst habe, mehr als mein verdammtes Bein. Weil ich mich gesorgt habe. Weil ich dachte, wenn ich selbst nach zwei Jahren nicht über dich hinweg bin, kann ich wenigstens von deiner Nähe zehren. Auch ohne dich zu berühren.«

»Um mich zu beschützen.«

»Ganz genau.«

Die Vermittlung fordert mich auf, mehr Geld einzuwerfen. Ich gehorche mit zitternden Fingern. Dann lasse ich die Stirn gegen den Apparat sinken und atme mit tränenfeuchter Stimme aus.

»Tiny? Geht es dir gut? Wo steckst du?«

»Caspian, hör zu. Ich habe dich nicht verdient. Ich habe deine Liebe, deine Loyalität, deine Güte nicht verdient. Ich habe einen furchtbaren Fehler begangen, aber ich werde alles wiedergutmachen. Diesmal werde ich mir deine Liebe verdienen. Ich werde stark sein, so stark und tapfer, dass du mich kaum wiedererkennst. Und dann komme ich zurück, um dir zu sagen …«

»Was redest du da? Tiny, was ist passiert? Wo bist du?«

»In Boston. Wir sehen uns morgen, ja?«

»Tiny! Was ist hier los?«

»Ich springe, Caspian. Ich springe von der Klippe.«

Klick. Das Kleingeld ist weg.

Ich stehe vor unserem Haus in der Newbury Street. Meinem Hochzeitsgeschenk von den Hardcastles. Ich bin mit Caspians blauem Ford hergekommen, bin gefahren wie eine Wahnsinnige, mit offenem Verdeck und wehendem Haar. Das taube Gefühl hat endlich nachgelassen, die zerbrechliche Schale von Angst ist zersprungen, und ich fühle mich lebendig wie nie zuvor.

Lebendig und stocksauer. Ich werde mein bestes Kleid anziehen, meinen gewagtesten Lippenstift auflegen, meine glanzvollsten Juwelen tragen und auf direktem Wege zum Harvard Club fahren. Ehe ich meine Meinung womöglich ändere oder mich die Hardcastles finden, um meine Meinung zu ändern.

Ich werde von der Klippe springen, und es ist mir gleich, was unter mir liegt.

Entschlossen drehe ich den Schlüssel herum und öffne die Tür. Zu meiner Rechten, im Wohnzimmer, wird das Licht eingeschaltet.

»Tiny, Liebes.«

Mein Schwiegervater tritt unter dem Rundbogen hindurch in den Flur, gefolgt von Dr. Keene, dessen Miene von professionellem Bedauern geprägt ist.

»Gott sei Dank«, sagt Mr. Hardcastle.

Caspian, 1964

Als er von der überdachten Terrasse in den weichen Sand trat, war die Luft deutlich kühler als erwartet. Vielleicht hätte er doch besser eine Kanne Kaffee gekocht, aber wie sollte er das anstellen ohne elektrischen Strom, ohne heißes Wasser und mit einer Kanne, in der noch der Kaffeesatz vom Vorjahr klebte? Außerdem konnten sie unterwegs frühstücken. Zwischen Cape Cod und dem Massachusetts Turnpike bot sich gewiss irgendwo eine Gelegenheit. Und dann würden sie über den Highway in Richtung Albany fahren und eine Karte zurate ziehen, um sich für die südliche oder nördliche Route zu entscheiden. Mount Rushmore oder Grand Canyon.

Hastig erklomm er die Dünen. Seine Füße sanken in dem kühlen Sand ein. Die Sonne war inzwischen über den Horizont geklettert und breitete einen goldenen Schimmer über den verwaschenen Morgenhimmel, der den Strand in ein weiches Licht tauchte. Er suchte Tinys Gestalt am Rand der Brandung, hielt Ausschau nach dem zarten Dunst ihrer Zigarette, doch da draußen war niemand.

Nur der hereinrollende Ozean. Welle für Welle.

Ein irrationales Gefühl von Panik überwältigte seinen Verstand: Konnte sie überhaupt schwimmen? Hatte eine besonders stürmische Welle sie mitgerissen? Oder war sie gar absichtlich hineingewatet, niedergedrückt von der schweren Wolldecke, aus unerfindlichen Gründen, die er trotz der wilden und zärtlichen Nähe der vergangenen Nacht nicht zu durchschauen vermochte?

Doch dann entdeckte er ihre Fußspuren, tief in den Sand gegraben, in einer schnurgeraden Linie, die zielstrebig nach rechts führte.

Er kletterte über den Rand der Düne auf den härteren Sandboden des Strands. Und tatsächlich, da stand sie, am Ende jener langen geraden Linie von Fußspuren, vor dem Haus seiner Großmutter, dem opulenten Hauptgebäude des Anwesens, das eines Tages seinem Onkel Franklin und dann seinem Cousin Frank gehören würde, dem rechtmäßigen Erben und künftigen Familienoberhaupt der Hardcastles. Frank, der in zwei oder drei Wochen seine junge, reiche New Yorker Erbin heiraten würde.

Tiny war mit Gebäuden dieser Art zweifellos vertraut: große koloniale Holzhäuser mit seitlichen Veranden und einer großzügigen Terrasse aus nordenglischem Blaustein. Sie wusste die Vielzahl der Schornsteine, die weiß gerippte Symmetrie der Fensterläden, die elegant verwitterten Schindeln der Fassade zweifellos zu schätzen. Die geschickt gewählten Proportionen ließen das Haus trügerisch klein erscheinen, bis man durch die Eingangstür trat und die großzügigen Ausmaße der eleganten Treppe und des Flurs in Augenschein nahm, an die sich links der vordere Salon und rechts das Speisezimmer anschlossen.

Das Haus seiner Mutter war keineswegs schäbig, ganz und gar nicht. Es war geräumig und elegant, geschmackvoll eingerichtet und komfortabel ausgestattet; das Sommerhaus einer echten Familie, nicht das einer öffentlichen Dynastie. Doch mit dem Haus seiner Großmutter konnte es sich nicht messen, denn seine Mutter war eben *nur* eine Tochter und er nicht mehr als ein unbedeutender Cousin.

Tiny stand vor dem Haus wie ein wahre Kennerin. Reglos nahm sie jedes Detail in sich auf. Sie zog ein letztes Mal an ihrer Zigarette und ließ den Stummel neben sich in den Sand fallen. Die Decke war von ihren nackten Schultern herabgerutscht. Er wollte sich ihr von hinten nähern, um seine Arme um ihre Taille zu schieben und ihre bloßen Schultern zu küssen, und dann wollte er sie in den Sand ziehen und an Ort und Stelle lieben, hier auf der Wolldecke, beim Licht der aufgehenden Sonne.

Doch ehe er Tiny erreichte, drehte sie sich um. Der Ausdruck auf ihrem Gesicht versetzte ihm einen Schock.

»Was ist los?«, rief er.

»Du hast es gewusst!«, brüllte sie. Mit beiden Händen zog sie die Decke an ihre Brust. »Du hast es *gewusst!*«

»Was gewusst?«

Sie ließ die Decke mit einer Hand los und deutete auf das Haus. »Franklins Haus! Das Haus seiner Großmutter! Du hast mich absichtlich hergebracht! Du hast mich zu ihnen *zurück*gebracht! Du bist einer von *ihnen*!«

Er stemmte die Füße in den Sand und betrachtete sie entgeistert. Den rötlichen Schimmer ihres Haars in der Morgensonne. Den panischen Ausdruck in ihren Augen. Die unnatürliche Blässe ihrer Lippen. Er versuchte, ihre Worte sinnvoll zu verknüpfen, eine Erklärung zu finden.

»Dachtest du, im Dunkeln würde ich den Ort nicht erkennen? Warum hast du mich nicht gleich nach Brookline gebracht, um mich wie ein Paket dort abzuliefern?«

Brookline. Franklin. Großmutter.

Die Hochzeit. In zwei oder drei Wochen, er war sich nicht sicher. St. James' Church, Madison Avenue, mit anschließendem Empfang im Metropolitan Club. Eine junge Frau aus einer der angesehensten Familien New Yorks.

Christina Schuyler.

»Was haben sie dir gezahlt?«, kreischte sie. »Haben sie dir die Erlaubnis erteilt, mit mir zu schlafen? Wissen sie davon, Caspian? Oder ist das unser kleines dreckiges Geheimnis?«

Die Scherben des Sonnenaufgangs prasselten schmerzlich auf ihn herab und fielen ringsum in den Sand. Zwischen dem beständigen Donnern des Ozeans hörte er ein neues Geräusch, ein mechanisches Donnern, das sonore Grollen eines perfekt eingestellten Motors und das Knirschen von Autoreifen, die sich langsam über die geschotterte Zufahrt näherten.

Tiny zog die Decke fest um ihre Schultern und wandte den Blick zum Wendekreis vor dem Haupthaus, der hinter der Veranda zu sehen war.

Cap folgte ihrem Blick und entdeckte einen gelben Roadster, der in diesem Moment das Rondell umrundete und am Rand des Strandpfades anhielt. Ohne den Wagen je zuvor gesehen zu haben, wusste Cap, dass er seinem Cousin gehörte. Schnell, schnittig, elegant, kultiviert. Der passende Wagen für den rechtmäßigen Erben, den Thronfolger der Dynastie.

Doch die Person, die sich im nächsten Moment vom Fahrersitz erhob, war keineswegs Franklin S. Hardcastle junior. Kein goldener Haarschopf im Morgensonnenschein, keine breiten weißen Hemdsschultern, welche die Fahrertür aufstießen. Vielmehr ein dunkles Haupt, welches an Tiny erinnerte, und über den schmalen Schultern ein blaues Jackett mit weiß abgesetzten Rändern, wie Cap aus der Entfernung erahnen konnte.

»Tiny!«, rief Mrs. Schuyler über das frische Dünengras, den unberührten Strand. »Gott sei Dank!«

Mrs. Vivian Schuyler, 1966

Das Foto auf der Titelseite des *Boston Globe* könnte einem das Herz zerreißen, wäre selbiges nicht in Wodka eingelegt und mit einem Spritzer Limone versetzt.

JUNGE EHEFRAU DES KONGRESSANWÄRTERS WEITERHIN IN KRITISCHEM ZUSTAND lautet die bekümmerte Schlagzeile über einem Foto des gramerfüllten Franklin Hardcastle junior in einem öffentlichen Krankenhauswartezimmer, einem sterilen Raum mit weißen Wänden, beigen Plastikstühlen und gelben Plastikblumen. Sein blondes Haupt ruht in den gespreizten Händen, sein attraktives Gesicht ist von Sorge zerfurcht. Es sieht aus, als wäre ein dreister Zeitungsreporter in Arztkleidung schamlos in den Krankenhaustrakt eingedrungen, um den erschütterten Frank heimlich zu fotografieren. Doch Mrs. Vivian Schuyler aus der Fifth Avenue, New York City, lässt sich nicht so leicht blenden. Sie ist schließlich nicht von gestern. Unbeeindruckt überschlägt sie die Titelseite und blättert zügig weiter, um den Gesellschaftsteil zu überfliegen. Die vertrauten Namen sind überaus beruhigend, eine feste Größe. Man kann darauf zählen.

Das Taxi biegt abrupt um eine Straßenecke. Mrs. Schuyler hebt den Kopf und erblickt jenseits der Windschutzscheibe die gepflegten Rasenflächen und hohen weißen

Säulen der Woodbridge Clinic. »Da sind wir ja schon«, verkündet sie. »Was für ein tüchtiger Bursche.«

Der Fahrer schnaubt und hält unter der überdachten Wagenauffahrt. Mrs. Schuyler reicht ihm eine abgegriffene Zehndollarnote und öffnet eigenhändig die Tür. Blitzlichter explodieren in unmittelbarer Nähe, doch sie ist darauf gefasst und zuckt nicht mal mit der Wimper.

»Mrs. Schuyler! Mrs. Schuyler! Gibt es Neuigkeiten zum Zustand Ihrer Tochter?«

Sie nimmt ihre Sonnenbrille ab und lächelt verhalten in Richtung der Kameras und Reporter. »Ich bin gekommen, um meine Tochter zu besuchen. Ich weiß ebenso viel wie Sie.«

Das breite, gepflegte Säulenportal wird von eleganten Buchsbaumhecken gesäumt, und jenseits des schattigen Vorbaus saugen scharlachrote Geranien in ihren steinernen Vasen die grelle Augustsonne in sich auf. Das Gesamtarrangement vermittelt einen Eindruck von Präzision und gutem Geschmack. Ein Ort, an den man sich erleichtert zurückzieht, wenn die Schwiegertochter aus gutem Haus einen plötzlichen Nervenzusammenbruch erleidet, einen Anfall von todschicker Hysterie.

Der Taxifahrer stellt ihren kleinen blauen Koffer neben ihren Füßen ab.

»Vielen Dank.« Mrs. Schuyler greift beherzt zu. »Sie brauchen nicht auf mich zu warten.«

Als sie den Eingang erreicht, fallen die Reporter zurück. Offenbar hat man ihnen eine Anstandsgrenze auferlegt, an die sie sich zu halten haben. Drinnen hört man erhitzte Stimmen, die sich beinah anbrüllen. Mrs. Schuyler legt die Hand an die Klinke und öffnet schwungvoll die Tür, während hinter ihr ein weiteres Blitzlicht explodiert.

Die Unterredung reißt abrupt ab. Mrs. Schuyler tritt

über die Schwelle, den Koffer fest in der Hand, und blickt von einem erstaunten Gesicht zum anderen. Von der adretten Krankenschwester zu dem breitschultrigen Besucher.

»Major Harrison«, sagt sie. »Was für eine nette Überraschung.«

Mrs. Schuylers Vermutung entsprechend, ist das private Wartezimmer der Woodbridge Clinic deutlich luxuriöser als der öffentliche Wartebereich, und Major Harrison füllt den Raum mühelos aus.

»Jetzt laufen Sie nicht ständig auf und ab«, sagt Mrs. Schuyler. »Ich hätte Sie nicht gerade für den nervösen Typ gehalten.«

»Bin ich auch nicht.« Er bleibt stehen und dreht sich um. Ein geschmackvolles Aquarell ziert die Wand in seinem Rücken, eine Strandansicht bei Sonnenaufgang. Der harsche Kontrast zwischen der lieblichen Landschaft und dem rauen Soldaten ist kaum zu ertragen.

»Sie haben nicht zufällig Feuer?«, fragt Mrs. Schuyler.

»Angeblich darf sie keinen Besuch empfangen. Ich habe mir bei dieser Schwester den Mund fusselig geredet. Man hat sie in irgendein Zimmer gesperrt, und nur Frank und sein Vater dürfen zu ihr. Und natürlich dieser Arzt, Dr. Keene. Pepper diskutiert gerade mit ihm. An der Schwester ist sie heute Morgen vorbeigekommen, aber Keene hat sie gleich wieder rauswerfen lassen.«

»Ganz meine Pepper.« Mrs. Schuyler findet ihr Feuerzeug und steckt sich eine Zigarette zwischen die Lippen. Major Harrison nimmt ihr das silberne Zippo aus der Hand, um ihr die Zigarette gedankenverloren anzuzünden. »Danke«, erwidert sie ebenso gedankenverloren.

Er zeichnet erneut einen rastlosen Pfad in den Orientteppich. »Ich werde noch wahnsinnig. Sie mussten sie angeblich ruhigstellen. Sie sei nicht bei klarem Verstand. Irgendwas ist passiert, etwas Gravierendes, aber ich habe keine Ahnung, was. Sie hat mich vorgestern Abend angerufen …«

»Tiny hat *Sie* angerufen?«

»Keine Sorge. Da ist nichts zwischen uns. Sie hat mir nur vertraut, mehr nicht. Zumindest ihr Vertrauen habe ich zurückgewonnen.« Er stemmt die Hände in die Hüften und spricht mit der Wand.

»Weiß ihr Ehemann eigentlich von der Geschichte?«

»Was zum Teufel soll ich ihm erzählen? *Ich bin der Exliebhaber deiner Frau? Der Kerl, mit dem sie vor der Hochzeit durchbrennen wollte? Der Kerl, den sie eiskalt abserviert hat, um stattdessen dich zu heiraten?*«

»Aber Sie lieben sie immer noch.«

Er fährt mit der Hand über sein kurz geschorenes Haar. »Sie machen sich keine Vorstellung.«

Auf dem Beistelltisch, hinter einem riesigen Strauß duftender blassgelber Rosen, entdeckt Mrs. Schuyler einen Aschenbecher. »Sie hat Sie nicht *abserviert*, Major Harrison, falls es das irgendwie leichter macht. Auf der Rückfahrt nach Boston fragte sie mich, ob Sie die ganze Zeit gewusst hätten, wer sie ist. Ich habe Ja gesagt und behauptet, Sie wären bereits unterwegs nach San Diego, um sie Frank kampflos zu überlassen.« Sie zuckt mit den Schultern. »Ganz meine Schuld.«

Mrs. Schuyler wappnet sich gegen den bevorstehenden Wutanfall, doch dieser bleibt erstaunlicherweise aus. Major Harrison fährt sich seufzend über den Nacken und schüttelt den Kopf. »Das hätte ich mir denken können.«

»Ich hielt es für die richtige Entscheidung. Ich dachte, letztendlich wendet sich alles zum Guten. Schließlich kannte ich Sie nicht einmal, aber ich kannte ihren Verlobten und die Hardcastles. Ich wusste, dass Frank sie liebt, dass er sie aufrichtig liebt. Ich dachte, sie wäre glücklich mit ihm, sie hätte ihre wahre Berufung gefunden. Ich dachte, von all meinen Töchtern wäre sie diejenige, die es wirklich zu etwas bringt.«

»So viel zu mütterlicher Intuition.«

»Wie wahr, wie wahr.« Mrs. Schuyler nimmt einen tiefen Zug von ihrer Zigarette und bläst den Qualm langsam in den Raum, um einen Moment nachzudenken. Major Harrison verlagert das Gewicht und späht auf den makellosen Rasen vor dem Fenster, als würde er ein umkämpftes feindliches Gebiet beäugen. Sie betrachtet seine Beine und versucht, sich zu erinnern, welches Mensch ist und welches Maschine. Aus diesem Blickwinkel kann sie es unmöglich sagen. Ein stattlicher Mann, dieser Major Harrison. Erfüllt von bitterer Entschlossenheit, starr wie Marmor. Reglos atmete er ihren Zigarettenrauch ein. Im Grunde kann sie es Tiny nicht vorwerfen, dass sie diesen Mann will. Warum ist er eigentlich zurückgekehrt? Um die Frau seines Cousins ein weiteres Mal zu verführen? Oder aus anderen Gründen? Was für ein gottverdammtes Schlamassel. Warum hat sie das alles nicht kommen sehen? Tiny ist nun mal anders als ihre Mutter. Sie kann nicht einfach eine nette kleine Affäre anfangen, ohne jemanden zu verletzen, ohne das Leben mehrerer Menschen auf den Kopf zu stellen, ohne mitten in einer Wahlkampagne in die Woodbridge Clinic eingeliefert zu werden. »Haben Sie eine Ahnung, was da passiert ist?«, fragt sie. »An dem Abend, als sie bei Ihnen anrief?«

»Sie war in Boston.« Er macht eine Pause, um sie mit zornig grünen Augen anzusehen, und selbst sie, Mrs. Vivian Schuyler aus der Fifth Avenue, deren exquisiter Geschmack sich von fremden Ehegatten bis zu russischen Prinzen erstreckt, selbst *sie* kann nicht umhin, mit jeder Faser ihres Körpers zu erschaudern.

Major Harrison fährt unbeirrt fort. »Pepper sagt, jemand habe sie erpresst. Jemand habe Fotos in die Hände bekommen, die ich vor zwei Jahren von ihr gemacht habe …«

»Ach, du meine Güte. Sie haben *Fotos* von ihr aufbewahrt?«

»Nein, ich habe sie nicht einmal entwickelt. Den Film habe ich ihr geschickt, an die Adresse in der Dartmouth Street, kurz bevor ich nach San Diego gefahren bin.«

»Unglücklicherweise ist sie nie dorthin zurückgekehrt, Mr. Harrison. Sie war bis zu ihrer Hochzeit bei mir in New York. Eine Umzugsfirma hat alles verpackt und direkt in die Newbury Street gebracht.«

»Eine familieninterne Angelegenheit also. Passt irgendwie. Diese gottverdammten Hardcastles.«

Mrs. Schuyler lehnt sich auf dem Sofa zurück und lässt ihren Arm über die Lehne baumeln. Hübsches kleines Möbelstück, eine gelungene Imitation im Chippendale-Stil, mit grünem Polster und verstaubtem Rosenduft. Der übrige Raum folgt dem Beispiel. Man könnte meinen, man befände sich in einer Villa in Beacon Hill, mit dem feinen Unterschied, dass dort nur die altehrwürdigen Originale stehen. Um ehrlich zu sein, bevorzugt Mrs. Schuyler inzwischen einen schlichteren Stil. Die Vergangenheit geht ihr gewaltig auf die Nerven. »Kein Grund zur Sorge. Die Erpressung kann warten. Mich interessiert vielmehr, warum sie einen Zusammenbruch hatte. Es muss noch mehr dahinterstecken. Irgendein konkreter Grund.«

»Frank hat sie betrogen.«

»Aber natürlich. Hatte sie etwas anderes erwartet?«

Major Harrison unterdrückt ein ersticktes Knurren und wirbelte herum, um mit der Faust gegen die Wand zu schlagen. Nicht hart genug, um echten Schaden anzurichten, aber laut genug, um Mrs. Schuyler auf ihrem Chippendale-Sofa aufschrecken zu lassen. »Manchmal könnte ich euch alle *umbringen*«, raunte er. »Dafür, was ihr mit ihr gemacht habt. Euch alle miteinander.«

»Glauben Sie, das wäre mir nicht bewusst?«

»Sie wollte es Ihnen immer nur recht machen«, fuhr er fort. »Sie wollte, dass Sie stolz auf sie sind. Nur ein klein wenig stolz, mehr nicht.«

»Ich war stolz. Ich *bin* stolz.« Sie wendet sich ab und drückt ihre Zigarette in den Aschenbecher, drückt und drückt, bis der Stummel vor ihren Augen zerfällt und verschwimmt.

»Aber es ist genauso meine Schuld. Ich hätte um sie kämpfen müssen. Ich hätte nicht zulassen dürfen, dass Sie sie mitnehmen. Ich hätte die verdammte Tür eintreten sollen.« Er blickt zu der geschlossenen Tür des Warteraums. »Ich sollte auch jetzt die Tür eintreten. Ich glaube denen nicht, dass sie krank ist. Die haben Tiny eingesperrt, Mrs. Schuyler. Dieser Arzt, Dr. Keene … Pepper sagt, er sei in Cape Cod gewesen und habe versucht, Tiny zum Mitkommen zu bewegen. Sie weiß irgendetwas, und dieser Keene soll verhindern, dass sie den Mund aufmacht.«

»Und das wäre?«, fragt Mrs. Schuyler möglichst beiläufig, obwohl ihr Herz mit einem Mal rast und ihr bis zum Hals schlägt, erschüttert von den Worten *sie haben Tiny eingesperrt.*

Was mochte Tiny wissen?

Major Harrison starrt auf seine riesigen Hände, die sich öffnen und schließen wie die eines primitiven Kriegers. Nicht, dass sie etwas gegen primitive Instinkte einzuwenden hätte. »Ich weiß es nicht. Aber bevor sie nach Boston gefahren ist, hat sie mich etwas gefragt …«

»Und was?« Mrs. Schuyler entwirrt ihre übereinandergeschlagenen Beine und beugt sich vor. »Was hat sie gefragt, Major Harrison?«

»Es gab da mal einen Zwischenfall in Harvard, ein Jahr bevor sie Frank kennenlernte. Niemand hat je wieder davon gesprochen. Die Sache wurde unter den Teppich gekehrt. Aber ich hatte immer einen Verdacht.«

Mrs. Schuyler betrachtet ihre gespreizten Finger, die Handflächen nach unten gekehrt. Erleichtert stellt sie fest, dass sie nicht zittern. Sie trägt immer noch Handschuhe, leichte weiße Baumwollhandschuhe, die ihren Teint vor der Sonne schützen. Leberflecken sind furchtbar unansehnlich, ein untrügliches Zeichen, dass man nicht mehr jung ist, dass die eigenen Reize immer mehr vertrocknen, genau wie jene alternde Haut. »Was Sie nicht sagen«, murmelt sie.

Seine Schuhe kratzen über den Boden. »Was soll das heißen? Wissen Sie etwas?«

»Ich weiß eine Menge, Major Harrison. Das gehört zu meinen Aufgaben. Außerdem«, sie blickt auf, »bin ich mit Mrs. Ex-Hardcastle senior befreundet. Tinys Schwiegermutter.«

»Tante *Liz*?«

»Ach, Sie kennen ihren Namen? Liz wurde, wie Sie wissen, ins New Yorker Exil verbannt. Sie wohnt nur wenige Blocks von mir entfernt. Wir treffen uns regelmäßig zum Lunch. Sie ist eine reizende Frau. Eine bessere Frau als ich, möchte ich sagen.«

»Herrgott.«

»Sie werden also verstehen, wie wichtig es ist, dass wir …«

Die Tür schwingt unerwartet auf und prallt mit einem leisen Knall gegen die Wand.

»Mrs. Schuyler!« Frank überquert eilends den Orientteppich, um ihre Hand zu ergreifen. Als sich ihre Finger berühren, bemerkt er aus dem Augenwinkel heraus die Gestalt des Majors, groß und reglos. Er blickt zwischen den beiden hin und her, unschlüssig, wem er sich zuerst widmen soll: Mrs. Schuylers Hand oder seinem stattlichen Cousin. »Cap? Was machst du denn hier …?« Zu Mrs. Schuyler: »Ich wusste gar nicht, dass Sie sich kennen.«

»Ach, wir kennen uns schon seit ewigen Zeiten«, erwidert sie. »Wie geht es dir, Frank? Wie geht es meiner Tochter?«

»Schon besser, glaube ich. Das Beruhigungsmittel scheint anzuschlagen. Gott sei Dank.« Er wirft einen weiteren verwirrten Blick auf Major Harrison. Franks Haut wirkt fahl, seine Augen übermüdet. Selbst sein Haar liegt stumpf und gramgebeugt an seinem Kopf. »Sie war regelrecht hysterisch. Hysterisch, paranoid, versuchte zu entkommen. Wie sie die Pfleger angegriffen hat! Ich konnte es nicht fassen. Sie glaubt, Dr. Keene wolle sie umbringen. Ich habe sie noch nie so erlebt. Ich weiß nicht, was ich tun soll.«

Major Harrison räuspert sich mit einem Knurren.

»Entschuldigung«, Frank schüttelt den Kopf. »Woher kennt ihr beiden euch noch mal? Was … was geht hier eigentlich vor sich?«

Major Harrison schwingt seine Faust erneut gegen die Wand. »Sie ist nicht krank, verdammt. Begreifst du nicht, was hier gespielt wird? Du bist ihr Mann, du solltest dich um sie *kümmern*!«

Franks Wangen erröten. »Ich *kümmere* mich um sie! Was zum Teufel redest du da? Was weißt *du* schon von meiner Frau?«

»Mehr, als du ahnst!«

»Was machst du hier, Cap?« Frank tritt seinem Cousin

gegenüber und nimmt eine bedrohliche Haltung ein. Seine Hände ballen sich zu Fäusten.

»Ich *sorge* mich um sie«, erwidert Major Harrison kühl. »Als ihr Freund. Und als jemand, der weiß, wozu diese Familie fähig ist.«

»Was zum Teufel soll *das* bitte heißen?«

Mrs. Schuyler erhebt sich. »Gentlemen. Wenn es Ihnen recht ist, würde ich jetzt gern meine Tochter sehen.«

Dr. Keene beteuert sein tiefes, tiefes Bedauern. »Es tut mir außerordentlich leid, aber Mrs. Hardcastle ist derzeit nicht in der Verfassung, Besuch zu empfangen.« Er schwenkt sein unscheinbares Haupt.

»Papperlapapp«, erwidert Mrs. Schuyler. »Wir sind hier nicht in Beacon Hill. Sie muss niemanden *empfangen*. Ich bin ihre Mutter. Es ist mein gutes Recht, sie zu sehen.«

»Ich bedauere, das ist leider unmöglich.« Seine Hand ruht auf dem Türknauf in seinem Rücken. Einen Moment zuvor hatte er Mrs. Schuyler dabei ertappt, wie sie höchstpersönlich nach diesem Knauf greifen wollte. Mit einer professionellen Anmut hatte er seinen weißkitteligen Körper zwischen Tür und Frau geschoben, als hätte er derartige Manöver seit Beginn seiner Karriere praktiziert.

Frank meldet sich schlichtend zu Wort, mit der Stimme eines Politikers, der einen Kompromiss anstrebt. »Dr. Keene, wir können ihre Mutter doch wohl zu ihr lassen? Das Beruhigungsmittel hat inzwischen angeschlagen. Sie will sich nur vergewissern, dass es Tiny gut geht.«

»Ein verständliches Anliegen.« Dr. Keene lächelt. »Doch bei einem labilen Fall wie diesem kann man nicht vorsichtig genug sein. Die kleinste Aufregung könnte einen Rückfall verursachen. Mrs. Hardcastle braucht jetzt absolute Ruhe.«

Absolute Ruhe. Man kann sie hinter der verschlossenen Tür hören. Eine lautlose Grabesstille. Mrs. Schuyler muss an ihren jüngsten Albtraum denken. Eine grausame Vorahnung steigt in ihr auf, bitter wie Galle. Sie sehnt sich nach einem kräftigen Drink, um das üble Gefühl herunterzuspülen. Mrs. Schuyler hat Stille noch nie gut ertragen können; sie empfindet ein tiefes Misstrauen gegenüber Menschen und Orten, die keinen Lärm verursachen. Lärm ist Leben. Stille das Gegenteil.

Absolute Stille das Schlimmste.

In erprobter Manier hebt sie ihr Kinn, ihre Augenbrauen. Beides trägt dazu bei, ihren Herzschlag zu kontrollieren und ihren Adrenalinspiegel zu senken. »Dr. Keene, sicher können Sie die Regeln in diesem Fall ein klein wenig beugen, meinen Sie nicht? Ein winziger Blick auf meine Tochter würde mir schon genügen. Ich verspreche auch hoch und heilig, sie nicht zu stören.«

Ein zögerliches Flackern durchzuckt seine Augen und erlischt auf der Stelle. »Tut mir sehr leid, Mrs. Schuyler. Vielleicht in ein, zwei Tagen, wenn sie sich etwas erholt hat. Unglücklicherweise kann man bei so einem Fall keine Versprechungen machen.«

»Was Sie nicht sagen«, knurrt Major Harrison.

Frank fällt ihm ins Wort. »Dr. Keene, als ihr Ehemann steht es mir zu, derartige Entscheidungen zu treffen …«

»Bei allem gebührenden Respekt, Mr. Hardcastle«, erwidert Keene, immer noch lächelnd, »dies ist leider nicht der Fall.«

»Ach, nein? Und wie kommen Sie zu der Auffassung? Ich bin Anwalt, Dr. Keene, ich weiß sehr genau …«

»Als Anwalt, Mr. Hardcastle, hätten Sie sich die Aufnahmepapiere etwas genauer durchlesen sollen, bevor Sie sie unterzeichneten.« Dr. Keene gibt den Türknauf vorübergehend frei, um seine Brille abzunehmen und sie mit einem Taschentuch zu reinigen. »Ihr Vater, der für Mrs. Hardcastles Aufenthalt in der Klinik aufkommt, hat die alleinige Befugnis, derartige Entscheidungen zu treffen.«

»*Was?*«, sagt Frank.

»*Was zur Hölle …?*«, sagt Major Harrison.

»Das ist unmöglich«, verkündet Frank. »Ich will diese Papiere sehen. Das ist unverantwortlich und illegal, und ich werde Sie eigenhändig dafür vor Gericht bringen …«

Major Harrison schiebt sich an ihnen vorbei und räumt Dr. Keene eigenhändig aus dem Weg, als würde er eine lästige Topfpflanze beiseitestellen. Er greift nach dem Türknauf. Abgeschlossen. Ohne zu zögern, weicht er einen Schritt zurück, hebt sein Bein und tritt mit der Kraft eines Motorkolbens zu.

Das Holz splittert. Die Tür fliegt auf.

Das Zimmer ist leer.

Dr. Keene wirkt ebenso verblüfft wie jeder andere. Eine Tatsache, die Mrs. Schuyler ein Fünkchen Trost spendet.

Flüchtiger Trost, denn im nächsten Moment stürmt der Psychiater über den Flur zu einem Telefon und greift zum Hörer. Sie versteht allerdings kein Wort, denn Frank brüllt panisch dazwischen, und Major Harrison packt unvermittelt ihr Handgelenk, um sie in entgegengesetzter Richtung über den Flur zu zerren, zum hinteren Teil des Gebäudes.

Ihre Schuhe schlittern über den gewienerten Fußboden. Sie bringt keuchend eine Frage hervor – *Was um alles in der Welt …?* –, doch die Worte gehen im allgemeinen Gerangel verloren. Der Gang endet in einer T-Kreuzung.

»Gehen Sie da lang, ich nehme die andere Richtung«, befiehlt der Major. »Suchen Sie nach Pepper!«

»Pepper?«

»Sie ist bei Pepper! Vertrauen Sie mir.« Er rennt nach links, und Mrs. Schuyler – zu schockiert, um sich seinem Offizierston zu widersetzen – streift ihre Schuhe ab und läuft nach rechts. Der Korridor ist weiß und leer, gesäumt von Türen. Soll sie hinter jeder einzelnen nachsehen? Was sucht sie überhaupt?

Pepper. Pepper und Tiny.

Und was soll sie mit ihnen machen, wenn sie sie findet?

Mrs. Schuyler biegt um eine sterile Ecke und kollidiert mit dem breiten Kreuz eines Mannes.

Beide taumeln zu Boden. Der Mann stöhnt erschrocken auf.

»Entschuldigen Sie vielmals«, beginnt Mrs. Schuyler, doch dann erblickt sie das Gesicht des Mannes. Sein ergrauendes Haar, seine blauen Augen. »Na so was, Franklin!«

»Vivian!«

Sein Blick huscht zu einer Tür, gut einen Meter von ihnen entfernt. Eine vage Erinnerung durchzuckt ihren Verstand, von dem Moment kurz vor dem Zusammenstoß … Franklins Hand am Knauf dieser Tür. Franklin, der die Tür hinter sich schließt.

»Major!«, brüllt sie aus Leibeskräften über den Gang.

»Sei still!« Franklin Hardcastle packt ihr Handgelenk.

»Nimm deine dreckigen *Hände* von mir!«, faucht sie ihn an, doch zum ersten Mal in ihrem Leben tut ein Mann nicht das, was sie von ihm verlangt. Stattdessen verstärkt er seinen Griff und quetscht ihr zartes Handgelenk. Ihre Wut über sein rabiates Verhalten ist so übermächtig, dass sie sich vehement losreißt. Sie zerrt mit aller Macht an seinem Arm – sie, Mrs. Vivian Schuyler aus der Fifth Avenue, die im Colony Club speist und bei Bergdorf einkauft –, denn ihre beiden *Töchter* stecken hinter dieser Tür, das spürt sie mit jeder Faser ihres Körpers, *ihre Töchter*, und kein Schuft dieser Welt könnte sie eine Sekunde länger von ihnen fernhalten.

Hardcastle stürzt zu Boden und greift nach ihrem Fußgelenk. Sie hebt ihre Hand – die immer noch ihre hochhackigen Schuhe hält – und schlägt ihm erbost auf den Kopf, wie sie einen ungezogenen Hund mit einer Zeitung schlagen würde.

In ihrem mütterlichen Zorn hat sie ihn offenbar voll erwischt. Vielleicht hat ihr rachsüchtiger Stiletto gar sein Auge getroffen. Hardcastle weicht zurück. Sie greift nach der Klinke, um die Tür aufzureißen …

Vor ihr liegt ein kleiner Raum, irgendein Büro, und auf dem Schreibtischstuhl sitzt, in sich zusammengesunken, eine zierliche Frau in einem weißen Schwesternkittel. Ihr Kopf ruht auf ihren verschränkten Armen.

»Tiny!« Mrs. Schuyler stürzt zu ihr, doch ein schwerer Gegenstand trifft sie in der Seite. Sie stolpert zu Boden.

»Mum?«

Mrs. Schuyler fasst sich an den Arm und blickt empört auf. »Pepper?«

»Was machst *du* denn hier?« Ihre mittlere Tochter, ebenfalls in einen absurden Schwesternkittel gekleidet, lässt einen Metallstuhl zu Boden fallen.

»Jetzt hilf mir schon auf, Herrgott! Wie geht es ihr?«

Peppers Hand schließt sich um den Oberarm ihrer Mutter, der vor Schmerz erbleicht, und hievt sie unsanft hoch. »Alles in Ordnung. Sie ist nur zugedröhnt. Keine Ahnung, was die ihr gegeben haben, aber sie schwebt gerade auf Wolke sieben. In einem Abstellraum habe ich zwei Schwesternkittel gefunden und mich in ihr Zimmer geschlichen, als die gerade mit den Medikamenten rauskamen. Großartiger Plan, nur leider zu spät. Ich musste sie förmlich über den Gang schleifen, und dann hat dieser Bastard von Hardcastle uns entdeckt. Er hat mich geschlagen, der Mistkerl.« Sie reibt sich die Wange.

Mrs. Schuyler tritt um den Schreibtisch herum und berührt den weißen Rücken ihrer Tochter. Hinter ihnen prallt die Augustsonne mit voller Wucht gegen die Jalousien. Die Luft riecht nach altem muffigem Holz. »Tiny, Liebes? Gott, dieser verdammte Mistkerl …«

Ein dumpfer Schlag lässt sie abrupt verstummen. Tiny hebt den Kopf. »Mum?«

Im Türdurchgang rangelt Mr. Hardcastle mit einem breitschulterigen Gegenüber, dem er nicht das Wasser reichen kann. Sekunden später sinkt er erneut zu Boden. Major Harrison schiebt sich an ihm vorbei und eilt um den Schreibtisch herum, um vor einer kraftlosen Tiny auf die Knie zu gehen und ihre Hände zu nehmen. »Mein Gott. Geht es ihr gut? Tiny, rede mit mir.«

»Caspian, Liebling.« Sie lächelt. »Warum bist du denn so rot?«

Er wendet den Blick zu Hardcastle, der in diesem Moment zum Türrahmen greift und sich erneut aufrappelt. »Ich bringe dich um!«, brüllt Caspian.

»Soll das eine Drohung sein?«, erwidert Hardcastle.

»Sobald ich Tiny hier rausgebracht habe, reiße ich dich eigenhändig in Stücke …«

»Und was willst du mit ihr machen? Du kannst sie nicht hier rausbringen. Da draußen wimmelt es von Reportern. Im Foyer steht ein Wachmann. Ohne meine Unterschrift geht sie nirgendwohin.«

Tiny blickt verschlafen zu ihrem Schwiegervater auf. »Sir, Sie sind ein Trottel«, lallt sie. »Und ich verlange hiermit – wie heißt das noch …?«

»Die Scheidung?«, vermutet Pepper.

Tiny lächelt sanft wie ein Engel. »Genau. Die Scheidung! Und dann bringe ich Sie um und verfüttere Sie an Percy.«

Mr. Hardcastle wirft die Hände in die Luft. »Seht ihr? Sie hat den Verstand verloren! Sie bleibt hier.«

Mrs. Schuyler richtet sich auf, streift ihre Handschuhe ab und richtet den Blick auf die blutige Stelle neben seinem linken Auge. »Sie hat nicht den Verstand verloren. Sie wehrt sich nur, du alter Bastard, und ich bin stolz auf sie.«

»Sie ist verrückt, und deshalb bleibt sie hier.«

»Ich bin ihre Mutter. Ich werde jetzt da rausgehen und den Reportern erzählen, was du hier treibst. Dein geliebter Sohn wird nie wieder zu irgendwas gewählt werden, außer vielleicht in den Vorstand der Abfallbehörde.«

»Das wirst du nicht«, entgegnet Hardcastle. »Wenn du versuchst, sie aus dieser Klinik herauszuschleusen, wenn du auch nur mit dem Gedanken spielst, solltest du dir vorher bewusst machen, dass ich von einer jungen Frau im Wahlbüro ein paar äußerst interessante Fotos von deiner Tochter erhalten habe …«

»Dad?«

Mr. Hardcastle dreht sich um.

Frank steht auf dem Flur, jenseits der offenen Tür. Seine blauen Augen sind weit aufgerissen. Seine Hand klammert sich an den Türrahmen, als wäre es das Einzige, was ihn noch aufrecht hält.

»Frank …«, setzt Mr. Hardcastle an.

»Dad, was ist hier los?« Franks Stimme klingt erstaunlich gefasst, wenn auch ein wenig schrill. Möglicherweise zweifelt er gerade zum ersten Mal in seinem Leben an dem festen Boden unter seinen Füßen. »Was für Fotos? Meinst du Josephine?«

Hardcastle atmet lang und laut ein. Ein Vater, der seinem blutjungen Sohn die Welt erklären muss. Er spricht mit beschwichtigender Stimme. »Deine Frau ist sehr krank, Frank. Sie hatte einen Nervenzusammenbruch. Sie …«

»Stimmt das?« Franks Blick geht zu Mrs. Schuyler, zu Tiny und Major Harrison, der aufgestanden ist, um schützend seine Hand auf Tinys Schulter zu legen. »Cap, was machst du hier? Dad?« Er wendet sich erneut an seinen Vater. »Warum können wir Tiny nicht mitnehmen? Warum willst du sie einsperren?«

»Frank …«

»Sag mir endlich, was hier los ist. Sag's mir, Dad!«

Pepper platzt der Kragen. »Ich sag dir, was hier los ist, lieber Frank«, verkündet sie. Tapfere Pepper. In der einen Hand ihre schmerzende Wange, in der anderen ihr stürmisches Herz. Die Schwesternkappe liegt umgedreht am Boden, vor ihren Füßen.

Ihre Wange braucht dringend Kühlung, denkt Mrs. Schuyler. *Wo kann man hier nur Eis auftreiben?* Sie legt einen Arm um Tinys Schultern und berührt dabei Major Harrisons Hand. Ihre blutroten Fingernägel und seine sauberen Soldatenhände in trauter Einheit. Die Vorahnung steigt erneut in ihr auf, doch diesmal schmeckt sie nicht gallig, sondern salzig. Ein Geschmack von Mitleid.

Pepper hebt ihre Hand und deutet auf Franks Brust. »Ich sag dir, was los ist. Tiny hat es mir selbst erzählt, bevor diese Verbrecher sie eingesperrt und Nadeln in sie hineingebohrt haben. Meine Schwester hat mir erzählt, dass sie dich neulich mit deinem kleinen Loverboy erwischt hat …«

»*Was?*«

»Und ich wette, Daddy ist ebenfalls dahintergekommen. Ich wette, er lässt dich auf Schritt und Tritt verfolgen. Stimmt's, Daddy? Ich wette, Josephine hält Sie auf dem Laufenden, richtig?«

Keiner rührt sich. Schockiertes Schweigen hallt von den Wänden und Möbeln zurück. Hardcastles Lippen hängen schlaff herab, auf der Suche nach einer Ausrede, die sich beharrlich entzieht. Eine erdrückende Hitze hat sich über den Raum gesenkt. Mrs. Schuylers Seidenstrümpfe jucken an den Beinen, doch wie könnte sie das zugeben, zumal ihre langen Beine ihr attraktivstes Merkmal darstellen? Noch dazu in dieser Situation? Stattdessen greift sie nach der Hand des Majors, welche sich rastlos in Tinys Schulter gräbt. Um ihn zu besänftigen, um ihn zurückzuhalten.

»Gott«, flüstert Frank. »Dad?«

»Frank …«

»Ist das wahr?«

»Nein, ich …«

»Dad. *Dad.*« Frank schüttelt den Kopf und wirft einen Blick auf Tiny. Dann hebt er die Hände und starrt entgeistert in seine Handflächen, als würde er sie nicht wiedererkennen. Die Jalousien zeichnen ein horizontales Muster von Licht und Schatten auf sein Gesicht. »Mein Gott«, sagt er. »Was habe ich getan?«

Der Ärmste, denkt Mrs. Schuyler. Er hat es noch nicht begriffen. Er weiß nicht, was es heißt, seine Rechnung begleichen zu müssen.

Hardcastles Kiefer regt sich nervös. »Frank, es ist nur zu deinem Besten. Irgendjemand musste …«

Franks rechte Hand ballt sich zur Faust. Er rammt sie seinem Vater mit aller Macht in den Bauch. »Fahr zur Hölle«, flüstert er.

Hardcastle sinkt zusammengekrümmt auf die Knie. Major Harrison stürzt ihm entgegen, offenbar ein Soldateninstinkt, sei es, um ihn aufzufangen oder ihm den Rest zu geben.

Frank würdigt seinen Vater keines Blickes. Zielstrebig

geht er um den Schreibtisch herum, wo Tiny aufrecht auf ihrem Stuhl sitzt, die Hände auf die Armlehnen gestützt. Die Schwesternkappe sitzt trunken über ihrer Schläfe. Frank hockt sich hin und rückt die Kappe zurecht.

»Frank«, sagt Tiny. »Franklin … Du hast ihn geschlagen.«

»Es tut mir leid«, erwidert Frank. »Es tut mir so leid.«

»Dir tut immer alles leid. Aber du meinst es nicht ernst.« Tiny schließt die Augen, als wären ihre Lider unerträglich schwer. »Fahrt doch alle zur Hölle.«

»Das werde ich«, sagt er. »Du kannst mich eigenhändig dorthin befördern. Aber zuerst bringe ich dich hier raus.«

Mrs. Schuyler wirft einen Blick auf Major Harrison, der den bezwungenen Körper seines Onkels am Kragen packt und auf die Beine zerrt. »Geht schon«, keucht Hardcastle. Eine graue Haarsträhne fällt ihm ins Gesicht. Er tastet nach Harrisons Hand, doch der Major lässt nicht locker.

Mrs. Schuyler lässt Tinys Schulter los. Sie tritt einen Schritt zurück, gibt ihre Vormachtstellung auf. Die Sonne fällt herrlich warm auf ihr Kleid. Frank legt die Arme um den Körper seiner Frau und hebt sie hoch.

»Was hast du vor?«, ruft Hardcastle. Er will sich auf ihn stürzen, doch Major Harrison reißt ihn zurück wie eine Marionette.

»Ich bringe sie nach Hause.« Er sieht seinen Vater nicht einmal an. Er sieht nichts und niemanden, weder Mrs. Schuyler oder Pepper noch das gequälte Gesicht des Majors. Nicht einmal Tiny, die sich an seine Brust schmiegt. Ihre Augen sind ohnehin geschlossen. Er starrt mit glasigem Blick geradeaus, stur und entschlossen, seine Stirn glänzend vor Schweiß. »Ich bringe meine Frau nach Hause.« Er trägt ihren kraftlosen, sedierten Körper an den anderen vorbei und hinaus auf den Flur. Niemand macht ein Geräusch. Niemand macht Anstalten, ihn aufzuhalten. Seine Schritte fallen hart auf den Linoleumboden, erst laut, dann immer leiser, bis er um die Ecke biegt.

Pepper wirft einen Blick auf Harrison. »Willst du sie nicht aufhalten?«

Der Major schüttelt den Kopf. Er sieht aus, als hätte jemand eine Metallklaue in seine Brust gerammt und seine Rippen brutal herausgerissen, eine nach der anderen. Er beugt sich herab, um den umgefallenen Stuhl aufzurichten, und befördert seinen Onkel auf den Sitz.

Mrs. Schuyler fühlt sich ein wenig wackelig auf den Beinen und setzt ihren Allerwertesten auf den Stuhl, den Tiny soeben geräumt hat. Sie sehnt sich nach einer Zigarette, doch ihre Handtasche ist irgendwo liegen geblieben. Sie schlägt die Beine übereinander und trommelt mit den Fingern auf die Tischplatte, um ihr Zittern zu verbergen.

»Franklin«, sagt sie, »du sagtest da was von Fotos?«

Sein Blick ist voller Feindseligkeit. »Und ob. Obszöne Fotos von einem dreckigen Fotografen. Diese kleine Schlampe Josephine hat sie gefunden …«

»Ich habe die Bilder gemacht«, sagt Major Harrison. »Sie gehören mir. Ich will sie zurück.«

»*Du* hast sie gemacht?«

Major Harrison packt den zerknautschten Kragen seines Onkels. Die Narbe auf seiner Stirn leuchtet vor seiner sonnengebräunten Haut. »Ich will sie zurück, Onkel Franklin. Auf der Stelle.«

»Du hast *diese* Bilder gemacht?«

»Das sagte ich bereits.«

Es entsteht eine lange eisige Pause.

»Du Bastard«, zischt Hardcastle. »Dein eigener Cousin. Du verdammter kleiner …«

Harrison ballt seine Hand zur Faust und beugt sich

herab an sein Ohr. »Ich will sie *zurück.*« Er betont jedes einzelne Wort, als wäre es ein vollständiger Satz.

»Gottverdammter Bastard. Du bekommst sie niemals zurück. Wenn Frank seine Frau nicht kontrollieren kann, wenn sie irgendetwas durchsickern lässt, wenn irgendeiner von *euch* …«

Major Harrison reißt ihn am Kragen zurück. »Ich bringe dich um! Traust du mir das etwa nicht zu? Ich jage dich bis ans Ende der Welt. Ich …«

»Herrgott noch mal«, schaltet sich Mrs. Schuyler ein. Ihre Finger haben aufgehört zu zittern. Vielleicht ist das der Trick: Man braucht gar keine Zigarette oder einen Drink, man muss einfach nur abwarten. »Schluss mit diesem albernen Männergeschwätz, diesem ganzen Unsinn vom Töten und Jagen. Ich bekomme schon Kopfschmerzen. Franklin, mein Guter, gib ihm die Fotos doch bitte zurück.«

Hardcastle sieht sie an, als hätte sie den Verstand verloren. Als hätte sie ihn aufgefordert, in seinem weißen Baumwollschlüpfer den Charles River hinabzurudern. Sein Gesicht ist übermäßig rot, denkt sie im Stillen. Er trinkt zu viel. Es gibt eine feine Linie zwischen *gelegentlich zu viel* und *ständig zu viel.*

In der Beziehung kennt sie sich bestens aus.

»Sie haben gehört, was die Dame sagt«, verkündet Pepper. »Geben Sie ihr die Bilder.«

»Na los. Ich habe nicht den ganzen Tag Zeit.« Mrs. Schuyler tippt demonstrativ auf ihre Uhr, eine alte goldene Cartier, die ihr Ehemann, Charles, ihr damals zu Weihnachten geschenkt hat, kurz nachdem Tiny auf die Welt kam. Ihr Lieblingsstück.

»Ich werde dir die Fotos niemals geben, Vivian«, erwidert er. »Du kannst mir mit deinem Handlanger drohen, soviel du willst …«

»Major Harrison ist nicht mein Handlanger.« Sie schenkt den stahlgrünen Augen des Majors ein gewinnendes Lächeln. »Aber er kann den Posten gern haben. Für ihn habe ich jederzeit eine Stelle frei.«

»Du verschwendest deine Zeit«, sagt Hardcastle mit ruhiger Stimme, tief und sonor. Die Streifen der Jalousie liegen wie Gitterstäbe über seinem Gesicht. Er blutet noch immer aus der Wunde ihres Stilettos, und Harrison hält ihn im Nacken gepackt. Dennoch führt er sich auf, als hätte er gewonnen. Spiel, Satz und Sieg. Franklin Hardcastle hält sich für einen Champion. Wie jemand, der nicht weiß, was es heißt zu verlieren.

Aber der Eindruck täuscht, oder?

Er weiß es sehr wohl. Er hat schon mal verloren. Ein gefallener Herzensbrecher.

Mrs. Schuyler lächelt erneut, doch diesmal ein völlig anderes Lächeln. Sie wünscht, sie könnte den Moment endlos in die Länge ziehen, könnte diese köstliche Vorfreude ein Leben lang genießen. Immerhin hat sie sich lange auf diesen Augenblick vorbereitet. Hat unzählige Mittagessen und Cocktailempfänge über sich ergehen lassen, Gefälligkeiten und Heimlichkeiten ausgetauscht, Hindernisse aus dem Weg geräumt, um letztlich das zu bekommen, was sie wollte. Was sie *brauchte*. Eine Absicherung.

Denn man kann nie wissen, wann man diese Absicherung braucht – wie etwa an einem warmen, sonnigen Augustnachmittag.

»Mein lieber Franklin«, beginnt sie, »wann hast du eigentlich das letzte Mal mit deiner Exfrau gesprochen?«

Er blinzelt. »Meiner Exfrau?«

»Wir sind gute Freundinnen, Liz und ich.« Mrs. Schuyler beugt sich vor und nimmt Hardcastles eisige Hand zwischen ihre Finger. »Sie erzählt mir alles. Sie hat mir beispielsweise erzählt, warum ihre Ehe gescheitert ist. Eine schmutzige kleine Geschichte. Ich war entsetzt. Sie hat mir auch erzählt, wie viel du ihr monatlich zahlst, damit sie den Mund hält.«

Hardcastles Gesicht wird aschfahl.

Zu seiner Linken lacht Pepper laut auf. Sie sinkt mit der Hüfte gegen den Schreibtisch und lacht und lacht.

Tiny, 1966

Als ich Frank damals bei seiner Abschlussrede in Harvard beobachtet habe, wusste ich, er wird eines Tages Präsident. Ich wusste es ganz einfach. Seine Zukunft war wie ein Mantel über seine Schultern gebreitet; sein Schicksal strahlte aus seinen Augen. Auf seinen blendend weißen Zähnen funkelte ein Schimmer der Euphorie. Er öffnete den Mund, und man wurde förmlich mitgerissen, aufgewirbelt vom Atem seines Optimismus, von seinem sprühenden Elan, von den beruhigenden Worten: *Ihr seid gut, wir sind besser; zusammen sind wir unschlagbar.*

Ich erinnere mich daran, wie die Sonne einen verheißungsvollen Glorienschein auf sein Haar zeichnete. Und ich muss erneut daran denken, als ich im großen Ballsaal des Copley Plaza am Rand der Bühne stehe und ihn hingebungsvoll betrachte, mit der Verzückung einer Ehefrau, deren Mann gerade zum Abgeordneten des 8. Wahldistrikts von Massachusetts in den 90. Kongress der Vereinigten Staaten gewählt wurde.

Die Menge zu unseren Füßen, ein Meer von Sponsoren und Assistenten, Journalisten und Freunden, ist aufgestanden und setzt an zu einem triumphalen Applaus. Einzelne Gesichter kann ich nicht erkennen; die Scheinwerfer sind zu grell, das Blitzlichtgewitter blendet. Die Luft ist erfüllt von einem Geruch nach Aftershave, Parfum, Zigarettenrauch und Schweiß. Das Orchester spielt »America the Beautiful«, die Trompeten schmettern mitreißend, extrem bewegend. Frank drückt meine Hand, trocken und selbstbewusst. Er hat sein Jackett ausgezogen, die Hemdsärmel hochgekrempelt, den Knoten seiner roten Seidenkrawatte hat er ebenfalls gelockert. Es ist halb elf, später Abend, und Frank Hardcastle ist bereit, sich in die Arbeit zu stürzen.

Er blickt zu mir herab, lächelt, küsst meine Lippen. Das Publikum tobt. Wir stehen allein auf der Bühne, der frischgebackene Kongressabgeordnete und seine strahlende Ehefrau. Franks Vater wurde gar nicht erst eingeladen. Josephine und Scott haben die Kampagne verlassen. (Wir haben eine Vereinbarung getroffen, Josephine und ich: Wenn ich auf eine Anzeige wegen Erpressung verzichte, wird sie im Gegenzug ihre diamantenen Ohrstecker bei einer Wohltätigkeitsveranstaltung zugunsten der Familien verwundeter Soldaten versteigern.) Ich trage ein Cocktailkleid in patriotischem Blau und ein Paar zierliche Perlenohrringe. Mein Gewicht, das ich im August verloren hatte, habe ich inzwischen zurückerlangt, und ich sehe ein wenig robuster aus, als würde ich nicht bei der kleinsten Sturmböe gegen einen Strommast geweht.

»Danke, Liebling«, flüstert Frank mir ins Ohr, und ich erwidere den Druck seiner Hand.

Er wendet sich erneut ans Publikum und hebt seine Hand, die rechte, die nicht meine hält. Das Brodeln der Menge kommt zum Erliegen. Frank beugt sich über das Mikrofon: »Danke.« Seine Stimme wird um ein Vielfaches verstärkt, ungleich voller und bedeutsamer als das schlichte Danke, das er mir gerade ins Ohr geflüstert hat. Es klingt, als würde er es absolut ernst meinen. *Danke euch allen. Danke für eure Unterstützung, für euren Glauben. Ohne euch hätte ich das nicht geschafft.*

Aufbrandender Applaus. Frank hebt erneut seine Hand, um die Menge zum Schweigen zu bringen. Das Blitzlichtgewitter bricht sich an seiner Stirn. Der Ausdruck auf seinem Gesicht bildet eine perfekte Mischung aus Selbstvertrauen und Bescheidenheit. *Ja, ihr habt mich gewählt, ihr wunderbaren Menschen, ihr alle, aber ich habe es verdient. Ich habe eure Stimmen und eure Unterstützung verdient, denn ich bin ein wenig besser als ihr anderen, richtig? Klüger, eloquenter, attraktiver. Ich, Franklin Hardcastle, kann die Probleme dieser Welt lösen. Wenn ihr mich nur lasst, Ladys und Gentlemen.*

Und wer weiß? Vielleicht kann er das wirklich.

Als Frank hinauf in die Suite kommt, habe ich bereits geduscht und mein patriotisches Kleid abgelegt. Meine feuchte Haut fühlt sich an wie neugeboren. Ich habe den ganzen Abend keinen einzigen Drink angerührt, keinen Schluck Champagner, keinen verstohlenen Zug von einer Zigarette. Ich will einen klaren Kopf bewahren. Ich will jeden Augenblick in Erinnerung behalten.

Frank wünscht dem Bodyguard (es gibt jetzt einen Bodyguard) und dem Personalleiter (es gibt auch einen Personalleiter) eine gute Nacht und verriegelt die Tür. Sein Lächeln verblasst ein wenig, als er in meine Richtung blickt. Ich erhebe mich von der Bettkante, in all meiner Pracht.

»Du warst großartig«, setze ich an. »Ich war so stolz auf dich. Ich *bin* stolz auf dich. Du hast es geschafft.«

»*Wir* haben es geschafft.« Er kommt zu mir herüber, nimmt meine Hand und küsst sie. Sein Haar ist immer noch glatt und geordnet; keine einzige Strähne ist ihm in die Stirn gefallen. »Ohne dich hätte ich das nie geschafft. Danke. Das meine ich ernst.«

»Ich habe versprochen, dich bis zum Wahlabend zu unterstützen.«

»Das hast du. Du bist einfach unschlagbar, Tiny.« Er küsst erneut meine Hand. »Absolut bezaubernd. Vorhin in diesem Kleid, ich konnte den Blick nicht von dir abwenden. Das konnte keiner. Du hast sie alle verzaubert, in deinen Bann gezogen. Als wärst du dafür geboren.«

Seine blauen Augen überschütten mich mit Bewunderung, und ich bade darin, das tue ich wirklich. Denn wie könnte ich Frank Hardcastles gebündeltem Charme widerstehen? Seine freie Hand berührt meine Taille, warm und entschlossen, wie die eines Mannes, der seine loyale Ehefrau am Ende eines triumphreichen Tages berührt, eines historischen Tages, der ihn im Namen der Wähler von Massachusetts in den Kongress beruft.

Ich entziehe mich seinem Griff und trete einen Schritt zurück. Seine Hand sinkt schlaff herab. »Aber das bin ich nicht, Frank. Ich bin nicht dafür geboren. Weder für diese Rolle noch für *dich*. Das wissen wir beide.«

Frank schließt die Augen und seufzt in Richtung Teppich.

»Es tut mir leid«, sage ich. »Ich habe einen Fehler gemacht. Ich habe geglaubt zu wissen, was für ein Mensch ich bin. Doch in Wirklichkeit bin ich ein anderer. Ein *besserer* Mensch, möchte ich sagen.«

»Ich wünschte, ich könnte deine Meinung ändern. Ich wünschte, ich hätte dich wirklich verdient.«

»Frank, es geht hier nicht um mich. Du musst das Vertrauen der Wähler verdienen. Ich habe versprochen, die Papiere erst nach der Wahl einzureichen, und ich habe mich daran gehalten. Jetzt bist du am Zug. Du hast zwei Jahre Zeit, um ihnen zu beweisen, dass es allein um *dich* geht. Dass du so sein kannst, wie du bist, und deine Pflichten dennoch gewissenhaft erfüllst. Zwei lange Jahre. Das ist mein Geschenk, meine Anerkennung dafür, dass du in der Klinik zu mir gestanden hast. Doch jetzt muss ich zu mir selbst stehen.«

Er öffnet die Augen und nimmt meine Hand, die linke. Er betrachtet meine nackten Finger, wo bis vor Kurzem noch mein Ehering gesteckt hat. Bis vor einer halben Stunde, um genau zu sein. Die Vertiefung ist noch immer sichtbar, ein wenig gerötet.

»Ich danke dir«, sagt Frank. »Das hättest du nicht tun brauchen, nach allem, was meine Familie dir angetan hat. Was *ich* dir angetan habe.«

»Es war mir wichtig. Diesen Teil musste ich mit mir selbst ausmachen. Ich will nicht eines Tages zurückblicken und mein Verhalten bereuen. Was, wenn du großartige Dinge erreichst? Wenn du den Lauf der Geschichte veränderst? Und ich weiß, das kannst du. Du hast diese Gabe. Du bist mit einer außergewöhnlichen Kombination von Talenten gesegnet. Ich will nicht durchs Leben gehen und mich fragen, ob meine Fehler, *unsere* Fehler, dazu beigetragen haben, dass diese Welt ein schlechterer Ort ist.«

»Ich frage mich nur …« Er streicht sanft über meine Hand. »Wenn wir dieses Kind bekommen hätten … Weißt du, was ich meine? Wenn wir ein gemeinsames Kind hätten …«

»Du wärst immer noch derselbe Mensch, Frank. Ein Kind würde *mich* verändern. Aber nicht *dich*.«

»Vielleicht hätten wir uns mehr bemüht. Meinst du nicht? Bei einem gemeinsamen Kind, das auf uns zählt, auf dich und mich …«

»Aber es gibt kein Kind. Wir haben diese Chance ein für alle Mal verloren. Es gibt niemanden, auf den ich Rücksicht nehmen muss, außer auf mich selbst. Und ich habe meinen Entschluss getroffen. Ich habe mich entschlossen, dich zu verlassen.«

Er hält unbeirrt meine Hand, als wäre er noch nicht bereit loszulassen. Sein Blick ist sanft und flehend, ein vertrauter Ausdruck jener vergangenen Monate von Bedauern und Reue, Bekenntnissen und Entschlüssen. Seiner als auch meiner. Ein *neuer* Frank hat den alten ersetzt. Besser gesagt, der alte Frank, der *wahre* Frank, hat jenen *falschen* Frank verdrängt, den ich damals geheiratet habe. Zumindest hoffe ich das. Ich hoffe, er geht als besserer Mensch aus dieser Situation hervor. Als Mensch von wahrer Integrität, den ich so oft habe durchschimmern sehen und doch nie finden konnte. Ich hoffe, er wird dieses Abschiedsgeschenk nutzen.

»Und es gibt nichts, was deine Meinung ändern könnte?«

»Gar nichts. Ich kann dich nicht zu jemandem machen, der du nicht bist. Und du erwartest hoffentlich nicht, dass ich jemand werde, der ich nicht bin.«

»Ich liebe dich, Tiny. Das habe ich immer. Ich liebe dich mehr denn je. Ich wünschte …«

Ich stelle mich auf die Zehenspitzen und küsse ihn auf die Wange. »Ich liebe dich auch, Frank. Ich liebe dich so, wie du mich liebst. Und ich wünsche dir von Herzen alles Gute. Wenn es etwas gibt, das ich für dich tun kann, auch nach der Scheidung, dann werde ich es tun. Ich werde zu dir stehen. Ich werde dich unterstützen.«

Er lässt meine Hand los und schiebt die Arme um meine Taille. Der Raum wird von einer einzelnen Glühbirne schwach erhellt. Wir stehen schweigend beieinander und umarmen uns im warmen Lampenschein, ein letztes Mal als Mann und Frau. Und ich denke, so sollte es sein. Genau so. Jeder Abschied sollte so verlaufen.

Fünfzehn Minuten später fahre ich in meinem Cadillac über den Highway. Das Verdeck ist weit geöffnet, der

Mond, noch nicht ganz voll, steht klar und kalt am Himmel, und die Luft riecht nach Frost. Ich schmiege mich in meinen dicken Wollmantel und singe zu Dusty Springfield.

Im Grunde war alles halb so schlimm. Anfangs habe ich es gehasst: die Reden, die Bühnen, das Scheinwerferlicht, das Blitzlichtgewitter, das ständige Abwägen von Worten, die stupide Wiederholung sinnentleerter Phrasen. Ich hasste die Vorstellung, morgens aufzustehen und einen Tag voller Termine vor mir zu haben, immerzu aalglatt und blendend gelaunt. Aber es gab auch positive Momente, faszinierende Unterhaltungen. Ausgelassenes Lachen mit einer Kellnerin in einem Diner in Wellesley. Gemeinsames Kaffeetrinken mit einer Hausfrau, die wunderschöne Schals strickt, um ein wenig Geld zu verdienen, während die Kinder in der Schule sind. Ich habe mir auch einen Schal gekauft, den ich in diesem Moment trage. Hoffentlich nutzt sie das Geld, um sich selbst etwas Nettes zu gönnen, aber ich schätze, sie wird ihrem ältesten Sohn, einem aufschießenden Sechstklässler, eher einen neuen Wintermantel kaufen. Wie Frauen eben so sind.

Man lernt eine Menge dazu, wenn man sich mit Menschen unterhält, vor allem wenn sie anders sind als man selbst. Man lernt, wie erstaunlich vielfältig diese Welt ist, diese wundervolle Menschheit. Manche sind freundlich, andere eher schroff. Manche wollen Sicherheit, andere Unabhängigkeit. Manche brauchen eine helfende Hand, manche einen Tritt in den Hintern. Manche wollen in derselben Stadt aufwachsen und sterben, andere die ganze Welt bereisen. Manche geben sich mit wenig zufrieden, andere streben unablässig nach mehr. Manche wollen tagtäglich neben der Liebe ihres Lebens aufwachen und einem einzigen Gott huldigen, andere sehnen sich nach einem Universum von Liebhabern und Göttern. Ich könnte endlos fortfahren, könnte zahlreiche Unterschiede auflisten. Die Unterschiede zwischen mir und dir, zwischen dir und der Frau beim Friseur, deren Kleid du niemals tragen, deren Buch du niemals anrühren würdest. Das wahre Geschick eines Politikers, eines Mannes wie Frank, besteht darin, sie alle zu verstehen, sie alle zu vereinen. Sie alle zu vertreten, nicht nur diejenigen, deren Meinung man teilt. Die zufällig so denken und handeln wie man selbst.

Ich weiß, ich könnte das nicht. Aber es war eine interessante Erfahrung.

Ich bin nur froh, dass es vorbei ist. Ein für alle Mal.

Um ein Uhr morgens ist der Highway eisig und verlassen. Nur ich und Dusty. *Wishin' and hopin'*. Ich kann fahren, so schnell ich will, und genau das tue ich. Ich rase über den bitterkalten Asphalt, als wäre mir die Vergangenheit auf den Fersen. Mein Rückgrat vibriert vom Dröhnen des Motors, mein Blut schwebt im Rausch der Geschwindigkeit. Der salzige Fahrtwind durchdringt meinen Hut und betäubt meine Ohren. Meine gereizten Augen vergießen ein paar kühle Tränen. Ich wünschte, ich könnte ewig so weiterfahren, könnte den Moment endlos in die Länge ziehen, um diese wundervolle Vorfreude ein Leben lang zu genießen.

Doch irgendwann biege ich um die letzte Kurve der Zufahrtsstraße. Das matte Licht der Eingangsbeleuchtung erhellt die umstehenden Bäume. Mir ist nicht mehr kalt. Mein Blut ist federleicht. Eine hochgewachsene Gestalt durchbricht das Licht der Scheinwerfer. Caspian öffnet die Fahrertür, noch bevor ich vollständig zum Stehen komme. Seine Arme greifen in den Wagen, ziehen die Handbremse an und heben mich mühelos hoch, um mich vorn auf die Motorhaube zu setzen. Zu unseren Füßen bellt ein glücklicher Percy.

»Du bist noch auf«, sage ich.

»Glaubst du, ich hätte schlafen können?«

Wir küssen uns, während der Motor läuft und läuft; wir küssen uns, als wären Küsse derzeit Mangelware, als wäre nach zweieinhalbjähriger Rationierung endlich eine neue Ladung eingetroffen. Caspians glühender Mund schmilzt die Kälte in meinem eigenen. Schließlich setzt er sich auf den Fahrersitz und zieht mich in seinen Schoß, um den Motor abzustellen. Seine Finger berühren ehrfürchtig meine Wange, mein Kinn, wie ein Pilger vor dem Objekt seiner Huldigung.

»Lass uns reingehen«, flüstert er.

Der Strom ist über den Winter abgestellt, daher hat Caspian den Kamin im Wohnzimmer entzündet und Decken und Kissen herbeigeschafft. *Nicht gerade das Ritz*, sagt er, während er mich zu Boden zieht. *Das Ritz brauche ich nicht*, erwidere ich und lege die Hände an sein Gesicht, *ich brauche nur dich*. Er fährt fort: *Und vielleicht ein prasselndes Feuer?* Daraufhin ich: *Keine schlechte Idee*. Dann versiegen unsere Worte, denn obwohl wir uns regelmäßig bei irgendwelchen Veranstaltungen gesehen haben – er in seiner Paradeuniform, ich in meinem Tweedkostüm mit den farblich passenden Absatzschuhen –, haben wir uns seit zweieinhalb Jahren kein einziges Mal festgehalten, kein einziges Mal geküsst, und es gibt keine Worte, die ein derart inniges Verlangen beschreiben könnten. Es gibt keine Worte, die auch nur ansatzweise ausdrücken könnten, was es bedeutet, ihn endlich im Arm zu halten und zu küssen.

Hinterher stehe ich auf und mache uns auf dem Gaskocher in der Küche zwei Tassen Kakao, damit Caspian sein falsches Bein nicht anlegen muss. Ich schmiege mich an seine Schulter und denke, was für ein Vergnügen, Caspian zu nachtschlafender Zeit eine Tasse Kakao zu kochen, während er sich vor dem Kamin rekelt wie ein verwundeter Löwe und mein Kommen und Gehen aufmerksam beobachtet. Ihm die Tasse zu reichen, die er dankbar entgegennimmt, ohne jeden Anflug von falscher Scham.

Percy, der sich auf einer roten Wolldecke vor dem Kamin zusammengerollt hat, hebt zufrieden den Kopf, und ich könnte schwören, er lächelt uns an.

»Dachtest du, ich würde vielleicht nicht kommen?«

»Nein, ich wusste, dass du kommst. Aber ich habe es erst geglaubt, als ich die Scheinwerfer sah.«

Ich liebe seinen Geruch, liebe seine warme Haut an meiner Wange, seine kräftigen Muskeln und Knochen, seine Stärke und Sicherheit.

»Ist Pepper noch hier?«, frage ich.

»Nein, sie ist heute Morgen abgefahren. Sie wollte den Wagen nach Boston bringen und dort auf einen Autozug nach Palm Beach verladen. Für die Auktion.«

»Wie sieht er denn aus?«

»Fantastisch.« Er schüttelt den Kopf. »Fast hätte ich geweint, als sie damit vom Hof fuhr. Allein der Klang dieses Motors. Der wird mich noch lange im Traum verfolgen. Ich habe den Wagen geliebt wie meine eigene Seele.«

»Fast so wie mich?«

»Ja.« Er blinzelt hinauf zur Decke. »Fast so wie dich.«

Ich stelle die halb volle Tasse beiseite und küsse ihn erneut, und wir lieben uns ein weiteres Mal zwischen den Decken und Laken, im Schein des Kaminfeuers, bis um drei Uhr morgens alle Hüllen abgestreift, alle Schleier gelüftet sind. Und der Zustand von völliger Nacktheit ist so wunderbar, wie ich es mir stets erträumt hatte. Vielleicht noch besser. Er bleibt tief in mir drin und hält mein Haar in den Händen. »Darf ich dich mal was fragen? Du brauchst nicht zu antworten«, sagt er.

»Mmmm.« Ich bin kurz davor einzuschlafen. Wie könnte ich wach bleiben, warm und gesättigt, voll und gedehnt, erfüllt von einem köstlichen Pulsieren, das bis in den letzten Winkel meines Körpers dringt? Außerdem kann ich mir nicht vorstellen, welche Frage noch zwischen uns stehen sollte. Wir sind wie ein Liebespaar, das der Krieg getrennt hat; wir haben uns jeden Tag geschrieben, geredet, geneckt, gelobt. Haben wir nicht all die verstaubten Möbel unserer Vergangenheit bereits ans Sonnenlicht gezerrt?

Er füllt seine Handflächen mit meinem Haar, leert sie, füllt sie erneut. Wiegt und wägt ab. »Als ich hörte …«

»Ja?«

»Als ich hörte, dass du ein Kind verloren hast. Damals im September …«

Wir liegen auf der Seite, immer noch vereint. Der Schein des Feuers schmiegt sich an seine Haut. Ich schließe mein Bein etwas fester um seine Hüfte. »Nein«, sage ich.

»Nein, es war nicht von mir?«

»Das hätte ich nicht fertiggebracht. Ich habe einen Fehler gemacht. Aber ich hätte Frank nie geheiratet, wenn ich von dir schwanger gewesen wäre.«

Das Feuer knackt und prasselt in meinem Rücken. Ich betrachte die Vertiefung an seinem Hals und frage mich, was er wohl gerade denkt. Ob er erleichtert oder enttäuscht ist. Ob er das Baby gewollt hätte oder nicht. Ob er – wie ich – die unergründlichen Geheimnisse der Biologie hinterfragt, die Unzulänglichkeit meiner Gebärmutter in Erwägung zieht. Ob er sich unsere gemeinsamen Chancen ausrechnet. Unser zukünftiges Hoffen und Bangen.

Er hat schon so viel verloren.

»Ich will dir *alles* geben«, sage ich. »Restlos alles, was du verdienst. Ich weiß nicht, was ich tun würde, sollte ich dich enttäuschen.«

Caspian versucht nicht, mir dieses Gefühl auszureden. Er versucht nicht, einen Menschen aus mir zu machen, der ich nicht bin. Stattdessen küsst er meine Stirn und drückt sich behutsam hoch. Er greift nach einer Decke und hüllt uns darin ein. Die Wolle ist dick und warm, durchtränkt von jahrzehntealtem Zederndurft. Er nimmt mich in den Arm und lässt sein Kinn auf meinen Scheitel sinken, das Gesicht dem Feuer zugewandt.

»Es wird alles gut«, sagt er. »Zwischen uns wird alles gut.«

Als ich erwache, ist das Feuer heruntergebrannt und Caspian verschwunden. Der Raum ist erfüllt von einem gräulichen Zwielicht, der Geburt eines neuen Tages. Ich schiebe eine Hand in die warme Mulde an meiner Seite und wünsche mir, ich könnte jene kostbare Wärme tief in mich einsaugen, um nie wieder frieren zu müssen.

Ich rufe seinen Namen, doch meine Stimme will noch nicht recht funktionieren und verhallt ungehört. Nicht weiter schlimm. Es ist herrlich warm unter der schweren Last mehrerer Wolldecken; es sind mindestens vier oder fünf, und ich stelle mir vor, wie Caspian sie fürsorglich über mich breitet, ehe er den Raum verlässt. Außerdem wird er gewiss jeden Moment zurückkehren. Ich schlafe einfach noch einmal ein. Das habe ich nach so einer Nacht weiß Gott nötig.

Doch die Dämmerung lässt sich nicht ignorieren. Mein Verstand prickelt hinter den geschlossenen Augenlidern. Ich höre das ferne Rumoren der Wasserleitungen, das ein oder andere Klopfen, das leise Scharren von Percys treuen Krallen auf dem Holzboden, während Caspian das Haus in Ordnung bringt und den Wagen belädt. Die Nacht ist vorüber. Bald werden wir aufbrechen – und habe ich diesen

Aufbruch nicht den ganzen Herbst lang ersehnt? Mein Leben lang ersehnt?

Ich öffne die Augen und schiebe das Laken beiseite. Die Luft schlägt eiskalt gegen meine Haut. Ich hülle mich in eine der Decken und schleiche quer durch den Raum zur Terrassentür.

Die Welt ist grau und frisch und frostig, der Ozean still und ruhig. Ich schließe die Decke enger um meinen Körper und betrachte die schaumigweiße Brandung, den menschenleeren Strand. Die Cousins und Cousinen der Hardcastles sind allesamt bei der Arbeit, zu Hause oder in der Schule und schmieden eifrig Zukunftspläne. Die Fußbälle und Segelboote und Cocktailgläser sind bis zum kommenden Sommer sicher verstaut. Der kühle Sand lässt meine Füße taub werden, und ich stelle mich auf die Zehenspitzen.

Ich will nur noch tanzen, *tanzen*.

Die ausschweifenden Bewegungen meiner Beine drängen die Wolldecke auseinander, geben mich der eisigen Kälte preis, bringen mich zum Zittern, doch ich tanze unbeirrt weiter. Ich schlage tapfer zurück. Als ich Caspian erblicke, der quer über die Terrasse auf mich zukommt, dicht gefolgt von Percy, beende ich meine Vorstellung mit ein paar hohen Fouettés, um ihn zu beeindrucken. Mit einem breiten Lächeln tritt er auf mich zu. »Du bist verrückt.«

»Ich wette, du fandest den Anblick aufreizend.«

»Und ob.«

In der einen Hand trägt er eine Wolldecke, in der anderen zwei Tassen Kaffee. Er reicht mir eine und zieht mich in seine Arme, das Gesicht dem großen Ozean zugewandt. Dann breitet er die Decke über unsere Schultern. Der Kaffee ist heiß und stark. Ich nippe vorsichtig daran.

»Du bist früh auf«, sage ich.

»Ich konnte es nicht länger erwarten.«

»Ist der Wagen gepackt?«

»Gepackt und startklar. Sobald du bereit bist, Tiny.«

Seine Arme sind angenehm schwer, seine Stimme ruhig und fest. Nach ein, zwei Minuten lässt das Zittern nach. Nur meine Füße sind immer noch kalt. Percy legt sich mit einem wohligen Seufzen darauf. In unsere Decke gehüllt, stehen wir da, trinken Kaffee und schweigen.

In Erwartung der Wunder, die dieser Tag bringt.

Pepper, 1966

Die warme Sonne Floridas senkt sich in ihre Glieder, und Pepper will sich nicht rühren. Sie will nicht mal ihren kleinen Finger rühren, aus Angst, den herrlichen Kokon von Wärme zu zerstören.

Dabei soll einem in der Schwangerschaft doch ständig heiß werden, oder? Pepper ist sicher, einmal irgendwo gelesen zu haben, dass die durchschnittliche Körpertemperatur um ein, zwei Grad steigt. Bei ihr ist es definitiv anders. Seit August war ihr nicht mehr warm, nicht mehr so *richtig*. Es kommt ihr vor, als würde der gierige kleine Fötus in ihrem Innern alle Energie und Hitze in sich aufsaugen, sodass die arme hübsche Pepper nicht mehr viel abbekommt.

»Mrs. Schuyler?«

Pepper öffnet widerwillig ein Auge.

Der Hotelangestellte im weißen Anzug wirkt nicht gerade erfreut, sie zu sehen. »Mrs. Schuyler«, wiederholt er auf eine Art und Weise, die deutlich macht, dass er sich von dem kleinen Wörtchen *Mrs.* nicht täuschen lässt. Vielleicht ist es der fehlende Ring an ihrem Finger. Aber es kommt noch schlimmer. »Ein Gentleman wünscht Sie zu sprechen.«

»Ein Gentleman?« Pepper öffnet das andere Auge. Ihr Herz donnert aufgeregt gegen ihre Rippen, *badumm, badumm*. »Wie sieht er denn aus?«

Der Angestellte runzelt die Stirn angesichts ihrer femininen Dreistigkeit. Dreiste junge Damen werden in dem renommierten Breakers Hotel nicht gern gesehen, nicht mal bei strahlendem Sonnenschein und kühlen Cocktails. »Etwa mittelgroß, blauer Anzug und Aktenkoffer, Madam.«

Pepper knabbert an ihrer Unterlippe. Der Angestellte ist ziemlich groß. »Augenfarbe?«

»Bedauere, er trägt eine Sonnenbrille.«

»Haarfarbe?«

»Grau, würde ich sagen.« Sein Blick schweift über den goldbraunen Hügel ihres Bauches, der sich kühn zwischen den Einzelteilen ihres pinkfarbenen Bikinis erhebt.

Pepper seufzt lang und gedehnt.

»Er sagt, die Angelegenheit sei von äußerster Dringlichkeit, Mrs. Schuyler. Ansonsten hätte ich Sie nicht belästigt.« Der Blick des Angestellten kehrt zurück zu ihrem Gesicht, vollkommen ausdruckslos.

Pepper greift nach ihrem Strandtuch. »Na schön.«

Sie spült sich den Sand von den Füßen und schlüpft in ihre Jack-Rogers-Sandalen. Dann geht sie zur Rezeption, um sich nach irgendwelchen Mitteilungen zu erkundigen. »Nur eine einzige«, sagt der Empfangsangestellte und reicht ihr die Notiz. »Ein Anruf.«

Pepper wirft einen Blick auf den quadratischen Zettel und knüllt ihn in der Hand zusammen. »Vielen Dank.«

In ihrem Zimmer zwängt sie sich in ein grünes, fröhlich bedrucktes Shiftkleid; es ist eines der wenigen Kleidungsstücke, die ihr noch passen, von diesen scheußlichen Schwangerschaftssäcken einmal abgesehen. Als sie die Veranda betritt, steht dem Gentleman bereits der Schweiß auf der Stirn, und seine Finger trommeln ungeduldig gegen das tropfende Glas.

Hastig erhebt er sich von seinem Stuhl und nimmt die

Sonnenbrille ab. »Mrs. Schuyler?« Sein Blick huscht über den Stoff ihres Kleides, die grünen Affen, die mittig über ihren Bauch tanzen.

»Sie haben mich gefunden.« Sie reicht ihm die Hand.

»Mein Name ist Daniel Thorne. Vom Auktionshaus.«

Seine Hand ist unangenehm klamm. Pepper zieht ihre rasch zurück. »Ach, natürlich! Haben Sie den Wagen gesehen? Gibt es ein Problem?«

Mr. Thorne deutet auf den gegenüberliegenden Korbsessel. Pepper lässt sich in die Kissen sinken und schlägt ihre langen Beine übereinander. Wenigstens die sind ihr noch geblieben, wenn schon der Rest ihres Körpers nicht mehr viel hermacht. Dicker Bauch, dicker Busen, selbst ihre markanten Wangenknochen drohen zu verschwinden. Gott sei Dank hat sie davon reichlich.

»Nein, nein. Es gibt kein Problem. Ganz im Gegenteil. Wir waren sprachlos, als wir das Fahrzeug gesehen haben. Der Wagen übertrifft unsere kühnsten Erwartungen. Ein überaus bemerkenswertes … ähm …« Er verstummt, abgelenkt von ihrem runden Kugelbauch.

Was ist nur mit den Leuten los? Am liebsten würde sie brüllen: *Das ist ein Baby, Herrgott noch mal, einfach nur ein Baby, wir haben alle mal so angefangen!*

»Ja, ich weiß«, sagt sie stattdessen. »Überaus bemerkenswert.«

»Und erst die Herkunft!«

»Faszinierend, nicht wahr? Wie Sie wissen, hatten wir Mühe, die Papiere ausfindig zu machen, aber jetzt ist alles in Ordnung, nicht wahr?«

»Ja, natürlich. Die Sachlage ist bei herrenlosem Besitz gesetzlich klar geregelt. Diesbezüglich besteht also kein Problem.« Er nimmt einen Schluck von seinem Drink und wischt sich mit einem Taschentuch über die Stirn.

»Wo liegt dann das Problem, Mr. Thorne? Oder haben Sie mein nachmittägliches Sonnenbad nur gestört, um mir zu gratulieren?«

Er wirft einen panischen Blick auf ihren Bauch. »Ihnen gratulieren?«

»Wegen des Autos, Mr. Thorne.« Pepper lächelt und starrt sehnsüchtig auf das Glas in seiner Hand, das schwitzend auf seine Finger herabperlt.

»Oh ja, natürlich, Mrs. Schuyler. Um genau zu sein, bin ich gekommen, um Ihnen mitzuteilen, dass wir bereits ein Angebot erhalten haben.«

»Ein Angebot? Aber die Auktion ist doch erst am Samstag.«

»Bei seltenen Fahrzeugen wie diesem erhalten wir bisweilen schon Angebote vorab. Sozusagen als Präventivschlag eines besonders erpichten Käufers.«

»Ach ja? Und um wen handelt es sich denn?«

»Die Person will anonym bleiben. Sie hat das Angebot über ihren Anwalt eingereicht.«

»Sie?«

»Richtig, eine Frau. Das ist alles, was wir wissen.« Er leert sein Glas und greift in die Seitentasche seines Jacketts. »Das Angebot ist übrigens beträchtlich. Ich will keinen Hehl daraus machen, dass uns eine solche Summe noch nie offeriert wurde.«

»Es ist eben ein außergewöhnlicher Wagen.«

»In der Tat.« Er überreicht ihr einen gefalteten Zettel. »Sie werden mir zustimmen, dass sich ein solches Angebot kaum ausschlagen lässt.«

Pepper nimmt den Zettel zwischen ihren manikürten Mittel- und Zeigefinger. Sie faltet ihn auseinander, streckt den Arm, bis die Schrift nicht mehr verschwimmt, und betrachtet die Aneinanderreihung von Nullen.

»Du meine Güte«, kommentiert sie.

Mr. Thorne lacht. »Das habe ich auch gesagt.«

Pepper starrt ungläubig auf den Zettel. Sie blinzelt und hält ihn etwas weiter weg, um ganz sicherzugehen. Dreihunderttausend Dollar.

Nimm den Wagen und verkauf ihn, hatte Tiny gesagt. *Er gehört dir. Verkauf ihn und bau dir ein neues Leben auf. Niemand wird es wagen, etwas einzuwenden. Mum hat sie alle in der Hand.*

Aber dreihunderttausend Dollar? Wer um alles in der Welt zahlt dreihunderttausend Dollar für ein Auto? Einen Haufen Metall und Leder, ganz gleich wie elegant? Eine Frau, so Thorne. Eine Frau, die anonym bleiben möchte. Eine Frau, die eine Menge Geld zu verschleudern hat. Das könnte auf viele Personen zutreffen. Vielleicht hat sie irgendeinen Hintergedanken. Vielleicht hat sie persönliche Gründe, genau wie Pepper.

Sie liest sich die Summe erneut durch, Null für Null, in all ihrer vielversprechenden Pracht. Dreihunderttausend Dollar. Damit könnte man sich ein verdammt gutes Leben aufbauen. Man könnte irgendwo in der Sonne leben und in Ruhe ein Kind großziehen, ohne dass einen jemand findet. Man könnte ein ganz neuer Mensch werden. Der Mensch, der man immer hatte sein wollen.

Oder war es womöglich eine Zuwendung von jemandem, dessen großzügige Wiedergutmachung man hochmütig ausgeschlagen hatte, wieder und wieder? Von jemandem, der einen diskret unter seiner Fuchtel behalten wollte?

Zwischen den weißen Säulen der lang gestreckten Veranda wogt der rauschende Ozean. Die Brandung ist heute besonders energisch. Die Flut auf dem Höhepunkt.

Pepper blickt auf und betrachtet Mr. Thornes schwitzendes Gesicht.

»Angebot angenommen.«

Dank

In *Das geheime Leben der Violet Grant* hat Vivian Schuyler nur einen schnippischen Kommentar für ihre älteste Schwester übrig: »Wir hatten, offen gesagt, beide keinen besonderen Draht zu Tiny, meiner anderen Schwester, die im vergangenen Juni mit Gottes Gnade ihren von der Vorsehung bestimmten Harvardabsolventen geheiratet hatte und nun in einem schäbig eleganten Haus in Back Bay lebte. Mit einem feinen neuenglischen Braten in der Röhre. Weiß der Himmel, wie es dazu kommen konnte.«

Kaum hatte ich den Absatz geschrieben, wurde mir bewusst, dass die ach so perfekte Tiny ein riesengroßes Geheimnis hatte und dass mein nächstes Buch von ihr handeln würde. Mein besonderer Dank gilt daher dem Team von Putnam Books, das meinen Impuls nicht nur positiv aufnahm, sondern voller Begeisterung unterstützte. Insbesondere danke ich Chris Pepe und Laura Perciasepe, meinen beiden großartigen Lektorinnen, für ihren Enthusiasmus und ihren fachkundigen Beistand sowie Ivan Held für seinen ehrgeizigen Anspruch, stets das bestmögliche Buch auf den Markt zu bringen. Ein riesiges Lob gilt zudem den Marketingspezialistinnen Katie McKee, Mary Stone und Lydia Hirt, die jede Neuveröffentlichung so behandeln, als wäre es das einzige Buch auf der Welt, und Meaghan Wagner, die uns im Internet sicher auf Kurs hält.

Ihr seid meine unbesungenen Helden, und ich weiß eure Leidenschaft und euer Engagement aufrichtig zu schätzen.

Ein ganz spezieller Dank gilt meinem erstklassigen Team von Autorenkollegen, die mein tägliches Leben unendlich bereichern und mich mit Lob und Rat, Mitgefühl und Beileid bei der Stange halten. Karen White, Lauren Willig, Eloisa James, Linda Francis Lee, Bee Ridgway, Susanna Kearsley und all die anderen tollen Menschen von nah und fern: Ich bewundere euer Talent und eure Liebenswürdigkeit, doch vor allem die Kombination von beidem.

Zweifellos würde ich beim Schreiben regelmäßig den Verstand verlieren, wäre da nicht die konsequente Liebe und Unterstützung meiner Familie und Freunde, insbesondere die meines Mannes, Sydney, der jedes meiner Bücher als das bis dato beste bezeichnet.

Es gibt keine passenden Worte, um das Engagement meiner Agentin zu beschreiben, Alexandra Machinist von ICM, die jedes meiner Bücher vom ersten bis zum letzten Schritt betreut. Ich weiß nicht, welch glückliche Fügung mich vor fünf Jahren mit meinem ersten Manuskript von *Das Meer der Zeit* in ihre Arme getrieben hat, doch ich habe es nie bereut, meine Träume in ihre Hände gelegt zu haben. Sie ist wirklich die Beste der Besten.

Mein Dank gilt nicht zuletzt allen Buchhändlern und Bibliothekaren, Bloggern und Lesern, die meine Bücher in ihren Herzen und auf ihren Nachttischen bewahren: Vielen, vielen Dank. Es ist mir eine Ehre, mich in euren Regalen breitmachen zu dürfen. Lasst bitte von euch hören!

Leseprobe

aus »Die letzten Stunden des Sommers«
von Beatriz Williams

Erscheinungstermin: Juli 2018 im Blanvalet Verlag

Annabelle

PARIS – 1937

Im Grunde muss man über das Pariser Ritz nicht mehr wissen als Folgendes: Im Jahre 1937 wohnte dort in einer komfortablen Suite im dritten Stock die illustre Coco Chanel, und einer der Barkeeper, der begnadete Frank Meier – eine Koryphäe auf seinem Gebiet –, hatte sechzehn Jahre zuvor die Bloody Mary erfunden, um Ernest Hemingway von einem Kater zu kurieren.

Ich muss gestehen, als ich an jenem schwülen Juliabend die Abschiedsparty von Nick Greenwald besuchte, war ich mir der bewegten Geschichte des Ritz nicht bewusst. Ich zählte eben nicht zu jenem Menschenschlag. Moskitos, wie mein Mann sie nannte. Vielleicht hätte ich seine Worte als Warnung verstehen sollen. Vielleicht konnte an der eleganten Bar des Ritz gar nichts Gutes zustande kommen; vielleicht verhielt man sich zwangsläufig frivol und sorglos, bis man selbst Blut leckte oder einem das Blut ausgesaugt wurde.

Doch Johann – mein Ehemann – war an jenem Abend nicht dabei. Am Arm meines Bruders trat ich durch den unspektakulären Nebeneingang an der Place Vendôme, denn Johann war aus beruflichen Gründen in Berlin, eine vorübergehende Anstellung, die sich endlos in die Länge zog. Zur damaligen Zeit konnte man zwischen Paris und Berlin nicht leichter hin- und herreisen als zwischen Himmel und Hölle. Und warum sollte ich das wollen? Paris hatte alles, was ich brauchte, was ich liebte; das Berlin der späten Dreißigerjahre war kein Ort für eine liberal denkende Frau, die sich um ein kleines Kind und eine schwer strapazierte Ehe kümmern musste. Ich stellte mich daher stur und blieb in Frankreich, wo man immer noch bedenkenlos die Party eines Mannes namens Greenwald besuchen konnte, wo jeder Bürger in einem beliebigen Restaurant essen und seine Geschäfte in einer beliebigen Bank erledigen konnte, wo man mit jedem attraktiven Mann ins Bett steigen konnte, ohne gegen irgendein Gesetz zu verstoßen.

Es war wohl der Stimmung eher förderlich, dass mein Mann derzeit in Berlin weilte, denn Nick Greenwald und Johann von Kleist waren aus naheliegenden Gründen nicht die besten Freunde. Nick und ich hingegen verstanden uns blendend: Zum einen waren wir beide Amerikaner, die in Paris lebten, zum anderen teilten wir ein Geheimnis, das wir keiner anderen Seele anvertrauen konnten. Und von allen Freunden meines Bruders war Nick der einzige, der mich nicht zutiefst verabscheute, weil ich einen deutschen General geheiratet hatte. Der herzensgute Nick. Er wusste, ich hatte meine Gründe.

Im Salon war es drückend warm, und Nick hatte sein Jackett abgelegt, doch er trug immer noch die Weste und eine elegant gebundene Fliege, für die man höchstwahrscheinlich einen Kammerdiener benötigte. Beim Klang meiner Stimme wandte er sich um. »Annabelle! Da bist du ja.«

»Ich komme doch nicht zu spät, oder?«

Ich gab ihm einen Kuss auf die Wange, und Charles

schüttelte beiläufig seine Hand, obwohl er Nick nicht allzu viel Beachtung schenkte, da sein Blick bei einer attraktiven Dunkelhaarigen in silbrig-blauem Abendkleid verweilte, dessen Farbton perfekt auf ihre Augen abgestimmt war. Eine lange, schlanke Zigarette schwebte zwischen ihren Fingern. Nick wandte sich ihr zu und legte eine Hand in ihren Rücken. »Annabelle, Charles. Das ist Budgie Byrne. Eine gute Freundin aus Collegezeiten.«

Wir wechselten ein höfliches *enchantée*. Doch Miss Byrne schien sich nicht für uns zu interessieren. Ihr Handschlag wirkte flüchtig und halbherzig. Vertraut hakte sie sich bei Nick unter und flüsterte ihm etwas ins Ohr, dann schlenderten die beiden in eine Duftwolke von exklusivem Parfum gehüllt zur Bar. Der Rückenausschnitt ihres Kleids lag jenseits von Gut und Böse; ihre nackte Haut erinnerte mich an überkochende Milch, die von Nicks stattlicher Hand sicher aufgefangen wurde.

Charles fuhr sich mit der Hand über die Wange – derselben Hand, die Miss Byrnes schlaffe schlanke Finger berührt hatte – und kommentierte neidvoll, dieser Bastard habe stets die attraktivsten Frauen an der Angel.

Ich sah zu, wie Nick von der Menge verschlungen wurde, und wollte Charles gerade aufmuntern, er solle sich die desinteressierte Miss Byrne noch nicht aus dem Kopf schlagen, da Nick in ihrer Gesellschaft nicht sonderlich glücklich gewirkt hatte, als ich im selben Moment eine Stimme hinter mir hörte – eine Stimme, die ich an diesem schwülen Juliabend am allerwenigsten erwartet hätte.

»Mein Gott.« Die Worte klangen etwas unscharf. »Frau von Kleist höchstpersönlich.«

Zuerst war ich überzeugt, mich zu täuschen oder zu halluzinieren. Es wäre nicht das erste Mal. In den vergangenen zwei Jahren hatte ich diese Stimme an allen möglichen

Orten gehört: in Kaufhäusern, in Aufzügen, auf offener Straße. Ich hatte den Besitzer dieser Stimme überall erblickt, hinter jeder erdenklichen Aufmachung, nur um im nächsten Augenblick festzustellen, dass es sich um falschen Alarm handelte, eine Fehlschaltung des Gehirns; dass der Auslöser meines Adrenalinschubs nicht mehr war als ein unbescholtener Mitbürger, ein Zeitgenosse, der zufälligerweise dunkles Haar, eine tiefe Stimme, einen charakteristischen Nacken besaß. Im ersten Moment der Erkenntnis war ich mir nie sicher, ob ich erleichtert oder enttäuscht sein sollte. Ob ich jammern oder jubilieren sollte.

So oder so hatte ich in der Tiefe meines Herzens Ehebruch begangen, und da *jede* Art des Ehebruchs mir unerträglich war, lernte ich, jenen falschen Alarm hartnäckig zu ignorieren, auch wenn er noch so laut schrillte. Ich lernte, mir jene Wahnvorstellungen nicht anmerken zu lassen, sondern wie eine gute Ehefrau die Fassung zu bewahren.

Und es funktionierte. Anstatt bei den Worten *Frau von Kleist* in Panik zu geraten, ermahnte ich mein Gehirn zur Vernunft und dachte: *Das kann überhaupt nicht sein.*

Anstatt wie ein Kreisel herumzuwirbeln, wandte ich mich langsam um wie eine Ballerina in einer Spieluhr, sodass ich beinahe Tschaikowskys Geklimper in meinen Ohren hören konnte.

Der Mann trat in mein Blickfeld: erstaunlich real, erstaunlich vertraut, erstaunlich groß und perfekt in seinem schwarzen Smoking mit weißem Kragen, mit seinen dunklen Locken, die ihm locker in die Stirn fielen wie die eines Liebhabers in einem sündhaften Traum. In der rechten Hand hielt er ein Whiskyglas und eine braune türkische Zigarette. Er nahm alles mit einem einzigen Blick zur Kenntnis: meinen Schmuck, mein extravagantes Kleid, meinen aufgewühlten Kreislauf.

Mit anderen Worten, er sah dem Original zum Verwechseln ähnlich.

»Hier steckst du also, alter Schwerenöter«, sagte Charles, und – *sacrebleu!* – mit einem Mal musste ich einsehen, was ich insgeheim längst wusste: Bei diesem Mann handelte es sich nicht um eine meiner Wahnvorstellungen. Das Pariser Ritz war einer jener magischen Orte, die jede beliebige Person heraufbeschwören konnten.

»Stefan«, sagte ich, »was für eine wundervolle Überraschung.«

(Und das Schlimmste daran war, dass ich es vollkommen ernst meinte.)

Pepper

PALM BEACH – 1966

1.

Der elegant geschwungene Mercedes-Benz posiert auf dem Rasen wie ein tiefschwarzer Schnörkel antiker Tinte – mit keinem anderen Automobil dieser Welt vergleichbar.

Auf den ersten Blick würde man es nie vermuten, aber Miss Pepper Schuyler, eine junge Frau von Welt mit goldbraunen gazellenartigen Beinen, die dort drüben, jenseits der Zufahrt, die Sonne Floridas in sich aufsaugt, kennt jedes glamouröse Detail dieses 1936er Special Roadster. Man betrachtet Peppers schwangeren Kugelbauch, der sich kühn unter dem grünen Shiftkleid abzeichnet (ein solcher Babybauch lässt sich nicht ignorieren, ebenso wenig wie die pastellfarbenen Jack-Rogers-Sandalen), und schon hat man sie voreilig in eine Schublade gesteckt. Ist doch wahr, oder? Eine attraktive Salonlöwin in Palm Beach: Was weiß die schon von Autos?

Doch die bezaubernde Pepper schert sich nicht darum, was andere von ihr denken. Das hat sie noch nie. Sie denkt vielmehr an den Mercedes. Ihr Blick schweift über die geschwungene Linie des vorderen Kotflügels, der sich von seinem höchsten Punkt über dem Radkasten bis zum Trittbrett unter der Tür erstreckt wie das nackte Bein einer unbekannten Schönheit. Ihr Herz schlägt auf der Stelle einen Takt schneller.

Sie weiß ganz genau, was für eine Plackerei es war, den hochglänzenden Kotflügel neu zu lackieren. In der ersten Oktoberwoche wollte das heiße Wetter noch immer nicht nachlassen, und der alte Schuppen in Cape Cod roch widerlich nach Farbe und Öl, ein beißender Gestank, der sich trotz Mundschutz in ihre Nebenhöhlen schlich und hartnäckig festsetzte, bis sie nichts anderes mehr roch und nur noch dachte: *Was zum Teufel tue ich mir hier an? Was habe ich mir nur dabei gedacht?*

Gott sei Dank hat das Elend nun ein Ende. Dieser exklusive tintenschwarze Mercedes Special Roadster, Baujahr '36, ist ab heute das Problem einer anderen. Und diese Person ist tatsächlich bereit, für das zweifelhafte Vergnügen, die alte Karosserie und die verchromten Beschläge vor den Spuren der Zeit zu bewahren, eine stolze Summe von dreihunderttausend Dollar zu zahlen.

Die Anzahlung wurde bereits auf ein spezielles Konto überwiesen, das Pepper in ihrem Namen eröffnet hat. (Ihr eigener Name, ihr eigenes Geld: ein großartiges Gefühl – als würde man auf einem Ozeandampfer in See stechen und nichts als tiefblaues Meer sehen.) Die verbliebene Summe sollte jeden Moment eintreffen, in einem hochoffiziellen Umschlag, hier im Breakers Hotel, wo Pepper derzeit abgestiegen ist. Ein kleiner Scheck mit großer Wirkung. Zusammengenommen soll dieses nette Sümmchen nämlich dazu dienen, Peppers Probleme ein für alle Mal zu lösen. Geld für das Baby, Geld für einen Neuanfang; Geld, um jeden zu ignorieren, der ignoriert werden muss; Geld, um im Notfall unterzutauchen, wenn nötig für immer. Sie wird sich von niemandem abhängig machen. Sie wird tun und lassen, was sie will. Sie wird tun, was für Pepper Schuyler – und für Pepper junior – das Beste ist. Und sie braucht nichts und niemanden zu fürchten.

Die einzige Frage, die sich nach wie vor stellt und die Pepper unter den Nägeln brennt, ist dieses nagende *Wer*.

Wer zum Henker ist diese anonyme Käuferin – dem Auktionshaus zufolge eine Frau –, die das nötige Interesse und das nötige Kleingeld besitzt, um diesen schicken Mercedes Roadster zu erwerben, noch bevor er zur Versteigerung kommt?

Pepper interessiert sich nicht wirklich dafür, wer diese unbekannte Person *ist*. Es interessiert sie vielmehr, wer diese Person *nicht* ist. Solange es sich um eine unbeteiligte Partei handelt, die aus individuellen Gründen an dem Kauf interessiert ist, unabhängig von Peppers misslicher Lage, unabhängig von der anderen Hälfte jener magischen Gleichung, deren Resultat sich in ihrem Bauch befindet, ist doch alles in Butter, oder? Sie nimmt einfach die dreihunderttausend Dollar und kann sich den Käufer für immer aus dem Kopf schlagen.

Pepper hebt ihren gebräunten Arm und wirft einen Blick auf ihre Armbanduhr. Eine goldene Cartier – das Geschenk ihres Vaters anlässlich ihres achtzehnten Geburtstags –, womöglich eine diskrete Aufforderung, sie möge in Zukunft pünktlicher sein, nun da sie endlich erwachsen ist. Nicht dass es funktioniert hätte. Die Party beginnt erst, wenn Pepper eintrifft, nicht eine Minute eher, was sollte es sie also kümmern, ob sie zu früh oder zu spät kommt? Doch eine Armbanduhr hat auch ihre Vorzüge. Laut ihres Ziffernblatts ist es zwölf Uhr siebenundzwanzig, die beiden – der Auktionator und die Käuferin – sollten somit jeden Moment eintreffen, um sich den Wagen anzusehen und die letzten Formalitäten zu regeln. Vorausgesetzt sie sind *pünktlich*, aber warum sollten sie sich verspäten? Allem Anschein nach ist die Käuferin auf diesen Handel ebenso erpicht wie sie.

Pepper legt den Kopf in den Nacken und schließt die Augen vor der gleißenden Sonne. Sie kann gar nicht genug bekommen. Das Baby in ihrem Bauch ist offenbar einer Religion entsprungen, die jenen alten Himmelsgöttern huldigt oder sich von Sonnenstrahlen nährt. Fast spürt sie, wie sich die Zellen ekstatisch teilen, wie sich die Nähte ihres grünen Lilly-Pulitzer-Shiftkleids dehnen, wie die aufgedruckten tanzenden Äffchen ihre Arme recken, um das ehrgeizige Geschöpf in ihrem Innern zu umarmen.

Eigentlich kein Wunder, oder? Wie der Vater, so das Kind.

»Guten Tag.«

Pepper richtet sich abrupt auf. Vor ihr steht eine schlanke, zierliche Frau mit dunklem Haar, einer marineblauen Caprihose und einer weißen Bluse, die grazilen Gesichtszüge hinter einer übergroßen Sonnenbrille verborgen. Audrey Hepburn oder ihre elegante Cousine aus Florida.

»Guten Tag«, erwidert Pepper.

Die Frau streckt ihr die Hand entgegen. »Sie sind also Miss Schuyler. Mein Name ist Annabelle Dommerich. Ich bin die Käuferin. Bitte bleiben Sie sitzen.«

Pepper steht dennoch auf und ergreift ihre ausgestreckte Hand. Mrs. Dommerich ist höchstens einen Meter sechzig, deutlich kleiner als Pepper, doch sie scheint ihr in jeder Hinsicht gewachsen.

»Es überrascht mich, Sie hier zu sehen«, sagt Pepper. »Ich dachte, Sie wollten anonym bleiben?«

Mrs. Dommerich zuckt mit den Achseln. »Ach, nur wegen der Presse. Ich war neugierig, Sie kennenzulernen,

Miss Schuyler. Sie sind noch attraktiver als auf den Fotos. Und wie ich sehe, blühen Sie regelrecht auf! Wann ist es denn so weit?«

»Im Februar.«

»Frauen wie Sie habe ich schon immer beneidet. Während meiner Schwangerschaften sah ich aus wie ein Wasserball auf Beinen.«

»Das kann ich mir nicht vorstellen.«

»Ist lange her.« Mrs. Dommerich nimmt ihre Sonnenbrille ab und enthüllt ihre großen schokoladenbraunen Augen. »Der Wagen sieht übrigens fantastisch aus.«

»Danke. Ein Fachmann hat mir geholfen, das Schmuckstück wieder in Gang zu bringen.«

»Sie haben ihn selbst restauriert?« Ihre Augenbrauen schießen anmutig in die Höhe. »Ich bin beeindruckt.«

»Mir blieb nichts anderes übrig.«

Mrs. Dommerich wendet ihren Blick zurück zum Wagen, eine Hand schützend über die Augen gelegt. »Und Sie haben ihn in einem Schuppen in Cape Cod entdeckt? Unter einer Lage Staub? Unberührt?«

»Ja, auf dem Anwesen meiner Schwester. Anscheinend wollte ihn keiner mehr haben.«

»Ja«, sagt Mrs. Dommerich. »In der Tat.«

Peppers Füße kitzeln von dem Gras, das durch ihre Sandalen dringt. Mrs. Dommerich steht reglos an ihrer Seite, als würde sie für ein Porträt posieren: *Betrachtungen einer Dame in weißer Bluse.* Sie spricht wie eine Amerikanerin, in einem unbeschwerten Plauderton, doch eine feine Nuance ihrer Stimme zeugt von europäischen Wurzeln, genauso wie der Hauch von Chanel, der sie umschwebt. Trotz der jugendlich schimmernden Haut, der so manche Frau mittels teurer Schönheitsprodukte hinterherjagt, schätzt Pepper sie auf Mitte, wenn nicht Ende vierzig. Irgendetwas in ihrem Ausdruck, ihrer gesamten Haltung gibt Pepper das Gefühl, sich wie ein ungelenkes Fohlen zu verhalten, sich wie ein kleines Mädchen zu kleiden. Ungeachtet der mütterlichen Fülle ihres Bauches, die ihre jugendliche Linie jäh unterbricht.

Jenseits der Einfahrt erscheinen zwei verschwitzte Herren in geschäftsmäßigen Wollanzügen mit nahezu identischen Bierbäuchen, rund und makellos wie Basketbälle. Einer der beiden blickt in ihre Richtung und hebt seine Hand zu einem, wie Pepper es nennt, typischen Golfergruß.

»Ah, da sind sie ja.« Mrs. Dommerich wendet sich an Pepper und lächelt zufrieden. »Ich weiß es wirklich zu schätzen, dass Sie das gute Stück so liebevoll restauriert haben. Wie läuft er denn, der Wagen?«

»Wie ein Rennpferd.«

»Sehr schön. Ich kann das Donnern fast hören. Ein unvergleichliches Geräusch, habe ich recht? So etwas wird heute gar nicht mehr gebaut.«

»Dazu kann ich mich nicht äußern. Ich bin keine Automobilliebhaberin.«

»Ach nein? Das müssen wir ändern. Ich hole Sie heute Abend um sieben Uhr ab, dann können wir vor dem Abendessen noch eine kleine Runde drehen.« Sie streckt ihre Hand aus, und Pepper ist so verblüfft, dass sie instinktiv einschlägt. Mrs. Dommerichs Finger sind schlank und stark und frei von Schmuck, abgesehen von dem schlichten goldenen Ring an dem verräterischen Finger ihrer linken Hand, den Pepper natürlich längst entdeckt hat.

»Sehr gern«, murmelt Pepper.

Mrs. Dommerich setzt ihre Sonnenbrille wieder auf und wendet sich ab.

»Einen Moment noch«, sagt Pepper.

»Ja bitte?«

»Entschuldigen Sie meine Neugier, Mrs. Dommerich, aber woher wissen Sie, wie der Motor klingt? Immerhin hat der Wagen jahrelang in einem Schuppen gestanden!«

»Glauben Sie mir, Miss Schuyler. Ich weiß restlos alles über diesen Wagen.«

Die Worte klingen so verheißungsvoll, dass Peppers Haut auf der Stelle zu kribbeln beginnt, und nicht nur die gedehnte Haut über ihrem Babybauch. Das Gefühl verursacht eine wahre Kettenreaktion in ihren Nervenbahnen: ein leises Klingeln winziger Alarmglöckchen, ein feines Kitzeln ihrer Nasenspitze.

»Und woher stammt dieses Wissen, wenn ich fragen darf? Warum zahlen Sie ein Vermögen für diese hübsche alte Blechkiste?«

Mrs. Dommerichs Gesicht liegt hinter der riesigen Sonnenbrille verborgen und zeigt keinerlei Reaktion auf Peppers unverschämte Frage. »Wissen Sie, Miss Schuyler«, erwidert sie sanft, »vor achtundzwanzig Jahren bin ich mit diesem Wagen über die deutsche Grenze geflohen, und dabei habe ich ein Stück meines Herzens zurückgelassen. Es ist an der Zeit, ihn nach Hause zurückzuholen, finden Sie nicht?« Sie kehrt Pepper den Rücken, doch während sie über den Rasen schreitet, sagt sie in einem mütterlichen Tonfall: »Ziehen Sie eine Strickjacke über, Miss Schuyler. Es soll heute Abend auffrischen, und ich will mit offenem Verdeck fahren.«

2.

Zunächst hat Pepper nicht die geringste Absicht, Annabelle Dommerichs Einladung anzunehmen. Der Scheck erwartet sie an der Hotelrezeption, ebenso wie eine handgeschriebene Telefonnotiz, die sie nach flüchtigem Hinsehen zerreißt. Sie bestellt sich ein Taxi und fährt in die Stadt, um den Scheck auf ihr Konto einzuzahlen. Der Bankangestellte überreicht ihr mit regloser Miene die Quittung. Sie lässt sich ein paar Hundert Dollar auszahlen, die sie zu ihrem Lippenstift und ihrer Puderdose in die Handtasche steckt. Zurück in ihrem Hotelzimmer gönnt sie sich ein luxuriöses Schaumbad und bleibt eine Stunde lang liegen, den Blick auf die winzigen Bewegungen unter ihrer goldbraunen Bauchdecke gerichtet, während sie zur Feier des Tages an einem Glas Champagner nippt. Zum Glück zeigen sich noch keine Dehnungsstreifen. Kokosnussöl hat ihr der Arzt empfohlen, und sie hat sich gleich fünf Flaschen davon besorgt.

Als das Wasser abgekühlt ist, steigt Pepper aus der Wanne und wickelt sich in ein weiches weißes Badetuch. Dann bestellt sie beim Zimmerservice ein verspätetes Mittagessen und tritt mit einer Zigarette im Mundwinkel und in nichts als besagtes Badetuch gehüllt auf den Balkon. Sie zieht ein weiteres Glas Champagner in Erwägung, aber dann verwirft sie den Gedanken. Ihr Arzt in Cape Cod, ein attraktiver Jungspund mit neumodischen Überzeugungen, hat ihr empfohlen, den Alkoholkonsum einzustellen. Er hat ihr auch empfohlen, das Rauchen einzustellen, aber man kann nicht alles tun, was der Arzt einem rät, oder? Man kann nicht jede kleine Sünde aufgeben, wenn man schon so viel aufgeben muss.

Und wozu? Für ein Baby. *Sein* Baby. Wirklich dumm, Pepper. Du dachtest, du wärst klug und souverän, du dachtest, du hättest alles unter Kontrolle, und jetzt sieh dich an! Ein uneheliches Kind und kein Zuhause.

Der mit Touristen gespickte Strand zeichnet sich leuchtend gelb vor dem Hintergrund der trägen Brandung ab.

Sie greift nach ihrem Handtuch, um es erneut festzustecken, doch dann lässt sie es auf den gefliesten Balkon fallen. Niemand schenkt ihr Beachtung. Sie lehnt sich gegen das Geländer, nackt und prall und goldbraun, bis ihre Zigarette zu einem winzigen Stummel verqualmt ist und die Glocke des Zimmerservice ihr Mittagessen ankündigt.

Nachdem sie gegessen hat, stellt sie das Tablett auf den Gang und lässt sich aufs Bett fallen. Sie gönnt sich einen ausgiebigen Mittagsschlaf, und als sie erwacht, schlüpft sie in ein ärmelloses Cocktailkleid, bürstet sich die Haare und legt frischen Lippenstift auf. Bevor sie zum Aufzug geht, schnappt sie sich eine Strickjacke aus der Kommode und wirft sie über ihre nackten Schultern.

3.

Doch der Aufzug scheint im Foyer festzustecken. Das ist eben das Problem mit Luxushotels wie dem Breakers – es gibt immer einen griechischen Tycoon oder einen Wurstbaron aus Chicago, der mit seinem gesamten Hausstaat einzieht und das Tagesgeschäft zum Erliegen bringt, da sich das Personal ausschließlich um seine Gattin, seine Kinder und seine achtundachtzig Gepäckstücke kümmern darf. Nur um hinterher seinen Freunden und Verwandten zu erzählen, das Breakers sei auch nicht mehr das, was es mal war, und die Einheimischen ausgesprochen unfreundlich.

Pepper tippt ungeduldig mit dem Fuß auf den Boden und wirft einen Blick auf die Uhr, doch der Lift lässt sich davon nicht beeindrucken. Also geht sie notgedrungen zum Treppenhaus.

Auf der einen Seite die Luxusausstattung des Breakers mit seinen eleganten Läufern und hohen Spiegeln, die einen stets von der Schokoladenseite zeigen, auf der anderen Seite das Treppenhaus gleich einem finsteren Fluchtweg aus Alcatraz. Peppers zierliche Schuhe klappern über den nackten Betonboden, die vereinzelten Glühbirnen leuchten ihr wie zum Verhör. Endlich hat sie den letzten Treppenabsatz erreicht, der Ausgang zur Lobby ist bereits in Sicht, als unvermittelt ein Mann in Erscheinung tritt. Er trägt einen Anzug – Seersucker mit blauen Streifen, als würde man so etwas heutzutage noch tragen – und versperrt ihr mit verschränkten Armen den Weg.

Im ersten Moment muss sie an dieses platinblonde Filmsternchen denken, das vor ein paar Jahren splitternackt in seinem Schlafzimmer aufgefunden wurde. *Das arme Ding hat sich umgebracht*, seufzte alle Welt mit einem ungläubigen Kopfschütteln. *Zweifellos Drogen. Ein trauriges Hollywood-Märchen ohne Happy End.*

»Netter Anzug«, kommentiert Pepper. »Drehen die da draußen einen Film?«

Er drückt sich von der Tür ab und lässt seine Manschetten aufblitzen. »Miss Schuyler? Hätten Sie vielleicht einen Moment Zeit?«

»Bedauere. Nicht für einen Wildfremden, der mir im Treppenhaus auflauert.«

»Ich muss leider darauf bestehen.«

»Ich muss leider darauf hinweisen, dass Sie mir im Weg stehen. Wenn Sie so freundlich wären, mich vorbeizulassen?«

Captain Seersucker hebt seinen zuckerstangenblauen Arm und stützt seine Pranke gegen die Wand.

»Na schön«, sagt Pepper. »Sie sind also ein echter Kraftprotz. Wie viel zahlt er Ihnen denn? Oder machen Sie das zum reinen Vergnügen?«

»Ich bin nur ein Freund, Miss Schuyler. Der Freund

eines Freundes, und ich würde gern mit Ihnen reden, freundlich und zivilisiert. Deshalb möchte ich Sie bitten, mich zu begleiten.«

Pepper lacht. »Sehen Sie, das ist das Problem mit euch Muskelpaketen. Kein Fünkchen Grips in der Birne, stimmt's?«

»Miss Schuyler …«

»Nennen Sie mich bitte Pepper, Captain Seersucker. Wie alle meine Freunde.« Sie streckt ihm die Hand entgegen. Als er sie ignoriert, tätschelt sie stattdessen seine Wange. »Ein großer sanftmütiger Trottel. Was machen Sie eigentlich, wenn im Fernsehen eine Quizsendung läuft? Starren Sie entgeistert auf die Mattscheibe, oder versuchen Sie, etwas zu lernen?«

»*Miss Schuyler* …«

»Jetzt werden Sie auch noch wütend. Ihr Gesicht ist schon knallrot. Aber keine Sorge, ich werde es Ihnen nicht vorhalten. Nicht jeder kann ein Superhirn sein wie Einstein, stimmt's? Die Welt braucht nicht nur Grips, sondern auch Muckis! Und der Damenwelt ist es egal, habe ich recht? Ich meine, welche Frau mit etwas Selbstachtung will schon einen Mann, der klüger ist als sie?«

»Hören Sie …«

»Man betrachte nur mal diesen prächtigen Kiefer. So was von nützlich. Hart wie Granit. Ich wette, damit zermahlen Sie jeden Felsen zu Schotter.«

Er drückt sich von der Wand ab und will nach ihr greifen, aber darauf hat Pepper nur gewartet. Sie duckt sich unter seinem Arm hinweg, Schwangerschaft hin oder her, und rammt ihm ihr Knie in die Kronjuwelen. Er sackt in sich zusammen wie eine zerknautschte Coladose und beklagt seine verletzte Männlichkeit mit einem markerschütternden Stöhnen, doch Pepper verschwendet keine Zeit mit diebischer Schadenfreude. Sie tritt ins Foyer und bittet den Hotelpagen, einen Arzt zu rufen, denn irgendein armer Tollpatsch in einem gestreiften Anzug sei offenbar über seine eigenen Schnürsenkel gestolpert und die Treppe hinuntergestürzt.

4.

»Ich dachte schon, Sie hätten es sich anders überlegt«, sagt Mrs. Dommerich, als Pepper auf den Beifahrersitz des glamourösen Mercedes rutscht. Alle Blicke sind auf sie gerichtet, doch die stolze Besitzerin scheint dies nicht zu bemerken. Sie trägt ein elegantes Kleid aus mitternachtsblauem Jacquard, Ärmel bis über die Ellbogen, Rock bis übers Knie.

»Das hatte ich auch. Aber dann fiel mir ein, wie langweilig so ein Hotelzimmer sein kann. Also bin ich doch gekommen.«

»Das freut mich.«

Mrs. Dommerich betätigt die Zündung, und der Motor heult voller Begeisterung auf. *So ein Wagen will gefahren werden*, meinte Peppers künftiger Schwager, als sie den Motor das erste Mal anließen. Zu dem Zeitpunkt hatte sie ihn für verrückt erklärt, weil er von einem Auto sprach, als wäre es ein lebendiges Wesen. Aber wie sie so dem Geräusch der Kolben lauscht, denkt sie insgeheim, er hatte recht. Caspian hat fast immer recht, zumindest wenn es um Autos geht.

»Sie wissen hoffentlich, wie man das Ding fährt?«, fragt Pepper.

»Ja, sicher.« Mrs. Dommerich legt den Gang ein und lässt die Kupplung kommen. Der Wagen springt über den

Asphalt wie ein junges Pferd über einen Weidezaun. Pepper stellt fest, dass ihre Finger ein wenig zittern, daher greift sie mit der Hand an den Türrahmen.

Ehe das Hotel im Rückspiegel verschwindet, bemerkt Pepper neben dem Eingang zwei männliche Gestalten, die sie mit ihren Blicken durchbohren. Keine Einheimischen, dafür sind sie zu unpassend gekleidet. Sie sehen aus wie der Mann im Treppenhaus: Auswärtige, die sich einbilden, in Palm Beach würde man so etwas tragen. Als hätte ihnen jemand erzählt, man bräuchte nur einen karierten Anzug und Segelschuhe zu tragen, und schon würde man hierherpassen.

Dann sind sie verschwunden.

Pepper bindet sich ihren Schal um den Kopf und fragt mit erstaunlich gefasster Stimme: »Wo wollen wir denn hin?«

»Ich schlage vor, wir fahren zum Essen in die Stadt. Dort können wir uns in Ruhe unterhalten. Ich würde gern mehr darüber erfahren, wie Sie diese Schönheit entdeckt haben. Und was für ein Gefühl es war, sie zum Leben zu erwecken.«

»Oh, der Wagen ist also weiblich? So genau habe ich gar nicht nachgesehen.«

»Wie Schiffe und Motorräder.«

»Verstehen Sie mich nicht falsch«, sagt Pepper, während sie mit den Fingern gegen den Rand der Fensterscheibe trommelt, »aber Sie und der Wagen haben eine erstaunlich enge Beziehung für eine attraktive Frau und eine alte Blechkiste.«

»Das bin ich ihr doch wohl schuldig, wenn man bedenkt, wie viel Geld ich für sie hingelegt habe.«

»Dafür kann ich Ihnen gar nicht genug danken.«

»Jedenfalls konnte ich sie unmöglich in einem Museum verstauben lassen. Nach allem, was wir zusammen erlebt haben.« Sie streicht sanft über das Armaturenbrett. »Ein Prachtstück wie sie gehört in liebevolle Hände.«

Pepper schüttelt den Kopf. »Ich verstehe das nicht. Ich begreife nicht, wie man ein Auto *lieben* kann.«

»Man *muss* ein Auto lieben, um es so aufwendig zu restaurieren.«

»Das war Caspian, nicht ich.«

»Wer ist Caspian?«

Pepper öffnet ihre Handtasche und nimmt die Puderdose heraus. »Sagen wir, er ist ein Freund meiner Schwester. Ein sehr guter Freund. Und zugleich Automobilliebhaber. Er konnte es nicht mit ansehen, wie ich an dem Ding herumgeschraubt habe.«

»Mein ewiger Dank ist ihm gewiss. Demnach kennt er sich mit deutschen Fahrzeugen aus?«

»Er ist als Kind eines Offiziers groß geworden. Nach dem Krieg war die Familie in Deutschland stationiert, um mit der einen Hand Vergeltung zu üben, mit der anderen Schokolade zu verteilen.«

Mrs. Dommerich lenkt den Mercedes schwungvoll um eine Kurve. Pepper spürt die Anspannung in ihrem Bauch, ganz unabhängig von dem Baby. Aber Mrs. Dommerich weiß, wie man diesen Wagen steuert, das steht völlig außer Frage. Sie fährt, wie manche reiten, als wären die Gänge, die Achsen, die Räder eine Verlängerung ihrer eigenen Gliedmaßen. Sie ist nicht sonderlich groß, aber sie sitzt so aufrecht, dass es nicht weiter auffällt. Ihr Schal flattert anmutig im Wind. Beiläufig greift sie nach ihrer Handtasche, die zwischen ihnen auf der Sitzbank liegt, und zieht mit einer Hand eine Zigarette hervor. »Würden Sie mir die anzünden?«, fragt sie.

Pepper sucht nach einem Feuerzeug und erweckt die schlanke Gauloise zum Leben.

»Danke.« Mrs. Dommerich bläst den Rauch in den Wind und hält Pepper die Packung entgegen. »Greifen Sie zu.«

Pepper betrachtet das verführerische Angebot. Ihre aufgekratzten Nerven lassen ihre Ohren schrillen. »Aber nur die eine. Ich sollte mich eigentlich zurückhalten.«

»Ich habe erst spät damit angefangen«, erklärt Mrs. Dommerich. »Als meine Kinder schon älter waren. Wir sind damals oft ausgegangen, Cocktailpartys und dergleichen, da war die Luft meist so verqualmt, dass es keinen Unterschied machte, ob ich rauchte oder nicht. Aber es ist mir Gott sei Dank nie zur Gewohnheit geworden.« Sie nimmt einen ausgiebigen Zug. »Manchmal komme ich wochenlang mit einer einzigen Schachtel aus. Mir geht es nur um den Genuss. Genau wie beim Sex – man sollte sich genügend Zeit nehmen und den Moment voll auskosten.«

Pepper lacht. »Das war mir neu. Ich dachte, je mehr, desto besser. In Sachen Sex *und* Zigaretten.«

»Mein Mann hat das auch nie verstanden. Er hat geraucht wie ein Schlot, eine nach der anderen, bis zu seinem Tod.«

»Wann war das?«

»Vor anderthalb Jahren.« Sie wirft einen Blick in den Außenspiegel. »Lungenkrebs.«

»Das tut mir leid.«

Wir nähern uns der Brücke zum Festland. Mrs. Dommerich konzentriert sich auf die Straße, die blinkenden Warnlichter, die darauf hinweisen, dass sich die Brücke hebt. Sie tritt auf die Bremse und schnippt den Zigarettenstummel aus dem Fenster. Als sie weiterredet, klingt ihre Stimme tief und rau, eine spröde Hülle ihrer selbst.

»Ich habe lange versucht, es ihm auszureden«, sagt sie. »Aber er wollte nicht auf mich hören.«

5.

Sie essen in einem kleinen Restaurant unweit der Route 1. Der Besitzer kennt Mrs. Dommerich persönlich und küsst ihre Wangen. Zunächst plaudern die beiden auf Französisch, sodass Pepper rasch den Faden verliert. Dann wendet sich Annabelle in ihre Richtung und stellt sie dem Herrn vor: *Das ist meine gute Freundin, Miss Schuyler*, so ihre Worte. Der Besitzer fasst Pepper verzückt an den Bauch, als wäre sie seine Geliebte und er der Vater des Babys.

»Ganz bezaubernd!«, verkündet er.

»Nicht wahr?« Und damit schiebt sie seine Hände entschlossen von sich. Spätestens seit Beginn des sechsten Monats gliedert sich Peppers Umfeld in zwei Gruppen: Leute, die ihre Schwangerschaft für eine abstoßende Wucherung halten, die möglicherweise ansteckend ist, und Leute, die ihren Bauch als Allgemeingut betrachten. »Was wird Ihre Frau sagen, wenn sie es herausfindet?«

»Ach, meine Frau.« Er schüttelt den Kopf. »Die wäre furchtbar eifersüchtig. Sie würde sich mein Haupt auf einem silbernen Tablett servieren lassen.«

»Was für ein Jammer.«

Als sie kurz darauf an ihrem Tisch sitzen – bei einer Karaffe Wasser, knusprigem Brot und einer kostspieligen Flasche Burgunder –, entschuldigt sich Mrs. Dommerich bei Pepper. Die Franzosen seien ganz besessen von Babys, erklärt sie.

»Ich dachte, sie wären besessen vom Sex.«

»Das eine führt zum anderen, oder nicht?«

Pepper stimmt ihr zu, während sie eine Scheibe Brot mit Butter bestreicht.

Der Kellner tritt an den Tisch. Mrs. Dommerich bestellt eine Schildkrötensuppe und Kalbsbries; Pepper überfliegt die Karte und entscheidet sich für Muscheln und *Canard à l'orange*. Als der Kellner erneut in den Kulissen verschwindet, entsteht eine vielsagende Pause, der Wendepunkt ihrer Unterhaltung. Pepper nimmt einen Schluck von ihrem Wein, dann verschränkt sie die Hände über der Tischplatte. »Warum haben Sie mich zum Essen eingeladen, Mrs. Dommerich?«

»Ich könnte genauso gut fragen, warum Sie die Einladung angenommen haben.«

»Alter vor Schönheit«, entgegnet Pepper, und Mrs. Dommerich lacht.

»Da haben Sie es, genau deshalb habe ich Sie eingeladen!«

»Weil ich so frech bin?«

»Weil Sie so faszinierend sind. Wie gesagt, Miss Schuyler, Sie machen mich neugierig. Nicht jede junge Debütantin findet einen antiken Mercedes im Schuppen ihrer Schwester und macht sich die Mühe, ihn aufwendig zu restaurieren und in Palm Beach zu versteigern.«

»Ich bin eben voller Überraschungen.«

»Ja, das sind Sie.« Sie macht eine Pause. »Um ehrlich zu sein, wollte ich mich gar nicht vorstellen. Ich wusste, wer Sie sind, zumindest Ihrem Ruf nach.«

»Ach, ich habe einen Ruf? Ich frage mich, warum.«

»Den haben Sie in der Tat. Ich halte mich gern auf dem Laufenden, was den neuesten Klatsch und Tratsch betrifft. Eines meiner kleinen Laster.« Sie lächelt und nippt an ihrem Wein, um das eine Laster mit dem anderen runterzuspülen. »Die blutjunge Assistentin des frisch gewählten Senators. Perfektes Auftreten, perfekte Figur. Nun, an den Gerüchten war weiß Gott etwas dran.«

Pepper zuckt mit den Schultern. Ihr Äußeres ist längst kalter Kaffee, erst recht für sie selbst.

»Ganz genau.« Mrs. Dommerich nickt bestätigend. Ihr Haar ist kurz und kringelt sich unterhalb ihrer Ohren, ein gelungener Rahmen für das zarte herzförmige Gesicht mit den großen braunen Augen. Ein paar silberne Strähnen schimmern im Licht, doch sie hat offenbar kein Interesse, diese zu verbergen. »Sie haben einen ziemlichen Trubel verursacht, als Sie letztes Jahr im Büro des Senators anfingen. Aber das ist Ihnen sicherlich bewusst. Sie sehen nicht nur aus wie ein Mannequin, Sie sind auch noch gut in Ihrem Beruf. Sie legen sich voll ins Zeug und machen sich unentbehrlich. Es gibt viele attraktive Frauen, aber die wenigsten zeigen solchen Einsatz. Wenn man gut aussieht, ist es viel bequemer, sich einen Mann zu angeln, der sich für einen ins Zeug legt, nicht andersherum.«

»Aber letztendlich bleibt doch ein Problem, oder? Man spielt nach *seinen* Regeln, nicht nach den eigenen.«

Die Haut um ihre roten Lippen zuckt.

»Wohl wahr. Genau das habe ich mir auch gedacht, als ich sah, dass Sie in anderen Umständen sind. Mit einem Mal war mir klar, warum Sie den Wagen restauriert haben und für eine stattliche Summe verkaufen wollten. Sonnenklar sogar.«

»Ach ja?« Pepper greift zum Messer und betrachtet ihr Spiegelbild. Ein einzelnes blaues Schuyler-Auge starrt ihr entgegen, am äußeren Rand leicht nach oben geschwungen wie der Bug einer eleganten Jacht. »Warum waren Sie dann noch so neugierig, mich kennenzulernen?«

Der Kellner tritt feierlich auf sie zu und serviert ihnen die Suppe und die Muscheln. Mrs. Dommerich wartet mit einer Aura gepflegter Ungeduld, während er die Teller ausrichtet, den Pfefferstreuer platziert, sich höflich erkundigt, ob sie noch etwas benötigen, und endlich von dannen zieht. Annabelle hebt ihren Löffel und lächelt.

»Ich bin einfach nur neugierig, was Sie als Nächstes tun werden.«

Wenn Sie wissen möchten,
wie es weitergeht, lesen Sie
Beatriz Williams
Die letzten Stunden des Sommers
ISBN 978-3-7645-0590-5 /
ISBN 978-3-641-19499-4 (E-Book)
Blanvalet Verlag

Liebe, Intrigen, Verrat.
Und ein Geheimnis, das wie ein Sturm alles aufwühlt …

448 Seiten. ISBN 978-3-442-38315-3

New York, 1931. Lily Dane begleitet ihre selbstbewusste beste Freundin Budgie Byrne zu einem Football-Spiel, bei dem sich die junge High Society trifft. Dabei lernt Lily den gutaussehenden jüdischen Nick Greenwald kennen, in den sie sich sofort verliebt. Er erwidert ihre Gefühle, und gegen den Widerstand ihrer Familien versprechen sie sich die Liebe … Rhode Island, 1938. Wie jedes Jahr verbringt Lily den Sommer im Strandhaus ihrer Familie im Örtchen Seaview. Doch ein Sturm kündigt sich an: Auch Budgie kehrt nach Jahren dorthin zurück – gemeinsam mit ihrem Ehemann Nick Greenwald …

Lesen Sie mehr unter: **www.blanvalet.de**

»Dramatisch, spannend und ungeheuer mitreißend erzählt: *Das geheime Leben der Violet Grant* steckt voller Überraschungen.«

Hamburger Morgenpost

560 Seiten. ISBN 978-3-7341-0161-8

Manhattan, 1964. Vivian Schuyler hat das Undenkbare getan: Sie hat dem glamourösen Upperclass-Leben ihrer Familie den Rücken gekehrt, um Karriere als Journalistin zu machen. Als sie herausfindet, dass sie eine skandalumwitterte Großtante hat, ist ihr Spürsinn geweckt …
Berlin, 1914. Die junge Physikerin Violet erträgt ihre Ehe mit dem älteren Professor Grant nur, um ihren Forschungen nachgehen zu können. Doch plötzlich bricht der Erste Weltkrieg aus – und ein geheimnisvoller Besucher stellt Violet vor eine Entscheidung mit dramatischen Folgen.

Lesen Sie mehr unter: **www.blanvalet.de**